S.F.

V.

Dirk Kurbjuweit

SCHUSSANGST

Roman

S. Fischer

Druck und Einband: F. Spiegel Buch GmbH, Ulm
Printed in Germany 1998
ISBN 3-10-041505-1

Für Bettina und Jonas

Er war ein Kind gewesen, elf Jahre alt, als er die Narbe zuletzt gesehen hatte. Nun sah er sie wieder, ein kurzes Stück nur, aber er wußte, daß es nicht lange dauern würde, bis sie ganz freilag. Zwei Jahre höchstens. Er war ruhig, nicht in Panik wie damals. Seit einiger Zeit wußte er, daß es so kommen würde. Allerdings hatte er gehofft, länger verschont zu bleiben, bis vierzig, vielleicht bis fünfzig. Dann wäre es nicht mehr so darauf angekommen. Aber jetzt? Er war einundzwanzig.

Nackt stand der Mann, der Lukas Eiserbeck hieß, in einem engen Badezimmer, das bis Brusthöhe hellgelb gekachelt war. Licht aus zwei nackten Glühbirnen stach ihm in die Augen, als er die Narbe im Spiegel betrachtete. Er schloß die Lider, öffnete sie. Dann drehte er den Hahn auf. Er beugte sich vornüber, sammelte kaltes Wasser in den Händen und warf die kleine Pfütze in sein Gesicht.

Eiserbeck hörte wieder das Gurgeln, von dem er nicht wußte, wo es herkam. In einer Ecke des Badezimmers wuchsen zwei dünne Rohre aus dem Boden und durchbrachen nach zweieinhalb Metern die Decke. Manchmal gurgelte es in diesen Rohren, als würde über ihm Wasser ablaufen. Aber er wohnte im obersten Stockwerk, und er fragte sich, wo die Rohre hinführten.

Das Bad war eng, eine Wanne, daneben das Waschbecken mit dem Spiegel, ein Regal. Von den Kacheln waren einige brüchig, Ecken fehlten. Auf einem Brett neben dem Spiegel lehnte eine ausgefranste Zahnbürste in einem Glas, das am Boden weiß verkrustet war. Tropfend stand Eiserbeck im Bad, noch immer vornübergebeugt. Ein weiterer Blick? Vielleicht hatte er sich getäuscht, und die Narbe war gar nicht zu sehen. Er richtete sich auf, nicht ganz, sonst hätte er sein Gesicht verpaßt. Der Spiegel hing zu niedrig. Alle Spiegel hingen zu niedrig. Er sah sein Gesicht, das glatt und abgerundet war wie ein kindersicheres Möbelstück. Er schnitt Grimassen.

Die Narbe war da. Rechts, gleich unterhalb des Haaransatzes, leuchtete auf heller Haut ein weißer Strich, der vielleicht drei Zentimeter lang war. Den Weg der Nadel markierten weiße Punkte oberhalb und unterhalb der Narbe. Eiserbeck sah sein rechtes Lid zucken bei dem Gedanken, wie dieses dünne Stück Metall, einen schwarzen Faden hinter sich herziehend, dreiunddreißigmal in seinen Kopf getrieben worden war. Dreiunddreißigmal rein, dreiunddreißigmal raus. Man hatte ihn nur örtlich betäubt.

Er rasierte sich. Das Brummen des Rasierers schwoll auf und ab, im Rhythmus seiner Hand. Das Geräusch nervte, nervte um so mehr, je müder er war. Er war sehr müde. Kaum Schlaf, seit drei Tagen nicht. Um zwei oder um drei war er aufgestanden und hatte sich ans Fenster gestellt. Schwarzgrau lag die Stadt vor ihm. Er konnte die Spitzen der Containerbrücken sehen, im Licht ihrer roten Warnlampen. Eine Taube saß gegenüber auf der Regenrinne. Sie schlief, den Kopf schräg, und man konnte denken, daß sie im nächsten Moment herunterfallen würde, aber sie fiel nicht. Dann entdeckte Eiserbeck ein flackerndes Licht, orange, dort hinten strich es die Hauswände entlang, verschwand, kam wieder. Eine Hebebühne stieg über die niedrige Dachlinie. Ein Mann stand darauf. Eiserbeck konnte nicht erkennen, was er dort tat. Im orangenen Licht glitzerten die Leuchtstreifen auf seiner Weste. Noch ein flakkerndes Licht, noch eine Hebebühne, gut zwei Kilometer von der anderen entfernt. Was machten die hier nachts? Kamen da Arbeiter und bauten im Schutz der Dunkelheit die Stadt um? Zu welchem Zweck? Es konnte kein guter sein, das Gute kann am Tag erledigt werden. Funken, gleißend weiße Lichtstriche, blau durchschimmert, die

Männer auf den Hebebühnen schweißten. Eiserbeck war beunruhigt. Er wollte keine andere Stadt. Sei nicht albern, dachte er dann, schlaf endlich, du mußt schlafen.

Er schaltete den Fernseher ein. Nichts auf Taste vier, nichts auf Taste acht. Auf Taste fünf sah er eine Straße, in der Menschen rannten, geduckt rannten, während aus der Ferne, von den Häusern dort, ein trockenes Knallen herüberdröhnte, nicht laut, gar nicht laut, eher harmlos leise, und doch war dieses Geräusch der Grund, warum die Menschen rannten, auch Alte, denen man ansah, daß sie das Rennen nicht mehr gewöhnt waren, daß sich die Knochen sträubten, aber die Alten rannten, und wenn sie atemlos die nächste Ecke erreicht hatten, richteten sie sich auf, während ihnen die Kamera, auf die sie zugerannt waren, direkt ins Gesicht schaute, und Eiserbeck sah eine routinierte Erleichterung, überlebt zu haben. Nicht alle überlebten. Das wußte er. Die von Taste fünf wiederholten das jede Stunde, und Eiserbeck sah die rennenden Menschen dreimal, bevor er einschlief.

Er beugte sich dem Spiegel entgegen. Links und rechts verschwand die Linie unter aschgrauen Haaren. Er wußte, daß sie erst an den Ohren endete. Dreißig Zentimeter, hatte der Arzt mit den dünnen langen Fingern gesagt und gelächelt, als wäre das eine Sache, auf die man stolz sein könne. Und Lukas Eiserbeck war ja auch stolz gewesen. Was wußte denn ein elfjähriger Junge von Haarausfall?

Heute morgen hatten wieder aschgraue Haare auf seinem Kopfkissen gelegen. Seit zwei Jahren lagen aschgraue Haare auf seinem Kopfkissen. Und wann war er zuletzt aus einer Badewanne gestiegen, ohne Haare darin schwimmen zu sehen? Haare schwebten auf die Bestellscheine, die er für seine halbblinden Kunden ausfüllte. Haare trieben in der Suppe, die er löffelte. Und Haare klemmten zwischen den Seiten des Buches, das er las. Natürlich hatten Männer Haarausfall. Und natürlich wurden Männer kahl. Das war in Ordnung. Zu diesen Fünfzigjährigen paßte das. Sah man wichtig mit aus. Aber mußte er, Eiserbeck, einer von den Männern sein, die mit achtzehn die ersten Haare verlieren, mit zwanzig Geheimratsecken haben, mit fünfundzwanzig sich dünne Strähnen quer über den Kopf kämmen und mit dreißig verglatzt sind? Ausgerechnet er. Der Junge mit der Narbe.

Man würde ihn anstarren. Man würde an ihm vorbeisehen. Weinende Kinder, entsetzte Frauen.

Eiserbeck schwitzte, obwohl es Herbst war und längst nicht mehr heiß. Er setzte sich auf den Rand der Badewanne. Was tun? Sollte er sich die Haare wachsen lassen, um die Narbe hinter einem Pony verbergen zu können? Grauenhaft. Wie gut paßten die kurzen, steil aufragenden Haare zu seinen breiten Schultern. Er war ein Schrank, und bald würde er ein Schrank mit Pony sein. Das war schlimm, aber es würde noch schlimmer kommen. Denn später, wenn er sich die Haare nicht mehr ins Gesicht würde kämmen können, weil da keine Haare waren, was dann? Ein Toupet? Niemals. Ein Toupet war etwas für Schwächlinge. Dann lieber eine Kappe. Die hatte er schon vor zehn Jahren getragen, nachdem er den Krügers in die Hände gefallen war.

Er war alleine zu dem Schrottplatz hinter der Zeche gegangen, um dort zu stöbern und der Stille des Sonntags den Garaus zu machen. Er fand eine schwere Kette, die er gegen Bleche schwingen ließ, und sägte mit einem Kanteisen an einem Gleisstück. Später saß er im Unkraut und ließ gedankenlos rostroten Sand durch seine Finger rieseln. Als er die drei Krügers heranschleichen sah, hatte er keine Chance mehr, zu entkommen. Sie packten seine Arme und Beine und schlugen ihm ins Gesicht. Sie sprachen nicht. Ihren Gesichtern sah Eiserbeck die Genugtuung an, ihm nun Schläge, die sie selbst hatten einstecken müssen, heimzahlen zu können. Als ihm die ersten Tränen die Absicht eines stillen Heldentums zunichte machten, ließ der Krüger, der geschlagen hatte, von ihm ab. Grinsend zog er eine große Schere aus seiner Jacke. Lukas Eiserbeck hatte die Kämpfe mit den Krügers stets in dem unter Kindern üblichen Vertrauen geführt, daß eine bestimmte Grenze nicht überschritten wird. Doch jetzt sah er eine Schere in der Hand eines Krügers. Und dann redete er lange und ernst und versuchte, die Krügers mit kindlichen Worten zu einem Frieden auf alle Zeit zu überreden. Er hatte Angst, weil er sah, daß er dem Krüger das Grinsen nicht aus dem Gesicht reden konnte, und so bettelte er mit hoher Stimme, zuletzt mit einem Winseln, das ihm in der Erinnerung wie ein Abschied von der Kindheit vorkam. Der Krüger mit der Schere trat zu ihm hin und packte seinen Schopf. Lukas Eiserbeck schrie. Und er kämpfte wieder, zerrte und bog sich mit aller Kraft, aber die beiden Krügers an seinen Armen und Beinen hielten ihn nieder. Die Schere fuhr Eiserbeck über den Kopf, schnappte zu, und dann verstummte er für einen Moment, weil er einen aschgrauen Büschel ins Unkraut fallen sah. Es war ein Moment der Verblüffung. Es wurde tatsächlich geschnitten. Es war nicht so wie sonst, daß man sich alles mögliche androhte, um dann, nach Genuß der Angst, grinsend einzulenken. Er schrie wieder. Nach fünf Minuten war die vordere Hälfte seines Kopfes rasiert. Der Krüger, der geschnitten hatte, machte zwei Schritte zurück, um sein Werk besser ins Auge fassen zu können. Vielleicht hatte er lachen wollen, aber er lachte nicht, sondern sah Eiserbeck still und betreten an. Nachdem ihn alle drei Krügers betrachtet hatten, wurde Lukas Eiserbeck eine Spiegelscherbe vor das Gesicht gehalten, so daß er sich selbst anschauen mußte. Er sah einen Kopf, der vorne kahl war. Nur vereinzelt standen Stoppeln ab. Er sah einige blutige Kratzer, wo die Schere, die roh und ungenau geführt worden war, die Haut verletzt hatte. Und er sah einen weißen Strich von einem Ohr zum anderen, eine leicht erhabene Narbe, die nicht gleichmäßig umlief, sondern nach links hin anstieg. Eiserbeck schloß die Augen und weinte.

Dann waren die Krügers verschwunden, und auf dem Schrottplatz herrschte wieder die pochende Stille des Sonntags. Er stand auf und klopfte sich den Staub aus den Kleidern. Nachdem er sich die Jacke über den Kopf gezogen hatte, rannte er nach Hause. Seine Mutter schnitt ihm auch den Hinterkopf kahl, damit die Haare gleichmäßig nachwachsen konnten. Acht Wochen lang trug Lukas Eiserbeck jede Minute eine dunkelrote Kappe mit einem Indianerkopf und der gelben Aufschrift Washington Redskins, sein Lieblingsclub in der NFL.

In den folgenden zehn Jahren sah Eiserbeck seine Narbe nicht wieder. Er dachte kaum daran. Aber manchmal geriet er in jene Gespräche, in denen ein jeder von seinen Verletzungen erzählt, und dann wartete er, bis sich die anderen mit Geschichten von Platzwunden und Knochenbrüchen übertroffen hatten. Er schwieg und nickte, und wenn alle durch waren, kam er mit seiner Narbe. Die Mädchen schauderten.

Sollte er baden? Eiserbeck saß auf dem Rand der Wanne, die rechte Hand ins Wasser getaucht. Sie war bis zur Hälfte gefüllt, seit drei Tagen, seit Sonntag, als er mit Isabella diesen beschissenen Tanztee besucht hatte. Eiserbecks Hand fuhr durch das Wasser, das muffig roch. Es war trüb, und knapp oberhalb der Wasserlinie zog sich ein grauer Streifen die Wanne entlang. Er sah Haare in der seifigen Brühe schwimmen, seine eigenen, kurz und aschgrau, aber auch einige lange, die schwarz waren. Eines fischte er heraus und zog es durch seine Finger. Im Wasser waren auch kurze dunkle Locken, Isabellas Schamhaare.

Step Wie-ge Chachacha.

Daß er das nicht vergessen konnte. Er dachte immer, den Dreck streichst du aus deinem Kopf, daran denkst du nie mehr, und dann war es wieder da.

Er horchte. Kein Klingeln. Nur die Bremsen der S-Bahn. Er stand auf und putzte sich die Zähne, ohne in den Spiegel zu schauen.

Isabella. Wenn sie tanzte, waren ihre Augen geschlossen, die Zähne glänzten wie Schnee. Machte sie eine Pause, trank sie Cola und lutschte die Zitrone aus. Sie küßte Eiserbeck, tanzte weiter, während er an der Bar stand und sich die sauren Lippen leckte.

Sollte er zum Türken gehen und Zitronen kaufen?

Er spülte seinen Mund aus, schnellte dann hoch und sah in den Spiegel. Was war denn falsch an ihm? Sein Gesicht doch nicht. Sie liebte seine Augen. War er nicht easy genug? Aber sie war es doch auch nicht mehr.

Er wusch sich und ging in sein Zimmer, wobei er zweimal den Kopf nach vorne knickte, vor jedem Türrahmen, den er passierte. Zwar berührte er die Türrahmen nicht, wenn er aufrecht ging, aber er berührte sie fast. Und bei allem, was knapp war, befahl ihm ein Reflex, den Kopf einzuziehen. Zu oft war er gegen Kanten geknallt, vor denen sein Auge entwarnt hatte.

Das Telefon stand auf dem Fußboden und schwieg. Eiserbeck zog sich an, und dann schaltete er, auf dem Bett sitzend, mit der Fernbedienung den Fernseher ein. Er begann mit Taste vier, sah eine Frau, die, verfolgt von Hubschraubern, singend durch die Wüste lief, drückte dann Taste acht, um die ersten Minuten eines Fußballspiels in Afrika zu verfolgen, bis ihm mangels Torchancen langweilig wurde und er zu Taste fünf wechselte, wo wieder Menschen rannten, geduckt rannten, bis sie die nächste Ecke erreicht hatten, um dann mit routinierter Erleichterung in die Kamera zu schauen.

Immer noch Langeweile in Afrika. Eiserbeck ließ das

Fernsehbild mit einem Knopfdruck ersterben und ging hinaus. Im Treppenhaus fiel ihm ein, daß er es sich ruhig einmal leisten konnte, zehn Minuten zu spät zu kommen. Warum sollte er also nicht wieder hochgehen und den Fernseher einschalten. Den Ton aber nicht zu laut drehen. Noch zehn Minuten fernsehen und dabei auf das Telefon achten. Sie konnte jederzeit anrufen. Nichts sprach dagegen, daß sie in den nächsten zehn Minuten anrufen würde. Und dann nie wieder. Weil sie sich nur das eine Mal traute. Und er wäre nicht da, würde pünktlich sein, während ihn Isabella anrief. Sie mußte anrufen, das war klar. Sie hatte ihn verlassen. Er ging wieder in seine Wohnung und schaltete den Fernseher ein.

Eins zu null, das hatte er verpaßt. Er würde sie nicht zappeln lassen, ein bißchen nur. Aber entschuldigen mußte sie sich. Der Fernseher war ein bißchen zu laut. Er drückte eine Taste, und die Gitarre, die unverkabelt zirpte, wurde leiser. Es kam natürlich nicht in Frage, daß er anrief. Er war verlassen worden. Wenn er jetzt anrief und sie wieder zusammenkämen, würde das Folgen haben. Ein anderes Gleichgewicht. Verlassen und angerufen. Zwei Niederlagen. Er liebte sie ohnehin mehr als sie ihn. Zwei zu null. Nicht schlecht. Ein Heber aus spitzem Winkel. So elegant können das nur die Schwarzen. Wie zerschlagen saß er auf dem Bett. Sie hatte ihn, dachte er, nie richtig geliebt.

Er sah vom Fernseher zum Telefon. Nichts ist schlimmer, als auf einen Anruf zu warten, weil das Klingeln aus dem Nichts kommt. Es kündigt sich nicht an, es gibt keinen Vorlauf, kein anschwellendes Signal, keine Entwicklung. Es kann jederzeit kommen oder nie. Da ist nichts, und plötzlich soll es klingeln. Aus einem Vakuum wird Materie. Ein Urknall, ein Urklingeln. Das kam Eiserbeck jetzt unmöglich vor. Er wählte Isabellas Nummer und hörte von der Mutter, daß sie nicht zu Hause sei.

Er stand auf, drückte den roten Knopf und verließ die Wohnung. Unten stieg er in seinen grünen Ford Capri und fuhr zur Arbeit.

Es war elf, als Lukas Eiserbeck in einem Polo der Caritas auf die Reeperbahn rollte. Mittags kam ihm St. Pauli vor wie nach einer schweren Niederlage in nächtlichem Kampf. Das Heer der Dunkelheit war geflohen, hatte außer Unrat nichts zurückgelassen, Bierdosen, Plastikbecher, Pizzapappe, Gyrosbecher. Artig waren die Sieger eingerückt und lebten nun eine Normalität, die nicht in diese Straßen paßte. Eine Frau schob einen Kinderwagen an einer fetten Hure vorbei. Zwei Rentner plauderten unter der erloschenen Lichtreklame einer Sadomasobar. Ein Kind mit Schulranzen sprang über eine Kotzlache. Es waren wenige, aber sie schafften es, den Kiez bürgerlich zu machen. Nur hinter den Scheiben der Spelunken, die mit verschrammtem Holz eingerichtet waren, saßen alte Männer wie Gefangene, die vor der Dämmerung nicht freigelassen werden. Wortlos tranken sie Bier und Schnäpse in kleinen Schlucken, um lange durchhalten zu können.

Im Kofferraum des Polo stapelten sich grüne Styroporcontainer, gefüllt mit hitzekonservierenden Aluschachteln. Hacksteak mit Röstzwiebeln in Soße, dazu Karotten und Kartoffelpüree als Normalkost. Kabeljaufiletschnitte, gedünstet in Dillrahmsoße, dazu Salzkartoffeln als Schonkost.

Er hielt hier und dort, parkte in zweiter Reihe und ging dann mit einem der Styroporcontainer in ein Haus, stieg Treppen hinauf, bevor ihm auf Klingeln und nach dem Entfernen von Sicherungsketten geöffnet wurde. Aus den Wohnungen drang der Geruch des Essens, das er am Vortag geliefert hatte.

Mit hungrigen Mienen wurde Eiserbeck empfangen und unter gleichbleibenden Floskeln in Wohnungen gebeten, die seit Jahrzehnten nicht renoviert worden waren, weil ihre Bewohner täglich mit dem Tod rechneten oder sich aus Resignation, die in langen Leben gesammelt war, nicht mehr störten an Gilb über Tapeten, Flecken auf Teppichen, Kratzern an Türrahmen, Löchern in Polstern, Staub auf Regalen. Wo noch geputzt wurde, herrschte die fehlerhafte Reinlichkeit von Menschen mit Sehschwäche. Bei jedem Schritt tanzten Wollmäuse davon. Manche putzten gar nicht mehr.

Eiserbecks Kunden gingen voran in die Küche, wo auf Resopaltischen Besteck ausgelegt war, akkurat rechtwinklig zur Tischkante und akkurat parallel zueinander, meist für eine Person. Die Aluminiumschachteln, die Eiserbeck aus den Styroporkisten hob, waren heiß. Er zog den Deckel ab und stellte das Atmen ein, um nichts von den aufsteigenden Dämpfen riechen zu müssen. Nur flüchtig sah er auf die Haut über der Soße. Es ging dann darum, schnell hinauszukommen, aber das war nicht leicht, weil seine Kunden Tricks kannten, seinen Aufenthalt hinauszuzögern. Sie redeten hastig, ohne Pausen zu lassen, in die er seine Abschiedsworte hätte sprechen können. Oder sie warfen Fragen auf, die er sofort beantworten sollte. So arbeitete er sich im Rückwärtsgang zur Tür vor, mit schlechtem Gewissen, das Tag um Tag nachließ.

Es gab ein paar Leute, die er mochte und denen widmete er manchmal die Zeit, die andere hinterließen. Eigentlich war sein Lieferplan zu eng bemessen, um plaudern zu können. Aber von seinen Kunden, die fast alle alt waren, starben viele, und nicht immer kam sofort ein neuer auf Eiserbecks Liste. Dann blieb ihm eine Viertelstunde zum Reden.

Franz Beckmann lebte dort, wo der Kiez von St. Pauli im Westen brav als eine Sammlung rotgemauerter Mietshäuser beginnt. Dazwischen steht die Brauerei und riecht nach Maische. Eiserbeck stieg durch ein grüngekacheltes Treppenhaus in den dritten Stock. Die Tür links stand halb offen. Im Flur war die Batterie Schnapsflaschen weiter gewachsen, was Eiserbeck daran sah, daß die Pfade zwischen den Türen schmaler geworden waren. Im einzigen Zimmer saß Beckmann auf ungemachtem Bett. Über einem Unterhemd trug er einen Trainingsanzug. Er war groß und fettleibig. Auf seinem Kopf klebte schütter weißes Haar. Während sein linkes Auge nervös flackerte, schien das rechte eingefroren. Es war beschlagen und leblos. Links fehlte Beckmann ein Bein, die Traningshose hatte er unterhalb des Beckens verknotet. Neben ihm lehnten zwei Krücken am Bett. Auge und Bein waren Beckmann, im Krieg Fallschirmjäger, beim deutschen Angriff auf Kreta verlorengegangen. Noch in der Luft, am Schirm baumelnd, traf ihn eine Kugel in den Oberschenkelknochen. Als er bei der Landung stürzte und bäuchlings auf dem Geröll eines Weinbergs lag, stach ein Skorpion in sein rechtes Auge. Es dauerte einen ganzen Tag, bis Hilfe kam. Beckmann erzählte immer wieder vom Krieg, bellend und kleinteilig.

Eiserbeck mochte ihn nicht. In Beckmann, fand er, steckte die Selbstgerechtigkeit eines alten Mannes, der seine Lebensgeschichte für einen Verdienst hält und bereit wäre, Gewalt anzuwenden, wenn ihm jemand Respekt verweigerte. Eiserbeck kannte diesen Typ zur Genüge, diesen Ich-über-alles-Rentner, der sich auf der Suche nach einem Sitzplatz starren Blickes durch einen überfüllten Bus rempelt.

»Was für einen Fraß gibt es heute?«

»Hacksteak.«

»Zum Kotzen.«

»Sie müssen ja nicht.«

Eiserbeck holte eine Aluschachtel aus der Styroporkiste und zog den Deckel ab. Dann stellte er die Schachtel auf einen Nachttisch neben Beckmanns Bett. Dort stand auch eine Schnapsflasche, die halb gefüllt war.

»Ist ja ekelhaft«, bellte Beckmann.

Er nahm eine der Krücken, legte sie an wie ein Gewehr und zielte auf Eiserbeck.

»Bumm.«

Er lachte.

Nur mit einer Gabel machte er sich über das Essen her, quetschte große Ecken aus dem Fleisch, das er schlürfend verschlang. Zwischendurch schaufelte er Kartoffelpüree in seinen Mund, den er weiter aufriß, als nötig war. Eiserbeck wollte gehen, aber er blieb, konnte bleiben, weil ihm Wilma Herzog, die einem Schlaganfall erlegen war, eine Viertelstunde hinterlassen hatte. Er stellte sich ans Fenster und fragte Beckmann:

»Wie schießt man mit einem Gewehr?«

»Häh?«

»Wie man mit einem Gewehr schießt?«

»Warum willst du das wissen? Du bist doch Drückeberger.«

Beckmann kaute mit großem Mund.

»Zivildienstleistender.«

»Sag ich doch. Willst du Tauben abknallen?«

»Ich will es halt wissen.«

»Ich will es halt wissen«, äffte ihn Beckmann nach. »Anlegen. Zielen. Abdrücken.«

Er lachte.

Eiserbeck sah ihn an, sagte nichts. Beckmann schlang.

»Gutes Schießen ist eine Kunst. Gutes Schießen fängt mit dem Atmen an. Du mußt zusehen, daß du so ruhig wie möglich atmest. Du muß rhythmisch atmen. Und wenn du schießt, hältst du den Atem an. Verstehst du? Einatmen. Ausatmen. Einatmen. Halb Ausatmen. Luft anhalten. Abdrücken.«

Beckmann nahm die rechte Krücke, visierte damit ein Gemälde an der gegenüberliegenden Wand an. Es zeigte eine Zigeunerin mit roter Schleife im Haar und tiefem Ausschnitt. Sie lächelte. Während Beckmann die Krücke auf die Zigeunerin richtete, atmete er geräuschvoll. Eiserbeck sah Hackfleischreste zwischen seinen Zähnen.

»Bumm«, bellte Beckmann. »Mach es nach.«

Eiserbeck atmete ein, atmete aus, atmete ein, atmete halb aus, hielt die Luft an.

»Nicht so hektisch. Mach es noch einmal.«

Eiserbeck sammelte sich. Dann atmete er gleichmäßig und ruhig.

»Geht doch. Und wenn du abdrückst, zieh nicht so stark am Abzug. Sonst kommen zuviele Muskeln in Bewegung, und das schafft Unruhe. Leg ein bißchen Druck in deinen Finger, ein bißchen mehr, ein bißchen mehr, gleichmäßig, unmerklich. Wenn du es richtig machst, passiert der Schuß fast von alleine.«

Er war jetzt fertig mit dem Essen.

»Ich muß scheißen«, bellte er.

Beckmann nahm die Krücken und zog sich hoch. Als er durch den Flur ging, hörte Eiserbeck Flaschen klirren. Er stand noch immer am Fenster und schaute hinüber zur Brauerei. Durch eine offene Tür sah er leere Bierkästen in tröstender Gleichmäßigkeit über ein Laufband gleiten. Beckmann hatte dort bis vor wenigen Jahren als Pförtner gearbeitet.

Eiserbeck hörte ihn rufen. Es war ihm zuwider, aber er ging durch das Zimmer und über den flaschengesäumten Pfad im Flur zur Toilette, wo Beckmann auf seine Krücken gelehnt stand. Die Trainingshose und eine Unterhose hingen über seinen Füßen. Beckmann unter die Schultern greifend, stellte sich Eiserbeck vor den schweren Mann, der nun eine Krücke losließ und sich mit der freien Hand, in der er ein Stück Papier hielt, den Hintern wischte. Eiserbeck hielt die Luft an, um nicht den scharfen Geruch aus Beckmanns Gedärmen einatmen zu müssen. Es war nicht das erstemal, daß er hier stand. Beckmann, der immer fetter wurde und immer schwächer, hatte ihn schon vor Monaten um die gleiche Hilfe gebeten. Er sei, sagte er kläglich, nicht mehr in der Lage, auf nur eine Krücke gestützt zu stehen. Beckmann hatte ihn damals gerufen, als Eiserbeck gerade zur Tür hereingekommen war, und er mit entblößtem Geschlecht, einem ungeheuer weißen und faltigen Geschlecht, in der Toilette stand. Eiserbeck half ihm. Die Vorstellung, wie Beckmann ungesäubert auf seinem Bett sitzt, kam ihm noch widerlicher vor als das kurze Ausharren bei Wischgeräuschen und schweren Dämpfen. Es war dann immer wieder vorgekommen, daß Beckmann, meist rasch vor dem Essen, um den stützenden Griff gebeten hatte. So fand er auch Gelegenheit, seine Kriegsgeschichten loszuwerden.

Zurück im Zimmer fragte Eiserbeck, wie er sich zum Ziel stellen müsse.

»Seitwärts natürlich«, bellte Beckmann, der nur auf der Toilette kläglich klang. »Füße schulterbreit aufstellen. Hinterer Fuß ein bißchen zurück. Da nimm.«

Er hielt ihm fuchtelnd eine Krücke hin. Eiserbeck nahm die Krücke, stellte sich auf und legte an. Ins Visier nahm er einen rotschwarzen Flecken an der Wand, wo zwischen Blut Mückenbeine klebten.

»Und jetzt schön atmen«, schrie Beckmann.

Einatmen. Ausatmen. Einatmen. Halb ausatmen. Luft anhalten.

»Bumm«, bellte Beckmann. »Daneben. Du stehst nämlich beschissen. Komm her. Hilf mir.«

Eiserbeck ging zu ihm, gab ihm seine Krücke. Beckmann hievte sich hoch, humpelte ein paar Schritte vorwärts und gab die Krücke wieder her. Einen Arm legte er um Eiserbecks Hüften.

»Schieß jetzt anständig.«

Eiserbeck legte an.

»Du sollst die Krücke nicht halten wie eine Krücke, sondern wie ein Gewehr. Die Backe eng an den Schaft.«

Schnapsdunst wehte aus Beckmanns Mund. Eiserbeck zielte wieder auf den Mückenfleck.

Einatmen. Ausatmen. Als er wieder einatmete, rutschte Beckmanns Arm von Eiserbecks Hüfte. Der schwere Mann verlor das Gleichgewicht und fiel. Eiserbeck versuchte, ihn zu packen, wurde aber mitgezogen und fiel auch. Beckmann fluchte. Eiserbeck raffte sich auf, suchte die beiden Krücken zusammen und zog Beckmann hoch.

»Idiot.«

»War nicht mein Fehler.«

Er half dem Alten aufs Bett und verließ die Wohnung.

Einatmen. Ausatmen. Einatmen. Halb Ausatmen. Luft anhalten.

Seit zwei Stunden lag Eiserbeck in der Badewanne. Zwischendurch war er eingeschlafen. Weil ihm kalt wurde, wachte er auf. Draußen war es dunkel. Seine Haut war faltig und weich wie Filz. Er überlegte, heißes Wasser nachlaufen zu lassen, aber er wollte nicht das wenige, was ihm von Isabella geblieben war, verdünnen. Das brachte er nicht übers Herz. In dieser Bracke umgaben ihn Spuren ihrer Körpersäfte, ihrer Haare und ein Hauch ihres Parfüms. Er war ihr nahe.

Schlimm, daß er keine Chance gehabt hatte, ihre Schwächen kennenzulernen. Als sie ihn verließ, war er noch immer vollkommen verliebt, und er hatte kein Bild von ihr, das nicht vom Firnis der Liebe überzogen war. Wenn er nur eine Schwäche gewußt hätte, ihm wäre, dachte er, geholfen gewesen. Aber so schwebte sie makellos durch seine Erinnerungen, ein Ideal, der Traum von einer Frau. Auf sie hatte er gewartet. Eiserbeck nahm eines ihrer schwarzen Haare aus dem Badewasser und wickelte es um seinen Zeigefinger.

Step Wie-ge Chachacha.

Eiserbeck hatte Zeit gebraucht, um sich an das Leben in den Clubs und auf den Partys zu gewöhnen. Er kam sich eckig vor, ungenau eingepaßt, und er suchte nach dem Gefühl, das die anderen beflügelte, aber wenn er der Meinung war, ihrer Luftigkeit auf die Spur gekommen zu sein, mußte er kurz darauf feststellen, daß ihn seine eigene Schauspielerei getäuscht hatte. Sei easy, sagte Isabella. Diesem Wort spürte er nach, nagte und lutschte an ihm wie ein Hund an seinem Knochen. Easy. Was war die Seele dieser vier Buchstaben? Und wie konnte er sie sich einverleiben?

Trotzdem gefielen ihm diese Nächte. Je länger sie waren, desto besser. Drei Uhr ging so gerade eben, vier war okay, am besten man sah das erste Tageslicht. Diese Stimmung liebte er: wenn sich die Ermüdeten mit den Verschlafenen trafen, die letzten aus den Clubs und die ersten auf dem Weg zur Arbeit, wenn es leise zuging und langsam, die Stadt aber trotzdem lebte. Dann noch einen Kaffee in einer Bar und dazu das Gefühl, alles ist richtig, wie es ist.

Es war an einem solchen Morgen, als Isabella den Vorschlag machte, zum Sonntagstee einer Tanzschule zu gehen. Eiserbecks Hände umklammerten die mäßig heiße Kaffeetasse, sein Blick wanderte über die Dächer hinaus, und er versuchte, zu entscheiden, ob es in dieser Sekunde heller war als in der letzten. Er war leicht betrunken, es ging ihm gut, und dann das. Was für eine Idee. Nichts war lächerlicher als der Sonntagstee einer Tanzschule. Isabella wußte das. Es kam ihr nur darauf an, sich lustig zu machen. Mit dieser Haltung waren sie zum Deutschen Derby gegangen, in die Spielbank, auf eine Party im Yachtclub. Dort lärmten sie dann, sie und ihre Freunde, und rannten herum und waren anders als die anderen. Nirgendwo konnten sie so anders sein als an diesen Orten. Eiserbeck machte mit, sah aber nicht den Gewinn. Und jetzt noch eine Tanzschule? Das hatte er hinter sich, keine glückliche Erinnerung. Silbrig schimmerte der Himmel über den

Dächern. Es war heller als vor einer Minute, aber das mit den Sekunden bekam er nicht mit. Er wollte nicht zu diesem Tanztee gehen, ging aber doch.

Isabella holte ihn ab. Es war noch Zeit, und sie legte sich in heißes Badewasser, weil sie fror. Schmal lag sie in der Wanne, die Augen geschlossen, während Eiserbeck auf dem Rand saß und mit einer Hand durch das Wasser fuhr. Er sah auf ihren Körper, dessen Konturen nun zittrig und verschwommen waren. Im Wasser wirkte die bronzene Haut, die sie von einem indischen Vater hatte, noch dunkler. Er strich über ihre Schultern und ihre kleinen Brüste. Er wollte, daß es jetzt passierte, aber es passierte nicht.

Im Foyer der Tanzschule machten sich Isabella und ihre Freunde nicht die Mühe, zu verbergen, daß sie Pillen schluckten. Eiserbeck verzichtete, obwohl er wußte, daß er mit diesen Pillen schneller zur Seele des Wortes easy vordringen konnte. Er hatte es probiert, einmal, als sie im schwülen *Tempelhof* der Langeweile einer Dienstagnacht entkommen wollten. Isabella hatte schon einige dieser Pillen geschluckt. Weit weg war sie, nicht erreichbar für ihn, und er wollte ihr folgen, weshalb er zugriff, als ihm einer ihrer Freunde eine Pille anbot. Dann ging er tanzen. Er tanzte, und plötzlich hatte er Angst. Ein spitzes Angstgefühl kroch ihm durch den Kopf. Es war keine Angst vor etwas Bestimmtem. Es war die Angst an sich. Er schwitzte und mußte sich an die Wand lehnen, weil ihm die Luft wegblieb. So stand er fünf Minuten und wartete auf etwas Furchtbares, von dem er nicht wußte, was es sein würde. Und dann, nach einem Wimpernschlag, war er glücklich. Wie in einer Explosion hatte sich die Angst übergangslos in Glückstaumel verwandelt. Es war eine Explosion im Gehirn, die es nicht zerstörte, sondern größer machte und empfindlicher und offener. Die Musik erreichte ihn direkt, sie wummerte in seinem Kopf, in seinen Armen, in seinen Beinen. Er tanzte endlos. Die Pillen nahm er nie wieder.

Ein Quickstep eröffnete den Tanztee. Wie ging nochmal Quickstep? Schwerfällig führte Eiserbeck Isabella über das Parkett. Beim Slow Fox trat er ihr auf die Füße. Beim Walzer fehlte ihm Gegenmasse für die Drehungen, sein Schwung ging ins Leere. Isabella wog nur halb soviel wie er. Mit der Unwucht einer zerdellten Felge kreiselten sie durch den Saal. Eiserbeck versuchte, nicht in die Spiegel zu schauen, aber da waren überall Spiegel. Er sah, was er immer gewußt hatte: Er war zu groß, um tanzen zu können. Es erleichterte ihn, von einem Jungen mit schütterem Oberlippenbart abgeklatscht zu werden. Ihm einen Kuß nachhauchend, steppte Isabella davon.

Er holte sich ein Bier, und eine Weile sah er dem Leiter der Tanzschule zu, der die CDs wechselte und Takt oder Schrittfolge durch ein Mikrophon ansagte. Ein eitler Sack war das, um die fünfzig, graue Haare, die glänzten. Gel oder sowas. Bumste seine Schülerinnen, das war klar. Eiserbeck trank das Bier und hielt dann Ausschau nach Isabella. Er klatschte ab, als sie im Sambaschritt heranwippte. Schweißwasser perlte von den Spiegeln.

Sie tanzten Chachacha, zum siebten, achten Mal. Drei Rutscher nach rechts, linker Fuß vor, Gewicht nach vorne, Gewicht zurück, drei Rutscher nach links, rechter Fuß zurück, Isabella schwang von ihm weg, drehte sich unter seiner erhobenen Hand, während er zurückschaukelte und vorschaukelte, bis sie sich wieder in seinen Arm schmiegte, neue Rutscher. »Step Wie-ge Chachacha«, schnurrte der Tanzschulenleiter in sein Mikrophon. Eiserbeck rutschte lustlos und schaukelte mit steifen Hüften. Öde war das. Als Isabella, chemisch beglückt und weich fließend, erneut unter seiner Hand rotierte, hörte er ein Klatschen, und schon rotierte sie unter der Hand eines anderen.

Step Wie-ge Chachacha.

Er konnte es. Er war schmal, nicht allzu groß. Geschmeidig führte er Isabella über die Tanzfläche. Eiserbeck sah sie lächeln. Er schaute weg. Wartete. Wartete. Kehrte zurück auf die Tanzfläche. Klatschte ab. Erntete ein Kopfschütteln. Isabella drehte ihr Gesicht weg. Sie flossen davon.

Noch zweimal tanzten sie vorüber, und Eiserbeck sah die Eintracht nicht nur ihrer Körper. Er trank ein weiteres Bier und ging pissen. Als er zurückkam, waren sie verschwunden. Er suchte, fragte Isabellas Freunde, die nichts wußten, und dann tanzte er kurz mit einem Mädchen, das ihn, weil Damenwahl war, aufgefordert hatte. Als er sie loswerden konnte, ging er Bier trinken, viel Bier, bis er wieder tanzen wollte. Er tanzte und stürzte, als ihm ein Paso Doble die weichen Knie verknotete. Er fiel, mit ihm, unter Schreien, ein Mädchen, das sich nur widerwillig hatte auffordern lassen. Dann schmissen sie ihn raus.

Er ging zum nächsten Hochbahnhof, von wo er die U-Bahn stadteinwärts nehmen wollte. Weil die Bahn nicht sofort kam, machte er sich zu Fuß auf den Weg. Eiserbeck ging die Schienen entlang, die hier auf Stelzen fünf Meter über den Boden gebaut waren, vorbei an Häusern, durch deren Fenster er Menschen sah, die ihren Sonntagabend annehmlich verbrachten. Er ging stur, einen Fuß auf jede dritte Schwelle setzend. Im Kopf dröhnte bedrohlich der Rhythmus des Chachacha. Als ihm eine Bahn entgegenkam, wechselte er nicht auf die andere Schiene, sondern stellte sich zur Seite ans Geländer. Die Bahn wuchs, und je näher sie kam, desto gewisser schien es, daß der Platz nicht reichen würde. Sie schoß heran und vorbei. Eiserbeck ging weiter, durch einen Hochbahnhof hindurch, ein stummer Wanderer, den die Blicke der Wartenden nicht kümmerten. Als er sich dem nächsten Bahnhof näherte, sah er einen Polizeiwagen vorfahren. Er hielt bei einer Stelze und stieg über das Geländer. Wackelig hangelte er sich die Verstrebungen hinunter, bis er danebentrat und stürzte, aber da waren es nur noch anderthalb Meter bis zum Boden. Mit einem Taxi fuhr er nach Hause.

Lächerlich, sein Mädchen bei einem Tanztee zu verlieren, wenn man schon lange aus dem Alter für Tanztees heraus ist. Mit schnellem Griff packte Eiserbeck die metallene Kette und riß den Stöpsel heraus. Still lag er im Wasser, das langsam abfloß. Die Brust kam frei, der Bauch. Eiserbeck stopfte seine linke Ferse auf den Ausguß. Er konnte diesen Saft, Isabellas Saft, nicht hergeben. Aber dann tat er es doch. Er hob den Fuß und sah zu, wie der Wasserrest zum Ausguß floß, mit ihm Haare und Düfte, ein letztes Gurgeln wie zum Abschied, und Eiserbeck fand sich in leerer Badewanne wieder. Schmand bedeckte den Boden, dazwischen Haare, glatte, gekräuselte. Nach zehn Minuten lag Eiserbeck noch immer dort und überlegte. Ihn fröstelte. Er duschte sich ab und stieg aus der Wanne.

Er zog sich an, mit einem Auge fernsehend, und hob dann das Fahrrad, das neben seinem Bett stand, auf seine Schulter. Es war ein Mountainbike, nackt, ohne Licht, ohne Schutzbleche. Ziemlich teuer. Er hatte lange dafür gespart. Ein Druck auf die rote Taste, und er verließ die Wohnung, trug das Fahrrad die Treppe hinunter und fuhr los, Richtung Außenalster. Nach einer Viertelstunde war er am Bootshaus, von dem er einen Schlüssel besaß, weil er manchmal morgens trainierte, wenn der normale Betrieb noch nicht begonnen hatte. Er machte kein Licht in der Halle, wo die Boote lagen wie schlafende Krokodile. Aus Gewohnheit nahm er die *Pudel*, ein Rennskiff aus Holz, trug sie hinaus, legte sie ins Wasser und klemmte die Skulls in die Dollen. Er stieg ein und stieß sich vom Steg ab.

Schwarz lag die Außenalster unter ihm. Anfangs kam es ihm vor, als sei da gar nichts, und er schwebe über einem riesigen Loch. Eiserbeck war ein bißchen unheimlich, weil es unvermeidlich schien, irgendwann in endlose Tiefe fallen zu müssen, aber dann dachte er nicht mehr daran. Leise plätscherte das Wasser um die Blätter seiner Skulls. Mit einem zügigen Dreißigerschlag ruderte er auf die Krugkoppelbrücke zu, hinter der die Alster von einem See zu einem Fluß wird. Er schwitzte. Bald bog er rechts ab, dann links, und er war im Leinpfadkanal. Sein Herz pochte. Viel zu laut plätscherte das Wasser. Aus Indianerfilmen wußte er, daß man das Geräusch dämpfen kann, wenn man die Blätter mit Lappen umwickelt. Das war albern. Aber war nicht diese ganze Sache albern? Noch vier Schläge. Er hielt inne, hob die Blätter aus dem Wasser, drehte sie waagerecht und ließ sie in der Luft schweben. Lautlos glitt die *Pudel* durch den Kanal. Vor dem Haus, in dem Isabella lebte, verlor das Boot alle Fahrt. Eiserbeck drehte die Blätter und legte sie aufs Wasser. Er schaute zu dem Fenster im ersten Stock links. Er sah Licht und eine dünne Lampe, die in den Fensterausschnitt ragte. Lange saß er dort, eine Handbreit über dem Wasser, und hatte nur einen Gedanken: Steig aus und wirf einen kleinen Stein gegen das Fenster. Alles wird gut. Aber er blieb im Boot. Hin und wieder machte er kurze Schläge, weil die *Pudel* abtrieb. Dann sah er Isabella. Sie kam ans Fenster und guckte hinaus. Er wollte fliehen, aber er blieb. Neumond. Sie konnte ihn nicht sehen. Eiserbeck hockte auf dem Wasser, bis sich der Tänzer federnd neben die Lampe stellte. Sein Gesicht war Isabella zugewandt, und Eiserbeck sah ihn reden, sah ihn auch rauchen.

Er huschte aus den Kanälen, bog in die Alster und ließ die *Pudel* mit einem Fünfunddreißigerschlag den glatten See pflügen. Er blickte sich erst um, als er in seinem Rücken leise Musik hörte. Fernab glimmten bunte Lichter, größer und heller werdend, bis Eiserbeck die gedrungenen Umrisse einer Barkasse erkannte. Gemächlich glitt sie heran, ein kleines Schiff, aufgehängt in die Schwärze der Nacht und des Sees. Die Musik wurde lauter. Eiserbeck stoppte. Er saß keuchend und bewegungslos in seinem Rennskiff, während auf der Barkasse, die nun zwei Bootslängen entfernt vorüberzog, eine Gesellschaft von Menschen in Festkleidung eng umschlungen tanzte. Von den Bugwellen erfaßt, wippte die *Pudel* auf und ab. Als die Barkasse das Skiff passiert hatte, rollte Eiserbeck vor, tauchte die Blätter ins Wasser und ruderte unter musikalischer Begleitung, die langsam verklang, zum Bootshaus zurück.

Er stand vor einem Schaufenster, in dem er Gewehre, Pistolen und Messer sah. »Smith & Wesson« las er auf einem Schild, und dazu fielen ihm die Tage ein, als er Platzpatronen abgefeuert hatte aus einem Revolver, der für ihn ein Smith & Wesson war, weil sie in den Western, die er guckte, auch aus Smith & Wessons schossen. Diese Erinnerung entfernte ihn wieder von seinem Entschluß, machte ihn unsicher, weil er Gedanken an Waffen nun mit Gedanken an seine Kindheit verbunden hatte. War er kindisch? Lange stand er vor den Schaufenstern, bis er endlich in den Laden trat. Drinnen war es düster, weil die beiden Neonröhren an der Decke dick verstaubt waren und Sonnenlicht nicht in den Laden kam. An den Rückwänden der Schaufenster klebten dunkle Folien. Es roch nach Putzöl. Eiserbeck sah Regale voller Munitionsschachteln und lange Reihen mit Dosen, in denen Putzöl war. Auf der Theke hingen grüne Krawatten mit eingestickten Hirschen von einem Ständer. Gewehre, steil aufgestellt, paradierten ringsum in verglasten Schränken. Ein paar Männer standen schweigend herum und betrachteten sie mit Blicken, die Eiserbeck fremd vorkamen. Er war noch nie in einem Laden wie diesem gewesen, hatte noch nie Blicke gesehen, die Gewehre abschätzten. Welches tötet besser? Ging es darum? Der Mann hinter der Ladentheke sprach, während er mit einer Hand über den Lauf einer Büchse strich, aber seine Worte kamen bei Eiserbeck nur als Murmeln an. Der Mann trug eine Strickjacke und eine Hornbrille, von der die Augen ins Riesenhafte vergrößert wurden. Es schien Eiserbeck, als hätte man sie in die dicken Gläser eingeschmolzen.

Er verließ den Laden, als er das Klacken einer Repetierung hörte. Die Türen des Fahrstuhls hatten so ähnlich geklackt. Unter Wolken, die zerfetzt waren wie Lumpen, lief Eiserbeck durch die Innenstadt, in seinem Kopf die Bilder eines Fahrstuhls mit schweigsamen Männern. Irgend jemand, wahrscheinlich die Gewerkschaft, hatte einen Schulausflug in die Grube organisiert. Lukas Eiserbeck wollte nicht mit. Er wollte nicht in die Grube, damit hatte er nichts zu tun. Sein Vater war nicht Bergmann, sein Vater war irgendwo. Aber er mußte in die Grube, mit den anderen Schülern, deren Väter sämtlich Bergmänner waren. Helm auf, schwere Schuhe an. Dann stand er in dem Korb, umgeben von Männern, die nicht redeten und guckten, als zögen sie in den Krieg oder sonstwohin, wo nichts Gutes zu erwarten war. Die Türen klackten, der Korb rauschte in die Tiefe. Fahles Licht. Da unten war sein Großvater verunglückt, Sohle soundso, tausend Meter unter der Erde. Ein Eisenstempel brach weg, zertrümmerte die rechte Gesichtshälfte. Fehler vom Steiger. Der Fahrstuhl war schnell, und Eiserbeck schluckte. In seinen Ohren knackte es. Er sah, daß auch die anderen Schüler schluckten. Sie lachten. Nie hatte er sich so fremd gefühlt.

Eiserbeck blieb stehen. War da was mit seinen Ohren? Ein Dröhnen, ein Knacken? Sie waren sehr empfindlich. Er machte kehrt und ging zurück zu dem Laden, wobei er sich vorkam, als führe ihn eine Fernsteuerung, die er selbst bediente. Er hatte mal eine gehabt, zwei Hebel, rechts, links, vorwärts, rückwärts. Fischkutter *Elke* aus dem Schnellbaukasten von Graupner. Gesunken nach Explosion von zwei Kanonenschlägen, die Eiserbeck selbst im Schiffsbauch plaziert hatte.

Vor dem Verkäufer lag ein Colt, und zu dem Kunden, der vor Eiserbeck dran war, sagte er Worte wie Durchschlagskraft oder Mannstopper. Der Kunde sagte Streuwert und Abzugwiderstand. Dann nahm er den Colt in seine rechte Hand und streckte den Arm aus. Er lächelte, der Verkäufer lächelte auch. Bleib hier, dachte Eiserbeck.

»Ich interessiere mich für Gewehre«, sagte er, als er an der Reihe war. Es klang zaghaft.

»Haben Sie einen Jagdschein?«

»Noch nicht.«

Der Mann schaute ihn durch seine Hornbrille an, sagte aber nichts.

»Wenn ich den Jagdschein habe, brauche ich ein präzises Gewehr, das sich für größere Distanzen eignet.«

»Präzise.«

»Ja.«

Er sah jetzt, daß über der Theke ein Elchkopf seine Schaufeln ausbreitete. Von der linken Wand glotzte ein Keiler, dem ein Stoßzahn fehlte.

»Ein Gewehr können Sie erst kaufen, wenn Sie einen Waffenschein haben.«

»Ich weiß. Ich will mich ja nur schon einmal erkundigen.«

Es klingelte schrill, als ein neuer Kunde in den Laden kam. Der Verkäufer begrüßte ihn wie einen Bekannten. Dann wandte er sich wieder Eiserbeck zu, mit einem Blick, der Ungeduld verriet.

»Wieviel möchten Sie anlegen?«

Eiserbeck zuckte mit den Schultern.

»Warum kommen Sie nicht wieder, wenn Sie die Jägerprüfung bestanden haben?«

»Nein, ich muß ... ich möchte jetzt wissen, was es so gibt. Nennen Sie mir doch einfach drei gute Gewehre.«

Der Mann ging zu einem der verglasten Schränke. Er schlurfte, als trage er Pantoffeln. Er schaute in die Schränke, während Eiserbeck den Elch betrachtete.

»Mit einem Sauer 202 sind Sie gut bedient, mit einem Mauser 66 S oder mit einem SSG von Steyr-Mannlicher.«

»Sauer. Mauser. Steyr-Mannlicher. Welches würden Sie vorziehen?«

»Ich würde das SSG von Steyr-Mannlicher nehmen.

Österreichisches Fabrikat. Repetierbüchse. Lauf aus Böhler-Spezialstahl, kalt geschmiedet. Der Schlagbolzen ist leicht, und der Schlagweg ist kurz. Schnelle Zündung. Und enorm präzise. Mit Hirtenberger Match Munition kriegen Sie auf dreihundert Meter eine Streuung von maximal neun Zentimeter bei zehn Schuß. Die Scharfschützen der Polizei in Österreich benutzen dieses Gewehr.«

»Ich dachte, es ist ein Jagdgewehr.«

Hinter ihm lachte jemand.

»Dem Gewehr ist egal, worauf man schießt. SSG ist die Abkürzung für Scharfschützengewehr.«

»Was kostet das Scharfschützengewehr, das SSG?«

»Zweitausendsechshundert. Mit einem guten Zielfernrohr dreitausendsechshundert. Möchten Sie es einmal in die Hand nehmen?«

»Nein, danke«, sagte Eiserbeck schnell. »Ich komme wieder, wenn ich den Jagdschein habe.«

Tageslicht. Durchatmen. Er ging zu seinem Auto, fröhlich fast. Er fühlte sich frei. Die Fernsteuerung war ausgeschaltet. Er konnte tun, was er wollte. Er würde jetzt seinen Dienst machen, und mehr brauchte er nicht. Kleines Glück. Dieser Laden war eine andere Geschichte, nicht seine.

Eiserbeck holte sein Dienstauto ab und fuhr zu der Großküche, wo die Caritas ihr Essen kochen ließ und wo es so roch, wie es später aus den Aluminiumschachteln riechen würde, sobald Eiserbeck sie öffnete, also immer gleich. Ein Mann, der ständig ein rotes Halstuch trug, händigte Eiserbeck die Styroporboxen für den Tag aus. Wenn er sprach, klang seine Stimme wie die einer Wortmaschine, metallisch, abgehackt. Er mußte eine Art Lautsprecher unter dem Halstuch tragen. Eiserbeck rätselte, was dem Mann fehlte, der Kehlkopf oder irgendein anderes Sprechorgan, aber er fragte nie. Er hatte immer Sorge, das Halstuch könne verrutschen und etwas Schockierendes zum

Vorschein kommen, ein Loch, ein offener Hals. So was konnte er nicht gut sehen.

Fünfmal Vollkost, neunmal Schonkost. Stroganofftopf mit Pilzen, Gurken, Blumenkohl und Kartoffeln. Putensteak in Käsesauce mit Karotten, Kohlrabi und Kartoffeln. Er lud das alles in den Polo, hörte ein metallisches »Wiedersehen« und fuhr los.

Die große Stadt. Er fuhr über die breiten Straßen in einem Auto, das zu klein war. Es roch nicht gut. Er öffnete das Fenster. Eine Stadt der Kräne. Überall standen sie und kratzten am Himmel und hievten Zeugs auf die Dächer von Rohbauten. Manchmal drehten sie sich. Von unten sah das immer aus, als würden sich ihre Arme berühren, aber das taten sie nie. Wäre aber nicht schlecht, dachte Eiserbeck, so ein Zwischenfall. Eine große Stadt braucht Zwischenfälle. Ein Kran, der lang hinschlägt. Es mußte ja kein Mensch zu Schaden kommen.

Rot, die Ampel war rot, und jetzt stand er an einem Bauzaun. Kräne und Bauzäune, das war die Stadt. Sie wuchs, und das war gut so, je größer, desto besser. Dunkelroter Backstein, verspiegeltes Glas, Stangen aus poliertem Stahl. Daraus bauten sie hier ihre Häuser. Wetterfest und kühl, so sahen sie aus. Gefangen noch hinter den Gerüstgittern, aber bald entlassen. Sie drängelten schon, nach Geld vielleicht. Eine boomende Stadt, weg war die Mauer, der Weg frei für die Waren aus dem Hafen. Ein Haken zog eine Palette Backsteine hoch. Wo Eiserbeck herkam, hingen nur Abrißbirnen an Haken. Grün, schnell weiter, je mehr Fahrtwind, desto weniger roch es nach Essen.

Er schaltete das Radio ein, wollte Musik hören, hörte aber die Pastorin:

»... lange nicht alle Maßnahmen ergriffen, um auf Wegen, die nicht zur Eskalation führen, sondern beruhigend wirken, eine Lösung, die allen beteiligten Seiten gerecht wird und zwar auf Dauer gerecht wird, herbeizuführen.«

Weg mit der. Er suchte einen neuen Sender. Isabella hatte die Pastorin nicht gemocht. Es war nicht wirklich eine Pastorin, aber sie redete, fand Isabella, als wäre sie eine, und das mochte Isabella nicht. Eiserbeck war eher der Meinung, daß sie wie eine Politikerin sprach, wenngleich sie keine war, nicht so richtig jedenfalls. Aber da Isabella sie Pastorin nannte, nannte er sie auch Pastorin.

»Aren't you one of them damn Rap singers?

Yeah! Then I gave him a finger.«

Er mochte das Lied. Er hatte gute Laune, als er auf die Reeperbahn einfuhr, die beste seit langem. Auch der Geruch in den Wohnungen konnte ihm die Laune nicht verderben. Essensdünste, aber nie Schweiß. Er hatte in diesen Wohnungen nie Schweiß gerochen. Ob die Alten nicht schwitzten? Ob ihre Drüsen verstopft, verkalkt waren? Ob sie geruchlos schwitzten? Es war gut, daran zu denken und nicht an Isabella.

Aber dann mußte er den Polo vor der *Prinzenbar* abstellen, weil es sonst keinen Parkplatz gab. Schwitzten Alte nicht, weil sie nie rannten? Oder... Es hatte keinen Zweck. Vor der *Prinzenbar* konnte er sich noch so anstrengen, er mußte an Isabella denken.

Er war schon ein paar Monate in der Stadt und wartete, daß sie endlich Notiz von ihm nahm. Die Tage waren in Ordnung, ein bißchen viel graue Haare und Enkelgeschichten, aber es war sein Job, Essen an die Alten zu liefern, damit konnte er leben. Nachts zog er allein über den Kiez, und das war das Problem. Erst tat es gut, an Theken zu stehen oder neben Tanzflächen und nicht bekannt zu sein. Der Neue. Mit den Neuen kommt immer ein Geheimnis, dachte er. Nicht tanzen, ein bißchen die Schultern drehen, den Kopf vor und zurück, zeigen, daß man die Musik versteht. Nach ein paar Wochen dämmerte ihm, daß in dieser Stadt niemand an seinem Geheimnis interessiert war. Gab es überhaupt eins? Er kam sich blöd vor. Alleine an den Theken, alleine neben den Tanzflächen. Dabei war die Stadt für ihn gemacht, groß, nimmermüde. Er trank Bier und Kaffee und zog weiter, auf der Suche nach dem Blick, der wiederkommt, zweimal, dreimal, dann hingehen, reden, ein Bier ausgeben. Er würde nicht drängeln. Es gab viele Blicke, aber die galten seiner Größe. Er kannte das. Ach, da ist ein Langer. Solche Blicke kamen nicht wieder.

Er trainierte viel. Es war ein heißer Tag gewesen, und er hatte trainiert, Intervalle, die Alster hoch. Er war nicht in Form, die Hitze quetschte ihm den Saft aus dem Leib, und deshalb brach er auf dem Rückweg das Training ab und bog in den schmalen Leinpfadkanal, der beschattet war von blühenden Uferbäumen. Süßliche Luft pumpte sich in seine Lungen. Weiß und violett leuchteten die Blüten gegen das Dunkel des Blättertunnels. Ohne Druck zog Eiserbeck die Skulls durch. Am Ufer standen weiße Villen.

Eiserbeck ließ sich treiben und übersah das kleine Schlauchboot, das an einem Seil in der Mitte des Kanals schwoite. Es schubberte rechts am Rumpf des Skiffs entlang, bis es sich unter den Ausleger klemmte, und Eiserbeck plötzlich auf Armeslänge neben einem schmalen Mädchen mit langen schwarzen Haaren saß. Sie lag in dem Schlauchboot, ein Bein im Wasser baumelnd, während sie das andere so gebogen hatte, daß die Zehen bequem zu erreichen waren. Mit rotem Lack aus einem Glasfläschchen bemalte sie ihre Fußnägel. Eiserbeck sah ein weißes Bikinihöschen und kleine Brüste. Sie hatte ein schmales Gesicht, in dem die Wangenknochen hoch standen. Dazwischen fiel die Nase steil ab und endete spitz über dem Mund, dessen Lippen sich in sanftem Bogen spannten. Ein Hund stand am Ufer und bellte wie wahnsinnig.

»Ich kenne dich«, sagte Eiserbeck.

Das Mädchen lächelte, und genau dieses Lächeln hatte er gesehen, auf Taste vier, ein Lächeln, bei dem der rechte

Mundwinkel ein wenig nach unten rutschte, was nach Spott aussah.

»Ich dich aber nicht.«

Sie lächelte, und der rechte Mundwinkel rutschte nach unten.

»Du warst im Fernsehen.«

Sie hatte dort gestanden, in bunter Kulisse, stetig lächelnd, den deutschen Akzent betont meidend, sich dabei manchmal versprechend und mit einer geschulten Begeisterung für die Clips, die sie ansagte.

Der Hund bellte.

»Es war«, sagte das Mädchen in dem Gummiboot, »eine Probemoderation für eine Woche. Sie suchen jetzt Leute in ganz Europa.«

»Nehmen sie dich?«

»Ich weiß nicht. Ich habe noch nichts gehört.«

»Ich fand dich gut«, sagte Eiserbeck. Es klang ein bißchen nach Pflicht.

Eiserbeck zog den linken Skull mehrmals durchs Wasser, weil sich sein Skiff um das Schlauchboot gedreht hatte und mit der Spitze gegen das Ufer stieß. Der Hund biß in den Tennisball, der als Kollisionsschutz über die Spitze des Bootes gestülpt war.

»Du riechst gut«, sagte das Mädchen.

Eiserbeck sah auf seinen schweißnassen Oberkörper.

»Ich habe gerade trainiert.«

Sie sah auf seine Schultern und Arme.

»Ziemlich viele Muskeln.«

Der Hund versuchte, den Tennisball loszureißen.

»Ist das dein Hund?«

»Nein.«

»Ich trainiere eine Menge.«

Er kam sich dümmer vor, als er war. Aber ihm fiel nichts anderes ein.

Er machte zwei Schläge, um vom Ufer wegzukommen.

Aber der Hund ließ sich ins Wasser ziehen. Eiserbeck war es peinlich, so hilflos zu sein. Er versuchte zu lächeln, als der Hund den Tennisball losgerissen hatte und ans Ufer schwamm.

Ein paar Tage später rief er sie an, und sie verabredeten sich für die *Prinzenbar*. In den Stunden davor versuchte er, sich an ihr Gesicht zu erinnern, aber es gelang ihm nicht. Er sah ihre Haare, ihren Körper, ihr Gesicht sah er nicht. Immer wieder holte er sie sich vor Augen, aber zwischen den schwarzen Haaren sah er nichts als verschwimmendes Weiß.

Als er in die *Prinzenbar* kam, wo alles rot war und plüschig, stand Isabella schon an der Bar und trank Bier. Sie trug ein Hemd mit Ringeln und einen kurzen Rock, der schwarz war. Die Haare hatte sie hochgesteckt. Als sie ihn sah, lächelte sie, lächelte spöttisch oder auch nicht. Jedenfalls fiel der rechte Mundwinkel nach unten. Er musterte ihr Gesicht und fragte sich, ob er es beim ersten Mal schöner gefunden hatte. Zwar hatte er sich an ihr Gesicht nicht erinnern können, doch zweifelte er nicht, daß es schön sei, makellos, edel, rassig. All das. Jetzt sah er, daß es nicht stimmte. Es war kein schönes Gesicht, eher ein markantes. Die Nase dominierte zu sehr.

Sie plauderten mühelos und tranken Bier. Um halb zwölf zogen sie weiter, ins *Sorgenbrecher*, das nicht rot war und nicht plüschig, sondern dunkel und von jener holzgetäfelten Biederkeit der Kneipen, in denen Männer vom vierundfünfziger Endspiel reden. Aber diese Männer waren nicht da, nicht mehr. Es gab hier nun gefärbte Haare und schwarze Kleidung und Gesichter, die sich eines ewigen Vorsprungs gewiß schienen. Eiserbeck war schon zuvor aufgefallen, daß in Hamburg als cool galt, was die Erinnerung an spießiges Vergnügen in sich trug. Kneipen und Puffs wurden zu Bars und Discos, ohne daß sich die Einrichtung änderte. Ihm kam es vor, als würde zwischen

Plüsch und Holzgetäfel Versöhnung mit den Vätern betrieben. Warum? Andererseits bewunderte er die Selbstgewißheit, die in der Nähe zur Rückständigkeit keine Gefahr sah. Wo er herkam, hatte man besonders schrill sein müssen, um sich und anderen Jugend zu beweisen.

»Wir trinken Whiskey«, sagte Isabella.

Eiserbeck trank nie Whiskey.

»Welchen?«

»Jack Daniels.«

»Zwei Jack Daniels«, sagte er zu dem Jungen mit den wasserstoffblond gefärbten Haaren.

»Mit Eis?«

Eiserbeck sah Isabella an.

»Ohne. Niemals mit Eis.«

Er saß auf einem Barhocker und trank Whiskey in kurzen Schlucken. Er wußte, daß er sich maßlos verlieben würde. Er wußte es, weil sie ziemlich bunt plapperte und ihn das nicht störte. Sie sagte Sätze wie: Tanzen kann man nur im *Ministry of Sounds*, und solche Aussagen fand er grundsätzlich blöd, und er hätte sich auch ärgern müssen, weil sie voraussetzte, daß man wisse, was und wo das *Ministry of Sounds* ist. Er wußte es nicht. In London, sagte sie. Er nahm einen Schluck Whiskey. Isabella konnte nichts falsch machen. Die Liebe immunisierte Eiserbeck gegen die Wirklichkeit. Da war Isabella, die bunt plapperte, und da war Isabella, in die er sich verliebte. Die erste verschwand hinter der zweiten, und er merkte es nicht mehr. Er hatte sich schon viel Schwachsinn von Frauen angehört, während er darauf wartete, endlich mit ihnen ins Bett zu gehen. Er hörte kaum hin und stellte sich vor, wie er sie vögeln würde. Isabella hing er an den Lippen.

Es war leer geworden, und sie tranken ihren dritten Whiskey. Eiserbeck versuchte, das Gespräch zu lenken. Er sprach über Haare, um ihre Haare loben zu können. Als sie sagte, sie habe sehr festes Haar, strich er ihr über den Kopf.

Es stimmte. Er fragte viel, über Freundschaft, Liebe, One-night-stands. Sie sprachen darüber, als hätte das nichts mit ihnen zu tun. Nur Eiserbeck lächelte manchmal, als hüte er ein Geheimnis.

»Ist es besser«, fragte er, »wenn du dich sofort verliebst oder wenn es dauert?«

»Es kann schnell gehen.«

Er suchte einen Dreh, wie er auf diesen Abend kommen könnte, auf sie beide, ohne direkt werden zu müssen. Als er noch überlegte, fragte Isabella:

»Wann hast du dich zuletzt verliebt?«

Er konnte sagen, heute abend, und das wäre nicht einmal plump gewesen, aber plötzlich wurde er scheu und wich aus.

Um halb zwei wollte Isabella tanzen. Sie wechselten die Straßenseite und gingen ins *Tempelhof*, einem ehemaligen Puff, in dessen rötlicher Schummrigkeit sie zu Ghettomusik aus Amerika tanzten. Zwischendurch standen sie an der Bar und tranken Whiskey.

»Welcher Ort ist dir der liebste?« fragte Isabella.

»Sansibar würde ich gerne sehen.«

»Wärst du jetzt gerne auf Sansibar?«

»An einem Donnerstagmorgen um halb drei?«

»Jetzt im Moment.«

»Nein, ich glaube nicht.«

»Es ist dein liebster Ort, und du wärst nicht gerne da?«

»Ich wäre schon gerne da, aber nicht an einem Donnerstagmorgen um halb drei.«

»Was ist auf Sansibar so schlecht an einem Donnerstagmorgen um halb drei.«

»Nichts ist schlecht. Es ist okay.«

»Dann könntest du auch dort sein wollen.«

»Ich wäre auch gerne dort.«

»Lieber als hier?«

»Wo hier? In Hamburg?«

»Im *Tempelhof*. An einem Donnerstagmorgen um halb drei.«

Eiserbeck schaute in sein Whiskeyglas.

»Nein. Ich wäre nicht lieber auf Sansibar.«

»Warum nicht? Warum bist du lieber im *Tempelhof* als auf Sansibar, deinem liebsten Ort?«

Er schaute sie an. Dann schaute er wieder in sein Glas.

»Wärst du gerne auf Sansibar?« fragte er.

»Jetzt im Moment oder allgemein?«

Sie tranken viel. Später wechselten sie in den *Mojo Club*, der am Anfang der Reeperbahn lag. Auf dem Weg dorthin störte sich Eiserbeck an den prall fotografierten Ärschen und den großmäuligen Gummipuppen in den Sexshopauslagen. Er fühlte sich aus einer Stimmung gerissen, die Liebe zu heilig fand für solche Schamlosigkeit. Im *Mojo Club* tanzten sie zwischen diabestrahlten Wänden. Um halb sechs, als es draußen hell war, gingen sie. Es hatte Dutzende Annäherungen gegeben, aber stets hatte einer, meist Eiserbeck, das Intime ins Allgemeine verwandelt, und so waren sie immer noch nicht da, wo Eiserbeck hingewollt hatte, bevor diese Nacht begann.

»Was machen wir jetzt?« fragte Isabella, die ziemlich betrunken war.

»Frühstücken?«

Sie entschieden sich für *Erika's Eck* am Schlachthof. Auf der Suche nach einem Taxi gingen sie die Reeperbahn hinunter. Als Eiserbeck einen Wagen sah, stellte er sich an den Bordstein und winkte. Isabella schaute sich die Auslagen eines Sexshops an, wo eine Menge Dildos auslagen. Dann stieg sie zu ihm ins Taxi.

»Als es bei mir losging«, sagte sie, »wäre ich froh gewesen, ein solches Ding zu haben. Aber komm' mal dran mit elf Jahren.«

Eiserbeck sah sie an. Isabella sprach weiter. Er wußte nicht, ob ihre Stimme trotzig klang oder teilnahmslos.

»Kerzen sind zu hart. Da hilft auch Niveacreme nichts. Mit Bananen ist es ebenfalls schlecht. Eine Zeitlang habe ich sie geschält und dann ein Kondom drübergestülpt. Mein Vater hatte Kondome im Nachttisch.«

Eiserbeck wollte das nicht hören. Durch den Rückspiegel sah er in das Gesicht des Taxifahrers, las dort aber nichts als Gleichgültigkeit.

»War es für dich auch ein Schock, als du gemerkt hast, daß deine Eltern noch bumsen? Ich meine, sie sind Eltern, wie können sie da bumsen?«

Er sagte nichts.

»Das Problem mit den Bananen ist, daß sie in dem Kondom durch die Reibung schnell matschig werden. Und dann bringt es nichts mehr. Ein bißchen hart muß es schon sein.«

Sie sah ihn an.

»Ich brauche meistens länger, als so eine Banane hält. Bleiben Gurken. Eigentlich sind die auch zu hart, aber wenn man sie ein paar Tage liegen läßt, dann werden sie weich, und dann geht es. So schrumpelig sehen sie allerdings nicht sehr erotisch aus.«

Eiserbeck war froh, als das Taxi vor *Erika's Eck* hielt. In der Gesellschaft von Kopfschlächtern und Metzgern, die hier ihre Pausen verbrachten, aßen sie Mettbrötchen und tranken Bier dazu. Männer mit Kettenhemden über blutigen Schürzen kamen und gingen nach einem Kaffee. Wer sonst hier saß, sah müde aus. Eiserbeck trank noch mehr Bier, und dann erzählte er haltlos grinsend, wie er vor vielen Jahren heimlich eine dicke Styropormatte, mit der die Boote beim Transport gesichert wurden, aus dem Bootshaus entwendet hatte. Auf dem Speicher porkelte er ein Loch hinein, um endlich eine Öffnung für seine Lust zu haben. Sie redeten und lachten, und als Isabella am Tisch eingeschlafen war, bestellte ihr Eiserbeck ein Taxi. Er setzte sie hinein und ging nach Hause. Zerknirscht sah er den

Fußgängern ins Gesicht, die müde und noch grau vom Schlaf ihrer Arbeit zustrebten.

Wie lange das schon her war. Keine gute Laune mehr, keine Ziellosigkeit. In düsterer Stimmung fuhr Eiserbeck die letzten Mahlzeiten aus.

In einer Nebenstraße der Reeperbahn war in einem gelben Haus die Pension *Westerland*, wo Eiserbeck zwei Kunden hatte. An der Rezeption saß ein beleibter Mann, dessen Hörgerät meist vor ihm auf dem Tisch lag, und löste Kreuzworträtsel. Neben der Treppe stand die Tür zum Aufenthaltsraum offen, und Eiserbeck warf im Vorübergehen einen Blick hinein, um das zu sehen, was er dort immer sah: die Schweigsamkeit von Menschen, die sich alles gesagt haben und nur noch brüten und Bier trinken, schon morgens. Ein Dutzend dieser Menschen saß, als Eiserbeck vorüberging, in verschlissenen Sesseln, die so rochen wie jene, die täglich in ihnen Platz nahmen. Das Sozialamt hatte die meisten Zimmer in der Pension *Westerland* auf Dauer gemietet.

Eiserbeck ging die Treppe hinauf und klopfte kurz an die Tür von Zimmer elf. Hier wohnte Horst Schroth, ein gedrungener Mann mit einem schweren Kopf und, fand Eiserbeck, schwammigen Gesichtszügen. Er lag meist auf seinem Bett, die Hände unter dem Kopf verschränkt, und starrte zur Decke, wo die Wasserflecken täglich größer wurden. Über ihm wohnten Flüchtlinge aus Zaire, und die ließen ihre sieben Kinder im Waschbecken baden, so daß es laufend zu Überschwemmungen kam. Eiserbeck hatte ihm empfohlen, sich zu beschweren, aber Schroth schien ganz zufrieden mit den Wasserflecken. Sie brachten Veränderung in dieses Zimmer, Schroth konnte sie beobachten.

Er war Boxer gewesen. Weil Eiserbeck ihn darum gebeten hatte, strengte er sich an und kramte aus seinem verbeulten Gedächtnis Erinnerungen an seine aktive Zeit als

Berufskämpfer im Superschwergewicht hervor. Siebenundvierzig Kämpfe hatte er bestritten, davon sechsundzwanzig verloren, vierzehn durch Niederschlag. Zu seinem letzten Kampf war er aus Karlsruhe nach Hamburg gekommen, um auf dem Kiez gegen einen, wie er sagte, »Negerbullen« zu kämpfen. An dessen Namen konnte er sich nicht erinnern. Vom Bahnhof war er in die Pension *Westerland* gegangen und hatte sich ein Zimmer genommen. Er verlor den Kampf durch K.O. in der fünften Runde. Er ging zurück in die Pension, benebelt, einen Scheck über achthundert Mark in der Tasche. Auf seinem Zimmer wollte er einige Tage ausruhen. Er blieb lange, zog auch nicht aus, als seine Börse aufgebraucht war. Und weil sich niemand traute, ihn hinauszuwerfen, übernahm nach einigem Hin und Her das Sozialamt die Zimmerrechnung.

»Wann war Ihr letzter Kampf?« hatte Eiserbeck Horst Schroth gefragt.

»Ich weiß nicht mehr.«

»Strengen Sie sich an.«

Schweigen.

»Kann sein, vor zwanzig Jahren.«

Schroth stand nicht auf, als Eiserbeck in sein Zimmer trat. Es war ein kleines Zimmer. Bett, Stuhl, Tisch, Waschbecken, ein Schrank, alles alt und schäbig. Es lag nichts herum. Wäre Schroth nicht im Raum gewesen, hätte das Zimmer gewirkt, als sei es unbewohnt. Er sah Eiserbeck kurz an und guckte dann wieder zur Decke. Eiserbeck packte einen Stroganofftopf aus und ging wieder. Er hatte heute keine Zeit für Schroth, weil er die fünfzehn Minuten, die Gerhard Mannstein, verschieden nach einem Herzinfarkt, hinterlassen hatte, für Elisabeth Sieveking auf Zimmer sechsundzwanzig brauchte.

Ihr Zimmer war genauso wie das von Schroth, aber es war trotzdem eine andere Welt. In einem kleinen Zimmer macht das Bett den ganzen Unterschied. Das von Schroth war nie gemacht, ob er drinlag oder nicht. Auf dem Bett von Elisabeth Sieveking war die Decke akkurat gefaltet, das Kopfkissen ausgeschüttelt, aufgestellt und mit einem sanften Handkantenschlag in der Mitte geteilt, so daß die oberen Zipfel spitz aufragten. Die Handtücher, die neben dem Waschbecken hingen, waren immer sauber. Die von Schroth zeigten, daß er sich nur flüchtig wusch und den Rest dem Handtuch überließ. Trotzdem war ihr Zimmer, fand Eiserbeck, das traurigere. Es blieb klein, es blieb schäbig. Wer im Elend Ordnung hält, hat das Elend nicht akzeptiert, leidet also. Schroth war alles egal.

Eiserbeck schätzte Elisabeth Sieveking auf sechzig, aber das war schwer zu sagen. Sie hatte schwarze Haare, die bis zu den Hüften reichten. Oft sah er sie die Haare kämmen. Trotzdem waren sie stumpf, ohne Glanz. Während Schroth meist in Unterwäsche auf dem Bett lag, war Elisabeth Sieveking immer angezogen, wenn Eiserbeck das Essen brachte. Sie trug kurze Röcke, konnte das auch gut, weil ihre Beine lang waren und immer in schwarzen Strumpfhosen steckten. Eiserbeck sah sie manchmal, Strumpfhosen stopfen. Ihre Schuhe waren hoch, aber nicht ordinär. Ihr Makeup war sparsam. Den Mund bemalte sie gar nicht, weil er nicht auffallen sollte. Er war so faltig, als habe sie keine Zähne, aber sie hatte Zähne. Mein Mund, sagte sie zu Eiserbeck, war einmal eine große Versuchung. Sie rauchte viel, schlanke Zigaretten, die sie zwischen gestreckten Fingern hielt. Oft stand sie am Fenster, ein Arm vor den Bauch gelegt, die Hand stützte den aufgerichteten Ellenbogen des anderen Arms. Zwischen zwei gestreckten Fingern steckte die schlanke Zigarette.

»Ich weiß nicht, ob ich heute essen kann«, sagte sie, als Eiserbeck in ihr Zimmer trat. Ihr Magen sei mißgestimmt, sagte sie, aber weil Eiserbeck das oft hörte, glaubte er ihr nicht. Es ging wohl eher darum, nicht zuzunehmen, obwohl sie ohnehin nur Schonkost bestellte.

Sie war eine Hure. Es kamen »Herren« zu ihr, wie sie sagte. Ein Herr wird mich heute nachmittag besuchen, sagte sie zu Eiserbeck, wenn das Geld für das Essen überfällig wurde. Er drängte sie nie, er wußte, wie peinlich ihr das war. Es war ihr nicht peinlich, eine Hure zu sein. Die Armut war schlimm. Sie sprach nicht von früher, aber so wie sie sich benahm, mußte sie eine Edelhure gewesen sein. Jetzt lebte sie von der Sozialhilfe und den Herren, die manchmal kamen. Meist waren das Männer aus der Pension *Westerland*. Sie gaben ihr nicht viel. Manchmal gaben sie gar nichts. Eiserbeck fragte sich, warum man überhaupt zu einer sechzigjährigen Hure geht. Vielleicht war es eine Frage des Preises, vielleicht etwas anderes. Er wußte es nicht. Als er einmal früher als sonst das Essen brachte, sah er einen jüngeren Mann aus ihrem Zimmer kommen. Ihre Blicke trafen sich kurz, aber er entdeckte nichts in diesen Augen, was seine Frage beantwortet hätte. Elisabeth Sieveking machte das Bett. Es kam ihm vor, als kämpfe sie darum, die Fassung wiederzugewinnen, aber das konnte er so genau nicht erkennen.

»Geht es Ihnen gut«, hatte er gefragt.

»Oh, es geht mir sehr gut.«

Heute war er pünktlich. Er sagte ihr, sie solle wenigstens ein bißchen essen. Tatsächlich deckte sie sofort den Tisch, als sei sie dankbar für die Aufforderung. Sie legte eine weiße Decke auf und aß dann von einem Teller, während andere, Schroth zum Beispiel, direkt aus der Aluminiumschachtel aßen. Eiserbeck setzte sich auf ihr Bett.

»Ich muß Sie etwas fragen«, sagte er.

»Tun Sie das.«

Sie aß weiter. Er konnte ihr gut zusehen beim Essen. Sie hatte ausgezeichnete Manieren.

»Wissen Sie, wie ich an ein Gewehr komme?«

Sie legte ihr Messer weg, dann die Gabel. Ob das denn sein müsse, fragte sie. Es müsse sein, sagte Eiserbeck. Ob es keinen anderen Weg gebe. Nein, da sei nichts zu machen. Sie glaube, daß es immer einen anderen Weg gebe. Er schwieg. Sie erzählte ihm von Schießereien, die sie erlebt hatte. Es wäre immer besser gewesen, wenn die, die draufgingen, weitergelebt hätten. Eiserbeck wurde trotzig. Was sollte das? Er wollte ein Gewehr, und sie sollte ihm gefälligst helfen.

»Ich mache mir Sorgen um Sie.«

Er schluckte.

»Ich weiß, was ich tue.«

Sie nahm das Messer und die Gabel und aß weiter. Nach ein paar Bissen schob sie den Teller weg. Sie ließ immer etwas übrig.

»Es gibt hier ein Lokal, das heißt *Hopfensack*. Es ist gleich um die Ecke. Gehen Sie dorthin und fragen Sie nach einem Wonz. Ab mittags ist er immer da. Sagen Sie ihm, Chantal hätte Sie geschickt.«

Er stand auf. Als er an der Tür war, hörte er sie sagen:

»Ich möchte Sie mir nicht mit einem Gewehr vorstellen.«

Ärgerlich setzte er sich in den Polo der Caritas. Bis heute hatte der Plan, sich ein Gewehr zu besorgen, etwas Spielerisches gehabt, wenn auch etwas zornig Spielerisches. Er hatte nicht viel darüber nachgedacht. Bedenken gehörten nicht zum Spiel. Und nun an einem Tag zwei Rückschläge. Der Schock im Laden, Elisabeth Sievekings Einwände. Da er selbst noch keine Einwände zugelassen hatte, war er überaus empfindlich gegen Kritik. Ihm fehlten Einwände gegen Einwände, und er sah jetzt seinen Plan zerbröseln wie altes Papier. Scheiße. Er startete den Motor und gab Gas. Er hatte sich auch nie mit einem Gewehr vorstellen können.

Es war später Nachmittag, als Eiserbeck aufwachte. Er hatte zwei Stunden geschlafen, quer im Bett liegend wie immer. Kopf oben rechts, Füße unten links, Knie leicht angezogen. Das war die Position, an die er sich gewöhnt hatte. Betten sind zwei Meter lang, und Eiserbeck stellte sein Wachstum erst ein, als er dieses Maß bis auf einen Zentimeter erreicht hatte. Da man lang ausgestreckt länger ist als stehend und Eiserbeck nur gestreckt schlafen konnte, paßte er in kein Bett hinein.

Als Lukas Eiserbeck fünfzehn wurde, maß er sich an einem Türrahmen, von dem er wußte, daß er zwei Meter hoch ist. Mit einem kurzen Lineal und einem Taschenbuch, das er auf seinen Kopf gelegt hatte, stellte er die Differenz zum oberen Rand des Türrahmens fest. Fünf Zentimeter. In einem zum Geburtstag geschenkten Pullover, dessen Ärmel zu kurz waren, stand er in der Tür und machte sich Sorgen, weil er zwar groß sein wollte, aber nicht gigantisch. Mit siebzehn spürte er den oberen Balken des Türrahmens an seinen Haaren, nicht aber an seiner Kopfhaut. Es fehlte ein Zentimeter, und dabei blieb es. Eiserbeck kam über einsneunundneunzig nicht hinaus. Ihn ärgerte das, denn nun war er groß, aber nicht richtig groß, weil man das, fand er, erst von zwei Metern an ist. Zum Trost sagte er sich, daß er so gut wie zwei Meter groß sei. Und wenn er sich streckte, dann stieß er am Türrahmen an, aber er wußte, daß dies Betrug war. Der Zentimeter fehlte. Was ihn aber nicht davon abhielt, aufzurunden, sobald man ihn fragte, wie groß er sei, und das geschah oft. Zwei Meter, sagte er fest. Hin und wieder maß er sich immer noch, weil er hoffte, daß der eine Zentimeter, der fehlte und aus ihm gelegentlich einen Lügner machte, noch nachgeschoben würde.

Das Zimmer, in dem er lag, war klein. Eiserbeck hatte ein Bett, ein Gestell mit Kleiderstange und gestreifte Pappcontainer für Wäsche. Ein Foto, das einen Achter im Renneinsatz zeigte, hing blaß über dem Fahrrad, das an der Wand lehnte.

Umtanzt von Staub, der im Sonnenlicht glitzerte, verharrte Eiserbeck auf dem Bett und wartete mit geschlossenen Augen auf den Moment, in dem es ihm gelingen würde, aufzustehen. Ein Laken bedeckte seinen Körper bis über die Schultern, nicht aber die Füße. Das war die Sommerlösung. Im Winter legte er Wert auf warme Füße, weshalb die Schultern freilagen. Volle Deckung erreichte Eiserbeck nie. Dafür hätte er die Knie stark anziehen müssen, aber in dieser Position konnte er nicht schlafen.

Einatmen. Ausatmen. Einatmen. Halb ausatmen. Luft anhalten.

Nach fünf Sekunden atmete er weiter.

Hatte Isabella ihn verlassen, weil er ein Riese war? Wegen Füßen, auf denen er dröhnend voranstapfte? Wegen Händen, denen nichts Feines gelingen wollte? Wegen einer Schwere, die bei großer Nähe bedrohlich wirkte? Dabei war er nicht plump. Sein austrainierter Körper konnte geschmeidig wirken, wenn Eiserbeck ihn forderte, im Skiff, auch beim Basketball. Manchmal war er stolz auf diesen schlanken Muskelturm. Aber er hatte sich angewöhnt, beinahe alles, was ihm widerfuhr, auf seine Größe zu beziehen, zumal Mißerfolge. Quer im Bett liegend, die Augen noch immer geschlossen, verlangte es ihn nach Zierlichkeit, mit der er Isabella schwerelos hätte umtänzeln können.

Er nahm die Fernbedienung, drückte Taste acht und sah Menschen, die rannten, nachdem es trocken geknallt hatte, und sie rannten genau vierhundert Meter, bis sie austrudelten, der Sieger mit erhobenen Armen und Glanz in den Augen, Fahne, Ehrenrunde und dann Taste fünf, eine Stadt, die aus der Ferne aufgenommen war und erstarrt unter der Sonne lag, während es immer wieder krachte und fast im selben Moment Staub aufwirbelte und Rauch hochstieg, schwarzer Rauch, nicht grauer. Eiserbeck sah ein Haus brennen und dann, als sich die Kamera in die Stadt hineinzoomte, kam ihm schmerzlich eine Erinnerung, weil er die Sporthalle sah, in der die Tschechoslowakei im Eishockey gegen die Sowjetunion verloren hatte. Null zu zwei. Eiserbeck war immer gegen die Sowjets gewesen.

Es war der letzte Tag der Olympischen Spiele von Sarajewo, und es ging ihm wieder besser. Er hatte eine schlimme Mittelohrentzündung hinter sich, fast zwei Wochen des Fiebers, der Schwäche und eines klopfenden Schmerzes erst in seinem linken und dann, stärker noch, in seinem rechten Ohr. Er hatte im Bett gelegen und jede Minute der Fernsehübertragung aus Sarajewo verfolgt. Es war eine furchtbare Zeit, nicht nur wegen der Ohren. Deutschland gewann nicht viel.

Taste vier, zwei Männer, jung, singend, dabei häßliche Grimassen schneidend, ein Staubsauger, der um sie herumfährt, flackernder Bildschnitt. Eiserbeck schaltete den Fernseher aus.

Er stand auf und öffnete das Fenster. Er sah hinaus auf den Bahnhof und die Schienen. Ein Mann stand an der Bahnsteigkante und rauchte. Dann kam der Zug und hielt. Der Mann rauchte weiter. Er stand an einer der offenen Türen und zog an der Zigarette. Erst als das Türsignal fiepte, schnippte er den Filter unter den Waggon und sprang auf. Der Zug fuhr los. Eiserbeck hatte einen üblen Schlafgeschmack im Mund. Zerfetzt wie Lumpen hingen Wolken im Himmel. Sie schimmerten rot. Ein Sonnenstrahl blitzte über die davonfahrende Bahn.

Auf dem Weg zum Bad trat Eiserbeck gegen das Telefon. Der Hörer flog herunter, ein leises Summen tönte durch den Raum. Scheiß Telefon. Er ging ins Bad und dann zurück in das Zimmer. Er legte den Hörer auf, nahm ihn wieder ab, um zu hören, ob etwas kaputt war. Ein Summen, er war erreichbar.

Dann saß er in seiner Küche und trank Tee. Die Küche war winzig. An den Wänden, auch an der Decke, klebten dunkle Holzverkleidungen. Ein Tisch mit Stahlrohrbeinen stand unter der Dachschräge. Ein paarmal hatte sich Eiserbeck beim Aufstehen den Kopf gestoßen. Es war still. Er überlegte, ob es nicht besser wäre, den Stecker des Telefons herauszuziehen. Dann müßte er nicht auf das Klingeln warten. Er konnte sich vorstellen, daß sie anriefe, wenn auch vergeblich, aber das wäre besser zu ertragen, als auf das Klingeln zu warten. Du spinnst, dachte er. Jetzt spinnst du schon. Er öffnete den Kühlschrank, um sich Appetit zu machen, aber da waren nur ein Glas Senf, ein halbes Paket Butter und ein Becher Joghurt. Er nahm den Joghurt, riß den Deckel ab und sah auf einen grünblauen Pelz. Im selben Moment hörte er eine Stimme, die auf asiatische Art Deutsch sprach. Sie sprach hoch und euphorisch und schien von sehr weit weg zu kommen. Es klang, als sei die Stimme umrauscht von allen Winden, die über den Meeren zwischen Europa und Asien wehen. Dann sangen Kinder. Sein Nachbar. Er hatte erst gedacht, sein Nachbar empfange einen Sender für Deutschchinesen, aber dann hörte er genauer hin und erfuhr, daß die Stimme aus Nordkorea kam. Radio Pjöngjang sendete jeden Abend um diese Zeit auf Deutsch, und sein Nachbar hörte zu. Märsche dröhnten, ziemlich laut. Jeden Tag Märsche, das nervte. Eiserbeck stand auf, warf den Joghurt in die Mülltonne und ging in sein Zimmer. Mit dem Nachbarn hatte er nie gesprochen. Er wußte nur, daß er klein ist, ein älterer, kleiner Mann.

Eiserbeck saß in der *Pudel* und atmete schwer. Noch vierhundert Meter. Er streckte die Arme, tauchte die Blätter der Skulls ins Wasser, drückte sich am Stemmbrett ab, rollte nach hinten, zog die Hände am Bauch vorbei, nahm die Schultern weit zurück, hob die Blätter aus dem Wasser, stieß die Hände vor und rollte hinterher. Endspurt. Er ging noch höher mit der Schlagzahl, wurde aber kürzer, zu kurz. Keine Kraft mehr, keine Luft. Er würde nicht unter sieben Minuten dreißig bleiben. Das hatte er sich zum Ziel gesetzt: auf dem Weg zu Isabella eine Regattastrecke von zweitausend Metern unter siebendreißig fahren. Auf dem Stemmbrett tickte eine Stoppuhr, und als er sah, daß es nicht reichen würde, brach er den Endspurt ab. Also würde es heute auch nichts mit Isabella. So hatte er sich das ausgerechnet: Wenn du unter sieben Minuten dreißig bleibst, wird alles gut. Es war ein Spiel aus Kindheitstagen. Wenn dir dies gelingt, dann schaffst du auch jenes. Ein gelungener Schuß mit der Schleuder zieht eine Eins in der nächsten Klassenarbeit nach sich. Ein Sieg beim Landesentscheid bringt in der folgenden Woche die zufällige Begegnung mit einem Mädchen, das mehr Klasse hat als all jene aus Erkenschwick. Wahrscheinlich steckte dahinter die mütterliche Mär vom Wetter, das schön wird, wenn der Teller leergegessen ist. Eiserbeck, der sich Unvernunft ungern gestattete, glaubte nicht wirklich daran, daß ihn eine gute Zweitausendmeterzeit mit Isabella vereinigen würde. Aber ihn trieb die Hoffnung, daß es ja mal sein könnte. Man mußte einfach alles versuchen.

Erschöpft lag er eine Weile mit dem Kopf auf der Bespannung des vorderen Luftkastens. Dann richtete er sich auf, drehte die *Pudel* und ruderte langsam in den Leinpfadkanal.

Im Erdgeschoß brannte Licht, aber Isabellas Fenster war dunkel. Wo mochte sie sein an einem Donnerstag nach dreiundzwanzig Uhr? Schlief sie beim Tänzer? Waren sie im *Mary Lou's*, im *Sorgenbrecher*, im *Purgatory*? Eiserbeck lag lange vor der Villa und wartete. Er hörte Gespräche durch offene Fenster, aber er verstand nicht, worum es ging. Jemand lachte heiser. Ein Hund bellte. Eiserbeck hatte die Griffe der Skulls mit einer Hand umfaßt und spielte mit der anderen im warmen Wasser. Er suchte nach einem Moment, um aufbrechen zu können, aber immer hielt ihn der Gedanke zurück, daß sich jenes Fenster im nächsten Augenblick mit gelbem Licht füllen könne. Schließlich riß er sich los, verließ den Kanal, ruderte unter der Krugkoppelbrücke hindurch und in die Außenalster hinein. Zügig glitt die *Pudel* über das weiße Band, das der Mond aufs Wasser gelegt hatte. Dann hörte er eine Stimme.

»Hey da, Vorsicht.«

Eiserbeck, der gerade vorgerollt war, drehte die Blätter senkrecht und hieb sie ins Wasser. Die Skulls zitterten unter dem plötzlichen Druck, genauso Eiserbecks Armmuskeln. Abrupt kam die *Pudel* zum Stehen.

»Das war knapp.«

Er drehte sich um. Still lag die Alster vor ihm. Das weiße Lichtband zitterte leicht.

»Können Sie nicht aufpassen.«

Sein Blick folgte dem Klang der Stimme, und dann sah er den Kopf eines Mannes hinter dem rechten Ausleger.

»Fast hätten Sie mich über den Haufen gefahren«, sagte der Mann, der sich nun am Ausleger festhielt.

Eiserbeck sah eine Badekappe, eine Schwimmerbrille und einen Bart über dem Kinn.

»Wie soll ich ahnen, daß um diese Zeit jemand in der Außenalster schwimmt«, sagte er ärgerlich.

»Ich schwimme nicht. Ich mache Toter Mann. Sie hätten mir ausweichen müssen, weil ich mich nicht bewegt habe. So ist es immer im Verkehr.«

Das war ein Verrückter. Da machte ein Verrückter nachts um halb zwölf bei dreizehn Grad Außentemperatur Toter Mann in der Außenalster.

»Ich sagte doch: Wie soll ich ahnen, daß hier in der Nacht jemand Toter Mann macht.«

»Sie sind doch auch nachts unterwegs.«

»Ich trainiere. Weil hier nachts weniger Verkehr ist.«

»Und was meinen Sie, was ich hier mache? Ich trainiere ebenfalls.«

»Toter Mann?«

»Natürlich nicht. Toter Mann mache ich, um mich zwischendurch auszuruhen.«

Für Eiserbeck hatten Menschen, die trainieren, einen Bonus. Er sagte:

»Tut mir leid.«

»Schon gut. Konnten Sie ja nicht ahnen, daß ich hier nachts Toter Mann mache.«

»Ich dachte, die Außenalster sei zu dreckig, um darin zu schwimmen.«

»Mir macht das nichts. Ich schwimme fast jede Nacht, und es bekommt mir vorzüglich.«

»Ist es nicht zu kalt?«

»Es geht. Ich trage einen Thermoanzug.«

»Und warum schwimmen Sie soviel?«

»Ich war Leistungssportler, wissen Sie, ich bin daran gewöhnt. Und Sie, sind Sie auch Leistungssportler?«

»Könnte man sagen, ja. Ich habe im Deutschlandachter der Junioren gesessen.«

»Ich habe viele Ruderer getroffen, bei Olympischen Spielen vor allem. Sie sind oft nett.«

»Sie waren bei Olympischen Spielen?«

»Zweimal. Ich habe sogar eine Goldmedaille gewonnen, vierundachtzig in Los Angeles.«

Eiserbeck wußte genau, wer in Los Angeles Gold im Schwimmen gewonnen hatte, nur ein Deutscher, der, den sie den Albatros nannten, und dieser Mann am Ausleger seines Skiffs war mit Sicherheit nicht der Albatros. Er war enttäuscht und auch verärgert, belogen worden zu sein.

»Über welche Strecke haben Sie denn Gold geholt?« fragte er.

»Was für eine Strecke?«

»Hundert, zweihundert, Brust, Delphin?«

»Ach so, nein, nein, ich habe nicht geschwommen, ich war Diskuswerfer.«

Eiserbeck schaute ihn an. Mit der Schwimmbrille sah der Mann aus, als wucherten seine Augen aus ihren Höhlen. Glupschig und fischig blickte er nach Eiserbeck, der in diesen Augen nichts Bekanntes erkennen konnte. Aber das breite Gesicht und vor allem der Kinnbart erinnerten an den Mann, der in Los Angeles die Goldmedaille im Diskuswerfen gewonnen hatte.

»Sind Sie Jobst Hahnenkamp?«

»Der bin ich.«

Der Schwimmer lächelte stolz aus seinen Glupschaugen. Eiserbeck aber war befangen, denn mit Jobst Hahnenkamp verband sich eines der unglücklichsten Ereignisse in der Geschichte des Sports. Er hatte es am Fernseher verfolgt, und er konnte sich noch gut an den Regen erinnern, wie er dünn aus dem Himmel fiel und die rote Laufbahn in dem kleinen Stadion glänzen ließ. Die Kamera blickte gerade auf Läufer, die zum zehnten Mal bummelnd das Ziel passierten, als plötzlich im Hintergrund ein schwerer Mann umfiel. Wie vom Blitz getroffen, fiel er um. Es gab dann viel Aufregung, weil der Mann, der die festliche Kleidung der Kampfrichter trug, tot war, und niemand so recht wußte, was ihn von den Beinen geholt hatte, bis schließlich verkündet wurde, daß ihm ein Diskus gegen den Kopf geflogen war. Geworfen hatte der Schwimmer, Jobst Hahnenkamp. Das heißt, er hatte nicht wirklich geworfen. Er wollte vor dem Wettkampf mit einigen Drehungen seine Geschmeidigkeit testen. Um gleich das richtige Gefühl zu kriegen, lag ein Diskus in seiner Hand. Als Hahnenkamp den Abwurf simulierte, flog die Scheibe davon, aus der Hand gerutscht, vermutlich wegen des Regens, und unglücklicherweise kam gerade in diesem Moment und ganz nahe ein Kampfrichter vorbei.

»Wie ist es eigentlich, Olympiasieger zu werden?« fragte Eiserbeck.

»Gar nicht schlecht, wenn es auch das Leben sehr in die

Vergangenheit verlagert. Wissen Sie, ein Olympiasieg ist eine so große Sache, daß es Gedanken und Gespräche immer wieder dorthin zurückzieht. Die Gegenwart verblaßt gegen das Gold von damals. Es ist auch ein hoher Preis. Meine Knie sind kaputt, und ich kann kaum noch laufen. Deshalb muß ich schwimmen, um mich in Form zu halten.«

Sie sprachen lange über Olympische Spiele, Siege und Niederlagen. Dann kraulte der Schwimmer mit ein paar kräftigen Zügen zu dem Anleger, auf den sie zugetrieben waren, kletterte hinauf und verschwand mit einem »Man sieht sich« in der Dunkelheit.

»Ja, man sieht sich«, rief ihm Eiserbeck nach.

Es war kühler geworden. Von den Bäumen fielen die Kastanien und schlugen Dellen in die parkenden Autos. Auch Eiserbecks Capri hatte etwas abbekommen, aber das machte nichts. Der Capri war alt. Niemand würde ihn mehr kaufen.

Er parkte den Capri an der Brauerei und ging um zwei Ecken zum *Hopfensack*. Es war eine Kneipe für Gespräche über das vierundfünfziger Endspiel, und es waren auch die Leute da, die damals an den Radios gesessen hatten, aber sie sprachen nicht. Stumm saßen sie an der Theke, vor ihnen Gläser, daneben griffbereit Zigaretten und Feuerzeuge.

Eiserbeck bestellte ein Bier. Die Frau hinter der Theke legte ihm einen Deckel hin und begann zu zapfen. Alle sahen zu, wie das Bier ins Glas lief. Schaum bauschte auf, bis hart an den Rand. Wer war Wonz? Eiserbeck betrachtete die Männer an der Theke von der Seite und sah Gesichter, die hager waren und faltig. Niemand bewegte sich mehr, als nötig war, um zu trinken oder zu rauchen. Diese Starre wurde kurz gestört, weil einer der Männer mit einem Arm zur Seite schnellte, um seinem Nachbarn, der eine neue Zigarette aus der Packung geklopft hatte, Feuer zu geben. Ein Nicken des Dankes, begleitet von einem tiefen Zug. Dann herrschte wieder die Ruhe eingespielten Nachmittagstrinkens. Ein Spielautomat klingelte. Eiserbeck bekam sein Bier und trank. Er konnte die Frau hinter der Theke fragen, aber das würde jeder hören. Er trank schnell, um überhaupt etwas zu tun, und bestellte noch ein Bier. Was hatte er hier verloren?

Die Wirtin stellte ihm ein Bier hin. Schaum kroch über den Rand und lief das Glas herunter. Wenn er nicht hergekommen wäre, würde er jetzt zu Hause auf dem Bett liegen und die brennende Stadt sehen oder einen Steilpaß, der nicht ankommt. Oder er würde am Fenster stehen und die Wartenden betrachten. Still stünden sie da und schauten auf die Gleise und manchmal auf die Uhr. Isabella würde nicht anrufen.

Er drehte sich um, und sah einen Mann, der an einem Tisch neben dem Spielautomaten saß und Kaffee trank. Eiserbeck nahm sein Glas, stand auf und ging zu dem Tisch.

»Sind Sie Wonz?«

Es war ein Mann über sechzig. Seine Haare hatte er pomadisiert und in strengen Bahnen zurückgekämmt. Zum Kaffee rauchte er Zigaretten ohne Filter.

»Und Sie? Wer sind Sie?«

»Ein Bekannter von Chantal.«

»Chantal ist ein Name, den man gerne hört.«

»Sie kennen sie also?«

»Ich kenne den Namen. In einem Viertel wie diesem leben viele Chantals.«

Eiserbeck hatte das Bedürfnis, sich zu setzen, weil er jetzt nicht groß sein wollte, aber der Mann, den er für Wonz hielt, hatte ihn nicht eingeladen. Er setzte sich trotzdem.

»Sie ist schon alt und wohnt jetzt in einer Pension.«

Der Mann trank schlürfend von seinem Kaffee. Auch als er die Tasse wieder abgesetzt hatte, sagte er nichts.

»Sind Sie Wonz?«

»Namen sind hier nicht wichtig. Ich habe einen Namen. Ich habe einen anderen, vielleicht einen dritten. Ich bleibe immer ich. Ich bin der Mann, der vor Ihnen sitzt.«

»Ich komme wegen eines Geschäfts.«

»Es sind schlechte Zeiten. Im Innern fault es. Geschäfte mißlingen. Und was gelingt, ist nicht von Dauer.«

Eiserbeck war irritiert. War das Wonz? Ein alter Schwätzer, der mit Gewehren handelt?

»Chantal hat mir gesagt, mit Ihnen könnte man Geschäfte machen.«

Der Mann, der nicht sagen wollte, ob er Wonz ist, zog an seiner Zigarette und schwieg. Eiserbeck senkte seine Stimme:

»Es geht um eine Waffe.«

»Es geht immer um Waffen. Jeder braucht irgendwann eine Waffe, und die meisten haben das Glück, das in jenem Moment keine zur Hand ist.«

»Können Sie mir helfen, an eine Waffe zu kommen?«

»Kann ich Ihnen helfen?«

Eiserbeck hatte erwartet, daß der Mann noch etwas sagen würde, aber er schwieg. Die Frau, die hinter der Theke gestanden hatte, trat an den Tisch und stellte eine Tasse Kaffee ab. Als sie gegangen war, beugte sich Eiserbeck vor und flüsterte:

»Ich brauche ein Gewehr.«

Er schwitzte. Er sah zu den Männern an der Theke, aber niemand rührte sich. Wachsfiguren. Der Mann, den er für Wonz hielt, schlürfte.

»Ein Gewehr ist eine Sache für sich. Pistolen sind die Normalität. Man trägt sie bei sich, zieht und schießt. Ob man trifft, ist eine andere Frage. Pistolen haben etwas Beiläufiges. Sie sind schnell, aber sie brauchen die Nähe.«

»Ich will keine Pistole. Ich brauche ein Gewehr, hören Sie, ein Gewehr.«

»Gewehre sind etwas für Leute, die einen Kopf haben. Man muß überlegen. Man muß planen. Es gibt da viele Fragen. Der Transport? Ich nenne nur die eine. Ein Gewehr braucht Ruhe. Nicht viele habe den Kopf für ein Gewehr. Nicht viele haben die Ruhe.«

Wollte dieser Mann ihn verarschen? Eiserbeck machte einen letzten Versuch.

»Haben Sie ein Gewehr für mich?«

»Ich habe Augen. Ich erkenne Leute, hier in der Kneipe, auf der Straße. Es sind gute Leute. Wir führen Gespräche. Es sind Männer, die Gespräche schätzen, gute Gespräche.

Wir gehen auseinander. Jeder macht sich seine Gedanken.«

»Könnten Sie sich klarer ausdrücken?«

»Gespräche haben ihre Zeit, ihren Ort. Man kann nicht überall alles sagen. Jedes Wort sucht sich seine Umgebung.«

Der Mann zog an seiner Zigarette, schlürfte Kaffee.

»Weiter, erzählen Sie weiter.«

»Es gibt Worte, die werden nur beim Billard gesprochen. Sie brauchen die Weite der Halle. Man geht hin und wartet, bis sie gesagt werden. Manchmal wartet man vergebens. Dann gibt es keine Lösung. Natürlich spielen die guten Leute Billard. Das ist selbstverständlich.«

»Ist das alles, was Sie mir sagen können?«

»Manche haben eine Waffe, um nicht sterben zu müssen. Andere müssen sterben, weil sie eine Waffe haben.«

Eiserbeck stand auf.

»Danke. Auf Wiedersehen.«

»Die guten Leute spielen nie vor Mitternacht Billard.«

Er drückte gleich auf Taste vier, um zu sehen, wer da lächelte, aber es war nicht Isabella, trotzdem schaute er noch eine Weile zu, wie sich die Farben und Töne launig mischten, bevor er zum Sport wechselte, wo sich Radfahrer halb aus dem Sattel erhoben und verbissen in die Pedalen traten, Vorstöße antäuschten, Vorstöße riskierten, sich zurückfallen ließen, und er schaute diesen taktischen Spielchen eine Weile zu, blieb aber nicht ständig dort, sondern huschte immer wieder für eine schnelle Sekunde in die Welt von Taste fünf, wo er aber Sarajewo nicht sah, sondern Gesichter, die er nicht kannte, und deshalb kehrte er sofort zurück zu den Radfahrern, die eine lange Schlange bildeten, eine sich auf ganzer Breite der Straße windende Schlange, von rechts nach links und zurück, bis im Endspurt aus der Schlange ein keilendes Knäuel wurde, von dem sich ein Russe auf den letzten Metern absetzte, ausgerechnet ein Russe, und dann sah Eiserbeck Blut und Glas, aber da hatte er wieder Taste fünf gedrückt, und nun fuhr das Auge der Kamera über Menschen, die in dem Blut und dem Glas lagen, und da waren andere, die es wahnsinnig eilig hatten, sie auf Bahren zu legen und in Krankenwagen zu schieben, während jemand laut schrie und ein paar andere wimmerten und das alles zwischen ganz normalen Häusern in einer ganz normalen Stadt, so normal, daß Eiserbeck das Gefühl haben konnte, in genau diese Straße zu sehen, sobald er das Haus, in dem er lebte, verließ. Das Telefon klingelte nicht.

Wenn Eiserbeck Blut sah, dann hatte er noch immer ein dumpfes Gefühl im Bauch, obwohl er in den letzten Monaten auf dem Bildschirm eine Menge Blut gesehen hatte, nie aber Därme, nie Hirnmasse, nie blutige Stümpfe, obwohl das doch sichtbar wurde, werden mußte, wenn Menschen unter Einsatz von Metall zerstört wurden, aber sie zeigten es nicht, jedenfalls nicht bei Nummer fünf, schon mal bei Nummer vier, wo man hin und wieder zu einer eingängigen Melodie blutige Stümpfe sehen konnte, aber die waren nicht echt, wie ohne weiteres zu erkennen war.

Er fragte sich, während er auf dem Bett lag, was die Fernsehsender machten mit den Szenen, die herausgeschnitten wurden, weil Därme, Hirnmasse und blutige Stümpfe im Bild waren. Ob sie ins Archiv kamen, ob sie eingeordnet waren unter den Stichworten *Därme, Hirnmasse* und *Blutige Stümpfe*? Und was das wohl für einen Film ergäbe, wenn man all diese Schnipsel zusammenkleben würde zu einem kilometerlangen Zelluloidband mit nichts anderem als …? Wer sich das dann ansehen würde und mit welchen Folgen?

Er würde das nicht anschauen. Er ging ja auch nicht in Horrorfilme. Was er gesehen hatte, war der Tod des Kaninchens, das seinem Cousin gehörte. Eben schaute es noch treu und dumm durch das Netzgitter, und dann krachte ihm schon ein Knüppel in den Nacken. Siehste, sagte sein Großvater, der selten etwas sagte. Er nahm ein Messer und schlitzte das Kaninchen auf. Weißes Fell, rotes Blut. Und dann sprang die Tür auf von dem Haus, in dem sein Cousin lebte, und der Cousin rannte durch den Garten und schrie und heulte und schlug auf den Großvater ein. Mörder, Mörder, Nazischwein.

Mörder. Warum klang das so häßlich? Sein Großvater hatte das Kaninchen umgebracht, damit sie einen guten Braten essen konnten. Eiserbeck lag auf dem Bett und wollte versuchen, das Wort Mörder einmal ganz neutral zu sehen. Jemand stirbt durch einen anderen, und das ist richtig. War denn jeder Tod schlimm? Gab es keinen nützlichen, befreienden, hilfreichen Tod? Guten Tod? Einer ist nicht mehr da, und ein Essen gelingt, ein paar Dinge laufen besser. Guter Tod, guter Mord, guter Mörder. – Das ging nicht. Das konnte man so nicht denken. Die beiden Worte stießen einander ab wie gleichgepolte Magneten. Mörder, Ermorder, Ausdemlebenbeförderer. Das klang nicht schlecht. Sein Großvater war der Ausdemlebenbeförderer des Kaninchens. Es hatte gut geschmeckt, mit Rosinensauce. Sein Cousin hatte Senge bekommen und war abgehauen. Wahrscheinlich rauchte er irgendwo eine Zigarette, was er natürlich nicht durfte. Er war elf, Eiserbeck acht. Was gibt's Neues vom Mörder, fragte der Cousin von jenem Tag an, sobald er Eiserbeck sah. Das hatte der Großvater nicht verdient.

Auf dem Bildschirm tauchte der Arzt auf. Die Augen des Arztes lagen unter buschigen Brauen, waren wach, mißtrauisch. Es war kein besonderes Gesicht, fett, schmale Lippen. Was auffiel, waren die Haare, ein dichter Schopf mit einem Scheitel auf der linken Seite. Von dort flohen die Haare in langen Wellen nach hinten. Ein paar standen ab, suchten nach eigenen Wegen, aufwärts, vorwärts. Das gab diesem Kopf etwas Ungestümes. Isabella hatte ihn den

Arzt genannt, worauf Eiserbeck sagte, er sei nicht Arzt, sondern Psychiater. Psychiater sind auch Ärzte, sagte Isabella, deren Vater Arzt war.

Der Arzt sprach von den Bedingungen des Friedens, und Eiserbeck schaltete zu Nummer acht, wo Männer, lang wie Eiserbeck, aufstiegen, dabei noch länger werdend. Ihre Arme waren gereckt, die Blicke an einen Ball geklebt, der unentschlossen über einem Ring tanzte. Es war kaum zu ertragen, alles hatte mit Isabella zu tun.

Die sehe ich nie wieder, hatte er nach ihrem ersten Abend gedacht, und vielleicht war das auch gut so, weil ihm immer verschrumpelte Gurken einfielen, wenn er sich an sie erinnerte. Doch dann rief sie an. Ein paar Floskeln, ein langer Moment der Peinlichkeit. Sie und ihre Gurken. Ob er Basketball spielen könne? Konnte er, nicht schlecht sogar. Sie wollten eine Mannschaft zusammentrommeln und bei einem Straßenturnier mitspielen. Ihnen fehlte noch einer. Das dämpfte seine Freude über ihren Anruf. Sie brauchten ihn, weil er lang war. Lange wurden immer gebraucht. Kannste mir mal das Buch von da oben anreichen? Kannste mal die Lampe anbringen? Kannste am Wochenende beim Umzug mithelfen? Wieviele beschissene Umzüge er mitgemacht hatte.

Es ging nicht um Sehnsucht. Sie brauchte einen Langen, aber er sagte zu.

Auf dem Heiligengeistfeld waren im Schatten des Hochbunkers vierzig Basketballkörbe aufgebaut. Dazwischen standen schwarze Türme mit Bässen und Hochtönern, aus denen Rap hämmerte. Er hämmerte im Bauch und ließ den betonharten Boden vibrieren. Man spielte auf einen Korb, drei gegen drei. Man trug flattrige Hemden und knielange Hosen, oft in Farben aus Übersee. Chicago Bulls. Indiana Pacers. Charlotte Hornets. Auf den Rücken große Namen: Ewing. Jordan. Malone. Schrempf. Bei den Spielern sah Eiserbeck Mienen und Gesten, die er von Taste acht kannte. Mund offen. Augen verhangen. Zunge gestreckt. Finger abgespreizt. Am Rand der Spielfelder standen die Mädchen, argusäugige Langeweile in den geschminkten Gesichtern.

Eiserbeck spielte lässig. Nie hektisch werden, runde Bewegungen, alles sehen. Er stand an der hinteren Linie, hielt den Ball mit einer Hand und guckte. Wenn er die Lücke sah, kam sein Wurf, sein Paß, sein Zug zum Korb. Nicht jubeln. War eh klar, daß man traf.

Die Bälle, die Eiserbeck fing, kamen von Isabella. Die Bälle, die er paßte, gingen zu Isabella. Seine Augen waren bei ihr. Sein Kopf antizipierte ihre Gedanken. Brustpaß. Bodenpaß. Isabella läuft links. Er kommt ihr entgegen. Blocken. Durchziehen. Passen. Rechter Fuß. Linker Fuß. Absprung. Halbe Drehung. Wuchtig den Ball ins Netz stopfen. Isabella rechts. Er links. Doppeln. Stören. Springen. Rebound. Eins werden. Sich blind verstehen. No-look-Paß. Ball kommt zurück. Links antäuschen. Rechts ziehen. Hakenwurf. Schnelle Schritte, dazu die Beats des Rap. Isabella dribbelt auf ihn zu. Er sperrt. Ihr Körper rollt um den seinen. Ein Schritt zur Seite. Sprungwurf. Sternschritt. Augenkontakt. Bogenpaß. Er springt. Fängt. Haut den Ball durch den Ring. Arme hoch. Mit den Händen zappeln. Stören. Rebound. Flüstern. Passen. Er steht unter dem Korb, Gesicht zu ihr. Sie kommt, dribbelt. Rechter Fuß. Linker Fuß. Springt ab. Steigt. Er packt zu. Reißt sie hoch, über den Korb. Dunking. Lachen. Abklatschen. Er war total verliebt.

Sie gewannen. Und dann ging Isabella mit, um bei ihm zu duschen. Sie duschte, und während er fernsah, malte er sich aus, wie das Wasser ihren mageren Körper herunterlief. Wasser und weißer Schaum. Ob sie darauf wartete, daß er kam? Er stand auf und ging am Bad vorbei in die Küche. Vielleicht hatte er gehofft, daß sie ihn rufen würde, aber sie rief nicht. Er ging zurück und setzte sich aufs Bett. Er sah zwei Männer in roten Overalls, auf den Köpfen spitze Hüte, die rotweiß gestreift waren. Einer sang, einer schwieg. Isabella kam und war nicht nackt, hatte auch kein Handtuch umgebunden, sondern war angezogen. Sie roch nach seiner Seife. Ein Moment der Verlegenheit. Blödes Lied, sagte er. Als sich Isabella aufs Bett setzte, ging Eiserbeck duschen. Er hatte kein frisches Hemd mitgenommen, nur eine Jeans. Mit freiem Oberkörper ging er zurück in das Zimmer und kramte in den Pappkartons nach einem Hemd. Er stellte sich vor, was sie sah: einen breiten Rücken, starke Arme, ein sanftes Spiel schöner Muskeln. Er fand das Hemd, drehte sich um. Sie guckte in den Fernseher. Drei Männer, gehend wie Roboter.

»Soll ich uns einen Kaffee machen?«

»Gute Idee.«

Als er zurückkam, mit einem Tablett in den Händen, lag sie unter der Bettdecke. Er sah ihre nackten Schultern und machte den Fernseher aus. Sie war mager, sehr mager. Seine großen Hände fühlten ihre Rippen, ihre Hüftknochen. Er war sanft, und weil ihm seine Hände trotzdem zu groß und wegen der Schwielen zu hart vorkamen für diesen Körper, verließ er sich auf seine Zunge. Sie sprach mit ihm, leise Worte, die er nicht verstand. Sein Kopf war weit weg von ihrem Mund, und dann hatte er plötzlich das Gefühl, er würde seine Erektion verlieren. Nur das nicht. Abrupt stieß er sein Glied in sie hinein, noch ehe sie richtig feucht war, und dann ging es schnell zu Ende. Er hatte sie Aufschreien gehört. Frauen müssen schreien, hatte der Schlagmann des Deutschlandachters der Junioren gesagt, als sie nach dem Training unter der Dusche standen, und er sich mit langen, ziehenden, zärtlichen Bewegungen beider Hände sein Glied wusch. Alle acht anderen, sieben Hünen und ein drahtiger, aber in dieser Gesellschaft doch irgendwie mickriger Kerl, der Steuermann, nickten, klatschten jauchzend beim Nachbarn ab oder hoben den

Daumen. Eiserbeck war glücklich, auch ein bißchen stolz, daß es wirklich so gekommen war, daß Isabella geschrien hatte. Schwer atmend lag sie neben ihm, und er richtete sich auf, um ihr Gesicht sehen zu können, ein lächelndes Gesicht, wie er dachte, rechter Mundwinkel abfallend, aber dann sah er, daß ihre Augen fast krampfhaft geschlossen waren und daß ein gespannter Zug um ihren Mund lag.

Er brauchte keinen Ameisenhaufen. Aus Angst, aus Gier hatte er das vergessen.

Er saß neben seiner Großmutter und sah zu, wie sie ein Kreuzworträtsel löste. Wüstenschiff mit fünf Buchstaben? Kamel, sagte er. Die Großmutter schrieb KAMEL. Meeressäuger mit drei Buchstaben? Hai. WAL, schrieb nach einem ihrer Blicke die Großmutter. Er war zuständig für die Tiere, seine Großmutter für den Rest. Es gab immer zuwenig Tiere in den Kreuzworträtseln. Er saß da und langweilte sich. Neben dem Rätsel war in jedem Heft eine Geschichte, zu der ein Paar mit leichter Kleidung gezeigt wurde. Ihn interessierte das nicht. Ihn interessierte das erst, als das Paar neben einem Ameisenhaufen stand. Schwarze Haut, leicht bekleidet. Der Ameisenhaufen war riesig. Irgendwas stimmte nicht mit ZUG. Seine Großmutter kam nicht weiter, grübelte. Er las derweilen. Er verstand nicht alles. Klar war aber, daß dieses Paar immer zu diesem Haufen besonders bissiger Ameisen ging, wenn es Liebe machen wollte. Lukas Eiserbeck hatte eine unklare Vorstellung über Liebe machen. Offenbar war es in diesem Fall so, daß der Mann sich vor dem Liebe machen auf den Ameisenhaufen warf. Nackt. Eiserbeck las atemlos. Die Ameisen bissen, und dann wurde schnell Liebe gemacht. Kann doch nicht sein. Er mußte das jetzt noch einmal lesen. Es schien so zu sein, daß es bei dem Mann schon vorher eine Schwellung gab. Und die wurde vergrößert durch die Ameisenbisse. Das war klar. Eiserbeck war auch schon einmal von einer

Ameise gebissen worden, in den Fuß. Es hatte ziemlich gebrannt. Uri, sagte die Großmutter, Uri, nicht Zug. Wo ZUG stand, schrieb sie URI drüber. Wat kucksen da? Ein Ameisenhaufen. Schweinigel. Sie faltete die Zeitschrift in der Mitte, man sah nur noch das Kreuzworträtsel. Eiserbeck fragte sich, was das alles mit Liebe machen zu tun hatte.

In späteren Jahren entdeckte er bei einer Radtour einen Ameisenhaufen. Das war zu einer Zeit, als die Jungs viel darüber schwadronierten, wie wichtig es sei, einen großen Schwanz zu haben, und Eiserbeck, wie alle von der Sorge geplagt, es könne nicht reichen, merkte sich den Ort. Bald registrierte er jedoch, daß ihn die Jungs, mit denen er trainierte, beim Duschen anstarrten, und dann hörte er auch die eine oder andere Bemerkung, bis er schließlich mit Mädchen schlief, die ihm sagten, daß er stark gebaut sei. Er selbst sah in seinem Geschlecht nichts Übermäßiges. Es paßte zu seinen Proportionen. Alles war gleichmäßig gewachsen. Er war dann zufrieden, aber nicht stolz, zumal er wußte, daß er vorsichtig sein mußte. Eine ältere Frau, die mit Eiserbeck nach einer Party im Ruderclub ins Bett gegangen war, hatte ihm gesagt:

»Ein großer Schwanz ist ja ganz nett, aber man muß damit umgehen können.«

Und jetzt war er schlecht damit umgegangen. Er schämte sich.

»Es tut mir leid«, sagte er.

»Nicht so schlimm.«

Ihr Lächeln kam ihm tapfer vor.

Später lagen sie auf dem Bett und sahen in die Welt von Taste vier und immer, wenn zwischen den Clips das Lächeln kam, sagte Isabella, was alles schlecht sei, die Betonung, das Englisch, plumpe Gesten und ein fades Lächeln, das nichts sage. Wenn man sie ließe, würde sie es besser machen, aber sie wußte nicht, ob man sie lassen würde, weil sich der Sender in London seit ihrer Probemoderation nicht gemeldet hatte.

»Ich will da rein«, sagte Isabella, in Eiserbecks Bett sitzend, die Decke über ihre Brüste gezogen, den Blick fest an den Fernseher geheftet.

Eiserbeck verstand sie. Als er seine ersten Siege bei den Regatten errang, versprach er seiner Mutter, er werde der Schlagmann sein, der den Deutschlandachter nach langer Durststrecke wieder zum olympischen Gold führt. Manchmal sah er die Kamera, die ihn groß im Bild hatte, wie er den Endspurt anzog, dem Gold entgegen. Er war enttäuscht, als der Deutschlandachter 1988 Gold in Seoul holte. Zu früh. Er war erst Junior, und Schlagmann war er auch nicht.

Es war der 27. Mai 1992, als er zum ersten Mal mit Isabella im Bett lag. Das wußte er genau, weil an diesem Tag eine Granate auf einem Marktplatz in Sarajewo explodiert war. Zwanzig Tote. Es war der bis dahin schwerste Angriff. Der Krieg eskaliere nun, sagte die Stimme von Taste fünf zu einer Kamerafahrt über weiße Hügel auf grauer, rot befleckter Straße. Die Hügel waren Leichen, über denen weiße Laken lagen. Eiserbeck drückte Taste vier, aber Isabella sagte, er solle zurückkehren zu Taste fünf. Ihn wunderte das. Bis dahin hatte sie wenig Interesse für die Welt von Taste fünf gezeigt. Jetzt sah sie sich das alles an und sagte dann:

»Es sind Moslems. Immer sind es die Moslems.«

»Bist du Moslem?« fragte er.

»Mein Vater ist Moslem.«

»Aber er trinkt Bier.«

Sie zuckte mit den Achseln. Dann erzählte sie ihm, wie sie mit ihrem Vater vor zwei Jahren in Indien gewesen war, zum ersten Mal. Kaum waren sie angekommen, gab es einen Streit um einen Tempel in Ayodhya, wo die Hindus etwas wollten, was die Moslems auf keinen Fall wollten.

Es gab Tote, und Straßen wurden gesperrt und Flüge gestrichen, weshalb Isabella und ihr Vater für einige Tage in Delhi bleiben mußten, in einem Hotel, und ihr Vater sah den ganzen Tag fern und schrie immer, daß sie das mit den Moslems doch nicht machen könnten. Isabella hatte Angst, weil so viele Hindus in dem Hotel waren. Sie ging nicht einmal zum Swimmingpool. Sie fing an, die Hindus zu hassen, aber dann war wieder Ruhe in Indien, und sie reisten doch noch herum, aber Isabella war zum ersten Mal eine moslemische Frau gewesen.

»Erzähl mir von Indien«, sagte Eiserbeck.

»Nirgendwo ist es schwerer, allein zu sein.«

Von Delhi flogen sie nach Varanasi, wo sie in einem kleinen Hotel abstiegen. Dort trafen sie einen Amerikaner, der sie beim Frühstück ansprach und sich anbot, ihnen die Stadt zu zeigen. Sie wollten das eigentlich nicht, aber er tat ihnen leid, weil er aussah, als werde er bald sterben, weiß im Gesicht und ausgezehrt. Er habe sich hier vor Wochen etwas eingefangen, sagte der Amerikaner. Er führte sie durch die Gassen, wo sich die Menschen an den Kühen vorbeidrängten, wo links und rechts die Läden waren, in denen Teppiche verkauft wurden und Stoffe, und davor saßen Frauen, die Tee kochten oder Chapati machten, und es war laut und eng und roch nach Kuhdung. Was die Farben anging, erinnerte sich Isabella vor allem an das Gelb des Currys, der in kreisrunden Körben zum Verkauf auslag. Der Amerikaner mußte oft Pausen machen, und dann tranken sie Tee, ohne viel zu reden. Nur einmal sagte der Amerikaner: »I don't want to die in India.« Isabella hatte Angst vor ihm. Am nächsten Morgen weckte er sie und ihren Vater in aller Frühe, und sie gingen hinunter zum Ganges, wo sie einen Kahn mieteten und am Ufer entlanggerudert wurden. Die Sonne stand über den Dächern der Stadt, als wäre sie mit einem Sprung zu greifen. Sie sahen die Hindus, die auf den Treppen zum Wasser hockten oder bis zur Brust im Ganges standen und sich mit langsamen Bewegungen wuschen. Isabella saß bei ihrem Vater im Heck des Kahns, der Amerikaner im Bug, zurückgelehnt, das Kinn auf der Brust dämmerte er vor sich hin. Sie sahen die Scheiterhaufen, auf denen die Toten brannten, und sie sahen die verkohlten Leichen, die in den Ganges geschoben wurden. Es war still, bis auf das Knistern der Feuer und das Plätschern der Ruder. Als sie am nächsten Tag weiterfuhren, brachte sie der Amerikaner zum Bahnhof. Es herrschte ein heilloses Gedränge, Reisende mit Kofferladungen, in denen ganze Hausstände sein mußten, monoton rufende Händler, die Nüsse, Tee und Bananen in die Waggons hinein verkauften, Polizisten, die nicht zögerlich waren, ihre langen Stöcke auf Rücken sausen zu lassen. Der Amerikaner half ihnen, ihre Plätze in der ersten Klasse zu finden, und dann stand er auf dem Bahnsteig, bis der Zug verschwunden war, ein hagerer Mann, der nicht winkte, sondern dämmerte, als wäre er alleine auf dem Bahnsteig.

Es war hell, als Isabella aufstand und sich anzog. Eiserbeck sah, daß sie ging wie ein Reiter, der einen halben Tag auf dem Pferd gesessen hat.

»Tut es noch weh?«

»Ich glaube, es ist etwas gerissen.«

Als sie fort war und er in sein Zimmer zurückging, sah er einen kleinen roten Flecken auf dem Bettlaken.

Eiserbeck schaute sich noch die Siegerehrung beim Radrennen an, schaltete dann den Fernseher aus und schlief kurz darauf ein. Er träumte davon, in einem Flöz eingeklemmt zu sein, nicht vor zu können, nicht zurück. Dann kroch ein riesiger Krebs auf ihn zu, ein Krebs mit langen Scheren. Als er aufwachte, lagen aschgraue Haare auf seinem Kopfkissen.

Glatt wie Glas lag die Außenalster unter der *Pudel*. Die Lichter der Stadt spiegelten sich im Wasser, nicht nur die Lichter, auch die Häuser und Kirchen und Baukräne, die ganze Stadt hatte hier ihr Abbild, leicht verschwommen und auf den Kopf gestellt. Eiserbecks Form wurde besser. Es kam mehr Druck auf die Blätter, und die *Pudel* flog leicht über den See. Die Stoppuhr am Fußbrett zeigte ihm eine gute Zwischenzeit, aber dann hörte er den Schwimmer rufen und hielt an. Sie redeten dahin, bis Eiserbeck sagte:

»Ich muß Sie etwas fragen.«

»Bitte.«

»Es könnte unangenehm sein.«

»Also?«

Eiserbeck wartete. Dann fragte er:

»Wie ist es, wenn man getötet hat?«

Für eine Weile war es still auf dem dunklen See. Eiserbeck hörte nur das leise Rauschen dünnen Verkehrs. Den Schwimmer sah er durch seine Brille in die Ferne glupschen.

»Es verbindet«, sagte er schließlich, »Töten verbindet.«

»Was?«

»Töten verbindet. Es gibt niemanden, an den ich so oft denken muß wie an den Kampfrichter. Ich kannte ihn auch vorher. Barney Williams, er war Diskuswerfer, bevor er Kampfrichter wurde, ein Konkurrent von mir, gegen den ich oft gewonnen habe. Aber ich hatte keine wirkliche Verbindung zu ihm. Wir sagten ›Hey‹, und manchmal haben wir über Trainingsmethoden geplaudert. Mehr war da nicht. Aber seitdem ich ihn getötet habe, ist er mir sehr nahe. Er wird mir immer nahe sein. Vielleicht klingt es komisch, aber Töten und Leben schenken haben etwas gemeinsam: Wenn du ein Kind zeugst, schafft das eine ewige Verbindung. Und wenn du einen Menschen tötest, ist es genauso.«

»Manche töten einfach so.«

»Richtig, und manche zeugen einfach so. Bei mir ist es anders. Wenn man sich Gedanken macht, ist es anders. Mit einem Toten, den du eigenhändig ins Jenseits geschickt hast, lebst du ewig.«

Sie schwiegen beide. Eiserbeck fröstelte.

»Warum haben Sie gefragt?«

»Nur so.«

Eiserbeck sagte, daß er weitermüsse, und sie verabschiedeten sich. Er ruderte zum Leinpfadkanal, nachdenklich, betreten. Ein Leben lang. Das war ein hoher Preis. Langsam ließ er die *Pudel* durch den schmalen Kanal gleiten. Schwarze Stille. Sie zerriß, als eine Ente erschrocken aufstieg und dabei mit ihren Flügeln das Wasser schlug. Klatschen, Flattern, aus dem Nichts kommend und daher laut wie ein Feuerstoß, schmerzhaft laut. Weg hier, nur raus aus diesem Kanal. Eiserbeck hieb die Skulls ins Wasser.

Es war kurz nach Mitternacht, als er die Tür der Billardhalle zurückstieß. Die Halle lag am Spielbudenplatz im ersten Stock, über dem *After Shave*. Es ging im Halbrund eine Treppe hinauf. Oben dehnte sich eine flache Halle, holzgetäfelt, in der gut zwanzig Billardtische standen. Darüber hingen an Kabeln je drei goldene Lampen, die nach oben spitz zuliefen und mit ihren Verzierungen so aussahen, wie sich Eiserbeck als Kind die Hüte von Zauberern vorgestellt hatte. An der hinteren Wand fiel ihm ein Gemälde auf, das eine düstere Alpenlandschaft zeigte. Zwischen den Tischen schritten Männer, die mit eigentümlichem Stolz ihre Queues trugen und schmaläugig Maß nahmen, bevor sie sich aufstellten und, die Zigarette im Mund, ihre Stöße machten. Es wurde wenig geredet. Eiserbeck hörte das Geklicke der Kugeln, die aneinanderstießen und sich dann in einem bunten Gewirbel über das Feld ergossen. Er hatte eine halbe Stunde zugesehen, als ihn jemand ansprach.

»Lust auf ein Spielchen?«

Eiserbeck sah vor sich einen jungen Mann, der klein war und breit. Er trug eine Lederjacke und einen Ohrring. Sein blondes Haar war an den Seiten kurz, fiel aber lang auf den Nacken.

»Ich kann nur Poolbillard und auch das nicht gut«, sagte Eiserbeck.

»Egal.«

»Okay.«

Sie warteten stumm, bis der Pooltisch frei war. Der Mann holte Kugeln sowie zwei Queues von der Theke und sah dann zu, wie Eiserbeck die Kugeln in ein weißes Plastikdreieck ordnete. Ohne Worte ordnete er die Kugeln anschließend neu. Eiserbeck erinnerte sich, daß es da gewisse Regeln gab.

»Der Einsatz ist fünfzig«, sagte der Mann, als Eiserbeck fertig war. Er zog einen Metallclip hervor, in den ein Bündel Geldscheine geklemmt war. Fünfzig Mark legte er auf den Rand des Billardtisches. Eiserbeck holte den gleichen Betrag aus seinem Portemonnaie. Beim Losen fielen ihm die halben Kugeln zu. Er hatte nie Vergnügen an Billard gehabt, zumal ihm die Tische viel zu niedrig waren. Verkrümmt stand er da und stieß ohne sicheren Stand, den Queue zum Stock herabwürdigend. Sein Gegner dagegen stolzierte um den Tisch herum und fand mühelos die richtigen Positionen, während er den Queue fließend führte wie ein Fechter sein Florett. Zwei. Fünf. Sechs. Mit der Vier knapp gescheitert. Eiserbeck, der erst eine Kugel versenkt hatte, zielte auf die Zehn, traf auch, doch die Kugel eckte an der gegnerischen Vier an und trudelte ins leere Feld, während die Vier in einem Loch verschwand. Nun lag für seinen Gegner nur noch die schwarze Acht auf dem Tisch. Bislang hatten sie nicht gesprochen, doch jetzt sagte der Mann, während er die Acht für einen schwierigen Stoß über zwei Banden anvisierte:

»Zielen kannst du wohl nicht so gut.«

»Nicht mit einem Queue.«

»Womit denn?«

Der Mann stieß zu, und die weiße Kugel machte sich zügig auf den Weg. Lange Bande, kurze Bande, Karambolage mit der schwarzen Kugel, die einen schmalen Pfad zwischen der Zehn und der Neun nahm, auf ein Eckloch zurollte, doch Zentimeter davor zum Stehen kam. Der Mann richtete sich auf.

»So lang wie ein Queue, aber schwerer«, sagte Eiserbeck, während er die Spitze seines Queues blau einpuderte.

»So, so, schwerer also.«

»Viel schwerer.«

Eiserbeck schickte die weiße Kugel mit Linksdrall zur Zehn, die sich in ein mittleres Loch verdrückte. An der Neun scheiterte er.

Sein Gegner versenkte die Acht und steckte einen Fünfzig-Mark-Schein in den Clip. Der andere Schein blieb liegen.

»Revanche?«

»Was hätte ich davon?«

»Du könntest dein Geld zurückgewinnen.«

Eiserbeck verzog sein Gesicht.

»Wir könnten uns nett unterhalten«, sagte der Billardspieler.

»Über Dinge, die lang sind wie Queues, aber schwerer?«

»Auch über Dinge, die lang sind wie Queues, aber schwerer.«

Während sie spielten, sagte Eiserbeck, daß er am liebsten ein SSG von Steyr-Mannlicher hätte. Ein Sauer 202 oder ein Mauser 66 S täten es aber auch. Der Mann sagte nichts, reinigte den Tisch im Eiltempo von seinen Kugeln und gewann, noch ehe Eiserbeck ein einziger Erfolg vergönnt war.

»Es reicht«, sagte Eiserbeck, »ich gehe erstmal pissen.«

Pinkelbecken waren überall zu niedrig angebracht. Er mußte aufpassen, weil sein Wasser, das aus großer Höhe fiel, beim Auftreffen stark spritzte. Er war zufrieden. Verglichen mit den Sorgen, die er sich gemacht hatte, lief es gut. Er war auch ein bißchen stolz, daß er das Spiel der versteckten Annäherung so gut mitgespielt hatte.

Ein Mann stellte sich neben ihn. Aus den Augenwinkeln sah Eiserbeck, daß er groß war, zwei Meter bestimmt, echte zwei Meter. Eigentlich mochte er die Gesellschaft großer Menschen, weil ihm das ein Gefühl von Normalität gab, das er sonst nicht kannte. Aber jetzt, in dieser fremden Welt, fühlte er sich unwohl, weil hier, wie er dachte, vor allem Körper zählten, und nun sah er sich um einen natürlichen Vorteil gebracht. Er schüttelte die letzten Tropfen ab, schloß seine Hose und ging zur Tür. Als er nach dem Knauf griff, flog ihm die Tür gegen die Brust. Der Mann, gegen den er Billard gespielt hatte, stürzte hinterher, hieb ihm zwei Fäuste in den Magen. Von hinten schlang sich ein Arm eisern um seinen Hals. Eiserbeck ging die Luft aus. Schlaff stand er da, von gewaltigen Armen umschraubt.

»So, Bulle«, sagte der Billardspieler, als er sich vor ihm aufgebaut hatte, »jetzt ist Schluß mit der Verarsche.«

»Ich bin kein Bulle.«

»Nein, natürlich nicht. Du brauchst ein Gewehr, weil du ein bißchen herumballern willst. Du bist nämlich ein ganz schwerer Junge. Sieht man ja gleich.«

»Ich brauche wirklich eins.«

»Da wärst du aber der erste von deiner Sorte. Herr Harmlos kauft sich ein Gewehr. Wunderbar. Ihr Bullen kommt doch immer wieder auf prima Ideen.«

Zwei Schläge. Oberlippe links. Wangenknochen rechts.

Er wollte nicht weinen. Auf keinen Fall weinen. Dafür war er immer zu groß gewesen. Und doch hatte er manchmal weinen müssen, und dann hörte er jedesmal denselben Satz: So ein großer Junge und weint. Es tat weh. Er schmeckte Blut.

Nicht weinen, nicht verlieren – die Regeln für die großen Jungs. Er war stark, aber er war kein Kämpfer. Jeder Zwerg, der entschlossen genug war, seine Faust in andere Fressen krachen zu lassen, konnte ihn fertigmachen. Das hatte er immer gewußt, und deshalb ging er Schlägereien aus dem Weg. Jetzt hatten sie ihn.

»Ich bin kein Bulle«, sagte er und leckte sich das Blut von den Zähnen.

Magengrube. Linker Wangenknochen. Eiserbeck bäumte sich auf, riß eine Hand los und schlug zu, traf aber nicht. Der Riese, neben dem er gepißt hatte, riß ihn an den Haaren zu Boden.

»Hey, was ist denn das?«, rief der Billardspieler.

»Wassn los?« fragte der Riese.

»Guck doch, die Narbe.«

Der Riese schaute hinunter auf Eiserbecks Kopf. Dann wühlte er mit einer Hand durch dessen Haare.

»Scheiße. Die geht ja halbrum.«

»Den ham se skalpiert«, sagte der Riese.

»So was macht doch keiner.«

»Vielleicht haben se ihmn Mikro oder so was eingepflanzt.«

»Idiot. Dafür schneiden sie doch keinem die Rübe auf.«

»Vielleicht issern Frankenstein oder so was.«

Eiserbeck hörte eine Spur Zaghaftigkeit in der Stimme des Riesen.

»Halt doch dein Maul. Hey, Typ, was ist denn mit dir passiert.«

Noch immer auf dem schmierigen Fußboden knieend, sagte Eiserbeck:

»Ich bin skalpiert worden.«

»Kannze uns doch nich erzählen. Sin ja nich im Wilden Westen.«

»Darf ich aufstehen?«

»Laß ihn hoch, aber halt ihn fest.«

»Es ging um Mädchen. Wir wollten neu in den Markt, und das hat den anderen natürlich nicht geschmeckt. Es gab ein paar Schlägereien, ein bißchen Geritze mit Messern, und dann haben sie mich erwischt. Jetzt machen wir es wie die Indianer, haben sie gesagt und mir die Kopfhaut runtergeschnitten.«

»Scheiße. Wo machen sie denn so was?«

»In Recklinghausen.«

»Gibt es doch nicht.«

»Wieso issn die Narbe so krumm?« fragte der Riese. »Sieht nich so aus wien sauberer Schnitt mitm Messer.«

»Die hatten keine Übung. Mußten ein paarmal ansetzen.«

Eiserbeck spulte das einfach ab, aus dem Gedächtnis.

Mit dem Schlagmann des Deutschlandachters der Junioren war er von Erkenschwick nach Nordwijk gefahren, zum Baden in der Nordsee, und da hatten sie zwei dickliche Mädchen mitgenommen, die an der Auffahrt zur Autobahn mit gerecktem Daumen gestanden hatten. Erst zierten sie sich, wollten nicht einsteigen, aber dann taten sie es doch. Später, kurz hinter Duisburg, sagten sie, der bordeauxrote Mercedes des Schlagmannes sehe nach Zuhältern aus.

»Blödsinn«, sagte der Schlagmann, »Zuhälter sind wir nicht. Wir sind Schmuggler.«

Die Mädchen kicherten.

»Was schmuggelt ihr denn so?«

»Exotische Tiere. Bei uns kriegt ihr alles. Löwen. Affen. Warane. Taranteln. Giftschlangen sind unsere Spezialität. Wir haben aber auch schon einen Elefanten unbemerkt über die Grenze gebracht, sogar eine Giraffe. Lukas kennt sich aus mit Giraffen.«

»Ist ja selber eine.«

Die Mädchen gackerten.

Eiserbeck sah stumm geradeaus. Eigentlich mochte er den Schlagmann nicht, schon weil er der Schlagmann des Deutschlandachters der Junioren war und nicht Eiserbeck, der die besseren Muskeln hatte, aber das Boot, behauptete der Trainer, laufe ruhiger, rhythmischer, wenn der andere den Takt angebe. Als ihm das gesagt wurde, nach Tests im Leistungszentrum in Duisburg, ging Eiserbeck in die Bootshalle, nahm den Riemen, der für den Schlagmann bestimmt war und zerschlug ihn an einer Mauer. Nur ein Schlagmann durfte in einem Achter einen freien Willen haben. Er gab den Takt an. Die anderen, die hinter ihm saßen, waren versklavt an seinen Willen. Sie mußten tun, was er tat. Schlagzahl etwas höher, Zwischenspurt, länger ziehen, der Schlagmann bestimmte es, manchmal in flüsternder Absprache mit dem Steuermann. Kein anderer Sportler ist so unfrei wie die sieben Mann eines Achters, die hinter dem Schlagmann sitzen. Ihr Wille reduziert sich darauf, zu entscheiden, mit wieviel Kraft sie an den Riemen ziehen. Man kann sich schonen, das Blatt ohne Druck durchs Wasser ziehen, aber dabei mächtig Wellen machen, als setze man seine ganzen Kräfte ein. Eiserbeck kannte die Tricks. Der Trainer kannte sie ebenfalls. Man war auch da nicht wirklich frei.

Weil Eiserbeck die besten Muskeln der ganzen Crew hatte, durfte er im Deutschlandachter bleiben. Aber seine Begeisterung ließ nach. Er wollte nicht als Sklave Olympiasieger werden.

Obwohl er den Schlagmann nicht mochte, unternahm er hin und wieder etwas mit ihm, vielleicht weil er zeigen wollte, daß er die Sache verwunden hatte, was nicht stimmte, wie Eiserbeck wußte, vielleicht weil er, der gescheiterte Schlagmann, wenigstens einen Schlagmann zum Freund haben wollte. Allerdings war der Schlagmann ein Idiot, fand Eiserbeck, ein Hohlkopf mit spitzer Zunge, dessen größter Spaß es war, andere aufzuziehen.

»Ihr seid überhaupt keine Schmuggler. Uns könnt ihr nicht verarschen.«

Der Schlagmann drehte sich nach hinten zu den Mädchen.

»Paßt mal auf. Das ist kein Spaß. Das ist eine ganz heiße Sache, versteht ihr? Richtig, wir sind noch nicht lange im Geschäft, aber jetzt sind wir ganz dick drin. Als wir anfingen, hat das der Konkurrenz natürlich nicht gefallen. Es gab ein paar Schlägereien, ein bißchen Geritze mit Messern, und dann haben sie Lukas erwischt. Jetzt machen wir es wie die Indianer, haben sie gesagt und ihm die Kopfhaut runtergeschnitten. Einfach skalpiert. So geht es zu im Geschäft mit exotischen Tieren. Aber das haben die teuer bezahlt, das könnt ihr mir glauben.«

»Kannst du deiner Großmutter erzählen.«

»So, so. Dann komm mal her mit deinen hübschen Griffeln. Ich zeige dir was.«

Der Schlagmann nahm eine Hand von dem Mädchen, das hinter ihm saß, und führte sie auf Eiserbecks Kopf.

»Was ist denn das?«

»Die Narbe«, sagte der Schlagmann. »Sehen kannst du sie nicht, aber fühlen.«

Das Mädchen strich mit einem Finger über die erhabene Linie, die sich von einem Ohr zum anderen zog.

»Das gibt es doch nicht.«

»Laß mich auch mal«, sagte die andere.

Eiserbeck spürte auch ihre Hand auf seinem Kopf.

»Die ist aber ganz krumm.«

»Die Jungs waren natürlich nicht geübt im Skalpieren. Mußten ein paarmal ansetzen.«

Dann grinste der Schlagmann fett und sagte:

»Und jetzt könnt ihr mal fühlen, wo ich eine Narbe habe.«

Die Mädchen kicherten. Es waren dumme Mädchen, und Eiserbeck hatte auf solche wie sie nicht gewartet. Und trotzdem, als die beiden sich ihnen anschlossen und sie zusammen im Meer badeten und dann in den Dünen übernachteten, schlief er mit der einen, die weniger dick war.

»Und jetzt hast du noch Rechnungen offen«, sagte der Billardspieler.

»Es ist schon eine Weile her. Aber es sind noch Rechnungen offen.«

»Vielleicht isser dochn Bulle«, sagte der Riese.

»Blödsinn. Wo soll denn ein Bulle so eine Narbe herhaben?«

»Wonz hat uns gewarnt.«

»Laß ihn los. Ich nehme die Sache auf mich.«

»Ist Wonz ein Spinner?« fragte Eiserbeck, als er frei war.

»Er quatscht viel. War mal ein Lehrer oder so was. Aber er ist geschickt. Ihm hängt keiner was an.«

»Wann kriege ich mein Gewehr?«

»Wir treffen uns in zwei Tagen wieder hier. Dann kann ich dir sagen, ob wir etwas für dich haben. Und keine Tricks. Wenn du uns reinlegen willst, schneiden wir dir den Kopf noch einmal auf.«

Als sie vor ihm die Treppe hinaufgingen, hörte Eiserbeck den Riesen sagen:

»Wie die Indianer. Is ja eigenlich ne gute Idee. Muß man ersmal drauf kommen.«

Er schaltete den Anrufbeantworter an, weil er zum Supermarkt gehen mußte. Den Anrufbeantworter hatte er gebraucht gekauft, billig, aber zuverlässig. Seine Mutter hatte hin und wieder auf das Band gesprochen. Er war viel unterwegs, und deshalb war es gut, daß er den Apparat hatte, falls Isabella anrief. Es war womöglich auch leichter, ein paar Sätze, eine Entschuldigung auf den Anrufbeantworter zu sprechen. Sich anvertrauen, ohne daß jemand sofort reagiert. Natürlich würde er anfangs kühl sein. Er konnte sehr kühl sein. Aber wenn sie auf seinen Anrufbeantworter spräche, hätte er ein paar Sekunden, während er ihre Nummer wählte, um diese Kühle abzulegen. Er würde sofort zurückrufen, das wußte sie. Wenn er nach Hause kam, hörte er immer gleich das Band ab. Er hatte deshalb einige häßliche Flecken auf dem hellgrauen Teppich, weil er direkt zum Anrufbeantworter gegangen war, ohne die Schuhe auszuziehen. Es regnete jetzt viel, da wurden die Schuhe ziemlich schmutzig. Achten sie mir auf den Teppich, der ist neu, hatte der Vermieter gesagt. Vermieter waren Idioten. Vielleicht, dachte Eiserbeck manchmal, war es doch kein Vorteil, einen Anrufbeantworter zu haben. Als er keinen hatte, war es schrecklich, sich vorzustellen, Isabella könne angerufen haben, während er Essen ausfuhr. Aber es war auch ein Trost. Ein vergeblicher Anruf ist auch ein Anruf. Man konnte nie genau wissen, ob Isabella nicht schon längst zu ihm zurückwollte, sie sich aber immer verpaßt hatten. Mit einem Anrufbeantworter gab es kein Verpassen mehr. Er ließ einem keinen Trost. Obwohl es natürlich sein konnte, daß Isabella eine von denen ist, die grundsätzlich nie auf einen Anrufbeantworter sprechen. Zu unpersönlich. Man redet doch nicht mit einer

Maschine. Er nahm den Hörer ab und wählte ihre Nummer. Niemand da.

Nie war sie da. Wenn er jemanden erreichte, dann die Mutter oder den Vater, und die sagten mürrisch, Isabella sei nicht da. Wo war sie denn? In den Clubs war sie auch nicht mehr. Nächtelang war Eiserbeck durch die Clubs gezogen, um Isabella zu suchen. Er hatte nach ihr gefragt, den DJ, das Mädchen hinter der Bar. Hast du eine gesehen, die beim Tanzen die Augen schließt? Häh? Was willst du? Fick dich selbst. Er zog weiter in den nächsten Club. Aber vielleicht war das die falsche Strategie. Wenn er von einem Club in den anderen zog, verpaßte er sie vielleicht, weil sie gerade selbst den Club wechselte. Er mußte an einem Ort ausharren, irgendwann käme sie schon vorbei. Also verbrachte er eine Nacht im *Mojo Club*, eine im *Tempelhof*, eine im *Purgatory*. Er trank eine Menge Weißbier und lutschte ewig an den Zitronenscheiben herum. Manchmal kam er mit Mädchen ins Gespräch. Eine küßte er, geschah Isabella recht. Aber er nahm sie nicht mit nach Hause. Dreimal hatte er bei Isabella vor der Tür gestanden. Zweimal öffnete die Mutter, zuletzt der Vater. Ist nicht da. Rufen Sie lieber an. Lassen Sie uns endlich in Ruhe. Ihre Eltern hatten ihn nie gemocht.

In der Küche setzte er sich auf einen der Stahlrohrstühle und schaute in seinen Kühlschrank. Es gab nichts zu sehen, er war leer, bis auf das Senfglas. Er schrieb einen Einkaufszettel, und als er gerade »Mais« notierte, klingelte das Telefon. Eiserbeck sprang auf und knallte mit dem Kopf gegen die schräge Wand. Leicht benommen stürzte er in sein Zimmer, riß den Hörer hoch.

»Können wir uns heute treffen?«

Die Stimme eines Mannes.

»Hey, was ist? Können wir uns heute treffen?«

»Ja, ja.«

Er mußte aufpassen, daß seine Stimme nicht zerbrach.

»Um sechzehn Uhr in der Speicherstadt. Bei Oelke und Sohn.«

Eiserbeck ließ sich aufs Bett fallen. Er war jetzt klein. Ein Zwerg. Ein Zwerg mit Kopfschmerzen. Nie klingelte das Telefon, und wenn es klingelte, war nicht Isabella dran. Wein doch, dachte er. Er weinte nicht. Heute würde er ein Gewehr kaufen.

Zweimal war er noch in der Billardhalle gewesen und hatte jedesmal fünfzig Mark verloren.

»Wir haben ein Mauser 66 S für dich«, sagte der Billardspieler bei ihrer dritten Begegnung.

»Wieviel?« fragte Eiserbeck.

»Sieben Riesen mit Fernrohr.«

»Das ist zuviel.«

»Sieben Riesen.«

Er versuchte zu handeln, aber da war nichts zu machen.

»Ich ruf dich an, wenn es soweit ist«, sagte der Billardspieler, nachdem sie ihre letzte Partie gespielt hatten. Als Eiserbeck gehen wollte, zeigte ihm der Riese ein Messer, das er sich neu gekauft hatte.

»Ein Bowieknife«, sagte er grinsend, »hattense schon im Wilden Westen, verstehste.«

Eiserbeck lag auf dem Bett und sah sich schießen.

Einatmen. Ausatmen. Einatmen. Halb ausatmen. Atem anhalten. Nicht ziehen, den Schuß geschehen lassen.

Plong.

Er mochte sich nicht, wenn er so dachte.

Er ging aus dem Haus und durch den Regen die Straße hinunter. Er lebte in einem Viertel, das nicht gut erhalten war. Alte Häuser, alt geblieben. Wer nicht türkisch sprach, trug schwarz und Metall im Gesicht. Schwere Stiefel, Hunde ohne Leinen. Promenadenmischungen. Leute drehten an Straßenecken Zigaretten. Zweimal waren die Reifen von Isabellas Jaguar zerstochen gewesen.

Es war nicht weit bis zum Heiligengeistfeld, wo im Schatten des Hochbunkers ein riesiger Supermarkt war. Davor lungerten Arbeitslose, Bettler und Punks, die Eiserbeck sofort um Geld angingen. Er hatte nur eine Mark klein, die er aber selbst brauchte, als Pfand, um einen der Einkaufswagen von der Kette lösen zu können. Murrend zogen die Punks ab.

Eiserbeck schob seinen Wagen Regalreihen entlang, die wie Schluchten waren, endlos lang und übermannshoch, rechtwinklig angeordnet mit Magistralen und Nebenwegen, ein Manhattan der Lebensmittel. Hier maß sich alles in Metern. Meterweise Ketchup. Meterweise Fruchtkonserven. Meterweise Joghurt. Besäuselt von Schmeichelmusik, passierte er Gebirge aus Getränkekisten, lange Fronten von Tiefkühltruhen und schließlich die beiden Karpfen, die inmitten dieser massenhaften Erstarrung in ihrem Bassin schwammen und glotzten.

Fisch ging nicht. Fleisch ging auch nicht. Am besten wieder Mais mit Tomaten. Das konnte er essen, weil es nicht roch. Es gab kaum etwas, das nicht so roch wie das Essen, das er ausfuhr. Anfangs hatte er es gegessen, jeden Tag und gerne. Bequemer und billiger konnte er nicht an warme Mahlzeiten kommen. Aber allmählich wurde ihm zuwider, das zu essen, was er zuvor über Stunden gerochen und in alten Mäulern hatte geräuschvoll verschwinden sehen. Er fing an, selbst zu kochen, aber alles, was da briet und schmorte, erinnerte seine Nase an das Essen der Caritas. Und nicht nur sein Geruchssinn litt. Vor seinen Augen erschienen wieder die Bilder und Geräusche von essenden Alten. Ihm war das zum Grauen geworden. Zu oft hatte er gehört, wie sich Lippen schmatzend trennten, wie Zähne knirschend aneinanderrieben, wie Kieferscharniere knakkend zuschnappten, wie sich Speiseröhren glucksend dehnten, wie Zungen schabend leckten. Dazu dann tropfende Suppe, braun auf weißen Blusen, herunterfallende

Erbsen, ausgespucktes Fett, aus Mündern hängende Nudeln, fettglänzende Lippen, abgenagte Hühnerbeine. Eine Zeitlang aß er gar nicht mehr, verlor Gewicht ohne Hungergefühl. Aber beim morgendlichen Training wurden seine Zeiten schlecht, und schließlich rammte er einen Alsterdampfer. Sein Skiff zersplitterte, und er hatte noch Glück, daß er nicht an die Schraube kam. Er hatte die Barkasse einfach nicht gesehen, weil ihm bei einem Zwanzigerintervall schwarz vor Augen geworden war. Zu schwach, um trainieren zu können. Er fing wieder an zu essen, versuchte es mit Salaten, mit rohem Gemüse, mit Reis ohne Soße. Es schmeckte ihm nicht. Er zwang sich.

In seinem Wagen lagen drei Dosen Mais und ein Pfund Tomaten. Unschlüssig lief er die überbordenden Regale entlang. Thunfisch? Nein. Beim zweiten Bissen Freitagsfisch hatte sich Frau Möller übergeben. Nudeln ohne Sauce? Nein. Herr Hafermann sog sie immer so geräuschvoll ein. Aber er brauchte Kohlehydrate, war immer noch zu dünn, um richtig gut zu sein. Er ließ den Wagen stehen und ging zurück zu dem Regal, wo der Reis stand. Also wieder Reis. Zwar klebte der manchmal im grauen Bart von Herrn Grehm, aber das ging schon.

Als er mit der Reispackung um die Ecke bog, war sein Einkaufswagen verschwunden. In dem Regal mit dem Senf lagen die Maisdosen und die Tüte mit den Tomaten. Eiserbeck rannte los, Richtung Ausgang. Draußen, wo unter einem Dach die Einkaufswagen geparkt waren, stand ein Punk und schob einen Wagen in das Ende der Reihe.

»Das ist mein Wagen«, sagte Eiserbeck.

»Kann ja jeder kommen.«

»Du hast ihn mir geklaut.«

Der Punk steckte die Kette in das Fach am Wagen und kassierte die Mark Pfand.

»Gib mir die Mark.«

»Fick dich.«

Inzwischen waren andere Punks hinzugekommen. Sie standen da und sahen Eiserbeck an. Er drehte sich um, ging. Sollte er sich wegen einer Mark prügeln? Er würde verlieren. Nicht mehr lange, dachte er, nicht mehr lange. Er ging noch einmal in den Laden und holte die Sachen, die er ausgesucht hatte.

Zu Hause hörte er sofort den Anrufbeantworter ab. Seine Mutter hatte angerufen. Er würde morgen zurückrufen. Das hatte Zeit. Dann saß er in der kleinen Küche und aß Reis mit Mais und Tomaten. Komisches Frühstück, dachte er, aber es war ja schon fast elf. Sein Kopf tat weh.

Es war schwierig mit seiner Mutter. Sie rief oft an, und wenn sie dann fragte, was er so mache, hatte er keine Antwort. Er machte nicht viel. Er fuhr das Essen aus, und er hatte keine Lust, davon zu erzählen. Man konnte nicht viel sagen. Wenn man von ihm etwas erfahren wollte, mußte man fragen, was er denke. Aber so fragte seine Mutter nie. Er hätte ihr auch nicht geantwortet. Er dachte, seine Worte würden bei ihr nicht ankommen und schon gar nicht richtig aufgehoben sein. Sie waren zu verschieden. Jedes Telefongespräch war eine Belastung. Seine Mutter fragte, und er antwortete nicht. Er spürte ihre Enttäuschung, aber er schwieg, und seine Mutter erzählte, was sie machte, auch nicht viel, aber sie konnte viel davon erzählen. Es interessierte ihn nicht, doch er hörte zu, fragte auch, um nicht ihre Fragen hören zu müssen. Ohnehin war es so, daß, wenn er etwas erzählte, von Herrn Beckmann vielleicht oder früher von Isabella, seine Mutter nicht lange zuhörte, sondern nur auf ein Stichwort wartete, zu dem sie eine eigene Geschichte beitragen konnte. Ihm war unwohl nach diesen Gesprächen.

Seine Mutter war eine große Frau. Er wußte nicht genau wie groß, weil sie dazu nichts sagte. Mit der Größe war sie wie andere Frauen mit dem Alter. Keine Angabe. Sie war nicht so groß wie ihr Sohn, aber größer als die Frauen, die Eiserbeck aus Erkenschwick kannte. Sie trug flache Schuhe. Früher war er stolz auf seine Mutter. Er liebte es, mit ihr durch Erkenschwick zu gehen. Erkenschwick war klein, seine Mama groß. Eine große Frau mit langen Haaren, blond gefärbt. Die Leute guckten.

Seine Mutter machte ihm Mut. Sie war groß und schön.

Sie lebten zu dritt in einer Zechenwohnung, Eiserbeck, seine Mutter und deren Vater, nachdem seine Frau gestorben war. Monika Eiserbeck hatte keinen Mann. Keinen Ehemann und auch sonst nie einen, jedenfalls kriegte ihr Sohn das nicht mit. Ihm kam das auch lange selbstverständlich vor. Einen Vater vermißte er nicht. Sein Cousin hatte einen, und es gab keinen, der so oft Senge kriegte wie sein Cousin. Zudem hatte er, Lukas Eiserbeck, eine Mutter, die so groß war wie die Väter der anderen oder größer.

In dem engen Wohnzimmer in der Zechenwohnung standen Sofa und zwei Sessel aus Leder, schwarz und prall wie Nilpferde. Dort saßen sie oft, sahen fern und tranken Tee oder spielten etwas. Die langen Beine hatten sie ausgestreckt. Uns geht's gut, sagte seine Mutter. Es ging ihm nirgendwo so gut wie hier.

Als Kind war Lukas Eiserbeck hoch aufgeschossen, aber nicht gleichmäßig gewachsen, sondern hatte unendliche Beine und schlenkernde Arme. Dabei war er dürr wie ein Stock. Er kam sich selbst zerbrechlich vor, und mit seiner Figur konnte man sich nicht anders bewegen als linkisch. Er war die Giraffe, die Bohnenstange, der Lulatsch. Über ihn wurde gelacht und gelächelt, schon im Kindergarten. In ihm entwickelte sich ein Gefühl, ständig auf der Hut sein zu müssen, vor den anderen, aber auch vor sich selbst, da ihm eine Ungeschicklichkeit, eine Dummheit mit doppeltem Spott vergolten wurde. Er wußte sich zu wehren, doch hinter seinen harten Kontern lauterte ständig das Gefühl, gleich weinen zu müssen. Dabei war er als Kind kein

Außenseiter, obwohl das auf Klassenfotos so aussah. Der Längste stand immer am Rand oder ganz hinten, denn es wurde nach Größe aufgereiht. Mittendrin war kein Platz für ihn, da er andere verdeckt oder ihnen die Sicht genommen hätte. Dabei blieb es. Weil sich im Kino sofort lauter Protest erhob, sobald Eiserbeck in der Mitte Platz genommen hatte, setzte er sich immer an den Rand.

Der Spott, den er als Kind einstecken mußte, war auch eine Strafe von Unterlegenen, die sich sonst gerne an Eiserbeck lehnten oder sich von ihm beschützen ließen, weil er wegen seiner Größe unbezwingbar schien und älter aussah als er war. Lehrer und Eltern nahmen ihn häufig in die Pflicht, wenn es galt, Unsinn zu verhindern. Er hatte die Verantwortung. Das, dachte er später, hat ihn immer zu alt für sein Alter sein lassen.

Als er wissen wollte, wer sein Vater war, sagte seine Mutter, daß sie einmal einen Mann getroffen habe, der zwei Tage nett gewesen sei und den dritten nicht mehr. Mehr sagte sie nicht. Seine Großmutter erzählte ihm, daß sie eine Kur gemacht habe, und ihre Tochter sei gekommen, um sie zu besuchen. Da habe sie den Mann kennengelernt, der sein Vater geworden sei. Er war klein, sagte sie.

Wieso ist mein Vater klein, wollte Eiserbeck von seiner Mutter wissen. Er hat sich was getraut, sagte sie.

Er fing an, einen Vater zu vermissen, als ihm seine Mutter mehr und mehr auf die Nerven ging. Mit elf oder zwölf merkte Eiserbeck, daß sie eine Vorstellung von ihm hatte. Bis dahin waren er und die Vorstellung, die sich seine Mutter von ihm machte, eins gewesen. Doch nun trennte sich das. Es war, als würde er von schielenden Augen betrachtet. Aus seiner Kontur löste sich eine zweite mit denselben Umrissen, aber leicht verschoben. Je älter er wurde, desto mehr entfernten sich die beiden Personen voneinander. Die eine wuchs, die andere, so schien es Eiserbeck, wurde kleiner.

Studier' doch Bergbau, maulte seine Mutter.

Die sanfte Stimme, die Augen, die traurig wurden, wenn er neben das Becken gepinkelt hatte. Ihre Fragen. Alles wollte sie wissen. Erzähl doch was.

Nöh.

Was sie dann erzählte: von der Zeche, wo sie Sekretärin war, von der Gewerkschaft, von den Sozialdemokraten. Komm, wir machen uns einen schönen Tee. Er mochte keinen Tee und einen schönen Tee schon gar nicht. Gemütlich im Nilpferdsessel sitzen und einen schönen Tee trinken, zum Kotzen. Die Wanduhr tickte, der Großvater röchelte. Dazu Geschichten von den Sozialdemokraten. Der Tee dampfte. Hast du eigentlich eine Freundin? Nie fragte sie das, ohne zu kichern.

Mit einem Vater, dachte er eine Zeitlang, wäre alles anders. Ein großes Haus, Gespräche, die da hineinpaßten.

Er war dabei, sich das auszureden. Mit einem Vater wäre es wahrscheinlich doppelt so schlimm.

Er saß im Polo der Caritas und fuhr Essen aus. Nach einer Schicht waren seine Knochen immer steif. Mit den Knien stieß er gegen das Armaturenbrett, und seine Arme mußte er weit nach unten abwinkeln, um lenken zu können. Die Füße, Größe siebenundvierzig, verhakelten sich an den Pedalen, die eng im Fußraum standen. In diesem Auto fühlte er sich wie ein Artist, der in einer Zwangsjacke jonglieren soll. Warum konnten die ihr Essen nicht im Mercedes ausfahren lassen? Eiserbeck haßte alles, was zu klein für ihn war, weil er sich dann überdimensioniert vorkam. Und jetzt mußte auch noch die Pastorin im Radio sagen, daß Frieden nur über Friedlichkeit zu haben sei.

Leck mich.

Im Kofferraum: Schinkennudeln mit Rührei und gekochtem Vorderschinken; Hühnerfrikassee mit Karottengemüse und Langkornreis.

Er half Franz Beckmann rasch, sich den Arsch abzuwischen, und fuhr dann zur Pension *Westerland.* Schwarze und schwarzgelockte Kinder rutschten kreischend das Treppengeländer herunter. Der Portier löste in freiwilliger Taubheit sein Kreuzworträtsel, während im Aufenthaltsraum stumm gesessen wurde. Auch heute brachte Eiserbeck eine Hinterlassenschaft von fünfzehn Minuten mit. Charlotte Sassenburg hatte sich aufgehängt, nachdem ihr Hund von einem Auto überfahren worden war.

»Los, aufstehen«, rief Eiserbeck Horst Schroth zu, der auf seinem Bett lag und die Wasserflecken betrachtete.

Brummend erhob sich der schwere Mann, und dann stellten sie sich vis-à-vis auf, und jeder legte die Hände auf die Schulter des anderen. So gingen sie vor und zurück und manchmal zur Seite. Schroth gab die Richtung an. Manchmal verhaspelte sich Eiserbeck, weil er darauf konzentriert war, zuerst die Fußballen aufzusetzen und nicht die Ferse, wie es beim Gehen üblich ist.

»Wenn man einen Schritt mit einem Schlag kombiniert, tritt man zuerst mit dem Ballen auf«, hatte Schroth gesagt, als Eiserbeck seine erste Lektion bei ihm bekam. Das war am Tag nach dem Treffen mit dem Riesen und dem Billardspieler gewesen, als sie ihn auf der Toilette in die Mangel genommen hatten. Solche Hilflosigkeit wollte er nicht noch einmal erleben.

Gut versorgt mit Zeit, da viel gestorben wurde, ging er bei Horst Schroth in die Lehre, und er machte schnell Fortschritte, weil er beweglich war und eine Menge schneller Muskeln hatte. Schroth zeigte ihm Angriff und Verteidigung, wobei er manchmal einhalten mußte, um sich zu erinnern, aber das ging schon. Allerdings kam er schnell aus der Puste, weil er seit zwanzig Jahren nicht viel mehr gemacht hatte, als auf dem Bett zu liegen. Hin und wieder überredete ihn ein Sozialarbeiter, für ein Jahr in einem besonderen Programm zu arbeiten. Danach wurde er entlassen, bekam nun aber Geld vom Arbeitsamt statt vom Sozialamt, was der eigentliche Grund war, weshalb sich das Sozialamt um Arbeit für ihn bemühte. So war Schroth mal als Gärtner und mal als Hilfspfleger in einem Altenheim beschäftigt worden.

Seine Fitneß hatte er lange eingebüßt. Fett war er und von bäriger Behäbigkeit, doch konnte er, wie die echten Bären auch, urplötzlich explodieren und mit ungeahnter Schnelle zuschlagen, nicht wirklich natürlich, nur angedeutet. Obwohl sie beide auch echte Schläge austeilten, und das war es, was Eiserbeck am schwersten fiel, sich zu überwinden und draufzuhauen. Doch war er darin schon besser geworden, weil es mitunter wehtat, wenn eine von Schroths Fäusten in seinem Magen landete oder auf seiner Leber und er dann wütend wurde. Manchmal schäumte er geradezu und wurde wieder der kleine Junge, der gegen die Überlegenheit seines Großvaters anrangelte, immer wieder, bis er unter Tränen blind drauflostrommelte.

Am Vortag war Eiserbeck beim *Burger King* gewesen, und als er den großen Hamburger in beide Hände nahm, um reinzubeißen, hielt er einen Moment inne und sah auf diese Hände, die irgendwie neue Hände waren.

Schroth schnürte die Boxhandschuhe, die sich Eiserbeck gekauft hatte. Dann half Eiserbeck Schroth mit dem vergammelten Paar, das er bei seinem letzten Kampf getragen hatte. Draußen im Flur schrien die Kinder. Die beiden Männer stellten sich gegenüber auf, in der Mitte des Zimmers, das nicht größer war als ein halber Boxring. Von der Decke tropfte Wasser. Pling. Pling. Schroth hatte eine Metallschüssel unter das Leck gestellt. Er stand ruhig da, die Fäuste auf Brusthöhe. Eiserbeck tänzelte. Mit schnellen Drehungen des Oberkörpers schlug er seine Führhand gegen das rissige Leder von Schroths Handschuhen.

»Nicht schieben«, knurrte Schroth, »den Schlag nicht schieben. Reißen, du sollst reißen.«

Eine Viertelstunde später waren sie beide schweißnaß, und Schroth keuchte wie ein altes Dampfschiff.

Nach seinem Dienst fuhr Eiserbeck unter schwarzen Wolken zur Mundsburg, wo sein Großvater für ihn ein Sparbuch angelegt hatte, vor vielen Jahren, als er mit dem kleinen Lukas in seiner Geburtsstadt Hamburg gewesen war. Gut zehntausend Mark lagen nun dort, seit dem einundzwanzigsten Geburtstag frei verfügbar, obwohl Eiserbecks Mutter sagte, es sei für seine Ausbildung bestimmt, aber das kümmerte ihn nicht. Der Großvater war tot. Es gab nichts Schriftliches, und wahrscheinlich, dachte Eiserbeck, hätte sein Großvater verstanden, daß er mit dem Geld ein Gewehr kaufen wollte, eher jedenfalls als seine Mutter. Siebentausendfünfhundert Mark ließ er sich auszahlen, von einem Kassierer, der so mürrisch war, als müsse er eigenes Geld hergeben.

Sein Großvater war Bergmann gewesen. Andere waren stolz auf einen solchen Großvater, er nicht. Mit der Zeche hatte er nichts zu tun. Für ihn war sein Großvater ein Mann gewesen, der immer im Wohnzimmer saß, in einem der Nilpferdsessel, und schwieg oder hustete. Manchmal stand er auf und ging ins Badezimmer, dann hörte man ihn husten und spucken. Als er noch gesprochen hatte, erzählte er vom Krieg, aber nur lustige Geschichten. Sind wir beim Russen und holen das Schwein aus dem Stall, rennt aber weg und dann der halbe Zug hinter dem Schwein her. So war der Krieg. Der Großvater lachte. Und wie war der Partisanenkrieg in Jugoslawien, fragte Lukas Eiserbeck. Sind wir in den Bergen und da rutscht der dicke Spieß aus, fällt in eine Spalte, aber weich, und dann wir ihn mit dem Seil rausgezogen, hing da wie ein nasser Sack.

Als der Großvater tot war, sortierte seine Tochter die hinterlassenen Papiere, und dabei sah Eiserbeck ein vergilbtes Blatt, auf dem er las:

»Gut für Saalschlachten.«

SA, stand im Briefkopf. Er griff nach dem Blatt, aber seine Mutter kam ihm zuvor. War'n Nazischwein, sagte sein Cousin und zog an seiner Zigarette. Auch der Cousin wußte nicht viel über den Großvater. Wer viel wußte, der sagte nichts. Die Familie schwieg. Eiserbeck kannte nur das vergilbte Blatt und die Geschichte von den beiden Juden, die vor der Tür seiner Großeltern gestanden hatten, kurz nach dem Krieg. Kamen aus Palästina und wollten seinen Großvater mitnehmen. Sie hatten eine Pistole, der Großvater stand auf ihrer Liste. Aber er war in Sibirien. War'n Nazischwein, sagte Eiserbecks Cousin, ein ganz schlimmes.

»Die wollten ihn abknallen. Nur die Schlimmsten wurden abgeknallt.«

Eiserbeck hoffte, daß nicht stimmte, was sein Cousin erzählte. Doch in der Schule hörte er später, daß es tatsächlich ein paar Rachekommandos gegeben hatte.

Es war grausam, nichts von dem zu wissen, was sein Großvater getan hatte. Wenn man nichts wußte, war alles möglich. Der Opa als Monster. Möglich. Man konnte sich das Schlimmste überhaupt ausmalen, und es konnte so gewesen sein. Aber er hörte nicht auf, seinen Großvater zu lieben.

Das Bündel Scheine steckte er tief in die Hosentasche vorne links, wo er es am Sack spüren konnte. Wenn es mir ein Dieb von dort wegholen will, dachte er, merke ich es auf jeden Fall. Mit dem Geld am Sack lief er durch die Mundsburg, einem aseptischen und kühlschrankweißen Einkaufszentrum, wo selbst die echten Bepflanzungen so künstlich wirkten wie das Dämmerlicht in den Läden, die keine Außenfenster hatten. ALKOHOLGENUSS UND UNNÖTIGER AUFENTHALT VERBOTEN. War sein Aufenthalt nötig? In den Schaufenstern suchte er nach Waren, die ungefähr siebentausendfünfhundert Mark kosteten. Lange fand er nichts, doch dann sah er in einem Spielwarengeschäft das handgefertigte Modell eines Rennwagens, den ein Pilot aus Deutschland steuerte. Detailtreu, in stattlicher Größe, sechstausendneunhundertfünfzig Mark. Idiotisch, dachte Eiserbeck, idiotisch, diese Summe für ein Spielzeugauto auszugeben. Völlig unnötig. Nachdem er in einem Sportgeschäft für vierzig Mark einen wasserdichten Angelsack gekauft hatte, entdeckte er einen Juwelier, in dessen Auslagen Ringe lagen, die er Isabella hätte schenken können. Es waren schöne Ringe dabei, wobei ihm Gold mehr gefiel als Silber. Schlicht sollte er sein, ohne Schnörkel, aber doch mit einem Diamanten, und schließlich fand er genau den Ring, von dem er dachte, daß er Isabella wunderbar stehen würde. Sechstausendneunhundertneunundneunzig Mark. Nicht zuviel für eine Frau wie Isabella. Er ging in den Laden. Nach fünf Minuten kam er wieder heraus, ohne Ring. Er wollte das Gewehr.

Zu Hause lief er nervös durch die Wohnung. Ein paar Schritte, bücken, ein paar Schritte, bücken. Er hätte jetzt Platz gebraucht, für seine Gedanken, für seine Angst. Sollte er wirklich hingehen? Das waren doch Verbrecher. Denen war alles zuzutrauen. Warum klingelte das Telefon nicht?

Taste acht. Aufschlag. Volley. Punkt. Aufschlag. Volley. Punkt. War irgendwie auch langweilig. Zwei Bälle, einen in die Hosentasche, einen auftippen lassen, gucken, wo der Gegner steht, auftippen lassen. Aufschlag. Volley. Punkt. Alle klatschen.

Taste acht machte ihn noch immer wehmütig. Er war nicht mehr im Spiel, ein Verlierer. Er hatte das geliebt. Die Schmerzen, in denen der Triumph steckt. Die Erschöpfung, die Glück verheißt. So richtig reinhauen, total im Arsch sein und weitermachen. Täglich trainieren, sonntags zweimal. Eine klare Sache: Wenn du gut bist, liegst du vorne. Auf zweitausend Metern entscheidet sich alles. Und du hast deinen Platz. Position acht, Schlagmann im

Juniorachter vom Ruderclub am Baldeneysee. Jeden Montag nach den Regatten eine Notiz in der Zeitung, das zählte was. Fast sechs Milliarden auf dem Globus, und demnächst würden's sieben sein. Man verschwand so leicht.

Die Zeitungsnotizen waren ein Anfang. Und im Sport konnte es schnell gehen, das war das gute. Nicht anstehen müssen und ewig warten. Er kannte das: Taste fünf, die Welt ab fünfzig. Politiker, Wirtschaftsbosse. Nur wenn Krieg war, sah man die Jungen.

Fünfzig – wie weit weg das war. Und bis dahin sollte es nur ein Vorher geben? Ein Vorleben vor dem richtigen? Er hatte keine Vorstellung von sich als Fünfzigjährigem. Seine Mutter war fünfzig. Wie kurz dann die Zeit des eigentlichen Lebens sein würde, zehn, zwanzig Jahre und die bei beschleunigtem Verfall. Erste Herzbeschwerden, totaler Haarverlust. Sportler mußte man sein. Er hatte sich so gut dabei gefühlt, Talent zu haben.

Aufschlag. Volley. Aber der ist zu schlapp, die Kugel tropft ins Feld, wird mühelos errannt und longline zurückgeschlagen. Es folgt ein Hechtsprung, ein unerreichbarer Vorhandvolley. Sehr viel Applaus. Taste vier.

An einem Abend war er mit Isabella und ihren Freunden in der Spielbank gewesen, weil dies auch ein uncooler Ort war, wo es steif zuging und förmlich. Die Spielbank war unter dem Dach des Hotels Intercontinental, und dort hoben sie sich sofort ab, weil sie sich nicht einließen auf das in Spielbanken übliche Stehen oder Hocken und Schweigen, das ganze gedämpfte Getue, als wäre eine Spielbank eine Kirche und Geld heilig, was einige, dachte Eiserbeck, wahrscheinlich sogar glaubten. Isabella und ihren Freunden machte es Spaß, herumzuwuseln und laut zu jubeln oder Scheiße zu schreien, was man ihnen nicht verbieten konnte, da sie ja Krawatten trugen, die Jungs jedenfalls.

Auch Eiserbeck trug eine Krawatte, und auch er fand das

hier alles zum Kotzen. An dem Tisch, den er lustlos beobachtete, kam zweimal hintereinander die Fünf, worauf Eiserbeck den Jeton, den er für zwanzig Mark gekauft hatte, auf das Feld mit der Fünf legte, vielleicht aus Protest gegen den ganzen Schwachsinn. Alle kreischten und schrien, weil das doch idiotisch sei, während die anderen, die Steher und Schweiger, die laute Bande unbewegt mit Blicken in die Hölle wünschten oder ins Armenhaus, wo man nicht genug Geld hat, um in Spielbanken zu gehen.

Es kam die Fünf und Eiserbeck gewann siebenhundert Mark.

»Die Fünf ist deine Glückszahl«, sagte Isabella und sprang an ihm hoch und schlang ihre Beine um sein Becken.

Es war spät, als sie an jenem Abend nach Hause kamen, weil Isabella immer wieder Geld gesetzt hatte, sein Geld, seinen Gewinn, und verlor, aber das machte ihm nichts. Er hätte ihr alles gegeben. Die anderen waren schon gegangen. Nur Isabella und Eiserbeck saßen noch immer bei den Schweigern, und sie schwiegen ebenfalls, auch Isabella, die nicht mehr kreischte oder Scheiße schrie, die angespannt wirkte, und Eiserbeck hoffte, daß es wegen der Verluste war.

Aber er wußte, daß es etwas anderes sein konnte. Seit der ersten, der mißglückten Nacht waren sie nicht mehr miteinander im Bett gewesen. Isabella hatte immer gesagt, daß sie müde sei und war alleine nach Hause gefahren. Enttäuscht blieb Eiserbeck zurück, scharf, aber auch um die Gelegenheit gebracht, etwas wiedergutzumachen. Er war nicht, was sie vielleicht dachte, ein Bock, ein Rammler. Er war zärtlich, sanft. Aber sie hatte Angst, das merkte er. Ihre Küsse waren scheu, flüchtig. Nur keine Leidenschaft.

»Komm mit rauf, bitte«, sagte er, als sie im Jaguar, dem Auto ihres Vaters, vor seiner Tür standen.

Sie sah ihn an.

»Bitte.«

Sie zog den Schlüssel ab und stieg aus.

Später lag er mit ihr auf dem Bett und sah fern. Taste vier. Taste acht. Taste vier. Taste fünf. Er drückte die Knöpfe der Fernbedienung.

Es war eine stille Szene. Menschen in schwarzer Kleidung. Ein grüner Friedhof. Tränen. Die Kamera hatte alles gut im Blick. Plötzlich wackelten die Bilder. Man hörte eine Explosion. Schwärze. Dann sah man Menschen zwischen Gräbern liegen. Andere knieten bei ihnen. Man hörte Stöhnen, Schreie.

»Bleib mal da«, sagte Isabella.

Vedranas Großmutter, sagte eine Stimme, sei schwer verletzt worden. Sie kannten Vedrana, auch von Taste fünf. Vedrana, drei Jahre alt, war vor drei Tagen erschossen worden, mit ihr Roki, achtzehn Monate. Eiserbeck und Isabella hatten den Bus gesehen, mit dem die Mädchen, die ihre Eltern verloren hatten, nach Deutschland gefahren werden sollten. Eine Scheibe war zerschossen. Sie sahen nur die Scheibe, nicht die Leichen der Mädchen, die man schon weggeschafft hatte. An der Sniper Alley waren sie erwischt worden.

Heute war Beerdigung.

Die Kamera schwenkte zu den Bergen rings um Sarajewo, von denen die Granate gekommen war, von denen alle Granaten kamen. Eiserbeck sah den Jahorina, den er vierundachtzig oft gesehen hatte, weil dort die Damen ihre alpinen Rennen austrugen, gestört von Schneemassen, die ununterbrochen aus dem Himmel fielen, und der vierzehnjährige Lukas saß mit pochendem Ohr vor dem Fernseher, schreiend, die deutschen Skimädchen anfeuernd, damit Deutschland endlich eine Medaille gewann, in diesen Disziplinen, in denen die Deutschen gut waren, in denen die DDR, die sonst alles gewann, nichts zu bestellen hatte, aber die Skimädchen gewannen nichts, nicht eine Medaille. Ein fünfter Platz von Marina Kiehl beim Riesenslalom war das beste Resultat. Tränen der Wut standen in Eiserbecks Augen.

Als Isabella den Arzt sah, Bedingungen für den Frieden nennend, schrie sie:

»Warum tut denn keiner was?«

»Was soll man denn tun«, fragte Eiserbeck.

Sie weinte. Er hatte Isabella noch nie weinen gesehen. Er drückte Taste vier und nahm sie in den Arm. Es war vorbei. Sie hatten nicht miteinander geschlafen, und sie würden es heute nicht mehr tun. Mit Vedrana, mit dem Arzt in Isabellas Kopf ging es nicht. Zu traurig, zu wütend, um mit ihm zu schlafen. Davor zu ängstlich. Dreimal war es ihm gekommen. Ihr Mund. Ihre Hand. Ihr Mund. Da war sie unerbittlich gewesen.

»Erzähl mir von Indien«, sagte er, als sie nicht mehr weinte, sondern still neben ihm lag und in den Fernseher sah, wo ein Gesicht sich ständig in ein anderes verwandelte und dabei sang.

»Wußtest du, daß es in Indien eine Wüste gibt?« sagte sie.

Mit der Bahn waren sie nach Jaisalmer gefahren, an den Rand der Wüste, und dort konnte man Kamele mit Führern buchen, was sie für drei Tage taten. Es sei nicht schwer, auf einem Kamel zu reiten, sagte Isabella, wenn man vorne sitze und der Führer auf dem hinteren Höcker. So ritten sie durch eine Wüste mit mehr Steinen als Sand und mit niedrigem Gestrüpp.

»Es ist nicht langweilig, das ist das komische. Man reitet und sieht nichts außer der Wüste, aber es ist nicht langweilig.«

»Woran hast du gedacht?«

»Man denkt nicht. Man schaukelt auf dem Kamel, und das ist alles.«

Manchmal hat der Führer, der hinter Isabella auf dem Kamel saß, von seinem Leben erzählt, von seinen Kamelen, den Ziegen und seiner Frau, die er zum ersten Mal gesehen hat, als sie bei der Hochzeit vor ihm stand. Er habe fünf Kinder, und als ihn Isabella fragte, ob er glücklich sei, sagte er, daß er das habe, was ein Mann brauche. Der andere Führer, der bei ihrem Vater auf dem Kamel saß, sagte nie etwas. Abends hockten die beiden zusammen und immer ein Stück entfernt von Isabella und ihrem Vater. Sie machten Chapati, so flink, als seien sie Magier, und versorgten die Kamele, während Isabella und ihr Vater aßen. Wenn es dunkel wurde, legte sich Isabella in ihren Schlafsack und hörte auf die leisen Stimmen der beiden Führer und das Schnauben der Kamele, deren Vorderbeine zusammengebunden waren, so daß sie herumhumpeln und von dem trockenen Gestrüpp fressen konnten. Manchmal wurde sie nachts wach, und dann hörte sie gar nichts.

»Als wäre man taub«, sagte Isabella, »und erst habe ich Angst gehabt, weil da etwas fehlte, daß einen hält, als wären die Geräusche, die man sonst hört, ein Gerüst, und das war plötzlich weggerissen. Aber dann ist es schön, und am schönsten ist es, ein Geräusch zu machen, den Reißverschluß ein bißchen zu bewegen oder so etwas, weil man es dann ganz anders hört, ganz klar. Aber ich habe es nur kurz gemacht, weil einem auch das leiseste Geräusch laut vorkommt und ich dachte, Papa würde davon aufwachen.«

Ich würde aufwachen, dachte Eiserbeck, ich liege neben ihr in der Wüste. Sobald sie von Indien erzählte, tauschte er den Vater in ihrer Geschichte gegen sich aus. Er lag auf dem Bett, der Kopf auf seinen gefalteten Armen, die Füße ragten über die Bettkante, und was er hörte, erlebte er im Geiste gleichzeitig mit. Weg mit dem Vater. Er liebte diese Stunden. Er liebte auch ihr Geplapper, aber das hier noch mehr. Nur ihm, dachte er, erzählt sie das, nur ihm kann sie das erzählen.

»Weißt du, da ist gar nichts, nur Steine und Gestrüpp, aber manchmal siehst du jemanden da einfach langgehen oder auf einem Kamel reiten, ich meine, einfach so, da ist nichts, und plötzlich geht da einer lang. Du weißt nicht, wo er herkommt und wo er hingeht, weil da nichts ist.«

Er stand auf und machte ihr einen Kaffee, weil sie einen wollte. Als er zurückkam, war sie angezogen. Sie ging, kam aber noch einmal wieder, weil der Jaguar nicht ansprang. Eiserbeck schob den Jaguar durch die dunkle Straße, bis der Motor zündete.

Er stand vor dem Spiegel und schob seinen Pony zurück. Rechts lagen vier Zentimeter der Narbe frei. Auch links konnte er nun ein Stück der weißen Linie sehen. Im Schaufenster eines Friseurladens hatte er kürzlich ein fernöstliches Präparat gesehen, das Haarausfall verhindern sollte. Aber das war nichts, woran er glauben konnte. Seitdem die Narbe zu sehen war, fühlte sich Eiserbeck verletzlicher. Manchmal kam es ihm vor, als könne man seinen Kopf aufklappen, als sei sein Gehirn zugänglich geworden. Erinnerte nicht dieser lange Strich, der oben und unten von kleinen Punkten gesäumt war, an einen Reißverschluß? Mit einem Anflug von Entsetzen betrachtete Eiserbeck sein Spiegelbild. Dann drehte er das Wasser auf, ließ es kalt in seine Hände laufen und tauchte sein Gesicht hinein. Es war halb vier, er mußte los.

Die Speicherstadt ist ein wuchtiges Viertel aus rotem Backstein, verziert mit Rundbögen und winkligen Erkern. Eiserbeck war zu früh und lief ziellos umher. Es goß, und er sah, wie der Regen die Farbe aus einem Haufen Hibiskusblüten wusch. Sie verlief und färbte das Pflaster hibiskusrot. Ein Sack war geplatzt.

Aus den Kontoren hörte Eiserbeck Stimmen. Eine Hand machte einen Kreidestrich auf einer Tafel. Ein Sack wanderte an einem Haken die Speicherwand hinauf. Eine Barkasse tuckerte durch das Fleet. Zwei Männer trugen hastig einen Teppich. Eiserbeck roch Gewürze, die er noch nie gerochen hatte. Ein Polizeiauto bog um die Ecke und schlich die Gasse entlang. Er hatte mit vielem gerechnet, aber daß sie ihn verraten würden … Als der Wagen vorüberfuhr, sah Eiserbeck hinter den tanzenden Scheibenwischern zwei Gesichter, die mit nichts anderem befaßt waren als dem immer wieder neuen Wunder starken Regens. Wenn ihn einer der Arbeiter gebeten hätte, mitzuhelfen, die Palette Säcke abzuräumen, er hätte es getan. Er hätte einen Sack nach dem anderen geschultert, bis in den späten Abend und morgen wieder. Ein friedliches Leben als Sackträger, mehr wünschte er in diesem Augenblick nicht.

Dann sah er den Riesen in einem Eingang stehen. Er folgte ihm durch ein dunkles Treppenhaus auf den fünften Boden, wo der Billardspieler, umgeben von Holzgebälk, auf einem Leinensack saß. Es roch nach Pfeffer.

»Man sieht deine Narbe«, sagte der Billardspieler.

Eiserbeck fuhr sich durch sein Haar, das in nassen Strähnen auf dem Kopf lag und fühlbar Lücken ließ. Er ordnete seinen Schopf, während der Riese an die offene Luke trat und hinunterschaute.

»Hast du die Kohle?« fragte der Billardspieler.

»Habt ihr das Gewehr?«

Der Billardspieler griff hinter einen Stapel Säcke und zog ein Gewehr hervor.

»Zeig mir die Kohle.«

»Das Geld ist im Auto. Ich muß es holen.«

»Spinnst du? Bist du wahnsinnig? Soll das heißen, daß du ohne Kohle gekommen bist. Meinst du, wir sind hier zu Späßen aufgelegt?«

»Es war nur Vorsicht. Ich habe das Geld. Ich hole es sofort.«

»Da sind wieder die Bullen«, flüsterte der Riese von der Luke herüber.

Der Billardspieler machte ein Bulldoggengesicht.

»Hast du uns reingelegt?«

»Ich habe mit den Bullen nichts zu tun.«

Er sah, wie die beiden Blicke wechselten. Dann packte ihn der Riese am Oberarm.

»Los«, sagte er.

Sie gingen zusammen zu dem Capri und holten das Geld. Eiserbeck kam sich dumm vor. Wieso hatte er das Geld im Auto gelassen, wenn er sich jetzt wie ein Lamm zum Auto führen ließ, ohne das Gewehr zu haben?

Kurz darauf saß Eiserbeck, das Geld am Sack, im Fond eines dunkelgrünen Alfa Romeos. Neben ihm saß der Riese. Der Billardspieler fuhr. Zügig rollte der Alfa durch den Freihafen. Eiserbeck sah mit flüchtigem Blick das Gestocher der Kräne und das Gehusche der Gabelstapler, die sich Kisten und Paletten und Kabeltrommeln aufluden. Der Alfa, dessen Motor kehlig brabbelte, fuhr eine Bahnlinie entlang, überquerte Kanäle mit öligem Wasser und passierte Tankanlagen, in denen sich die Sonne nach ihrem Comeback stolz spiegelte.

Der Hafen hatte ihn enttäuscht, als er zum ersten Mal nach Hamburg kam. Komisch, daß ihm das jetzt einfiel, während er eingeklemmt hinter dem Fahrersitz saß, die Knie fast auf Augenhöhe. Er hatte gedacht, der Hafen sei etwas Lebhaftes, Bezwingendes, ja Berauschendes, ein Ort, wo die Welt wirbelnd einfällt und in ihrer Größe spürbar wird. Aber dann saß er, gleich nach seiner Ankunft, bevor er seine Umzugskisten ausgepackt hatte, bei den Landungsbrücken und schaute hinüber in den Hafen, und alles war still. Es war nicht ganz still, in der Werft pochte träge ein Hammer, aber sonst gab es nichts zu hören. Und was man sah, war erstarrt. Nicht daß Schiffe einliefen und ausliefen. Stundenlang saß Eiserbeck auf einem Poller, und es kam genau ein Schiff, kein großes. An den Kais sah er Hunderte von betonierten Metern Leere und ansonsten zwei Frachter, aber die wirkten nicht wie umtriebige Sendboten aus aller Welt, sondern träge und plump, festgezurrt für alle Zeit. Schlepper und Barkassen, die fuhren herum, aber deren Welt war nicht größer als jene, aus der Eiserbeck gerade kam. Oer-Erkenschwick, Kleinststadt im Ruhrgebiet. Menschen? Sah er nicht. Tot, dachte Eiserbeck, der Hafen war tot, auch wenn Rekordmengen umgeschlagen wurden. Hin und wieder nickten Kräne. Seltsam spinnige Gefährte huschten auf hohen Beinen herum, Container unter den Bauch geklemmt. Er aß ein Krabbenbrötchen und trank ein Bier, und es ging ihm ganz gut, weil er jetzt in Hamburg war, aber nicht so gut, wie er gedacht hatte.

Ein Hafen war immer ein Ort, um unbemerkt ums Leben zu kommen. Das auf jeden Fall.

Der Alfa brabbelte, und Eiserbeck sah sich aussehen wie die Wasserleichen in den Filmen. Braunes Wasser. Wenn er am Hafen war, hatte er immer braunes Wasser gesehen.

Aber wenn man mal vernünftig drüber nachdachte, dann gab es keinen Grund, warum die ihn gleich umbringen sollten. Die wollten Kohle, und er hatte Kohle.

Vernunft war so ein Wort. Es teilte die Welt. Sei vernünftig, hatte seine Mutter gesagt, wenn sie ihm zum Abschied über den Kopf strich; sie hatte wenig geküßt. Bist du vernünftig, bleibst du nicht lange auf den Schienen liegen, wenn sie zittern, weil sich die Kohlebahn nähert. Bist du's nicht, ist Schluß. Tod oder Leben. Einen hatte es damals erwischt. Kopf ab. Jetzt war Eiserbeck unvernünftig gewesen und mußte hoffen, daß die beiden da vorne vernünftig sein würden. Ausgerechnet Kerle wie die.

Wenn er es sich recht überlegte, war nicht nur der Hafen seltsam, sondern die ganze Stadt. Was hatte er von Hamburg gehabt? Isabella, klar, aber was denn ohne sie? Viel

Backstein, viel Asphalt und dazwischen er, der sich seit einigen Wochen vorkam wie einer, der Straßen und Wände entlangstreicht und mit den Knöcheln abklopft, auf der Suche nach einem Schlupf. Nicht raus wollte er, hinein, wieder hinein. Aber wenn sich eine Tür öffnete, dann sah er ein faltiges Gesicht und weiße Haare. Das war eine Stadt der Alten. Die warteten auf ihn, mit ihrer Gier, sabbernden Gier, dachte Eiserbeck im Fond des Alfas. Vergangene Nacht hatte er geträumt, daß er ins *Purgatory* kam, und es war voll, aber er sah nur die Alten, die er mit Essen belieferte, und sie waren so kreischend fröhlich. Er wollte gehen, aber zwei Greisinnen legten ihre dünnen Arme um seine Schultern, zogen ihn herein, und sie lachten fürchterlich und husteten dann. Er mußte mit ihnen trinken und später auch tanzen, inmitten stampfender Alter, die mitsangen und alle ihre Hände auf Kopfhöhe hielten und immerzu drehten, links, rechts, wobei die Finger nach oben zeigten. Ihre Kleider waren bekleckert.

Oder Hunde, dachte Eiserbeck, als der Alfa fast einen Hund überfuhr, eine Stadt der Hunde. Man sah sie so selbstverständlich durch die Straßen ziehen.

Alle kamen sie klar in dieser Stadt, er aber nicht. Die beiden Proleten da vorne hatten keine Probleme. Es war ihre Stadt, und hier würden sie ihn umbringen oder zusammenschlagen, wenn sie vernünftig waren.

Weinen? Niemals.

Und er hatte gedacht, Hamburg würde seine Stadt werden. Groß genug, Anschluß nach draußen. Nun würde er hier als Fremder sterben oder zusammengeschlagen werden.

Nach zwanzig Minuten bog der Alfa links ab und umrundete in langsamer Fahrt einen verfallenden Schuppen. Zwischen Schuppen und Hafenbecken rollte er aus. Der Riese zog sein Messer hervor, packte Eiserbeck am Haarschopf und drückte die Klinge gegen die Narbe.

»So, du Schwuchtel, her mit der Kohle.«

»Ich muß sie aus der Hosentasche holen.«

»Hol sie raus.«

Der Billardspieler hatte sich umgedreht und sah zu, wie Eiserbeck in seine Hosentasche greifen wollte. Es ging nicht. Die Hose war eng, das Geldbündel dick, und so verbogen, wie Eiserbeck im Fond saß, konnte er unmöglich eine Hand in die Hose bekommen.

»Es geht nicht.«

»Verdammt. Laß mich.«

Der Riese zerrte und riß, aber auch er konnte nicht an das Geld kommen.

»Hör auf«, sagte der Billardspieler. »Er muß aussteigen. Gib mir das Messer.«

Der Riese gab das Messer ab, und der Billardspieler stieg aus. Er stellte sich neben die hintere Tür und öffnete sie.

»Komm jetzt und keine Dummheiten.«

Eiserbeck stieg aus. Er sah den Riesen von der anderen Seite des Alfas zum Kofferraum gehen, und jetzt hatte er nur noch ein paar Sekunden lang Zeit. Er schlug zu und rannte zum Kai des Hafenbeckens. Es war ein Aufwärtshaken mit der Schlaghand zum Körper, ein Schlag, an dem Horst Schroth eine Menge auszusetzen gehabt hätte. Das hintere Bein nicht richtig gestreckt. Die Schlaghand ein bißchen zu spitz angewinkelt. Aber Eiserbecks Faust überraschte den Billardspieler, der das Messer etwas nachlässig gehalten hatte.

Bis zum Hafenbecken waren es zwanzig Schritte, und da Eiserbeck einen schnellen Antritt hatte, holte ihn weder der Riese noch der Billardspieler ein. Er sprang und stürzte sich kopfüber ins Wasser. Einige Sekunden lang glitt er in die kalte Tiefe. Grün, was von oben braun aussah, war hier grün. Er hielt inne, um sich zu orientieren. Niemand war ihm gefolgt. Er hörte ein Schraubengeräusch, aber das kam von weit her. Noch im Sprung hatte Eiserbeck gesehen, daß an der Kaimauer einige Schuten lagen. Er drehte nach rechts und schwamm in die Richtung, in der er die Schuten vermutete. Er sah dunkle, bauchige Schatten. Er schwamm weiter, zog jetzt schneller, weil er merkte, wie ihm die Luft ausging, aber er wußte, daß er es schaffen würde. Seine Kondition war sehr gut. Zwischen zwei Schuten tauchte Eiserbeck auf. In langen Zügen saugte er die Luft ein. Als sein Atem zur Ruhe kam, schaute er sich um. Er sah nichts, außer schwarzen Bordwänden und blauem Himmel dazwischen.

Eiserbeck blieb eine Viertelstunde zwischen den Schuten versteckt. Er hörte Schritte auf der Kaimauer und dann auf den Schuten. Wenn die Schritte näher kamen, tauchte er ab. Er fror, fror wahnsinnig, und er war soweit, auf eine der Schuten zu klettern, egal, was kommen würde. Aber im selben Moment, als er das dachte, hörte er den Alfa wegfahren. Er zog sich die Bordwand hinauf, obwohl ihm klar war, daß einer der beiden zurückgeblieben sein konnte. Aber da war niemand. Er zitterte. Dann sah er ein Dingi, das an eine der Schuten gebunden war. Er kletterte hinein und ruderte los, Richtung Landungsbrücken.

Es war ein behäbiger Kahn, den Eiserbeck ohne Hast vorantrieb. Er ruderte durch ein Hafenbecken, in dem staksige Kräne einen Frachter aus Southampton entluden, wurde dann von einem Schlepper überholt, und als er in dessen Bugwellen schaukelte, sah er ein Ruderboot aus einer Abzweigung in den Kanal vorstoßen. Darin saß der Riese. Er war keine zwanzig Meter entfernt. Als der Riese das Dingi erblickte, erhöhte er die Schlagzahl. Eiserbeck sah, wie der Riese pullte, hektisch, unrund, die Blätter tief eintauchend und kurz durchs Wasser ziehend. Er mußte lächeln. Alles falsch. Dann zog er an. Es war nicht möglich, in dem klobigen Dingi elegant zu rudern, aber schneller als der Riese war er allemal. Eiserbeck ruderte sich in einen gemäßigten Langstreckenrhythmus hinein, dreiviertel Kraft, und baute allmählich seine Führung aus. Ihm wurde warm. Er fühlte sich gut. Dieses Rennen würde er gewinnen.

Er hatte das schon einmal gedacht. Bei der Weltmeisterschaft der Junioren war das gewesen, 1989 in Bled, damals eine Stadt in Jugoslawien, inzwischen eine Stadt in Slowenien. Deutschlandachter. Sie hatten siebenhundert Meter gebraucht, um sich vom Feld abzusetzen. Sie lagen eine Länge vor den Sowjets, anderthalb Längen vor der DDR. Und der Endspurt kam erst noch. Ihre Stärke. Das Boot lief. Achtundreißiger Schlag. Flüssig. Der Steuermann sagte einen Zwischenspurt an. Zehn Dicke. Eins weg. Zwei weg … Eiserbeck war glücklich. Das genaue Spiel seiner Muskeln, die Zwangsläufigkeit der Bewegung, das schmale Boot, das über den See flog. Ein Seitenblick zu den Sowjets. Man sah, daß sie nicht mehr zulegen konnten. Eiserbeck hörte das Ächzen der Dollen, das Plätschern des Wassers. Er roch Dollenfett und den Schweiß des Schlagmanns. Zweihundert Meter vor dem Ziel fing er einen Krebs. Eine Unachtsamkeit. Er hatte das Blatt nicht senkrecht eingetaucht, sondern leicht verkantet. Es schnitt tief ins Wasser, bremste die Fahrt und zerstörte den Rhythmus der Mannschaft. Ruderer nennen das, einen Krebs fangen. Fast wäre Eiserbeck aus dem Boot gehebelt worden. Bis sich die Mannschaft wieder gesammelt und einen neuen Rhythmus gefunden hatte, waren die Sowjetunion und die DDR vorbeigezogen. Im Endspurt, durch den sie sich krampfig stocherten, verloren sie Bronze an Jugoslawien. Abends saß Eiserbeck alleine am See, bis der Steuermann des jugoslawischen Achters mit seiner Bronzemedaille und zwei Flaschen Amselfelder kam. Sie betranken sich. Damals hörte Eiserbeck zum ersten Mal, daß Jugoslawen nicht vor allem Jugoslawen, sondern Serben, Kroaten, Slowenen, Mazedonier, Albaner, Montenegriner, Ungarn sind.

Und Moslems, sagte der Steuermann, der Serbe war.

»Wieso Moslems?«, fragte Eiserbeck.

»Moslems eben.«

Er saß nie wieder im Deutschlandachter. Er trainierte schlampig, hatte keine Lust mehr. Für ein Jahr hörte er ganz auf mit dem Rudern. Das Bild von seiner Zukunft ging ihm verloren. Er hatte sich immer rudernd gesehen, nebenbei ein bißchen studierend. Jetzt wußte er nicht mehr, was er tun sollte. Ihm fehlte eine Idee. Manchmal schossen ihm neue Bilder durch den Kopf. Er an einem Schreibtisch, das Mikrophon eines Diktiergerätes vor dem Mund. Er im Anzug, eine Geste mit der Hand machend. Damit war nicht viel anzufangen. Weil ihm nichts anderes einfiel, machte er erst einmal Zivildienst.

Jetzt würde er keinen Krebs fangen. Da war er sicher. Als sie an Bergen gemahlenen Schrotts vorbeiruderten, hatten den Riesen die Kräfte schon verlassen, doch noch pütscherte er hinter dem Dingi her. Auch Eiserbeck hatte die Schlagzahl gesenkt, und so zogen sie in gleichmäßigem Tempo durch den Hafen, als wären sie gemeinsam auf einer Wanderfahrt. Eiserbeck drehte sich um und sah voraus einen Frachter, der gestoppt hatte und nun seitlich auf die Kaimauer zutrieb. Ein eckiges Ding ohne Fenster, eine Riesenschachtel. So ähnlich sehen Möbellager aus. Dann entdeckte er den Billardspieler. Mit einem Gewehr rannte er auf der gegenüberliegenden Seite des Hafenbeckens auf den Kai zu. Eiserbeck zog an. Er wußte nicht, was er tun sollte. Er lag hier überall im Schußfeld. Der Billardspieler rannte. Eiserbeck hielt auf den Frachter zu und dann lenkte er sein Dingi rechts am Frachter vorbei, wodurch er von dessen Rumpf gedeckt war. Er drehte sich um. Knapp zweihundert Meter. Rechts die Kaimauer aus Beton. Links der Schiffsrumpf aus Stahl. Zehn Meter Abstand, kleiner werdend. Eiserbeck riß an den Skulls. Wenn er jetzt in der

Pudel säße. Hier hatte er nicht einmal einen Rollsitz. Die Kraft mußte aus den Armen kommen. Gute Arme. Starke Arme. Er zog. Von links trieb der Rumpf heran, eine rote Wand, die steil aus dem Wasser ragte. Eins weg. Zwei weg. Hundert Meter. Seine Arme brannten. Lang bleiben. Lang bleiben. Er blickte über die Schulter. Schmal und schmaler. Nicht auf einer Seite überziehen. Immer gerade. Das Dröhnen der Maschine war ein Dröhnen im Kopf. Neun weg. Zehn weg. Zwei Wände, rechts grau, links rot. Nur nicht. Nur nicht. Nur nicht einen Krebs fangen. Schweiß floß salzig über seine Lippen. Er sah sich nicht mehr um. Das kostete Zeit. Komm jetzt, Endspurt. Noch zehn Zentimeter auf jeder Seite. Ein Rauschen. Das war die Schraube. Fünf Schläge und du lebst. Eins weg. Zwei weg. Drei weg. Vier weg. Klong. Ein Blatt an der Bordwand, und dann war es hell. Der Schatten des Schiffes traf ihn nicht mehr. Er sah nach dem Billardspieler, aber der hatte nicht folgen können, weil drüben nach fünfzig Metern ein Zaun stand.

Eiserbeck ruderte am Schwimmdock von Blohm & Voss vorbei in die Elbe, die er auf gerader Linie querte, während mit gerafften Segeln die *Amerigo Vespucci* heranglitt, das Schulschiff der italienischen Marine. Grüßend hingen die Matrosen in den Wanten, ihre Uniformen strahlend weiß wie Reklamezähne. Es war Flut, und Eiserbeck mußte auf Steuerbord stark überziehen, um nicht zu weit in die Elbe hineingetrieben zu werden. Wippend nahm das Dingi die Wellen. Er war entkommen und wollte sich wohl fühlen, aber es ging nicht. Er hatte kein Gewehr. Alles würde bleiben, wie es war. Er ruderte die Landungsbrücken entlang und dann in ein Fleet, das durch die roten Schluchten der Speicherstadt führte. Er überlegte, ob er hier anlegen und sein Auto holen sollte, aber das schien ihm nicht ratsam, und so setzte er seinen Weg fort, bis in die Innenstadt, wo in den Cafés am Wasser die Einkäufer neben ihren Plastiktüten saßen. Auf der Binnenalster steuerte Eiserbeck die Fontäne an, die hier in die Höhe schoß. Der Sprühregen, der auf ihn niederfiel, kühlte die Hitze in seinen Armen und in seinem Kopf. Beim Hotel *Vierjahreszeiten* legte Eiserbeck an und ging nach Hause.

Es war Sonntag. Um sechs Uhr riß der Wecker Eiserbeck aus dem Tiefschlaf. Panisch fingerte er nach dem Knopf, fand ihn nicht gleich, und es klingelte erneut, schrill, terroristisch. Dann hatte er ihn, drückte, sank zurück, verschlafen, übellaunig. Frühes Aufstehen war er nicht mehr gewohnt.

Er blinzelte zum Fenster hinaus. War da nicht Nebel? Ja. Da war Nebel. Gut. Dann war eben Nebel. Konnte er also weiterschlafen. Er schloß die Augen, öffnete sie wieder. Es war nicht viel Nebel. Vielleicht löste er sich gleich auf. Vielleicht auch nicht. Er blieb liegen. Andererseits mußte er es nun endlich tun. Aufstehen also. Aber war das alles nicht vollkommen idiotisch? Der ganze Plan? Auch das hatte er sich nun oft genug gefragt.

Einatmen. Ausatmen. Einatmen. Halb ausatmen. Luft anhalten.

Er suchte nach einem Entschluß, auch das zum hundertsten Mal. Hundertmal die Gedanken von hier nach dort gewälzt und zurück. Sobald er sich endgültig entschieden hatte, galt im nächsten Moment unerschütterlich das Gegenteil. Und dann umgekehrt. Er stand auf und ging ins Bad. Deprimiert stand er vor dem Spiegel und betrachtete im Licht der beiden Glühbirnen seine Narbe.

Zwanzig Minuten später saß Eiserbeck in seinem Capri und fuhr auf vernebelten Straßen aus der Stadt hinaus. Im Kofferraum lag, eingewickelt in eine Decke, verpackt in einem Angelsack, ein Gewehr. Stromabwärts rollte der Capri die Elbe entlang, durch Blankenese, durch Rissen, durch Wedel. In Holm bog Eiserbeck links ab und fuhr noch einige Kilometer durch die Elbmarsch, bis er am Ende eines Feldwegs parkte. Vor ihm war der Deich.

Er öffnete den Kofferraum und holte den alten Schreibtischstuhl heraus, den er auf dem Sperrmüll gefunden hatte. Dann nahm er das Gewehr und eine Plastiktüte mit einem halben Dutzend leerer Konservenbüchsen. Zwei Pappschachteln mit je zwanzig Patronen steckten in der linken Tasche seiner dunkelgrünen Barbourjacke, die er sich kürzlich gekauft hatte, obwohl er sie eigentlich affig fand, was daran lag, daß sie in Hamburg neuerdings als modisch galt, und nun eine Menge Leute wetterfest gekleidet durch die Einkaufspassagen liefen. Sie war teuer gewesen. Er hatte noch einmal an das Konto seines Großvaters gemußt. Aber die Jacke hatte den Vorteil, daß er darin nach Jäger aussah, falls ihn jemand beim Üben beobachten sollte. Doch eigentlich war dieser Ort so ausgesucht, daß er zu frühen Stunden ungestört schießen konnte.

Nachdem er dem Riesen und dem Billardspieler knapp entkommen war, hatte er seinen Plan begraben. Er war kein Mann für ein Gewehr. Das war nichts für ihn. Er trug Essen aus, saß vor dem Fernseher und wartete auf ein Klingeln. Es klingelte nicht. Wenn er Isabella anrief, meldete sich ein Anrufbeantworter. Er bat sie, ihn anzurufen, aber sie rief ihn nicht an. Er saß da und wartete. Skifahren, Biathlon, Eiskunstlauf, Verhandlungen in Genf, Granaten in Sarajewo, ein Videoclip mit einer Frau, die unter der Dusche sang, aber man sah nichts. Er fragte Horst Schroth, nachdem sie Aufwärtshaken mit der Führhand geübt hatten, ob er wisse, wie man an ein Gewehr kommt. Er wußte es nicht. Er sagte, er habe mal Kontakte gehabt, aber er könne sich an die Leute nicht mehr erinnern. Zu lange her. Eiserbeck drängte ihn. Was er schließlich hörte, war der Satz: Da sei eine Kneipe gewesen.

»Welche Kneipe? Erinnern Sie sich.«

»Ich weiß nicht.«

Am Abend ging Eiserbeck in die Pension *Westerland*,

wühlte in Schroths Schrank, bis er einen Pullover und eine Jacke gefunden hatte und zog ihn dann vom Bett. Er half ihm beim Anziehen. Er hakte sich bei ihm ein, und sie gingen los. Es war kalt. Ihr Atem wurde zu grauen Wolken, die sich miteinander vermischten.

»War es dieser Laden?«

Sie standen vor einer Kneipe, in der nikotingelbe Gardinen hingen. Dahinter sah man ein paar Männer an der Theke stehen. Ein Paar tanzte zu einem Schlager aus der Musikbox. Schroth schüttelte den Kopf. Sie zogen weiter. Sie hielten vor der nächsten Kneipe. Könnte sein, sagte Schroth. Sie gingen hinein und bestellten Bier. Eiserbeck beobachtete Schroth, aber der hatte nur Augen für ein Glas, in dem ein blauleuchtendes Gel auf wundersame Weise immer in Bewegung war.

»Gucken Sie sich um, Mann«, zischte ihm Eiserbeck zu.

An diesem Abend standen sie vor so ziemlich jeder Kneipe auf dem Kiez von St.Pauli. In einigen tranken sie Bier, aber Schroth konnte sich an nichts erinnern. Einmal schlug ihm ein Mann ins Kreuz und schrie, ob er nicht der Hotte sei, Superschwergewichts-Hotte. Schroth sah ihn verständnislos an. Ja, das sei Hotte, sagte Eiserbeck schnell, Horst Schroth, der ehemalige Boxer. Mensch, Hotte, da hat dir der Neger aber schwer eins auf die Rübe geklopft. Eiserbeck gab dem Mann ein Bier aus, dann noch eins. Sie tranken, und Eiserbeck versuchte, das Gespräch vorsichtig auf Gewehre zu lenken, aber der Mann sprach nur von den Zeiten, als Boxer noch Boxer waren. Wütend zog Eiserbeck Schroth aus der Kneipe. Es war weit nach Mitternacht, als Schroth auf einem Barhocker einschlief. Eiserbeck schleppte ihn in die Pension und legte ihn aufs Bett. Zu Hause hörte er die Stimme seiner Mutter auf dem Anrufbeantworter.

Er fragte Elisabeth Sieveking, ob sie nicht einen anderen kenne als Wonz, einen, auf den man sich verlassen könne.

Ob er noch nicht genug habe, fragte sie. Bitte, sagte Eiserbeck, ich brauche dringend ein Gewehr. Sie sah ihn an und zog an ihrer schlanken Zigarette. Er hatte Angst, daß sie ihm wie eine Mutter verbot, sich ein Gewehr zu besorgen. Er hätte es nicht geschafft, sich darüber hinwegzusetzen. Andererseits hoffte er, sie würde das Verbot aussprechen. Sie wolle einmal nachdenken, sagte sie.

Da sei ein Herr, sagte Elisabeth Sieveking am folgenden Tag, der sie manchmal besuche und der daran interessiert sei, sich mit Eiserbeck zu unterhalten. Sie werde das arrangieren. Kann man sich auf ihn verlassen, fragte Eiserbeck. Sie sah durch ihn hindurch.

Als Eiserbeck am Tag darauf Putensteak in Käsesauce mit Kohlrabi, Kartoffeln und Karotten brachte, saß ein Mann auf dem Bett von Elisabeth Sieveking, die am Fenster stand und rauchte. Darf ich Sie miteinander bekannt machen, sagte sie. Eiserbeck kannte den Mann. Er war der Vater der schwarzgelockten Kinder. Er lebte in der Pension *Westerland*. Ein Mann von Anfang vierzig, schlank, mit einem schön geschnittenen Gesicht, Albaner, schätzte Eiserbeck. Er konnte sich nicht vorstellen, warum der Albaner mit der Exhure ins Bett ging. Man plauderte. Es gab Probleme mit der Heizung, zu kalt oder zu warm, dazwischen gab es nichts. Eiserbeck war überrascht, wie gut der Albaner Deutsch sprach. Er habe als Moderator beim deutschsprachigen Sender von Radio Tirana gearbeitet, sagte der Albaner. Eiserbeck erzählte von seinem Nachbarn, der Radio Pjönjang hörte. So ein Zufall. Sie lächelten alle drei. Der Albaner erzählte von Thomas Mann. Es habe in der Bibliothek von Radio Tirana nur fünf Bücher auf Deutsch gegeben, drei von Thomas Mann. Mit ihm hätten sie ihr Deutsch frisch gehalten. *Zauberberg. Felix Krull. Tonio Kröger.* Die Bücher seien durch viele Hände gegangen und zerfleddert gewesen, Seiten fehlten. Wissen Sie, fragte der Albaner, wie der *Zauberberg* ausgegangen ist? Die letzten drei Seiten habe er nie lesen können. Der Krieg beginnt, sagte Eiserbeck, Hans Castorp zieht in den Krieg. Dann war es einen Moment still. Das Essen wird kalt, sagte Eiserbeck zu Elisabeth Sieveking. Ich habe keinen Hunger, sagte sie. Schließlich aß der Albaner das Putensteak. Können Sie mir ein Gewehr besorgen, fragte Eiserbeck. Der Albaner kaute.

»Was wünschen Sie«, fragte er, als sein Mund leer war.

»Ein SSG von Steyr-Mannlicher.«

»Ich habe Kalaschnikows«, sagte der Albaner am nächsten Tag, als er die Hähnchenbrust von Elisabeth Sieveking aß. »Gut eingeschossen, bewährt, eine Lieferung aus dem Osten.«

»Rußland?«

»Ex-DDR. Grenztruppen. Sehr gut eingeschossen.«

Er lächelte.

»Mauerschützen?«

»Möglich.«

»Ich will ein Steyr-Mannlicher«, sagte Eiserbeck.

»Das ist leckeres Essen«, sagte der Albaner.

»Schön, daß Sie das sagen. Wird täglich frisch gekocht. Und nicht teuer. Ich bringe Ihnen einen Prospekt mit.«

Am nächsten Tag aß der Albaner Champignonrisotto und sagte: »Ich habe da etwas für Sie.«

Elisabeth Sieveking stand am Fenster und zog an ihrer schlanken Zigarette. Sie müssen mehr essen, hatte ihr Eiserbeck gesagt.

»Ein Steyr-Mannlicher SSG.«

»Wirklich?«

»Ganz bestimmt.«

»Wieviel?«

»Fünftausendachthundert.«

»Und Munition?«

»Wieviel?«

»Hundert Schuß.«

»Dreihundert extra, sagen wir sechstausend.«

Sie einigten sich auf fünftausendsechshundert.

»Ich nehme das Essen«, sagte der Albaner.

Das Gewehr sah nicht so aus, wie es Eiserbeck erwartet hatte. Auf poliertem Metall waren großflächig zarte Rosen und Arabesken eingraviert. Dazwischen lag ein von Uferschilf gesäumter See, über den zwei Flugenten mit gestreckten Hälsen hinwegzogen. Ein Hund stand im Schilf und schaute den Enten nach. Der Schaft war aus dunklem Wurzelmaserholz.

Damit macht man sich ja lächerlich, dachte Eiserbeck. Ein Jagdgewehr, sagte der Albaner. Eiserbeck erinnerte sich schwach, daß kürzlich ein paar Jagdgewehre aus einer Hamburger Villa gestohlen worden waren. Der Hausherr hatte die Täter überrascht, und man hatte ihn übel mit Messern zugerichtet. Ist ja nicht gesagt, dachte Eiserbeck, daß dieses Gewehr aus dem Einbruch stammte. Es konnte überall herkommen.

»Es gibt ein Problem mit der Munition«, sagte der Albaner.

»Was ist los?«

»Ich habe derzeit nur Hohlspitzgeschosse.«

»Und?«

»Na ja, sagen wir so: Sie sind besonders effektiv.«

»Ist doch in Ordnung.«

»Ist in Ordnung, ja. Meine Kunden schätzen diese Munition. Sie ist aber nicht jedermanns Sache. Beim Militär sind sie verboten, weil die Geschosse beim Aufschlag aufpilzen. Das gibt einen breiten Schußkanal. Viele Blutgefäße, höhere Todesquote. Wenn Sie lieber andere Patronen wollen, müssen Sie sich ein bißchen gedulden.«

Eiserbeck war mulmig. Was hieß das jetzt? Waren Hohlspitzgeschosse besonders grausam, weil sie viele Blutgefäße verletzten? Oder waren sie, ja was? human?, weil sie schnell zum Tod führten? Was für Fragen.

Der Albaner sah ihn an. Elisabeth Sieveking sah ihn an.

»Ich nehme die Hohlspitzgeschosse.«

Er gab dem Albaner das Geld. Dann holte er einen Vertrag der Caritas aus seiner Jackentasche und zeigte dem Albaner, wo er unterschreiben müsse. Sie gaben sich die Hand.

»Viel Glück«, sagte der Albaner.

»Guten Hunger«, sagte Eiserbeck.

In der Nacht danach wachte er auf, weil er dachte, jemand sei in seinem Zimmer. Erst wollte er die Augen nicht öffnen, wie ein Kind, das denkt, es würde nicht gesehen, wenn es selbst nichts sieht. Dann öffnete er die Augen. Es war vollkommen dunkel. Er sah nichts außer einem roten Leuchtpunkt, das Stand-by-Signal seines Fernsehers. Es gab nur diesen roten Punkt, als habe er die ganze Welt aufgesaugt. Eiserbeck drückte die Fernbedienung, und graues Licht schwemmte ins Zimmer. Niemand da. Ihm fiel das Gewehr ein, und er guckte unter das Bett. Da lagen der Angelsack und ein paar Packungen mit Munition. Eiserbeck schaltete den Fernseher aus.

Ob die Munition explodieren konnte? Einfach so? Das war Unsinn, aber weil er nicht einschlafen konnte, machte er Licht an, stand auf und stellte die Packungen mit der Munition in den Küchenschrank hinter die Haferflocken. Dann legte er sich wieder hin. Der Schlaf kam nicht. Eiserbeck dachte an den einen tödlichen Schuß, den er bislang abgegeben hatte. Er war acht gewesen oder neun.

Mit Schleudern hatten sie auf den Weiden am Rande Erkenschwicks im Dunst von Kuhfladen das Schießen geübt. Dazu hängten sie eine leere Büchse an einen Ast. Thorsten Feldkeller, der nie ganz sicher war, ob er nicht Kellerfeld hieß, war dafür zuständig, die Dose anzustoßen, damit sie pendelte, denn unbewegliche Ziele reizten sie nicht mehr. Am besten schoß Poppe, während Feldkeller schwach war, weil er ständig zu dem Baum kommandiert wurde. Täglich schloß er sich ihnen mit frisch gewonnener Gewißheit an, Feldkeller zu heißen, doch geschickt säten sie Zweifel, bis er des Abends neuerlich verwirrt nach Hause ging. »Tschüß, Kellerfeld«, sagten sie ihm zum Abschied, wenn er die Gruppe verließ. Kaum war er im Haus seiner Eltern verschwunden, schüttelten sie sich vor Lachen, auch Lukas Eiserbeck, doch hatte er ein schlechtes Gewissen. Und wenn die anderen überlegten, welche Ziele sich für ihre wachsende Kunstfertigkeit mit der Schleuder eignen könnten, steuerte er zwar Ideen bei, doch immer in der Hoffnung, daß sie nicht in die Tat umgesetzt würden, weil er ja die Verantwortung hatte.

Nichts zog die Jungen so an wie die beste Taube von Friedhelm Meyers. Als er nach einem Unfall unter Tage vorzeitig pensioniert worden war, zimmerte er sich einen Taubenschlag, in dem er hinkend seine Vögel mit Medikamenten in Form brachte. Meyers Champion war Rudolf, ungeschlagen bei allen Flugwettbewerben. Die weiße Taube mit einem beigem Flecken auf der Brust hatte er in Belgien für viertausenddreihundert Mark gekauft. Rudolf war berühmt in Erkenschwick.

Nichts war reizvoller als der Gedanke, ihn vom Himmel zu holen. Eiserbeck bremste zaghaft, wenn er merkte, daß die Phantasien sich einen Weg in die Wirklichkeit bahnten. In ihm tobte einer jener Kämpfe, von denen er später meinen sollte, daß sie ihm einen Teil seiner Kindheit geraubt haben. Gegen den Drang, die Erwartungen in seine Vernunft zu erfüllen, loderte der Wunsch, diesen enormen Schuß glücken zu sehen.

Es war ein Sommertag. Blau stand der Himmel über der Zeche von Erkenschwick. Die vier Jungen lagen hinter Büschen und warteten. Früh am Morgen war Rudolf in einem vergitterten Lastwagen weggebracht worden. Bald mußte er am Himmel über Erkenschwick auftauchen.

»Wer schießt eigentlich?« fragte Poppe, als sie bequem im Sand lagen, die Arme verschränkt unter den Köpfen, die Blicke aufwärts gerichtet.

»Du doch«, sagte Eiserbeck, »du bist der Beste von uns.«

»Genau«, ergänzte Feldkeller.

»Ich glaube, beim Schießen in die Luft ist Eiserbeck besser«, sagte Poppe.

»Warum das denn?«

»Du bist näher dran am Ziel.«

»Genau«, sagte Feldkeller, »der Lulatsch ist näher dran.«

»Schnauze, Kellerfeld.«

Sikorski sagte: »Du bist wirklich ein ganzes Stück näher dran. Du mußt schießen.«

»Vielleicht«, sagte Eiserbeck, »sollte niemand schießen. Es ist eine Taube, die soviel kostet wie eine Reise nach Amerika, und Tierquälerei ist es auch.«

»Feigling«, zischte Poppe.

»Nur weil du schießen sollst«, sagte Sikorski.

»Genau«, sagte Feldkeller.

Sie lagen da und warteten. Eiserbeck starrte in den Himmel, dessen blaue Unendlichkeit ihn angenehm betörte. Seine Schleuder lag griffbereit. Manchmal stand einer der Jungen auf und strullte in den Sand. Sie vermieden es, sich anzusehen. Fast gleichzeitig entdeckten sie einen Flecken, der das reine Blau des Himmels störte. Er wuchs und wurde ein kleines Flugzeug, das brummend vorüberzog und die Gedanken der Jungen ein Stück weit mitschleppte. Dann kam Rudolf. Er begann als dunkler Punkt, wurde größer und weiß. Die vier Jungen standen auf. Kraftvoll und elegant schwangen Rudolfs Flügel. Eiserbeck holte eine Stahlkugel aus seiner Hosentasche. Er sah den beigen Flecken auf der Brust der weißen Taube. Er legte die Stahlkugel in das Lederfach zwischen den Gummizügen und spannte. Die anderen sahen ihn an. Ohne Eile berechnete

Lukas Eiserbeck Rudolfs Flugbahn und versuchte, aus dem Blau einen Punkt zu lösen, den er passieren würde. Er hörte Rudolfs Flügel schlagen. Er fixierte den Punkt, den es nur in seinem Blick gab. Er sah in das Blau des Himmels und ließ das Lederfach los.

Er traf, Rudolf fiel vom Himmel, und die Jungen rannten, bis ihnen die Luft ausging. Dann waren sie stolz, nur Lukas Eiserbeck hatte ein schlechtes Gewissen.

Wo blieb der Schlaf? Er stand auf und ging zum Fenster. Nachts schwebte ein weißer Schimmer über der Stadt. Heilig sah das aus. Der Bahnhof war leer, um diese Zeit fuhren keine Züge. Wenn es dunkel war, machte ihn die Stadt traurig, wenn er hier stand, weil er nichts sah außer Konturen von Häusern und einen Lichtschimmer darüber. Er stellte sich vor, was alles passierte in den Wohnungen und Bars, und das war viel, wie er dachte, weil es nun einmal eine große Stadt war, die das Leben verstärkt und um ein paar Stunden in die Nacht verschiebt. Überall passierten Dinge, die er sich nur ungern ausmalte, weil es ihn noch trauriger machte, und er stand hier am Fenster. Tagsüber sah man, was passierte, und das war erträglich. Manchmal belächelte er die Stadt, wenn es hell war, weil sie nichts von ihm wußte und eines Tages überrascht sein würde. In der Nacht war das anders. Er hatte dann keinen Mut, und der Abstand zwischen ihm, dem Fenstersteher, und den anderen, die hinter den Mauern das große Leben lebten, kam ihm unüberwindlich vor.

Er starrte auf den roten Punkt am Fernseher und verdoppelte ihn, indem er schielte, und weil seine Augen feucht waren, konnte er durch schnelles Schließen und Öffnen der Lider je zwei rote Strahlen von dem Punkt nach unten und oben senden. Er tat das häufiger, und irgendwann schlief er ein.

Der Nebel hatte sich in höhere Lagen verzogen. Auf dem Deich ging Eiserbeck durch nasses Gras bis zu einem Wäldchen am Elbufer. Er blieb stehen und sah sich um. Hinter ihm war das Marschland, vor ihm das Wäldchen und daneben ein kleiner Strand. Braun rauschte die Flut auf Hamburg zu. Eiserbeck sah den stämmigen Fuß eines Hochspannungsmastes, der enorm hoch sein mußte. Wie hoch, war nicht zu sehen, da der Nebel dort oben alles verhüllte.

Eiserbeck ging den Deich hinunter zu dem Wäldchen und band die Konservendose an den Ast eines Baumes. Anschließend maß er die Strecke von fünfzig Schritten ab. Noch einmal blickte er sich um. Niemand war zu sehen. Er zog den Reißverschluß auf und holte das Gewehr aus dem Angelsack. Wie heißes Eisen lag es in seinen Händen, die er sich weit vom Leib hielt. Er betrachtete die fliegenden Enten und den Hund, der ihnen sehnsüchtig nachsah. Lächerlich. Aber auch beängstigend. Das hier war nicht nur Stahl und Holz. Es war eine Todesart. Als Kind hatte er sie oft genug durchgespielt. Theatralisch verrenkt waren sie gefallen, langsam, so langsam wie möglich, um es auszukosten bis zum letzten. Jeder seine eigene Zeitlupe. Jeder Tod ein ganzes Schauspiel.

Mit spitzen Fingern fummelte Eiserbeck an der Repetierung herum, bis er den Mechanismus begriffen hatte. Er nahm das Gewehr hoch und schaute durch das Zielfernrohr nach der Dose. Er sah einen schwarzen Strich, der von unten nach oben stieg und spitz in der Mitte des kreisrunden Ausschnitts endete. Von links und rechts wuchsen zwei stumpfe Balken zur Mitte, berührten sich aber nicht, sondern waren durch einen dünnen Strich verbunden. Wo die Spitze des senkrechten Strichs den dünnen waagerechten Strich traf, würde die Kugel einschlagen und, wenn man alles richtig gemacht hatte, töten.

Er schwenkte mit dem Gewehr nach rechts und betrachtete die Elblandschaft in kreisrunden Ausschnitten, zerteilt durch schwarze Striche. Er nahm das Gewehr herunter und zog das Magazin heraus. Dann stellte er das Gewehr ins Gras. Das Ende des Laufes lehnte gegen seine Hüfte. Die fünf Patronen, die er aus einer der Pappschachteln nahm, waren an der Spitze hohl. Mit ungelenken Bewegungen fummelte er sie in das Magazin, das er anschließend wieder ins Gewehr drückte.

Von Westen sah Eiserbeck einen Schlepper kommen. Er faßte den Repetierhebel, schob ihn hoch und zurück, dann nach vorne und wieder hinunter. Er kniete sich hinter den Stuhl und stützte den Arm, der das Gewehr hielt, auf die Lehne. Er visierte die Dose an. Kalt drückte der Schaft gegen seine heiße Wange.

Einatmen. Ausatmen. Einatmen. Halb ausatmen. Luft anhalten.

Er setzte das Gewehr ab und drückte den Sicherungsschieber vor. Dann nahm er es wieder hoch, noch vorsichtiger, als habe er eine Bombe in der Hand. Er zielte und sah die Markierungen auf der Dose tanzen. Langsam krümmte er den rechten Zeigefinger.

Einatmen. Ausatmen. Einatmen. Ausatmen.

Lange mußte er so atmen, gleichmäßig und in gedehnten Zügen, bis die Markierungen zur Ruhe kamen.

Einatmen. Ausatmen. Einatmen. Halb ausatmen. Luft anhalten.

Er atmete weiter. Nichts war passiert, und das verwirrte ihn. Denn er hatte schießen wollen, hatte sich darauf konzentriert, sanfte Kraftströme in seinen rechten Zeigefinger zu leiten, hatte schon ängstlich den Knall vorweggenommen und hatte, was ihn ärgerte, das zielende Auge in einer kurzen Verkrampfung geschlossen, als er dachte, nun ginge der Schuß ab. Aber er ging nicht ab. Eiserbeck nahm das Gewehr herunter, legte es wieder auf die Stuhllehne, zielte.

Einatmen. Ausatmen. Einatmen. Halb ausatmen. Luft anhalten.

Trocken knallte der Schuß in die leeren Elbauen. Eiserbeck erschrak. Zwar hatte er auch diesmal schießen wollen, aber er konnte nicht behaupten, den Moment, in dem sein Zeigefinger den Druckpunkt überschritt, bestimmt zu haben. Schwach spürte er den Rückstoß an seiner Schulter. Durch das Zielfernrohr, das er immer noch vor seinem rechten Auge hatte, sah Eiserbeck verschwommen Gras. Er schaute auf. Das Gewehr zeigte nach rechts zur Elbe. Eine kleine Wolke stieg aus dem Magazin. Drüben hing die Dose unversehrt an dem Ast.

Er versuchte, sich zu erinnern. Ganz sicher war das Auge im Moment des Schusses geschlossen gewesen. So was Blödes. Er sah sich um. Ziemlich laut war das gewesen. Er nahm sich vor, den Albaner nach einem Schalldämpfer zu fragen.

Dann mußte er lächeln. Er hatte geschossen. Der Kriegsdienstverweigerer Lukas Eiserbeck hatte zum ersten Mal in seinem Leben geschossen. Wenn das seine Mutter wüßte.

Mit seiner Mutter war er in einem Gewerkschaftsbus von Erkenschwick nach Bonn gefahren, um gegen Pershings und Cruise Missiles zu demonstrieren. Mit dem stillen Ernst eines Kindes, das wegen der Sorgen der Mutter besorgt ist, stand er inmitten der Hunderttausend im Hofgarten und sah nach den blauen Luftballons mit den weißen Tauben, während vorne auf dem Podium Männer Reden hielten, von denen er nur verstand, daß alle sterben müßten. Er selbst hielt ein Plakat, das er am Tag zuvor mit Wachsstiften gemalt hatte und das eine pummelige Rakete im Anflug auf die Zeche von Erkenschwick zeigte; Männer mit schwarzen Gesichtern rannten davon. Als der Bus abends im Verkehr steckenblieb, saß Lukas Eiserbeck bei hereinbrechender Dunkelheit neben seiner schlafenden

Mutter am Fenster und schluchzte. Jemand gab ihm einen blauen Ballon, der luftarm und schrumpelig bis Erkenschwick auf seinem Schoß lag.

Es war klar, daß er verweigern würde. Zur Bundeswehr zu gehen, kam ihm absurd vor. Aus Gewissensgründen könne er nicht töten, schrieb er auf die Karte an das Kreiswehrersatzamt. Und weil er sichergehen wollte, schrieb er auch noch, daß er Christ sei und sich an das fünfte Gebot halte. Du sollst nicht töten. Christ war er aber nicht. Mit Religion hatte Eiserbeck nichts im Sinn.

Er zog den Sicherungsschieber zurück und ging zu dem Wäldchen, um nach einem Einschuß zu suchen. Er sah, daß die Kugel den Baum rechts neben der Dose gestreift hatte, immerhin in richtiger Höhe. Als er wieder bei dem Stuhl stand, zog er den Repetierhebel hoch und zurück, worauf die Hülse ins Gras flog. Er nahm sie auf, ließ sie aber gleich wieder fallen, weil sie heiß war. Dann schob er den Repetierhebel vor und nach unten.

Erst der fünfte Schuß war ein Treffer. Eiserbeck hatte Probleme, Atmung und Krafteinsatz im rechten Zeigefinger zu koordinieren. Auch beim fünften Schuß war es ihm nicht richtig gelungen. Und wieder hatte er das zielende Auge im letzten Moment geschlossen. Von der Dose blieb kaum etwas übrig, was Eiserbeck nachdenklich machte. So drastisch hatte er sich die Wirkung von Hohlspitzgeschossen nicht vorgestellt.

Es war frustrierend. Er traf schlecht. Und das auf fünfzig Schritte. Er schätzte, daß er auf sechshundert Schritte würde schießen müssen. Wieso war das so schwierig? Er hatte ein Fernrohr, er hatte Kraft genug, auch Kondition. Aber er haute jeden zweiten Schuß daneben. Im Ernstfall würde er nur einen Schuß haben. Soviel war klar. Wütend sammelte er die Hülsen ein und verstaute das Gewehr in dem Angelsack.

Der Nebel hatte sich inzwischen verzogen, und nun sah Eiserbeck, wie hoch der Hochspannungsmast war, der hier dicht an der Elbe stand. Breit begann er, wuchs und wuchs, abwechselnd rot und weiß, schlanker werdend, bis er nach wohl hundert Metern überraschend kurze Arme ausbreitete. Gegenüber stand noch so ein Riese mit stummeligen Armen und nahm die Drähte entgegen, die ihm von der anderen Seite des Flusses gereicht wurden. Wie sie da standen, so unförmig und im oberen Teil schwächlich, hatten sie, fand Eiserbeck, etwas von liebenswürdigen Märchengestalten. Das Komische, das Unwirkliche, das von ihnen ausging, wirkte tröstend auf ihn.

Er hatte heute Dienst, aber es war noch zu früh, das Essen auszutragen. Er lag auf dem Bett und guckte fern. Er sah Sarajewo, aber es wummerte nicht, alle Häuser waren heil. Ein Rückblick, auf Taste acht brachten sie um diese Zeit immer Rückblicke. Er mochte das lieber nicht sehen. Zuviel Jubel von den Falschen. Am Ende jener zwölf Tage im Winter 1984, als aus dem Pochen in seinen Ohren ein leises Summen geworden war, hatte er fassungslos auf den Medaillenspiegel gestarrt, wo die DDR, dieses kleine Land drüben, dieses winzige Land von sechzehn Millionen an der Spitze stand. Nicht Dritter waren sie, nicht Zweiter. Erster. Platz eins für die DDR bei den vierundzwanzigsten Olympischen Winterspielen in Sarajewo, vor der UdSSR und den USA, die jeweils aus über zweihundert Millionen Einwohnern die besten Sportler aussuchen konnten. Neunmal Gold. Neunmal Silber. Sechsmal Bronze.

Alle gedopt. Das war klar. Außer Katharina Witt vielleicht. Die hatte wunderbare Brüste, was nicht normal war für Eiskunstläuferinnen, die eigentlich dünn sein mußten. Aber die hier, Katharina Witt aus Berlin, Hauptstadt der DDR, hatte runde volle Brüste und war gut anzuschauen, weshalb Lukas Eiserbeck, damals dreizehn Jahre alt und in

Gedanken häufig bei dem Ameisenhaufen, die Kür der Frauen in Sarajewo trotz brutaler Ohrenschmerzen bis zum Schluß verfolgte. Gold für Katharina Witt. Es war in Ordnung. Dieses Gold hatte seine Richtigkeit.

Was ihn vor allem irritierte, waren die Bobs. Gold für DDR II am Berg Trebevič, Silber für DDR I, im Zweierbob. Im Vierer war es umgekehrt: DDR I vor DDR II. Es war die Hölle. Wo hatten sie diese Bobs her, wo sie doch sonst in Trabants herumfahren mußten, in einer Art Gartenlaube auf Rädern. Und die, die sonst im Mercedes fahren, machten den Schmerz in seinen Ohren unerträglich mit den Plätzen acht, Zweier, und neun, Vierer. Eiserbeck, vor Sarajewo an Wintersport kaum interessiert, hatte gedacht, die von drüben würden gemütlich in einer Gartenlaube auf Kufen den Eiskanal hinunterrutschen. Dopen konnten sie ja, doch Technik, das war ihr Ding nicht. Das wußte man. Aber dann kamen sie mit diesen irre modernen, blaublitzenden Bobs an und räumten alles ab. Viermal stieg ihre entsetzliche Fahne den Mast hinauf in den kalten Himmel am Berg Trebevič, wo es weiße friedliche Flocken schneite und wo jetzt die Kanonen standen.

Er zappte herum, bis er Sarajewo damals und Sarajewo heute sah. Eisschnelläufer, Sniper. Dann Männer mit spitzen Hüten und roten Overalls. Ziemlich oft spielten sie dieses Lied. Er schaltete den Fernseher aus und versuchte, noch ein bißchen zu schlafen.

Als ihn der Wecker eine Stunde später aus dem Schlaf riß, hatte er schlechte Laune. Grimmig fuhr er die grünen Styroporschachteln durch St. Pauli. In dieser Stimmung sah er nichts anderes als gegen Hauswände pissende Männer. Sah zertretene Bierdosen und übers Pflaster verschmierten Hundekot. Er sah Nuttenfreundlichkeit und Halbwüchsige, die sich geil vor dem Eingang zur Herbertstraße herumdrückten, sah fettriefendes Döner und die blassen Schenkel rotierender Grillhähnchen, sah Kleinwuchs und Verwachsungen, sah Geschwüre, die eitrig in roten Pennergesichtern blühten. Er roch Urin. Er sah in den Wohnungen sabbernde Alte in bekleckerter Kleidung und in den Schaukästen der Liveclubs Titten prall wie aufgepumpte Schweinsblasen.

Ekelhaft. Alles nur ekelhaft. Nichts konnte ihn mit dieser Welt versöhnen. Er hastete über Bürgersteige und durch Treppenhäuser. Unwirsch wehrte er in verstaubten Wohnungen Enkelgeschichten ab.

Ungarische Paprikaschoten in Tomatensauce. Karotten-Kohlrabi-Eintopf mit Hackfleischbällchen.

In einer Parallelstraße zur Großen Freiheit öffnete ihm nicht die vorlaute Alte, die dort wohnte, sondern ein junger Mann, der sich als Neffe vorstellte und erzählte, daß seine Tante gestern abend selig, aber doch unerwartet verschieden sei. Als Eiserbeck, der im Kopf wieder fünfzehn Minuten gebucht hatte, gleich gehen wollte, bat ihn der Mann um einen, wie er sagte, kleinen Gefallen. Es stehe eine recht neue Waschmaschine in der Wohnung, und er selbst habe keine, weshalb ihm sehr geholfen wäre, würde Eiserbeck, der doch groß und kräftig sei, »mal eben« mit anpacken. Unten stehe ein Kombi. Es war der sechste Stock. Der Neffe richtete es so ein, daß Eiserbeck im engen Treppenhaus die ungünstige Position unten hatte, also rückwärts gehen und den größten Teil des Gewichtes tragen mußte. Mit geschwollenen Adern und Schmerzen in den Händen, in die sich die Blechkanten der Waschmaschine schnitten, stolperte er die Stiegen hinunter.

So ein Arschloch, ein Wichser. Eiserbeck hätte ihn umbringen können.

Als er bei Franz Beckmann war, stellte er sich ans Fenster und sagte: »Ich habe heute geschossen.«

»Und? Getroffen?«

Beckmann schlang an der Paprikaschote. Fett tropfte rotschillernd seine Mundwinkel herunter.

»Nicht so gut. Ich hatte immer das Gefühl, daß meine Augen geschlossen sind, wenn ich abdrücke.«

Eiserbeck sah zum Fenster hinaus. Er hoffte auf ein Auto, ohne Auspuff am besten. Niemand schmatzte so wie Beckmann.

»Er muckt, der Kerl ist ein Mucker.«

»Was?«

»Na, du muckst, Mann. Kennst du nicht das Wort, was? Bist halt Drückeberger. Man sagt Mucken, wenn einer beim Schießen die Augen schließt. Schußangst kann man auch sagen. Du hast Schußangst.«

»Ich habe keine Angst.«

»Sicher hast du Angst.«

»Geht das weg, das Mucken?«

»Vielleicht, wahrscheinlich aber nicht. Einmal Mucker, immer Mucker.«

Schlürfen. Schmatzen.

Eiserbeck ging zur Tür.

»Mach dir keine Sorgen. Es gab Soldaten, die waren sechs Jahre im Krieg und haben am siebten Mai 45 immer noch gemuckt. Schlimm ist das nicht. Hauptsache, deine Augen sind offen, wenn du zielst. Im Moment des Schusses kannst du sie ruhig zumachen.«

Eiserbeck hielt an der Tür. Er sah Beckmanns rot glänzendes Kinn.

»Warum schieße ich dann so schlecht?«

»Meinst du, daß man das sofort kann? Üb halt.«

Eiserbeck war schon bei den Schnapsflaschen, als ihn Beckmann noch einmal rief.

»Schließ deine Augen einmal kurz vor dem Zielen. Dann legt sich ein Feuchtigkeitsfilm drauf. Für scharfes Sehen ist das gut.«

Siebendreiunddreißig. Er hatte es wieder nicht geschafft. Keuchend saß er in der *Pudel* und hielt Ausschau nach dem Schwimmer. Er hatte ihn schon länger nicht mehr gesehen. Wahrscheinlich war es nun doch zu kalt, selbst mit Thermoanzug. Eiserbeck ging in die Auslage und ruderte mit langen, ruhigen Schlägen zu Isabella. In ihrem Zimmer brannte Licht. Er wartete.

Wie gerne er in diesem Haus gewesen war. Zunächst hatte es ihn schüchtern gemacht. Eine Villa am Leinpfadkanal. Nur die Reichsten hatten so etwas. Aber Isabellas Eltern waren nicht so reich, wie er zunächst gedacht hatte. In dem Haus am Leinpfadkanal bewohnten sie nur die obere Etage, als Mieter. Die Einrichtung war elegant, aber nicht luxuriös, eine Mischung aus europäischer Zurückhaltung und indischer Ausschweifung. Ein bißchen abgewohnt das ganze. Und der Jaguar, mit dem Isabella ihn manchmal abholte, war alt und blieb häufig stehen, weil die Elektronik versagte. Aber er war groß genug für ihn, im Jaguar mußte er sich nicht zusammenfalten. Und die Wohnung hatte eine luftige Höhe, viel Platz zwischen seinem Kopf und der Decke, genug Platz auch bis zu den Türkanten. Hier konnte er gehen, ohne sich zu bücken. Er genoß das. So mußte seine Welt sein.

Es war kalt hier unten auf dem Kanal. Eiserbeck rollte ein bißchen auf dem Sitz, um sich zu wärmen, aber dann fing der Sitz an zu quietschen. Er würde ihn ölen müssen. Isabella war immer noch nicht zu sehen.

Das Problem waren ihre Eltern. Von Isabellas Vater fühlte sich Eiserbeck übersehen. Unter dem eisigen Blick ihrer Mutter mußte er an seinen Großvater denken, der sich nach der Schicht unter Tage stundenlang mit härtesten Borsten geschrubbt hatte, um den Kohlestaub aus seiner Haut zu lösen. Eiserbeck, obwohl nie Bergmann gewesen, hatte das Gefühl, gar nicht genug schrubben zu können, um von dieser Frau angenommen zu werden.

Hatte ihn denn Isabella angenommen? Wenn er zurückschaute, dann erschienen ihm die Wochen mit Isabella als

Zeit der Verzweiflung, nicht nur wegen dieser Sache im Bett. Was überhaupt wollte sie von ihm? Er war nicht easy. Er war nicht cool, jedenfalls nicht cool genug. Was er tat, dachte und sagte, unterzog er vorab und danach einer insgeheimen Inquisition, die nur eine Frage kannte: Ist es recht für Isabella? Nichts war recht. Ständig hatte er das Gefühl, falsch zu handeln, zu denken und zu reden. Er mußte sich ändern. Aber wie? Was brauchte Isabella? Unter den vielen Vorstellungen, wie er sein müßte, verlor er bald die Vorstellung davon, wie er war. Er kam sich weich vor, formbar und verformt. Klein war er auch. Ein Zwerg in der plumpen Hülle eines Elefanten.

Aber dann erzählte sie von Indien, und das machte ihm Mut.

Isabella ließ nie erkennen, daß sie an Eiserbeck zweifelte. Zwar sah er sie selten allein, weil sie in einer Dauerverabredung mit ihrer Clique lebte. Doch zeigte sie sich anhänglich, wenn sie mit den anderen herumzogen. Immerzu sprang sie an ihm hoch, ließ sich auf dem Rücken tragen oder hockte, die Beine um ihn geschlungen, vor seinem Schoß, um ihn endlos zu küssen. Eiserbeck war manchmal, als würde ihn ein Hündchen umspielen.

Im Jaguar fuhren sie durch die Nacht, sechs, sieben Leute, das Radio aufgedreht. Sie sprachen nicht viel. Wenn die Musik gut war, rief jemand Yeah. Wenn der Jaguar nicht ansprang, sagte Isabella tough shit, und sie stiegen aus und schoben. Wichtiger als Worte waren kurze Zeichen mit den Händen. Faust geballt, zwei Finger nach unten gestreckt. Sie hielten da, wo die Partys waren. Sie stiegen aus und gingen hinein, auf einen Whiskey, ein Bier, Isabella tanzte. Es war ein bißchen wie Taste vier, wo das Leben schnell war, kurze Schnitte. Der Jaguar fuhr, bis es hell wurde. Zwölf Zylinder, leise schnurrend. Die Musik lief, einer schlief schon. Eiserbeck saß am Steuer, weil er am wenigsten trank und keine Pillen nahm. Rot brannte das

Licht der Ampeln in seinen müden Augen. Hey, Driver, sagte einer von hinten, alles easy? Daumen hoch. Er war glücklich.

Er hatte wieder eine Welt gefunden. Was sollte er mit Sport? Das tat man doch auch nur, um die Anerkennung der Fünfzigjährigen zu finden. Taste vier brauchte das nicht. Man war für sich.

Isabella veränderte sich, aber das bekam er zunächst kaum mit, weil er ihr gegenüber nichts kannte außer totaler Zustimmung. Und da sich das nie änderte, glaubte er, auch sie ändere sich nicht. Erst im Rückblick wurde Eiserbeck klar, daß die Frau, die meistens bunt geplappert hatte, zuletzt sehr ernst geworden war. Zum Beispiel forderte Isabella, wenn sie zusammen auf dem Bett lagen, immer häufiger, er möge Taste fünf drücken. Zunächst war es so gewesen, daß sie eigentlich nur das Programm von Taste vier sehen wollte und murrte, wenn Eiserbeck zappte. Als sich das änderte, dachte Eiserbeck, sie habe das Interesse verloren, weil ein Brief aus London gekommen war und ihr abgesagt hatte; das Lächeln von Taste vier würde symmetrisch bleiben. Es war aber nicht nur Enttäuschung. Isabella konnte es kaum abwarten, bis neue Meldungen vom Krieg kamen.

Es kamen täglich neue Meldungen, dazu ein neues Wort: Massenvergewaltigungen.

Sie saßen auf dem Bett und sahen Frauen, die in Häusern gewesen waren, wo sie täglich zu Sex gezwungen wurden. Isabella weinte.

Es war Eiserbeck peinlich, aber irgendwie hatte er Sorge, sie würde ihre Wut auf die Männer insgesamt übertragen und dann würde sich auch für ihn etwas ändern.

Dann hörten sie ein altes Wort, das für sie fest an eine alte Zeit gebunden war.

An jenem Abend sahen sie kurz ein symmetrisches Lächeln und dann ein paar Frauen in Bikinis vor dicken schwarzen Männern herumtanzen, die telefonierend am Swimmingpool lagen, worauf Isabella die Fernbedienung nahm und Taste fünf drückte, und sie konnten verfolgen, wie eine Kamera einen Zaun entlangfuhr, hinter dem Männer mit entblößtem Oberkörper standen, dünne Männer, Menschen ohne Fleisch. Gegen die Haut drückten Knochen. Jeder Knochen war zu sehen. Die Männer standen am Zaun und sahen in die Kamera. Sie sagten nichts. Standen da als Haufen Knochen. Ihre Augen sahen aus, als wäre die Kamera ihre ganze Hoffnung. Aber gleichzeitig sahen sie aus, als würden sie sich nicht trauen, zu hoffen.

Omarska. Concentration Camp.

Isabella weinte. Dann kam der Arzt.

»Abknallen«, schrie sie. »Weg mit dem.«

Eiserbeck drückte Taste vier. Die Bikinifrauen tanzten immer noch. Werbung bei Taste acht. Autos, meist warben sie für Autos oder Reifen oder Benzin, auf Taste vier für Kondome oder Deos. Autofahren und Vögeln sowie gut Riechen, um gut vögeln zu können. So war die Werbung. Nichts läßt einen so lächeln wie Autofahren und Vögeln. Er schaltete den Fernseher aus.

Er hoffte, Isabella würde von Indien erzählen, aber das tat sie nicht.

Er sah sie jetzt. Sie kam ans Fenster, und wenn er das richtig erkannte, hatte sie ein Telefon in der Hand. Natürlich, das war ein Telefon. Sie wählte. Warum war er jetzt hier? Warum war er nicht zu Hause, erreichbar? Er wollte rufen, aber er blieb still auf seinem Rollsitz. Sie hatte den Hörer am Ohr und wartete. Er war ja nicht da, aber gleich würde sich der Anrufbeantworter einschalten. Sie sprach in den Hörer. Er hielt den Atem an. Sie schwieg jetzt, aber sie hatte den Hörer noch immer am Ohr. Da sprach jemand mit ihr. Für einen Moment dachte Eiserbeck, er selbst könne das sein. Er würde ihr gerade in diesem Moment vergeben. Was für eine Enttäuschung, als sich dieser

Gedanke auflöste. Er saß eine Handbreit über dem Wasser und sah Isabella heimlich beim Telefonieren zu. Das war die Wahrheit. Eiserbeck drehte die Blätter senkrecht und trieb die *Pudel* zurück auf die Außenalster.

Repetierhebel vor, runter, Ziel fassen, einatmen, ausatmen, einatmen, halb ausatmen, Atem anhalten, Feuer, Repetierhebel hoch, zurück, vor, runter, Ziel fassen, einatmen, ausatmen, einatmen, halb ausatmen, Atem anhalten, Feuer, Repetierhebel hoch, zurück, vor, runter, Ziel fassen, einatmen, ausatmen, einatmen, halb ausatmen, Atem anhalten, Feuer.

Obwohl Eiserbeck kaum geschlafen hatte, waren seine Bewegungen flüssig, und rhythmisch atmete er sich in die Schüsse hinein. Von den fünf Konservenbüchsen, die untereinander an einer Schnur hingen, zerplatzten vier. Nicht schlecht auf hundertfünfzig Schritte. Nicht gut genug.

Es dauerte ewig. Er hätte das nie gedacht. Er machte alles so, wie es Beckmann ihm beschrieben hatte, aber er schoß lausig. Und während er hier übte, konnte viel passieren. Am Ende würde er dann ein guter Schütze sein, aber da war niemand mehr, den es zu erschießen lohnte.

Eiserbeck stand auf und ging zu dem Baum, das Gewehr über die rechte Schulter gelegt. Seine Schritte setzte er vorsichtig, weil das Gras silbrig vereist war. Hinter der Elbe stieg die Morgensonne kaltlächelnd in einen Himmel, der sich langsam stahlblau färbte. Seit zehn Tagen herrschte trockener Frost. Aus seiner Jackentasche holte Eiserbeck eine Kordelrolle, von der er eine passende Schnur abschnitt. Er wickelte sie um fünf Büchsen und knüpfte das Gebinde an den Ast.

Er ging zurück, lud, zielte. Dann nahm er das Gewehr wieder herunter, weil das Blut in seiner rechten Hand erkaltet war und kaum noch zirkulierte. Die Hand tat weh, aber Eiserbeck wollte beim Schießen keinen Handschuh tragen, weil er dachte, das Gefühl für den Abzug ginge ihm verloren. In rascher Folge spreizte und krümmte er die Finger, bis das Blut leichter floß. Er nahm das Gewehr in Anschlag und zielte erneut.

Einatmen. Ausatmen.

Es schneite leicht. Die samtenen Flocken, die mit östlichem Wind heransegelten, kitzelten Eiserbeck im Gesicht, aber das war keine große Behinderung. Da hatte es der blonde Peter schwerer gehabt. Massen von Schnee trieben über den Igman, als er schießen mußte. Es war der vierte Tag der Olympischen Winterspiele von Sarajewo, und Deutschland hatte noch keine Medaille gewonnen, die DDR aber schon zwei Goldene. Eiserbecks Fieber war bei einem vorläufigen Höhepunkt von neununddreißig Komma sechs angekommen. Er fror und schwitzte. Im Trainingsanzug lag er unter zwei Decken, die linke Hand gegen sein glühendes Ohr gepreßt, in dem es pausenlos hämmerte, als würden dort die Hufeisen für eine ganze Reiterarmee geschmiedet. Im Fieber nahm Eiserbeck die Welt verdichtet wahr. Sein Zimmer umgab ihn eng, und die Gedanken klebten zäh aneinander. Er mochte nichts sehen, nichts hören, aber ab neun Uhr war sein Zimmer erfüllt von der erwartungsfrohen Stimme des Fernsehreporters, der auf dem Berg Igman stand.

Viermal sah Eiserbeck in den folgenden Stunden den blonden Peter aus dem Wäldchen kommen. Er glitt nur noch, mäßigte den dampfenden Atem, zog das Gewehr vom Rücken und steuerte Platz dreizehn auf dem Schießstand an. Ausgerechnet die dreizehn, dachte Eiserbeck. Links unten auf dem Bildschirm lief atemlos die Uhr und zerhackte die Zeit in Zehntelsekunden.

Zweimal Stehendschießen. Zweimal Liegendschießen. Zwanzig Kilometer Laufen.

Atmen. Das wichtigste war das Atmen. Ruhig werden nach der Hatz durch den Wald. Magazin reindrücken. Anlegen. Feuer.

Fünf Schuß bei jedem Schießen. Was für ein Jubel, wenn der blonde Peter traf und eine der schwarzen runden Metallscheiben zurückkippte und ein weißes Feld hinterließ, ein helles Mal des Erfolges, das man in einer Großeinstellung, die ins normale Fernsehbild eingeklinkt war, gut sehen konnte. Was für eine Zerknirschung, wenn die Scheibe arrogant stehenblieb. Zweimal blieb sie stehen. Zwei Strafminuten.

Ladehemmung, Schneeböen, Skibruch, all das wünschte Eiserbeck dem Biathleten aus der DDR, Frank-Peter Rötsch, der dem blonden Peter dicht auf den Fersen war. Beim letzten Schießen machte Rötsch seinen dritten Fehler. Gold für Peter Angerer auf dem Berg Igman. Ein Schrei aus belegter Kehle, eine schwächlich gereckte Faust. Eiserbeck sank zurück in die Kissen. In den folgenden Tagen holte Angerer auch noch Silber und Bronze auf dem Berg Igman, dem so schußgünstig über Sarajewo gelegenen Berg Igman, den man jetzt wieder oft im Fernsehen sah, weil dort aus vollen Rohren geschossen wurde.

Drei Treffer. Macht zwei Strafrunden, dachte Eiserbeck. Er stand auf, lehnte das Steyr-Mannlicher gegen seine Hüften und holte eine Munitionsschachtel aus seiner Jackentasche. Mit steifen Fingern sortierte er fünf Patronen in das Magazin.

Er fühlte sich wohl mit dem Gewehr. Sein Widerwille schwand, und das hatte ihm zunächst ein schlechtes Gewissen gemacht. In einer Nacht sprach er mit dem Schwimmer darüber. Es war kalt, und Hahnenkamp strampelte mit den Beinen im Wasser, während er sich am Luftkasten festhielt. Ein fester Wind kämmte die Wellen hoch, die *Pudel* schaukelte. Der Schwimmer wußte, was Eiserbeck vorhatte. Er sagte wenig dazu, und was er sagte, kam Eiserbeck vor, als nehme der Schwimmer die Sache nicht ganz ernst. Das tat ihm gut, weil er selbst erschrak, wenn er sich sagte, daß er demnächst einen Menschen erschießen würde. Sobald Eiserbeck allerdings schoß, kamen ihm solche Gedanken nicht. Dann hatte er Spaß, und als er dem Schwimmer von seinem schlechten Gewissen erzählt hatte, fügte er an:

»Ich meine, ich bin doch Kriegsdienstverweigerer.«

»Das ist eine Frage des Standpunktes«, sagte der Schwimmer, »und das meine ich wörtlich. Sehen Sie, wenn ich an diesen Unglückswurf denke, dann gibt es zwei Sichtweisen, und die hängen ganz davon ab, wohin ich mich in Gedanken stelle. Manchmal, meistens, stehe ich neben dem Kampfrichter. Ich sehe, wie ihm der Diskus gegen den Kopf fliegt. Ich sehe ihn stürzen, seltsam steif fällt er um, und dann liegt er im nassen Gras, und ich sehe seinen Kopf, der an der linken Schläfe eingedellt ist. Da war nicht viel Blut. Wußten Sie, daß Tote immer so aussehen, als hätten sie noch eine Frage? Mein Vater, meine Mutter, sie alle haben so ausgesehen und Barney Williams auch. Ich weiß, daß diese Frage an mich geht. Er ist auf mich zugekommen, er wollte etwas von mir, da war sonst niemand. Ich denke oft darüber nach, was er mich hat fragen wollen. Wir haben nicht viel miteinander geredet, und ich kann es mir nicht vorstellen, weil er nie so auf mich zugekommen ist, um mich etwas zu fragen. Wenn wir geredet haben, dann nur, weil wir uns zufällig begegnet sind.«

Der Schwimmer schwieg. Er paddelte mit den Beinen, und Eiserbeck machte ein paar Züge mit den Skulls. Er fror.

»Ich sehe diesen Kopf so oft, diese komische Delle und das bißchen Blut. Es gibt aber auch eine andere Erinnerung. Dann stehe ich nicht bei Barney, sondern neben mir, und ich sehe mir beim Üben zu. Nach dem Gold von Los Angeles hatte ich eine schlechte Phase. Mir gelang kaum etwas, die Weiten gingen zurück, irgendwie stimmte die Technik nicht mehr. Ich war verzweifelt, weil es so wichtig gewesen wäre, das Gold zu bestätigen, da in Los Angeles die Sowjets nicht dabeigewesen sind wegen des Boykotts. Da hat doch jeder gesagt, der hat nur deshalb gewonnen. Und dann ging es einfach nicht mehr. Ich blieb vier, fünf Meter unter meiner Bestweite. Aber in den Wochen vor diesem Sportfest, da kam das alte Gefühl wieder, ich habe gut trainiert, und ich wußte, daß ich wieder weit werfen würde. Beim Warmmachen, wissen Sie, da lief es bombig. Die Drehungen saßen einfach, und der Zug aus dem Arm stimmte auch. Es hat Spaß gemacht, und ich wußte, daß ich die Russen würde schlagen können. Und dieser Versuch, der Barney Williams das Leben gekostet hat, der war einfach perfekt. Die Schritte saßen, guter Zug aus dem Arm, optimaler Abwurfwinkel. Ich wollte nicht werfen, sicher, mir ist das Ding aus der Hand gerutscht, aber, wissen Sie, letztendlich ist Barney Opfer eines gutes Wurfes geworden.«

Wieder schwieg der Schwimmer. Eiserbeck hörte ein Glucksen, als wäre ein Fisch aufgetaucht und sofort wieder abgetaucht, aber er wußte nicht, ob es überhaupt Fische in der Außenalster gab. Nach einer Weile sagte der Schwimmer:

»Manchmal denke ich gerne daran. Ich stehe neben mir und sehe meine Drehungen und denke, Donnerwetter, du warst in Form, mein Lieber. Den toten Barney sehe ich gar nicht, nur mich und den Diskus in meiner Hand, und das ist ein richtig gutes Gefühl. Ich hätte es noch einmal geschafft. Ich wäre zurückgekommen und hätte die Sowjets geschlagen.«

Hahnenkamp löste sich vom Luftkasten.

»Es ist kalt, ich muß jetzt schwimmen.«

»Warten Sie«, rief Eiserbeck, »ich weiß nicht, ob ich ...«

»Sie haben Ihren Standpunkt gewechselt. Früher standen Sie bei den Opfern, wenn Sie an ein Gewehr gedacht haben. Da sieht man Blut, Verstümmelungen, Tod. Wenn man beim Gewehr steht, geht es nur darum, alles so gut wie möglich zu machen. Da sind Sie und das Gewehr, mit dem Sie schießen wollen.«

Der Schwimmer hat recht, dachte Eiserbeck, als er in der Elbmarsch stand. Was tat er denn mehr, als gut zu atmen, seinen Körper gefrieren zu lassen, den rechten Zeigefinger mit wenig Muskeleinsatz zu bewegen? Was war daran schlecht? Man konnte die Sache auch sportlich sehen.

Er schoß noch eine Runde. Als er aufstand, hörte er ein Klappern, das er hier noch nie gehört hatte. Er drehte sich um und sah auf dem Deich einen Radfahrer herankommen. Ein Hund begleitete ihn. Den hastigen Gedanken, das Gewehr noch eben verschwinden zu lassen, verwarf Eiserbeck. Es war zu spät. Der Radfahrer rollte den Deich herunter, rasend schnell und mit seitlich abgespreizten Beinen. Die Füße hatte er von den Pedalen genommen. Eiserbeck sah ein altes Damenrad, an dem ein loses Schutzblech klapperte, auf sich zuholpern. Darauf saß ein alter Mann, eingehüllt in einen verwitterten Mantel und am Kopf beschattet von einem Hut mit schlapper Krempe. Der Hund bemühte sich, das Tempo zu halten, torkelte aber hilflos über das glatte Gras. Am Fuß des Deichs fand der Radfahrer nur mühsam wieder in den Rhythmus der freilaufenden Pedalen, und dann stoppte er mit energischem Rücktritt bei Eiserbeck, der das Steyr-Mannlicher mit der Mündung nach unten in seiner rechten Hand hielt.

»Ach, ich dachte, Sie seien der Grinner. Der hat auch eine Jacke wie Sie, nicht wahr. So eine grüne Jacke.«

Eiserbeck sah vor sich ein Gesicht mit tausend Runzeln. Es kam ihm einfältig vor, hatte aber auch einen schlauen Zug, einen unangenehm schlauen Zug, fand Eiserbeck, als habe Einfalt kein Recht auf Schläue. Unter der Hutkrempe schwamm blasses Augenblau in trübem Weiß. Der Mann, der Eiserbeck gerade bis zur Brust reichte, war vom Sattel gestiegen. Neben ihm stand hechelnd der Hund. Aus seiner grauen Schnauze schäumte Speichel.

»Der Grinner ist viel kleiner als Sie. Aber aus der Entfernung fällt es nicht so auf, nicht wahr. Da dachte ich, da vorne ist der Grinner und schießt, obwohl ja nicht Jagdsaison ist. Der Grinner kommt immer zur Jagdsaison, nicht wahr, und dann schießt er hier. Und nicht schlecht schießt er.«

Der Mann schaute auf das Gewehr.

»Sind Sie auch ein Jäger?«

»Ja«, sagte Eiserbeck, »ich bin auch Jäger. Ich bin neu hier.«

»Genau. Sie sind neu. Sie jagen hier. Was jagen Sie denn?«

Was jagte er? Eiserbeck suchte nach einer sinnvollen Antwort und als er schließlich sprach, wußte er, daß es zu lange gedauert hatte.

»Flugenten.«

»Genau. Sie jagen hier Flugenten. Das ist eine gute Sache.«

»Wer sind Sie denn?« fragte Eiserbeck.

»Ich bin nur der Schäfer. Ich hüte die Schafe, nicht wahr. Im Sommer sind sie hier auf dem Deich und fressen, und ich passe auf. Jetzt sind die Schafe im Stall. Es ist zu kalt.«

»Ja, es ist sehr kalt.«

»Genau. Es gibt jetzt keine Flugenten, die man jagen kann.«

»Ich übe jetzt. Damit ich in Form bin, wenn die Saison beginnt.«

»Genau. Sie üben jetzt. Und dann schießen Sie besser auf die Flugenten, nicht wahr, wenn Saison ist.«

Eine Weile lang sagte keiner etwas. Dann sprach wieder der Schäfer.

»Ein schönes Gewehr haben Sie. Es ist auch sehr leise. Ich habe es kaum gehört, als ich da angeradelt kam. Liegt das an dem Rohr vor dem Lauf?«

Eiserbeck sagte nichts. Der Albaner hatte ihm einen

Schalldämpfer besorgt, weil die Schüsse so laut durch die Elbmarsch hallten und wahrscheinlich kilometerweit zu hören waren.

»Ist das ein Schalldämpfer?«

Eiserbeck sah auf das Gewehr, als müsse er erst herausfinden, worüber der Schäfer redet.

»Das ist ein Schalldämpfer, nicht wahr. Damit sich niemand erschreckt, wenn Sie jagen.«

Eiserbeck schwieg.

»Der Grinner hat keinen Schalldämpfer an seinem Gewehr. Hier gab es noch nie einen Jäger, der einen Schalldämpfer benutzt.«

Eine Pause folgte. Dann fragte der Schäfer:

»Sind Sie wirklich ein Jäger?«

Als die Worte heraus waren, stand schon die Reue im Gesicht des Schäfers. Er hätte den letzten Satz lieber nicht gesagt. Er wäre lieber gar nicht erst hier stehengeblieben.

»Ich bin kein Jäger.«

Nun, dachte Eiserbeck, wußte der Schäfer, was er nicht mehr wissen wollte, weil es gefährlich sein konnte, davon zu wissen. Wie verloren stand er da, ein kleiner Mann in einem wuchtigen Mantel, ausgeliefert seinen Vorstellungen vom Schrecken der Gewehre, die nicht Jägern gehören. Ängstlich sah er erst auf Eiserbeck, dann auf das Steyr-Mannlicher, das immer noch in dessen rechter Hand hing.

»Ich gehe jetzt. Ich will gar nicht stören.«

»Sie stören nicht. Wollen Sie einmal schießen?«

Eiserbeck hielt ihm das Gewehr hin.«

»Nein. Bitte. Wir Schäfer schießen nicht, nicht wahr. Wir leben mit den Schafen. Da braucht man das nicht.«

Wieder schwiegen sie. Eiserbeck fror. Schließlich sagte der Schäfer:

»Ich fahre jetzt nach Hause mit meinem Rad. Ich bin gleich weg. Und wir haben ja auch nur kurz gesprochen, nicht wahr. Ganz kurz. Das hat man schnell vergessen.«

Eiserbeck sah die Angst in den Augen des alten Mannes. Das Blau war noch blasser als zuvor.

»Wir Schäfer reden überhaupt wenig, nicht wahr. Wir sind ja immer alleine mit den Schafen. Menschen sehen wir so gut wie überhaupt nicht. Also wird auch nichts erzählt.«

Der Schäfer wendete das Rad. Er wollte schon losfahren, aber dann sah er noch einmal auf das Steyr-Mannlicher.

»Ist das Gewehr geladen?«

»Ja, fünf Schuß sind noch drin.«

»Genau. Sie könnten sofort schießen damit, nicht wahr.«

»Im Prinzip schon. Aber ...« Eiserbeck schob den Sicherungshebel vor. »... jetzt nicht mehr. Das Gewehr ist jetzt gesichert.«

»Genau. Es ist jetzt gesichert.«

Eiserbeck sah, daß der Schäfer nicht beruhigt war.

»Sie müssen sich keine Sorgen machen«, sagte er.

Der Schäfer winkte schwach mit einer Hand. Dann fuhr er los. Der Hund, der mit bebendem Bauch im kalten Gras gelegen hatte, stand auf und trottete hinter ihm her. Am Fuß des Deiches stieg der Schäfer ab. Er sah sich um, winkte noch einmal, bevor er das Rad mit eingezogenen Schultern den Deich hinaufschob. Eiserbeck winkte zurück.

Es war lange her, daß jemand Angst vor ihm gehabt hatte. Als sie gegen die Krügers kämpften, damals in Erkenschwick, achtjährig und auch danach noch, da war Eiserbeck jemand, vor dem sich andere fürchteten, die Krügers vor allem, die so beunruhigend anders waren, billigste Kleidung trugen, sich immer laut aufführten, fehlerhaft sprachen und rochen, als würden ihre Eltern sie nicht zur Not an den Ohren zum Waschbecken ziehen. Es gab viele Krügers, sechzehn insgesamt, vierzehn Kinder, worunter auch Mädchen waren und ältere, die keine Kämpfe mehr austrugen, weshalb es Eiserbeck mit drei, vier Krügers zu tun hatte. Aber das reichte schon. Denn die Krügers achteten darauf, ihm nicht einzeln zu begegnen. So wurde sein Vorteil, seine Größe, zu einem Nachteil. An einen wie Eiserbeck traute man sich nur mit eindeutiger Übermacht heran, und die wurde regelmäßig zusammengetrommelt, so daß Eiserbeck häufig Prügel bezog und einmal auch seine Haare lassen mußte. Aber hin und wieder fand sich doch eine Gelegenheit, einen Krüger ohne Brüder in die Finger zu bekommen. Und der hatte dann Angst.

Damals war es eine Lust gewesen, dieses innere Bibbern des anderen zu spüren. Jetzt fühlte sich Eiserbeck unwohl, daß sich dieser alte Mann, der sein Rad immer noch den Deich hinaufschob, vor ihm fürchtete. Am liebsten wäre er ihm nachgelaufen, um noch einmal beruhigend auf ihn einzureden, aber das hätte den Schäfer noch mehr verschreckt.

Eiserbeck verstand ihn gut. Er war jetzt ein Mann mit einem Gewehr, Grund genug, gefürchtet zu sein. Aber auch, so dämmerte ihm allmählich, Grund genug, sich zu fürchten. Wenn der Alte die Polizei rief, würde er im Gefängnis landen. Unerlaubter Waffenbesitz. Eiserbeck wurde klar, daß er jetzt abhängig war von diesem Mann. Er war bedroht, und das kam ihm absurd vor. Weil er ein Gewehr hatte, wurde ein einfältiger Schäfer von mehr als sechzig Jahren, wahrscheinlich der harmloseste Mensch der Welt, zu einer Gefahr für ihn. Weil der Schäfer das wußte, hatte er Angst. Und diese Angst zeugte Angst bei Eiserbeck. Das Mittel dagegen war das Gewehr.

Er schaute dem Schäfer nach, der den Deich nun fast erklommen hatte. Zum ersten Mal sah Eiserbeck in einem Menschen, dem er begegnet ist, ein Ziel für eine Kugel. Aber das war nur ein Gedanke in entrückter Möglichkeitsform, mehr ein Impuls, dem sofort mit strafender Strenge die Korrektur folgte. Idiot, dachte Eiserbeck. Niemals wärst du dazu in der Lage.

Als der Schäfer auf der anderen Seite des Deiches verschwunden war, ging Eiserbeck zu dem Baum und löste die Kordel mit den Büchsen vom Ast. Das Gebinde warf er auf einen Haufen zerschossener Konservendosen, die unter einem Busch versteckt waren. Dann steckte er das Gewehr in den Angelsack. Es war besser, sofort zu verschwinden.

Das auch noch, dachte er auf der Fahrt nach Hause. Das jetzt auch noch. Als ginge es ihm nicht schlecht genug.

Vorgestern hatte er Isabella ein Telegramm geschickt.

»Morgen im *Atlantic* Stop 21 Uhr Stop Wie besprochen.«

Sie hatte einmal gesagt, daß es klasse wäre, dort, in einer Suite, eine Nacht zu verbringen. Noch als sie zusammen waren, hatte Eiserbeck erwogen, ihr diese Nacht zu schenken, auch weil er hoffte, daß sie vielleicht in dieser Umgebung mit ihm schlafen würde. Er hatte sich nach den Preisen erkundigt und dann den Plan verworfen. Jetzt war es egal. Er hatte gebucht, eine letzte Chance, vielleicht auch nur ein Irrsinn. Aber egal. Er mußte etwas tun, es machte ihn wahnsinnig zu warten, bis er erfolgversprechend schießen konnte. Siebenhundertzehn Mark für eine Nacht. Da war noch Geld auf dem Konto, das sein Großvater für ihn eingerichtet hatte.

Es wurde ein Desaster. Er saß in dieser aufdringlich pompösen Suite und wartete. Sie kam nicht um neun, nicht um zehn. Er hatte den Fernseher eingeschaltet, zappte sich durch, sah den Arzt in Genf, Eishockey, und dann klopfte es. Draußen stand der Tänzer. Er ließ ihn herein. Sie saßen in Sesseln, und der Tänzer fragte, ob er rauchen dürfe. Eiserbeck holte einen Aschenbecher. Ihm war so flau, daß er fürchtete, sich übergeben zu müssen. Er wußte nichts mehr. Er stand unter Schock, und seine Position in dieser Sache war ihm plötzlich unbekannt. Er äußerte sich nur durch Reflexe, die er als Kind gelernt hatte. Höflich sein. Einen guten Eindruck machen. Der Tänzer rauchte und sagte, daß die Russen nicht mehr das seien, was sie waren. Eiserbeck nickte. Sie saßen da und sahen Rußland gegen Schweden im Eishockey. Sie waren sich einig, daß es kein gutes Spiel war. Hast du etwas zu trinken, fragte der Tänzer. Eiserbeck guckte in die Bar und sagte, es gebe so ziemlich alles. Rum Cola, sagte der Tänzer. Eiserbeck mixte einen Rum Cola und öffnete sich selbst ein Bier. Kurz kam ihm die Idee, daß es richtig wäre, den Tänzer jetzt umzubringen. Aber das Steyr-Mannlicher hatte er nicht dabei. Komm schnell, hörte er den Tänzer rufen. Ein Tor für Schweden, Schlagschuß von der blauen Linie. Sie tranken. Isabella ist mein Mädchen, sagte der Tänzer, dabei bleibt es. Eiserbeck wollte widersprechen, aber ihm fehlten Worte. Der Tänzer stand auf. Wie elegant er sich bewegte. Er ging zur Tür. Federnd. Mach's gut. Du auch.

Er saß noch lange in dem Sessel. Als Schnee über den Bildschirm rieselte, stand er auf und verließ die Suite. Er zahlte und verschwand. Zu Hause lag er auf dem Bett und, während auf dem Bildschirm Bananen, eine Spielzeuglokomotive, ein Mercedes, Erdbeeren und ein Bonsaibäumchen um den Kopf eines singenden Mannes kreisten, kam er sich vor wie der größte Idiot aller Zeiten. Er hatte sich zum Narren gemacht, war nichts anderes als eine unwürdige, eine erbärmliche Gestalt. Und weil er so groß war, war alles doppelt unwürdig und doppelt erbärmlich. Aber, Moment, war es nicht würdevoll gewesen, wie ruhig er den Besuch seines siegreichen Rivalen aufgenommen hatte? Konnte man nicht sagen, daß sie sich wie Männer benommen hatten, gefaßt, gelassen, einer Frauengeschichte nicht übermäßige Bedeutung beimessend, dabei Sport guckend, was eine wahrhaft wichtige Sache ist? Doch kein Gedanke war von Dauer. Im nächsten Augenblick wollte er sich mit einem Hohlspitzgeschoß den Kopf wegschießen, seiner lächerlichen, gedemütigten Kummerexistenz ein halbwegs würdiges Ende bereiten.

Er griff unter das Bett und zog den Angelsack hervor. Nicht auspacken. Wenn du es auspackst, tust du's auch. Das war wie an Geländern hoher Brücken. Die Möglichkeit, zu springen, ist eine starke Einladung. Er hielt es nie lange auf hohen Brücken aus. Er öffnete den Reißverschluß, häßliches Geräusch, zog das Gewehr hervor. Eigentlich müßte er noch einen Brief schreiben. Im Schneidersitz saß er auf dem Bett, das Steyr-Mannlicher lag auf seinen Oberschenkeln. Sich mal vorstellen, wie es wäre. Mündung in den Mund, würde kalt schmecken und metallisch. Probier mal, lieber nicht. Finger an den Abzug, unmerklich Kraft hineinleiten, Schuß geschehen lassen. Richtig atmen war nicht nötig. Würde er den Knall hören oder wäre er schon tot, wenn die Schallwellen in seine Ohren drängen? Interessante Frage. Nie hatte er eine Frau mehr geliebt. Wußte sie das? Hatte er es ihr gezeigt? Gott, nein, es war so schwer, das zu sagen. Aber sie hätte es merken müssen. Er war so nett gewesen, immer. Daß er verpassen konnte, wie sie sich änderte. Eben noch bunt geplappert, jetzt weinen wegen der Massenvergewaltigungen. Aber er hatte es nicht ganz verpaßt. Er guckte mit ihr Taste fünf, weinte nicht, aber dachte alles so, wie sie es dachte, ohne sich verstellen zu müssen. Er sah auf die Flugenten, den Hund. Er hatte nicht nur Isabella, er hatte eine ganze Welt verloren. Einundzwanzig Jahre, zweimal gescheitert. Was blieb ihm noch? Warten. Oder töten. Er und töten. Konnte ja nicht mal dem Tänzer eins in die Fresse hauen. Wie sie jetzt im Bett liegen und kichern würden. Machen die Schweden ein Tor, und ich ruf ihn, und weißt du, er kommt tatsächlich, kommt angedackelt und findet, daß es ein prima Schuß war. Oder sie vögelten. Wichtig war der letzte Gedanke. Das mußte er planen, nichts dem Zufall überlassen. Isabella, ganz klar. Immer an Isabella denken, ihr Gesicht, bloß nicht den Tänzer dazwischenkommen lassen. Wußte er noch, wie ihr Gesicht aussah? Ja, doch.

Sein Kopf würde zersprengt werden, das war klar. Blut, Hirnmasse, Knochensplitter, Zähne. Ob die Augen heil blieben? Eher nicht. Wie das Zimmer dann aussähe, und wer es wohl saubermachen müßte? Erdbeeren, Mercedes, Spielzeuglokomotive kreisten noch immer. Er schaltete um, sah den Arzt. Er schob das Gewehr in den Angelsack, den er unterm Bett verstaute. Fernseher aus, Augen zu. Er hatte Appetit auf Erdbeeren.

Er schlief höchstens zwei Stunden. Er redete mit niemandem, als er das Essen austrug. Stumm ging er in die Wohnungen, packte die Mahlzeiten aus und antwortete mit Kopfbewegungen, wenn ihn Kunden ansprachen. Von seinen Gedanken beherrscht, fehlten ihm die Worte für andere Gespräche. Er war in sich verlorengegangen.

Er wollte boxen, aber Schroth hatte Fieber, aß nicht einmal, obwohl es Erbseneintopf mit Debrecziner Würsten gab, eine seiner liebsten Speisen. Bei Elisabeth Sieveking setzte sich Eiserbeck auf das Bett und verbarg sein Gesicht in den Händen. Vielleicht schluchzte er. Hinterher konnte er sich nicht mehr genau erinnern. Er wußte, daß sie ans Bett kam, sich neben ihn setzte, und er seinen Kopf an ihre Schulter lehnte. Er spürte ihre Hand auf seiner Narbe. Als er später darüber nachdachte, wußte er nicht mehr, warum er angefangen hatte, ihren Hals zu küssen, aber er hatte ihren Hals geküßt. Weiche, faltige Haut.

Als er wieder im Auto saß, versuchte er sich darüber klarzuwerden, daß er eben mit einer Hure geschlafen hatte, die sechzig Jahre alt war, vielleicht ein bißchen jünger, vielleicht ein bißchen älter. So richtig war das nicht zu erkennen. Es gab in dem Haus, das sein Gehirn war, kein Zimmer, wo er solche Gedanken unterbringen konnte. Sie schwebten ihm frei und irgendwie suchend durch den Kopf. Das hatte etwas Beunruhigendes. Vagabunden, Heimatlose haben meistens etwas Beunruhigendes. Er wollte diese Gedanken verscheuchen, als wären sie Eindringlinge, die man wieder loswerden kann. Aber sie blieben. Er hatte das getan. Bequem hatte er in sie hineingepaßt. Danach, als Elisabeth Sieveking ihr Bett machte und er seinen Gürtel schloß, fragte er sich, ob er sie jetzt bezahlen müsse oder ob das eine Sache von Freundschaft war. Das war eine ziemlich peinliche Situation, weil er schlecht fragen konnte, aber sie half ihm, indem sie sagte, er könne die hundert Mark auf den Tisch legen oder gleich mit ihrer offenen Position bei der Caritas verrechnen. Er legte das Geld auf den Tisch und ging. Beeilen mußte er sich nicht, da ihm Johanna Grotschuk, die gestern beim Fensterputzen aus dem fünften Stock gefallen war, eine Viertelstunde hinterlassen hatte. Diese Zeit hatte er mit Elisabeth Sieveking vervögelt.

Als er zu Hause war, hoffte er, daß Isabella nicht anrufen würde, weil immer noch heimatlose Gedanken durch seinen Kopf schwirrten und er nicht wußte, ob er in der Lage sein würde, auch nur einen vernünftigen Satz zu sprechen. Nach Druck auf Taste vier ließ er sich heiter berieseln, wollte dann aber doch kein Lächeln sehen, das nicht ein schiefes Lächeln war und wechselte zum Sport, wo eine deutsche Skiläuferin, die Favoritin beim Abfahrtslauf war, nur siebte wurde, weshalb er mehr gar nicht sehen wollte und zu Taste fünf wechselte, dort verweilte, weil gerade vor dem Konferenzzentrum in Genf eine Limousine vorfuhr, und wer ausstieg, war der Arzt, dem gleich ein ganzer Strauß von Mikrophonen an den Schultern der Leibwächter vorbei ins Gesicht gehalten wurde, aber er lächelte nur und ging in das Konferenzzentrum hinein, wo ihn rote Teppiche erwarteten und Säulen und Kronleuchter und livrierte Herren, die ihm die Türen aufhielten.

Ein Schnitt und der Arzt kam heraus, stellte sich diesmal den Mikrophonen und Kameras, aber Eiserbeck achtete nicht auf das, was er sagte, sondern beobachtete nur die Leibwächter, wie er sie schon häufig beobachtet hatte. Als der Arzt einstieg in die Limousine, die bestimmt gepanzert war, registrierte Eiserbeck genau, auf welche Art er einstieg und wo die Leibwächter in diesem Moment standen. Dann wartete er noch darauf, wie die Kamera die davoneilende Limousine mit einem Schwenk verfolgte, weil man hin und wieder die umliegenden Gebäude sehen konnte, heute aber nicht, was nicht weiter schlimmer war, da er sie beim letzten Mal deutlich gesehen hatte.

Obwohl er müde war, hatte es keinen Sinn, sich hinzulegen. Er dachte, daß er diesen Abend nur überstehen könnte, wenn er sich betrank. Aber dann stand er in einer Bar und kriegte schon das dritte Bier nicht mehr herunter. Er zahlte und ging. Als er zu Hause den Schlüssel ins Schloß steckte, hörte er, wie hinter ihm die Tür der Nachbarwohnung geöffnet wurde.

»Herr Eiserbeck?«

Er drehte sich um. Sein Nachbar stand in der Tür, Hausschuhe an den Füßen.

»Verzeihen Sie, daß ich Ihnen so auflauere, aber wir wohnen jetzt schon so lange nebeneinander, und es ist doch schade, daß wir uns noch gar nicht kennengelernt haben.«

Eiserbeck nickte. Der Mann war so klein, wie er ihn in Erinnerung hatte.

»Vielleicht trinken wir ein Gläschen zusammen.«

Ihm war es egal. Er ging in die Wohnung des Nachbarn und trank ein Bier. Glas und Flasche standen auf Untertellern aus Zinn. Die Wohnung war genau wie seine, wirkte aber noch kleiner, weil es mehr Möbel gab. Zwei Sessel, eine Schrankwand, ein Sofa, auf dem eine karierte Decke lag. Der Nachbar war Busfahrer. Er erzählte vom Busfahren, und Eiserbeck trank. Es ging jetzt. Er hatte das nicht genau mitbekommen, aber irgendwie wurde nun nicht mehr vom Busfahren erzählt, sondern von Nordkorea, wo der Busfahrer offenbar regelmäßig hinfuhr. Vielleicht hatte Eiserbeck ihn auch gefragt, wegen der Radiosendung. Der Nachbar erzählte von Nordkorea, und plötzlich lief ein Video im Fernsehen. Eiserbeck fragte, ob er noch ein Bier haben könne. Aber ja, sagte der Busfahrer und stand schnell auf. Oder könne es ein Schnaps sein, er habe da etwas ganz Spezielles. Schnaps war auch okay. Während der Nachbar die Flasche holte, guckte Eiserbeck in den Fernseher, wo er eine wackelige Kamerafahrt durch eine riesige Stadt sah, in der es aber kaum Menschen zu geben schien. Sah man welche, waren sie zu Marschkolonnen zusammengefaßt. Irgendwie fehlte etwas.

Dann stand die Schnapsflasche auf dem Tisch. Der Nachbar suchte nach Gläsern. Eiserbeck sah die Schnapsflasche an, und auch die war merkwürdig.

»Ist da etwa eine Schlange drin?«

Eiserbeck gab sich keine Mühe, die Unruhe in seiner Stimme zu verbergen. In der Flasche war eine goldfarbene Flüssigkeit, und darin schwamm etwas Längliches, das nur eine Schlange sein konnte.

»Schlangenschnaps, eine Spezialität aus der Demokratischen Volksrepublik Korea«, sagte der Nachbar.

»Was soll die Schlange in der Flasche?«

»Ach, das ist eine Giftschlange. Ihr Gift hilft so gegen allerlei, Rheuma, Gicht, altersbedingte Leiden.«

Der Nachbar lächelte.

»Wie lange ist die Schlange da schon drin?«

»Zwei Jahre bestimmt, aber keine Sorge, der Alkohol konserviert die Schlange. Sie verwest nicht.«

Eiserbeck sah, daß die Schlange so frisch wirkte, als würde sie leben. Er fand das einerseits beruhigend, andererseits auch nicht.

»Die Schlangen«, sagte der Nachbar, »kommen bei lebendigem Leib in die mit Schnaps gefüllten Flaschen. Sie kämpfen dann um ihr Leben und versprühen, wie sie es gewohnt sind, ihr Gift. So mischt es sich mit dem Schnaps.«

Der Nachbar hatte weiße Haare und einen weißen Bart, kurz und dicht. Wie eine Schraubzwinge, fand Eiserbeck, faßte der Bart das Gesicht ein. Der Kopf war groß und wirkte schwer, und weil der Nachbar die Angewohnheit hatte, seinen Kopf gegen den Zeigefinger der linken Hand zu stützen, nur gegen den einen schlanken Finger, wirkte der Nachbar auf Eiserbeck irgendwie instabil, als könne der Finger gleich brechen und der Kopf wegsacken.

Zwei weitere Zinnuntersetzer und zwei Schnapsgläser standen jetzt auf dem Tisch. Der Nachbar nahm die Flasche und zog den Korken heraus.

»Man darf den Schlangenschnaps nicht nach Deutschland einführen. Tierschutz, Artenschutz, ich weiß nicht genau.«

Er lächelte. Er sah aus wie jemand, der die Gesetze penibel achtet, sich aber diebisch freuen kann, wenn er sie einmal ein bißchen bricht.

»Ist das Gift denn nicht gefährlich?«

»Ich glaube nicht. Sonst wäre es ja nicht in der Flasche.«

Das war keine beruhigende Logik, und Eiserbeck überlegte, ob er nicht auf den Schnaps verzichten solle, aber schon füllte der Nachbar die beiden Gläser.

»Zum Wohl«, sagte er.

Eiserbeck nahm das Glas, das vor ihm stand. Er sah nicht nach der Flasche, aber er wußte, daß die Schlange da war. Er spürte seinen Widerwillen als Verengung der Kehle. Aber er wollte nicht kindisch sein und kippte den Schnaps mit einem Schluck hinunter. Ein Feuerschweif fuhr ihm durch die Speiseröhre. Er setzte das Glas ab und sog mit einem heftigen Atemzug Luft ein, die löschte und kühlte. Der Schnaps war stark. Er schmeckte nach Schnaps und sonst nach nichts, jedenfalls nicht nach Schlange, obwohl man ja, dachte Eiserbeck, nicht weiß, wie Schlange schmeckt. Der Nachbar füllte die Gläser wieder auf. Sie tranken erneut.

Abwesend glotzte Eiserbeck auf den Bildschirm, und er fühlte, wie ihm rote Glut in den Kopf kroch. Seine Gedanken waren nicht mehr sofort präsent, sondern lösten sich nur langsam aus einer glasigen Unschärfe. Er konzentrierte sich, und es gelang ihm, diesen verstörenden Anlauf auf weniger als einen Augenblick zu verkürzen, aber die Hitzigkeit blieb, nahm sogar zu. Er fühlte sich unbehaglich. Er meinte zu schwitzen, doch seine Haut blieb trocken. Er sah die Schlange in der Flasche, und ihm wurde angst, doch dann war er mit einem Schlag wieder klar.

Er wußte jetzt, was fehlte: Autos. Es gab keine Autos in dieser riesigen Stadt.

Der Nachbar erzählte, und Eiserbeck sah auf den Bildschirm, wo riesige Bronzestatuen auftauchten und manchmal, vom Fernseher abgefilmt, ein Mann, der genauso aussah wie die Statuen. Eiserbeck trank Schlangenschnaps und hörte kaum, was der Nachbar sagte. Nur einmal merkte er auf, als er meinte, eben gehört zu haben, die Nordkoreaner hätten Fernseher, die ausschließlich nordkoreanische Programme empfangen können, und daß sie deshalb von der Welt nichts wüßten, was auch gut sei, denn es passiere ja doch nur Schlechtes in der Welt. Hatte der Nachbar das wirklich gesagt? Er fragte nicht nach, sondern kippte noch einen Schnaps.

Eiserbeck war betrunken, und das war gut so. Er stand auf und ging zur Toilette, wo er im Stehen pißte. Zu Hause tat er das nicht, da aus seiner Höhe schlecht zu zielen war. Auf dem Weg zurück ins Zimmer steppte er rhythmisch vorwärts. Chachacha. Chachacha. Als er ins Wohnzimmer trat, sah er, daß sein Glas gefüllt war, und ihn ergriff eine kindische Freude. Er prostete dem Nachbarn zu und trank.

Auf dem Tisch stand jetzt ein Modell der Bronzestatue, die er auf dem Bildschirm gesehen hatte. Der Nachbar erzählte etwas, und Eiserbeck lachte. Dann sah er verschwommen eine Autobahn, auf der kein Auto fuhr. Es gebe da eine Raststätte, erzählte der Nachbar, wo Schlangenschnaps an Touristen verkauft würde. Dort hätten sie auch eine riesige Flasche mit einer riesigen Schlange drin. Über zwei Meter sei die lang. Man könne sich da ein Glas Schlangenschnaps abzapfen. Aber es kämen nicht viele Touristen, und es habe Jahre gedauert, bis die Flasche halb leer war. In dieser Zeit sei aber der obere Teil der Schlange schon halb verwest, weil er ja nicht mehr in Alkohol bade. Der Schnaps sei trübe, und er möchte nicht wissen, sagte der Nachbar, wie er schmecke. Doch die Touristen würden ihn trinken. Der Nachbar kicherte, und Eiserbeck gab sich einer schrankenlosen Heiterkeit hin, die erst endete, als ihn ein Anfall von Schwindel packte. Er trank und fixierte dann die Schlange, deren Haut gelb war und von braunen Linien durchzackt wurde. Vom Flaschenboden schlängelte sie sich aufwärts zum Flaschenhals. Er beugte sich vor.

»Die lebt ja«, sagte er zu seinem Nachbarn, sah dann aber, daß der eingeschlafen war.

Eindeutig lebte die Schlange. Eiserbeck beugte sich dicht an die Flasche heran und glotzte. Wurde angeglotzt. Er klopfte gegen das Glas, und die Schlange zitterte. Mit dem kleinen Finger, den er in den Flaschenhals steckte, versuchte er den Kopf der Schlange zu berühren. Es ging nicht. Er wollte seinen Finger wieder herausziehen, aber der war nun eingeklemmt. Ärgerlich schüttelte Eiserbeck seine Hand, bekam aber den Finger, der blau anlief, nicht frei. Die Schlange tanzte. Einen Moment lang erwog Eiserbeck, die Flasche auf dem Tisch zu zertrümmern, aber das hätte die Schlange befreit. Dieses fieseste, hinterhältigste, verdorbenste aller Lebewesen. Nur der Tänzer war schlimmer.

»Du bleibst da drin«, zischte Eiserbeck.

Er stand auf und ging taumelnd ins Badezimmer. Die Flasche mit der Schlange schlenkerte an seinem Finger. Noch ehe er die Niveadose geöffnet hatte, konnte er seinen Finger herausziehen.

Als er wieder im Zimmer war, setzte er die Flasche an,

aber dann sah er, wie die Schlange mit stierem Blick langsam zu seinem Mund schwamm, und er ließ die Flasche abrupt sinken, spuckte den Schnaps, der ihm auf die Zunge gelaufen war, wieder aus. Er war vollkommen verloren. Er saß da und sah Nordkorea und fühlte sich, als lebe er dort und Isabella hier.

Lukas Eiserbeck stand auf. Es fiel ihm schwer. Er griff sich die Flasche und verkorkte sie. Die Statue nahm er auch. Er ging hinüber in seine Wohnung und holte das Fahrrad. Das Steyr-Mannlicher hängte er sich über den Rücken. Dann fuhr er zum Bootshaus.

Zunächst merkte er nicht, wie kalt es war. Doch bald fror er an den Händen und im Gesicht. Er fuhr weiter, fester Tritt, hohes Tempo. Das Gewehr hing im Angelsack über seinem Rücken. Die Flasche mit der Schlange hatte er in seine Manteltasche gesteckt. Es war spät, und nur wenige Autos begegneten ihm. Das war sein Glück, denn er fuhr nicht sicher, schnitt die Kurven, hatte keinen Blick für Abstände und sah nicht nach rechts oder links.

Seine Hände waren steif, als er am Bootshaus ankam. Er nahm einen Schluck von dem Schlangenschnaps. Dann holte er das Gewehr aus dem Angelsack und lud es. Flasche und Angelsack verstaute er hinter dem Stemmbrett der *Pudel*.

Zunächst wackelte das Skiff wie bei seinen ersten Versuchen mit dem Rudern, als er das ölige Wasser des Dortmund-Ems-Kanals hatte schmecken müssen, und wie damals war es auch jetzt mühevoll, geraden Kurs zu halten, aber schließlich fand er einen Rhythmus, der ihn leidlich sicher vorankommen ließ. Schwarz war das Wasser, ein dunkles Loch inmitten der Stadt, die sich ringsum mit ihren weißen Lichtern Mut gegen die Kälte machte.

Eiserbeck ruderte zügig. Nicht zu viel Kraft einsetzen, dachte er. Schnell sein und trotzdem den Puls unter Kontrolle halten. Das war die Kunst, die Kunst des blonden Peters. Jetzt mal zehn Dicke, Rötsch kommt auf. Er grinste. Eins weg, zwei weg. Bei drei krachte es. Abrupt stoppte die *Pudel*, krängte nach rechts, der Bug sackte weg. Reflexartig versuchte Eiserbeck mit den Skulls Balance zu halten, riß den rechten hoch, dann den linken, weil sich die *Pudel* nach links neigte, dann wieder nach rechts. Eiserbeck riß an den Skulls, aber das Boot reagierte nicht mehr. Langsam kippte er ins Wasser. Er war überrascht, daß er sank. Um ihn war es schwarz mit einem grünen Schimmer. Es war kalt. Er sank, ohne sich zu wehren, ohne den Wunsch nach Gegenwehr zu haben, weil er sich so erschöpft fühlte, so schwer. Aber dieses Gefühl beherrschte ihn nur für einen Augenblick. Dann wollte er nach oben. Er machte lange, schnelle Züge, die ihn aber nicht so rasch steigen ließen wie erwartet, und ihm fiel ein, daß er ein Gewehr auf dem Rücken hatte. Aber er wollte es nicht verlieren, ließ es dort und kämpfte sich mit verdoppelter Anstrengung aufwärts. Oben sah er eine Eisscholle. Er klammerte sich an sie. Er fror. Er glaubte, nicht genug Kraft zu haben, um ans Ufer zu kommen. Aber dann ließ er die Eisscholle los und schwamm zum Ufer. Das Gewehr behinderte ihn, aber er schaffte es.

Als er zu Hause ankam, hatte er Eis in den Haaren, auf den Augenbrauen und in der Kleidung. Ein grobes Zittern erschütterte seinen Körper, als würde ein Teufel in ihm tanzen, und er glaubte, tausend Sonnen zu brauchen, um jemals wieder aufzuwärmen.

Er stand auf dem Deich und schaute zur Elbe hinunter, die schmaler floß als üblich, weil sie an den Ufern vereist war. Eiserbeck sah dort die Miniatur einer polaren Landschaft, riffig und runzlig, mit Höhen, Abgründen, Terrassen und Schluchten, mal weiß, mal glasig. Die Morgensonne trieb ein buntes Spiel auf diesem kalten Zerrspiegel, ließ es hier rot glitzern, dort blau oder gelb. Es knarrte und knarzte, weil sich die Wellen gegen das Eis warfen, schoben und drückten, um dann selbst zu gefrieren, so daß diese bizarre Landschaft weiter wuchs.

Wind pfiff von der Nordsee herein und stach Eiserbeck mit tausend Nadeln ins Gesicht. Seine Hände waren tief in den Taschen der grünen Jacke verborgen, und er senkte den Kopf, als er losging, in die Richtung, aus der er den Schäfer hatte kommen sehen. Nach einigen Schritten drehte er sich um. Folgte ihm jemand?

Eiserbeck hustete. Hartnäckig hielt sich eine Erkältung, aber das Schlimmste hatte er hinter sich. Vier Tage Fieber. Er lag im Bett, umsummt von Gedanken, die ihm zur Last fielen wie ein Schwarm Insekten. Flüchtig waren diese Gedanken oder sogar unkenntlich, aber manchmal löste sich einer deutlich heraus und ließ auf quälende Weise nicht locker. Dann sah er sich mit einem Gewehr auf dem Rücken zum Leinpfadkanal rudern. Du wolltest nicht töten – diesen Satz hämmerte er sich immer wieder in den erhitzten Kopf. Du wolltest den Tänzer erschrecken. Ein Schuß in ein leeres Fenster. Mehr wolltest du nicht. Es war schon schlimm genug, er hatte sich gehen lassen. Nie mehr trinken. Oder wollte er Blut sehen, Rache nehmen für das, was man ihm angetan hatte? Wollte er töten? Nein. Niemals. Er war kein Mörder. Aber er mußte sich vorsehen. Er hatte unterschätzt, was es heißt, ein Gewehr zu haben. Du denkst, es gehorcht dir, und am Ende ist es umgekehrt. Sei vorsichtig, dachte er, paß bloß auf. Über solchen Gedanken schlief er ein, versank in Fieberträumen, und ihm erschien die Schlange, die sich züngelnd nach seinen Pupillen streckte. Sie machte sich lang, versteifte und wurde ein Gewehr. Dann sah er den Kopf des Tänzers blutig zerplatzen. Eiserbeck erwachte, panisch, orientierungslos, in geruchlosen Schweiß gebadet. Stumm lief der Fernseher, Taste vier.

Es hatte geschellt. Erst hatte er gedacht, der schrille Klang in seinen Ohren sei Teil des Fiebertraumes, aber er war wach, und es schellte. Seitdem Isabella nicht mehr zu ihm kam, hatte es nicht mehr geschellt. Was wollten die von ihm? Was wollte wer von ihm? Nicht gut, dachte er, daß es jetzt schellt. Er richtete sich auf und sah mit trübem Blick zum Bildschirm, wo er wieder diesen singenden Kopf sah, der umkreist wurde von einer Spielzeuglok, von Erdbeeren und einem Bonsaibäumchen. Auf dem Fernseher stand noch die Statue des Nachbarn, er mußte sie ihm zurückbringen. Peinlich. Der denkt noch, er habe sie stehlen wollen. Jetzt schellten sie wieder. Wer? Wer schellte bei ihm? Eiserbeck stand auf, schwankte, sammelte sich. Ihm war kalt.

»Johannsen, Landeskriminalamt.«

Der Schäfer, dieser Sauhund.

»Eiserbeck.«

»Darf ich reinkommen?«

»Ich habe gerade geschlafen. Es tut mir leid, daß Sie warten mußten.«

Wieviel Jahre gab es für unerlaubten Waffenbesitz?

»Ich verstehe das. Wir sind alle sehr müde.«

Der Polizist war mittelgroß und hatte ein freundliches Gesicht. Eiserbeck, der zwei Trainingsanzüge übereinander trug, bat ihn in steifer Gefaßtheit herein. Er wußte nicht wohin mit dem Polizisten. Im Küchenschrank war die Munition. In seinem Zimmer war das Gewehr. Also ins Zimmer. Man guckt eher in einen Schrank als unter ein Bett. Aber er konnte den Polizisten unmöglich in dieses Zimmer lassen, der würde das doch merken, der war ja Polizist, der kannte sich aus mit Waffen. Das rochen die doch. Das hörten die am Ende sogar, ein leichtes Ächzen, die Sprache der Gewehre. Mein Gott, er hatte immer noch Fieber, er durfte sich jetzt nicht gehen lassen, ruhig Mann. Er schwitzte. Er führte den Polizisten in das Zimmer, aber da war kein Stuhl, also mußte er zurück in die Küche und den Polizisten allein lassen mit dem Gewehr. Er eilte, und nein, der Polizist guckte nicht unter das Bett, sah zum Fernseher, wo einer trommelte. Eiserbeck setzte sich aufs Bett, Johannsen auf den Stuhl.

»Darf ich?«

Er klopfte gegen eine Packung Zigarillos. Eiserbeck nickte. Johannsen machte versonnen drei Züge, bevor er fragte:

»Sind Sie Mitglied des Rudervereins Germania?«

»Bin ich.«

Und das Gewehr? Was hatte das mit dem Gewehr zu tun?

»Gut. Sehr gut. Rudern ist eine gute Sache. Es würde mir auch bekommen.«

Johannsen strich sich über einen spitzen Bauch und sah dabei verlegen aus.

»Warum fragen Sie?«

»Haben Sie einen Schlüssel für das Bootshaus?«

»Ich habe einen Schlüssel, weil ich manchmal morgens trainiere, wenn noch niemand dort ist.«

»Sie sehen aus, als seien Sie ausgezeichnet in Form.«

»Ich bin nicht mehr wirklich aktiv. Das heißt, ich nehme nicht mehr an Regatten teil, aber ich bin viel auf dem Wasser.«

Wie eine Nadel steckte ihm der Husten im Hals. Eiserbeck räusperte sich.

»Ist es nicht gefährlich bei dieser Kälte zu trainieren? Ich meine, wenn Sie ins Wasser fallen, holen Sie sich doch den Tod.«

»Ich falle nicht ins Wasser. Ich rudere seit elf Jahren.«

Johannsen zog an seinem Zigarillo.

»Ich habe da eine Frage, die vielleicht ein bißchen dumm klingt. Aber ich stelle sie mal. Können Sie sich vorstellen, daß jemand ein Ruderboot klaut? Sie kennen sich doch aus in dieser Szene.«

»Ein Ruderboot. Quatsch. Ich meine, wer braucht denn so ein Boot? Das können nur Ruderer gebrauchen, und die stehlen doch keine Boote. Die kriegen sie von den Vereinen gestellt.«

»Sehen Sie, so ungefähr dachte ich mir das. Deshalb komme ich mir ja so blöd vor, wenn ich diese Frage stelle. Aber ich muß sie stellen. Denn der Germania ist tatsächlich ein Boot abhanden gekommen. Was sagen Sie dazu?«

Johannsen schüttelte den Kopf und nahm einen langen Zug aus seinem Zigarillo.

Eiserbeck zuckte mit den Achseln.

»Mir fällt ehrlich gesagt auch nichts ein«, sagte Johannsen. »Das Boot hieß übrigens *Pudel*.«

Eiserbeck schluckte heftig, weil er hoffte, den Hustenreiz mit Spucke ertränken zu können. Dann sagte er:

»*Pudel*, ja, ich kenne das Boot. Ich trainiere manchmal in der *Pudel*, habe in der *Pudel* trainiert. Ein gutes Boot, leicht, schnell. Eigentlich habe ich am liebsten in der *Pudel* trainiert. Das Boot paßt zu mir. Es war für mich getrimmt, verstehen Sie. Die Ausleger waren so ausgerichtet, daß ich optimalen Zug auf die Skulls bekam. Ich hatte immer ein gutes Gefühl, wenn ich in der *Pudel* saß. Ich wußte, daß ich schnell sein würde. Sehr schnell. Es ist traurig, daß ich mir nun ein anderes Boot suchen muß.«

»Die *Pudel* ist gesunken.«

»Wie? Ich dachte, sie sei gestohlen worden.«

Für einen Moment war er zufrieden mit sich, weil die Überraschung, wie er fand, echt geklungen hatte.

»Jemand ist mit dem Boot davongerudert und dann gegen eine Eisscholle geprallt.«

»Gegen eine Eisscholle? Ja, das kann natürlich sein, weil es so kalt ist. Jetzt kann man ja Schlittschuhe laufen. Waren Sie beim Alstervergnügen?«

»Leider nicht. Keine Zeit. Die Verbrecher lassen einem heutzutage ja keine Zeit mehr für Vergnügungen.«

Er lachte.

»Was ist mit dem Dieb passiert? Ist er ertrunken?«

»Wir wissen es nicht. Wir haben keine Leiche gefunden.«

»Sie könnte in die Elbe getrieben sein. Man kann bei diesen Temperaturen nicht lange im Wasser überleben.«

Eiserbeck Hals fühlte sich an, als sei er mit einer groben Feile aufgerauht worden. In seinem Bauch bebte der Husten, der nicht herausdurfte.

»Nicht einmal mit einem Neoprenanzug ist es derzeit ratsam, in der Außenalster zu baden. Auch der Schwimmer ist nicht mehr da, obwohl er wirklich gerne schwimmt.«

»Der Schwimmer?«

»Ja, der Schwimmer, ich meine, der Diskuswerfer, der immer in der Außenalster trainiert.«

»Ein Diskuswerfer, der in der Außenalster trainiert?«

»Nein, er schwimmt natürlich in der Außenalster. Aber er ist Diskuswerfer, das heißt, er war einer, ein Olympiasieger. Jobst Hahnenkamp.«

»Ach, der hat doch einen Kampfrichter totgeworfen. Den kennen Sie?«

»Ich treffe ihn manchmal auf der Außenalster.«

Der Polizist zündete sich ein neues Zigarillo an. Er zog und betrachtete dann den verbrennenden Tabak an der

Spitze, während sich Eiserbeck in die Stille hineinräusperte, laut und hart und mit einer punktgenauen Konzentration, als wolle er den Hustenreiz aus seinem Hals schaben. Dann fragte er:

»Was soll das? Wieso interessiert sich das Landeskriminalamt für ein Skiff, das gegen eine Eisscholle geprallt ist?«

»Sie haben recht. Interessant ist das nicht. Und ich will ehrlich sagen, daß mich da etwas anderes nachdenklich macht. Wir haben einen Zeugen, der behauptet, den Mann in dem Boot gesehen zu haben.«

Eiserbeck wurde überschwemmt von heißen und kalten Schaudern.

»Sie wissen, wie der Dieb aussieht?«

»Das wissen wir nicht. Es war dunkel. Und der Mann saß mit dem Rücken zum Zeugen im Boot.«

»Das ist natürlich schlecht.«

»Nun ja, das kommt vor. Aber eigentlich war auch der Rücken das Interessante an diesem Mann, der da in dem Boot saß.«

»Der Rücken?«

Eiserbeck klang heiser, als er das sagte, weil ihm der Hustenreiz die Kehle zuschnürte.

»Unser Zeuge sagt, daß der Mann in dem Boot ein Gewehr auf dem Rücken getragen habe.«

Es ging nicht mehr. Eiserbeck mußte jetzt husten. Er gab jeden Widerstand auf und jagte eine bellende Explosion nach der anderen durch seinen Hals. Nach dem Anfall saß er schwer atmend und mit tränengefüllten Augen in seinem Sessel.

»Sind Sie krank?« fragte der Polizist.

»Ein bißchen erkältet. Es ist nicht weiter schlimm.«

»Bei diesem Wetter holt man sich leicht etwas weg. Wissen Sie, ich bin ein bißchen ratlos. Warum, um Himmels Willen, schippert jemand in einer hundekalten Winternacht mit einem Gewehr auf dem Rücken über die Außenalster? Haben Sie eine Idee?«

»Absolut nicht.«

»Ja, es ist merkwürdig, nicht wahr. Ich spinne manchmal ein bißchen herum, denn bei der Polizei kommt man leicht dazu, weil man immer aus erster Hand mitkriegt, was so alles passiert. Wie gesagt, ich spinne mal, aber ist es denn wirklich so absurd, anzunehmen, jemand wolle vom Wasser aus einen Anschlag verüben. An der Alster und den Kanälen wohnen eine Menge Leute, die Feinde haben könnten oder Neider. Ich sage nur: Geld. Ich sage: Politik.«

»Terroristen?«

»Sie sagen es. Terroristen. Man weiß nie, was kommt.«

Eiserbeck schwieg.

»Ich spinne nur, wie ich sagte. Vielleicht ist das wirklich eine besonders dumme Idee. Aber man kann heutzutage nichts mehr ausschließen. Und den Rohwedder haben sie auch durch das Fenster seiner Wohnung erschossen. Was meinen Sie? Würde mich interessieren.«

»Warum fragen Sie mich?«

Johannsen sah zum Fernseher, wo die beiden Männer mit den roten Overalls auftauchten. Spitze Hüte, rotweiß gestreift. Ein Mann sang, der andere schwieg.

»Aber ich frage doch alle. Die Tür zum Bootshaus ist nicht aufgebrochen worden. Der Dieb des Bootes muß einen Schlüssel gehabt haben. Sie haben einen Schlüssel.«

»Viele haben einen.«

Die beiden Männer mit den spitzen Hüten wurden von blauen Kugeln umflogen. Manchmal wuchsen Stacheln aus den Kugeln.

»Acht Mitglieder haben einen Schlüssel. Und da höre ich mich jetzt einfach mal um, ob jemand seinen Schlüssel verloren hat oder verliehen.«

Ein Emu lief über den Bildschirm, an den beiden rotgekleideten Männern vorbei.

»Wieso ist da jetzt ein Emu?« fragte Johannsen.

»Was wollen Sie von mir?«

»Das ist doch merkwürdig, ich meine, Männer mit komischen Hüten, blaue Kugeln, die Stacheln haben, und jetzt ein Emu. Verstehen Sie das?«

»Was wollen Sie?«

»Machen Sie mal den Ton an.«

Eiserbeck drückte eine Taste.

»Ganz flotte Musik.«

Flotte Musik. Wie er solche Worte haßte.

»Jetzt ist der Emu weg.«

Johannsens Blick wanderte höher, Eiserbeck sah ihn die Kim-Il-Sung-Figur betrachten.

»Sind Sie eigentlich politisch?«

»Ich sehe viel im Fernsehen. Mich interessiert das. Aber mit Kim Il Sung habe ich nichts zu tun.«

»Er steht einfach so da?«

»Ich habe ihn ausgeliehen.«

Johannsen sah ihn an.

»Meinen Schlüssel habe ich noch«, sagte Eiserbeck. »Soll ich ihn holen?«

»Nein, nein, machen Sie sich keine Umstände. Ich glaube Ihnen natürlich.«

Wieder kam eine kleine Pause auf. Zusammen sahen sie zum Fernseher. Ein hagerer Mann spielte Gitarre in einer Fabrikhalle ohne Maschinen, beobachtet von einem Falken, der nur ein Auge hatte. Es war gelb und leuchtete wie eine Sonne.

»Können Sie schießen? Ich meine, haben Sie es bei der Bundeswehr gelernt?«

»Ich bin Kriegsdienstverweigerer.«

»Gut. Das finde ich sehr gut. Wissen Sie, mein Sohn steht jetzt vor der Entscheidung, und ich sage ihm immer, geh nicht dorthin, die ruhigen Zeiten sind vorbei. Die werden die Soldaten jetzt bald in alle Welt schicken, und dann kommen Zinksärge zurück. Und ich will nicht, sage ich meinem Sohn, daß du in einem solchen Sarg zurückkommst. Und wissen Sie, was er dann zu mir sagt?«

Johannsen zog an seinem Zigarillo.

»Er sagt, Alter, darauf kommt es überhaupt nicht an. Es geht nicht darum, ob ich Angst habe. Es geht darum, ob ich es mit meinem Gewissen vereinbaren kann, auf Menschen zu schießen. Und, sagt er, ich kann das, wenn es darum geht, unsere Werte zu verteidigen. Können Sie sich das vorstellen? Na ja, er muß es wissen.«

Eiserbeck mochte die Art nicht, wie Johannsen »Alter« sagte. Zu stolz darauf, locker zu sein.

»Die schicken die Bundeswehr ja gar nicht in alle Welt.«

»Klingt fast, als würden Sie das bedauern.«

Eiserbeck schwieg.

»Könnten Sie es mit Ihrem Gewissen vereinbaren, auf Menschen zu schießen?«

Eiserbeck überlegte. Es wäre ihm leicht gefallen, diesen Satz zu verneinen. All die Argumente waren noch lebendig in ihm. Er hätte sie nur abrufen müssen. Aber er sagte:

»Wenn es gerecht wäre, vielleicht schon.«

»Gerecht? Hm. Irgendwo habe ich das schon einmal gehört. Nein, ich habe es gelesen. Da gibt es ein Drama von Albert Camus, das heißt *Die Gerechten*. Kennen Sie es?«

Eiserbeck hustete wieder. Dann schüttelte er den Kopf.

»Es geht bei diesem Stück um Terroristen, die in Rußland einen Großfürsten mit einer Bombe umbringen wollen. Ich habe viel mit politischen Fällen zu tun. Staatsschutz, wissen Sie. Da empfiehlt es sich, die einschlägige Literatur zu kennen. Lesen Sie es. Das Stück ist wirklich gut, ein bißchen pathetisch vielleicht, aber gut ist es.«

Johannsen stand auf.

»Es war interessant, mit Ihnen zu reden.«

»Bin ich verdächtig?«

»Wir haben nur geredet.«

An der Tür sagte Johannsen:

»Wissen Sie, was der Terrorist Kaliajew sagt, also einer der Terroristen aus dem Stück? Er sagt: ›Und zudem töten wir, um eine Welt zu bauen, in der niemand mehr töten wird.‹ Wie finden Sie das?«

Eiserbeck bekam einen Hustenanfall.

»Sie sollten sich schonen. Gute Besserung.«

In den folgenden Wochen schaute Eiserbeck häufig in den Rückspiegel, wenn er mit dem Polo der Caritas unterwegs war. Er blickte sich um, sobald er als Fußgänger die Straßenseite wechselte. Ging ihm einer nach? Wurde er verfolgt? Beschattet? War nicht der Mann mit dem halb ums Gesicht geschlungenen Schal ein Spitzel der Polizei? Eiserbeck bemühte sich um Harmlosigkeit, obwohl sein Leben ohnehin harmlos war, mit Ausnahme des Schießtrainings, und das hatte er für den Moment aufgegeben. Er wollte listig sein, sich keine Blößen geben, und deshalb ging er davon aus, auch in seiner Wohnung beobachtet zu werden, von heimlich installierten Minikameras, was an seinem Verhalten aber nichts änderte, da er sich zu Hause ohnehin nie verdächtig aufführte. Ich bin jetzt absolut harmlos, dachte er häufig mit einem Bewußtsein der Schläue. Wie er insgesamt Gefallen daran fand, sich so beäugt zu fühlen. Überdies war er auch empfänglich für die angenehme Aufregung, ein Gejagter zu sein. Er war jetzt verdächtig. Aber ihm drohte nichts Schlimmes. Er war kein Mörder.

Doch schon bald verlor die Rolle des Gejagten ihren Reiz. Es passierte nichts. Nie nahm er eine verdächtige Regung in seinem Rücken wahr, und die Freude über seine Harmlosigkeit schwand, da sich niemand dafür zu interessieren schien. Und wenn Eiserbeck weiterhin ganz und gar harmlos blieb, dann würde er seinen Plan aufgeben müssen, und das wollte er nicht. Diese Sache war es wert, etwas zu riskieren. Also begann er darüber nachzudenken, wie er sein Training wieder aufnehmen könne. Noch schoß er nicht sicher genug.

Eiserbeck, weiß eingepudert, stemmte sich gegen den Wind, der ihm eisige Schneeflocken ins Gesicht trieb. Wenn er den Kopf hob, sah er nichts außer Wäldchen und Wiesen, die von gefrorenen Kanälen durchschnitten waren. Er fror, obwohl er zwei Pullover unter seiner grünen Jacke trug. Auf der Elbe zog eine Fregatte vorbei, ein Schatten im Schnee, ein Geisterschiff.

War dem Schäfer zu trauen? Wahrscheinlich schon. Wenn er gemeldet hätte, daß jemand, der kein Jäger ist, in der Elbmarsch herumschießt, dann hätte Johannsen davon gewußt. Eiserbeck glaubte, nur mit dem Schäfer reden zu müssen, dann wäre dieser Ort, der sich wie kein anderer als Schießplatz eignete, für ihn gerettet. Im Schatten eines Wäldchens sah er nun Stallungen und eine Hütte. Als Eiserbeck näher kam, erkannte er, was vorher vom milchigweißen Schleier des Schnees milde verborgen wurde: Die Hütte verfiel. Die Ziegel waren verwittert und zum Teil verrutscht. Auf dem Dach sah Eiserbeck Lücken, die Fenster waren blind, übersät mit Kratzern und Dreck. Kein Pflaster führte zur Holztür. Im vereisten Sand lagen rostige Gerätschaften, deren Zweck Eiserbeck unbekannt war. Sie schienen veraltet und auch unvollständig zu sein. Ähnlich verkommen, aber immerhin komplett war das Fahrrad, das gegen einen schiefen Holzmast lehnte. Vom Wind getrieben, schlug das vordere Schutzblech gegen den Rahmen. Stromleitungen senkten sich schlaff auf die Hütte. Hätte er nicht das Blöken von Schafen gehört, wäre er gegangen, weil dieser Ort verlassen aussah.

Er klopfte gegen die Holztür, die nur noch an den Kanten Spuren einer grünen Lackierung zeigte. Nichts regte sich. Eiserbeck klopfte noch einmal. Hatte er da ein Geräusch gehört, einer Stimme ähnlich? Er horchte. Da war etwas. Ein Stöhnen? Ein Seufzen? Er drückte die Klinke herunter und wollte geduckt eintreten, wurde aber aufgehalten, weil die Tür klemmte. Er stieß kräftig dagegen, die Tür gab nach, und er machte zwei Schritte in die Hütte hinein. Es war duster. Erst erkannte er nicht viel und dann ein paar Möbel, die grob aus Holzplanken gezimmert waren. Auf dem Tisch in der Mitte des Raumes sah er weiße Krümel und eine Kaffeetasse, deren Henkel abgebrochen war; zwei Stummel reichten ins Leere. Holzscheite brannten hinter einer halb geöffneten Ofentür. Es roch harzig. Aber da war noch ein anderer Geruch, von dem Eiserbeck nicht wußte, was es war. Aber es roch ungut. Dann hörte er ein leises Seufzen rechts hinter sich. Er fuhr herum und sah in der Ecke eine Pritsche stehen. Darauf lag unter zauseligen Schaffellen ein Mann.

»Hey«, sagte Eiserbeck, »tut mir leid, daß ich so einfach eingedrungen bin, aber ich habe eine Stimme gehört, als ich angeklopft habe, und da dachte ich, ich könne hereinkommen.«

Der Mann auf der Pritsche sagte nichts. Eiserbeck machte zwei Schritte auf ihn zu, und dann erkannte er, daß es nicht der Schäfer war, obwohl der Mann, der dort lag, dem Schäfer ähnlich sah. Er war viel älter. Er war sehr alt. Eiserbeck blickte in ein haarloses Gesicht, starr und zerbrechlich wie eine schlanke Vase. Nur aus den Augen dämmerte noch ein entrückter Funken Leben. Eiserbeck stellte sich als Bekannten des Schäfers vor, erhielt aber erneut keine Antwort. Er merkte jetzt, daß der ungute Geruch nahe der Pritsche stärker war als sonstwo. Als er nach einem Satz suchte, den er an den alten Mann richten konnte, hörte er Schritte hinter sich und dann einen erschrockenen Ausruf.

Der Schäfer stand in der Tür. Er drehte sich, um zu fliehen, aber Eiserbeck packte schnell zu und hielt ihn zurück.

»Hey, bleiben Sie hier. Keine Angst, Mann, ich tue Ihnen doch nichts.«

Der Schäfer wand sich kurz, hielt jedoch still, nachdem er gemerkt hatte, daß er sich diesen Händen nicht entziehen konnte. Zitternd stand er dicht bei Eiserbeck, der erst jetzt sah, daß auch der graue Hund in die Hütte gekommen war. Aus müde erstaunten Augen sah er zu seinem Herrchen hoch.

»Bitte, glauben Sie mir. Ich bin völlig harmlos. Ich bin nur vorbeigekommen, um mit Ihnen zu reden, aber Sie waren nicht da, und da bin ich schon einmal hereingegangen und habe mit diesem Mann dort gesprochen. Ist das Ihr Vater?«

»Genau. Das ist mein Vater.«

»Er ist sehr alt.«

»Zweiundneunzig.«

»Wenn ich Sie jetzt loslasse, werden Sie dann weglaufen?«

Der Schäfer sah ihn kurz an, bevor er sagte:

»Ich bleibe hier.«

Eiserbeck setzte sich auf einen der beiden Stühle am Tisch. Der Schäfer stand nahe der Tür. Der alte Mann stöhnte.

»Geht es Ihrem Vater nicht gut?« fragte Eiserbeck.

»Dem Papa geht es gut. Er liegt gerne dort. Er ist müde, nicht wahr.«

»Kann er nicht mehr aufstehen?«

»Nein, jetzt kann er nicht mehr aufstehen. Er ist zu alt.«

»Er liegt den ganzen Tag dort?«

»Genau. Der Papa liegt dort. Er guckt so herum, nicht wahr. Das gefällt ihm.«

Eiserbeck sah zweifelnd nach dem alten Mann unter den Schaffellen, aber dann entschied er sich, das Thema zu wechseln.

»Haben Sie mit jemandem über mein Gewehr geredet?«

Der Schäfer schüttelte den Kopf.

»Das ist gut. Sehr gut. Hören Sie, ich möchte wieder mit meinem Gewehr üben, dahinten in den Elbauen. Hätten Sie etwas dagegen?«

»Üben Sie.«

»Es ist wichtig, daß niemand davon erfährt.«

Der Schäfer nickte. Dann fragte er, ob Eiserbeck einen Kaffee wolle.

»Gerne.«

Der Schäfer schlurfte in einen hinteren Teil der Hütte, wo er einen Plastikvorhang beiseite schob und aus Eiserbecks Blick verschwand. Der Hund folgte ihm. Eiserbeck schaute sich noch einmal um. An einer Wand hing ein verblichenes Kalenderblatt, auf dem die Golden Gate Brücke rot vor sinkender Sonne glühte. Eiserbeck sah Spinnweben. Er sah auch tote Fliegen auf den Fensterbänken. In einer Ecke stand ein altes Radio. Als er es einschalten wollte, hörte er den alten Mann auf der Pritsche stöhnen. Er wandte sich ihm zu und fragte:

»Geht es Ihnen nicht gut?«

Der alte Mann sah ihn entrückt an. Wieder stieg Eiserbeck dieser Geruch in die Nase. Als der Schäfer mit Kaffee kam, setzte er sich an die Tisch und nahm Zucker aus einer Konservenbüchse. Früher, verriet das Etikett, waren Würstchen darin gewesen. Der Alte stöhnte wieder. Für eine Weile schwiegen die beiden Männer am Tisch. Dann fragte der Schäfer:

»Warum wollen Sie schießen?«

»Ich kann Ihnen das nicht erzählen. Es ist ein Geheimnis, aber, das müssen Sie mir glauben, es geht um nichts Böses, sondern um eine gute Sache, eine gerechte Sache. Irgendwann werde ich es Ihnen erklären, bestimmt.«

Er nahm einen Schluck Kaffee.

»Ich habe noch eine Bitte. Kann ich das Gewehr hierlassen, wenn ich es nicht brauche?«

Der Schäfer sah Eiserbeck unsicher an.

»Ich könnte Ihnen hin und wieder Kaffee mitbringen.«

»Und Krabbensalat.«

»Ja, sicher. Krabbensalat auch.«

Eiserbeck reichte dem Schäfer die Hand. Sie drückten beide fest zu.

»Ich hole jetzt das Gewehr. Vielleicht übe ich noch ein bißchen.«

Er stand auf. Als er an der Pritsche vorbeiging, blieb er kurz stehen und sagte:

»Geht es Ihrem Vater wirklich gut?«

»Natürlich. Dem Papa geht es sehr gut.«

Einatmen. Ausatmen. Einatmen. Halb ausatmen. Luft anhalten.

Drei Treffer. Zwei Strafrunden. Er schoß jetzt auf zweihundertfünfzig Schritte. Es ging voran, aber langsam, viel zu langsam. Er hatte sich da total verschätzt.

Nach dreißig Schuß stand er an der Elbe und sah einem Frachter zu, der von Schleppern begleitet auf Hamburg zulief. Es hatte aufgehört zu schneien. Der Wind war schwächer geworden. Es fiel ihm schwer, das Gewehr hierzulassen. Er hielt es mit beiden Händen schräg vor der Brust, nicht angespannt nach Paradeart, sondern locker, aber doch war das eine ganz eigene Art zu stehen. Nur mit einem Gewehr konnte man so stehen. Es hingen da Gefühle dran, die es ohne Gewehr nicht gab. Eiserbeck stellte sich vor, welchen Eindruck er jetzt machte, und er wußte, daß es gut aussah, wie er so dastand, und er fühlte sich auch gut. Das Gewehr gab ihm ein gutes Gefühl. Ein Gefühl aus einer anderen Welt. An dem Gewehr, das spürte Eiserbeck, hing eine ganze Welt, eine, von der er wenig kannte, ein bißchen von Taste fünf, ein bißchen aus Filmen, wo sie auch so standen wie er jetzt, aber nur in guten. Das war nicht nur Holz und Stahl, das war mehr. Er wußte nicht, was das war, er wußte nur, daß er es mochte. Er schämte sich ein bißchen. Als er sich für das Gewehr entschieden hatte, dachte er, daß ein paar Wochen des Widerwillens folgen würden. Er würde üben, weil er mußte und hoffen, daß es bald vorüberging. Und nun übte er gerne. Er hielt das Gewehr gerne in Händen. Er hatte es gerne im Anschlag und er genoß den Rückstoß, diese Übertragung der Kraft des Gewehres auf ihn selbst. Ein gelungener Schuß war eine tiefe Befriedigung. Da hatte der Schwimmer recht. Eine Sache von Chemie und Physik, aus der ein Moment der Schönheit wurde. Die Erstarrung eines Menschen, die totale Konzentration und dann eine Explosion, ein Sekundenbruchteil vollkommener Dynamik. Die punktgenaue Lösung einer Aufgabe. Besser noch war das tiefe Gefühl von Beherrschbarkeit. Man hatte eine Menge Ängste, die Urängste sein mußten. Man wußte nicht genau, woher sie kamen, worauf sie sich bezogen. Vorstellungen von Angst. Mit einem Gewehr in der Hand gab es das nicht.

Das Gewehr hatte ihn verändert. Er konnte sich keinen anderen Gegenstand vorstellen, der einen Menschen innerhalb so kurzer Zeit so stark verändern würde. Das Gewehr hatte eine wunderbare Kraft. Es änderte alles. Zwei Menschen, ein Gewehr dazu, nichts würde sein wie vorher. Mit dreien, mit vieren, einer allein, egal.

Er war auch besorgt. Warum mochte er nun, was er immer verabscheut hatte? War er brutal geworden? Nein, Mann, bleib ruhig. Ein Gewehr ist eine Möglichkeit, sonst nichts. Es kann auch guten Zwecken dienen. Es kommt darauf an, wer es hat. Du bist der Richtige. Du hast die Kontrolle. Er schulterte das Steyr-Mannlicher und brachte es zum Schäfer.

Taste vier, Taste fünf. Genf, sie verhandelten. Er hatte wirklich Gück. Sie verhandelten ewig. Es gab da ein Gebäude, das Eiserbeck besonders interessierte. Es lag etwas zurück, nicht direkt an der Straße, die am Konferenzzentrum vorbeiführte. Die Distanz schätzte er auf sechshundert Schritte, soweit man das bei den kurzen Schwenks beurteilen konnte. Der Schwenk heute war ein bißchen länger, und Eiserbeck sah an einem der Fenster im obersten Stockwerk einen Mann stehen. Dort mußte er hin. Werbung. Ein paar Sekunden Traktorpulling. Gott, was für ein Schwachsinn.

Sidestep, Abducken, Schulterblock, Aufwärtshaken mit der Führhand, Seitwärtshaken mit der Schlaghand, Schulterblock. Er arbeitete präzise. Schritt vor, Fußballen aufsetzen, zuschlagen, zurück, Fäuste hoch. Er atmete flach und schlug mittelhart. Schroth konnte nicht alles abwehren. Er steckte ein. Auch Eiserbeck steckte ein, aber das atmete er weg. Draußen schrien die Kinder. Es schneite. Bald hatte er Schroth gegen das Fenster gedrängt. Doch dann kam ein ansatzloser Leberhaken, mit dem Eiserbeck nicht gerechnet hatte. Seine Fäuste sackten zu den Hüften, und der Weg war frei für eine Gerade von Schroths Schlaghand an seinen Kopf. Er sah den rissigen Handschuh auf sich zufliegen, erlebte einen Moment stumm schreiender Panik, aber dann stoppte der Handschuh und sank. Dahinter tauchte Schroths Gesicht auf, ein pumpender Mund, schwach lächelnd. Hast mich fast fertiggemacht. Eiserbeck japste. Stimmte aber. Er war nicht schlecht gewesen. Schweiß lief ihm den Rücken herunter. Er mochte schwitzen. Schweißfilm als Haut für die besseren Stunden. Man roch nicht gut, sicher. Aber das war das Problem der anderen. Die Alten rochen doch eh nichts mehr.

Schwitzend brachte er Elisabeth Sieveking und dem Albaner ihre Mahlzeiten. Es war ihm peinlich gewesen, sie wiederzusehen, nachdem er mit ihr im Bett gewesen war. Sechzig Jahre, vielleicht älter. Er hatte Sorge, sie würde triumphieren oder anzüglich werden. Aber am Tag darauf stand sie wie immer am Fenster und rauchte eine schlanke Zigarette. Wie geht es Ihnen, fragte sie, und das hatte sie stets gefragt. Kein Lächeln, kein Unterton. Sie war locker, Eiserbeck nicht. Er guckte sie kaum an, als habe er Angst, neue Spuren von Alter zu entdecken. Schnell verließ er das Zimmer.

Mit der Zeit wurde es besser. Er hielt ihre Gegenwart aus, er mußte nicht immer daran denken, wie weich sich ihr Mund um sein Geschlecht geschlossen hatte. Tagelang war er von dem Gedanken heimgesucht worden, sie habe zweite Zähne und die herausgenommen, bevor sie ihm einen geblasen hatte. Er wußte es nicht. Seine Augen waren die ganze Zeit geschlossen gewesen. Und so versteifte er sich auf den Gedanken, dies sei ihre Spezialität. Deshalb kämen noch immer Männer zu einer Frau, die ihre Großmutter sein konnte. Verstohlen sah er nach ihren Zähnen, wenn er das Essen brachte. Weiß, gerade, vollständig. Und das in diesem Alter. Er wollte den Albaner fragen, der es wissen mußte, weil er häufig bei ihr war und vielleicht nicht die Augen schloß. Aber er fragte nicht. Dann hätte er preisgegeben, daß auch er …

Inzwischen war es ihm egal. Er plauderte kurz mit ihr, ging dann zum Albaner, bei dem er noch einmal dreihundert Schuß Munition bestellte. Er blieb bei Hohlspitzgeschossen.

Nachdem er geduscht hatte, fuhr er zu einem Altenheim der Caritas, wo er bei Kaffee und Kuchen die Pastorin treffen sollte, ausgerechnet die Pastorin, die sich dort mit allen Zivildienstleistenden der Caritas unterhalten wollte. Warum, wußte Eiserbeck nicht. Ob Wahlkampf war in Hamburg? Obwohl sie nicht eigentlich Politikerin war, hatte sie doch schon politische Ämter gehabt oder sich darum beworben. Eiserbeck erinnerte sich, daß sie einmal Kandidatin für das Amt des Bundespräsidenten gewesen war, aber nicht viele Stimmen bekommen hatte.

Von der Pastorin wurde manchmal als dem Gewissen der Nation gesprochen. Sie wurde immer gefragt, wenn irgend etwas bedroht schien, Menschlichkeit, Frieden, Arbeitsplätze, Gerechtigkeit, und dann sprach sie so, fand Eiserbecks Mutter, daß einem warm ums Herz werden konnte. Eiserbeck Mutter hatte ein Buch der Pastorin, das signiert war. Die Pastorin war auch im Ausland gefragt und hatte einen alternativen Nobelpreis bekommen. Isabella hatte ihm erzählt, daß sie während ihrer Reise sogar im indischen Fernsehen aufgetaucht und ehrfurchtsvoll befragt worden sei. Über Gandhi habe sie gesprochen. Ansonsten wußte Eiserbeck nur, daß sie als reich galt, was ihr manchmal vorgehalten wurde. Seine erste Erinnerung an sie reichte zurück in das Jahr 1982, als vor dem ersten Spiel der deutschen Mannschaft bei der Weltmeisterschaft in Spanien, gegen Algerien, eine Umfrage unter Prominenten gemacht wurde, wobei sich die Pastorin einen Sieg Algeriens wünschte. Eiserbeck verstand das nicht. Deutschland verlor eins zu zwei, und in seiner Verzweiflung fragte er sich, ob das etwas mit der Pastorin zu tun haben könne. Wenig später hörte er sie auf einer der Demonstrationen gegen Raketen sprechen.

Im Saal des Altersheims, wo an den Wänden bunte Gobelins hingen, waren an den Tischen alle Stühle besetzt, bis auf einen direkt gegenüber der Pastorin. Kaum war Eiserbeck in der Tür erschienen, winkte sie ihm fröhlich zu und wies mit, fand Eiserbeck, übertriebener Geste auf den freien Stuhl. Er hatte sich das so nicht vorgestellt, aber was sollte er tun?

»Ich sagte gerade«, sagte die Pastorin, »wie wunderbar ich es finde, daß sich so viele junge Männer für den Zivildienst entscheiden. Die Arbeit, die sie da tun, ist immens wichtig für unsere Gesellschaft. Ihre Leistung ist phantastisch. Ich weiß, daß Sie es nicht leicht haben, und um so infamer ist es, daß Sie auch noch diskreditiert werden, als

Drückeberger und was da sonst im Umlauf ist. Lassen Sie mich hier deutlich sagen, daß in Wahrheit Sie es sind, die sich für den härteren Part entschieden haben. Darauf können Sie stolz sein.«

Sie nahm einen Schluck Kaffee, leicht schlürfend, und Eiserbeck hielt eine Sekunde lang inne, führte das Stück Schwarzwälder Torte, das auf seiner Gabel lag, dann aber doch in den Mund. Die Pastorin war um die fünfzig, etwas füllig, und ihr Gesicht zeigte eine Miene, die Eiserbeck für eine typische Miene von Politikern hielt. Sie setzten sie auf, sobald sie mit sogenannten normalen Leuten zusammen sind, also Nichtpolitikern. Es liegt dann ein freudiger, versteckt stolzer Zug um den Mund, weil sie sich so gut mit den sogenannten normalen Leuten unterhalten können, weil sie demnach eine lebendige Widerlegung von Vorurteilen gegen Politiker sind. Ich bin nicht abgehoben, las Eiserbeck in diesem Zug um den Mund. Er hatte eine Menge Politiker gesehen, weil seine Mutter immer den Kaffee kochte, wenn die Kandidaten der Sozialdemokratie sogenannte Bürgergespräche in Erkenschwick abhielten. Anders als jene Politiker war die Pastorin, fand Eiserbeck, geschmackvoll gekleidet, trug eine elegante Jacke und goldenen Schmuck, der auffällig, aber nicht aufdringlich war.

»Dies sind ja nun leider Zeiten«, fuhr die Pastorin fort, »in der sich immer mehr Menschen hierzulande vorstellen können, Soldaten im Ausland einzusetzen, sogar *out of area*, wie die Militärs dazu gerne sagen. Wie Sie ja alle wissen, halte ich das für falsch, für grundfalsch. Um so wichtiger ist es, daß junge Männer verweigern, sich verweigern. Die Welt hat in diesem Jahrhundert genug deutsche Soldaten im Ausland gesehen.«

Wieder schlürfte sie leicht, als sie den nächsten Schluck Kaffee nahm. Eiserbeck lehnte ein zweites Stück Torte, das ihm angeboten wurde, dankend ab.

»Bosnien braucht nicht noch mehr junge Männer mit

Gewehren. Es gibt schon genug davon. Sie hier, und deshalb fühle ich mich so wohl bei Ihnen, laufen nicht Gefahr, mißbraucht zu werden für Großmachtallüren. Verstehen Sie mich nicht falsch, aber Größe hat oft etwas Gefährliches.«

Man muß nur damit umgehen können, dachte Eiserbeck und hatte für einen Moment die Frau vor Augen, mit der er nach der Party des Ruderclubs im Bett gewesen war. Er war selbst überrascht, als er sagte:

»Zugucken, wie da unten die Moslems massakriert werden, kann ja auch nicht richtig sein.«

Die Pastorin, die ein zweites Stück Kuchen angefangen hatte, sah irritiert auf, genauso der Leiter der Hamburger Caritas, der neben ihr saß. Sie schauten Eiserbeck an. Ihm war nicht wohl.

»Sicher nicht, junger Mann, aber ist denn Gewalt das einzige Mittel, das uns bleibt. Sehen Sie, zum Beispiel Gandhi ...«

Als sich die Pastorin nach einer Stunde von jedem Anwesenden mit einem Händedruck verabschiedete, sagte sie, bei Eiserbeck angekommen:

»Sie irren, junger Mann, aber ich mag es, wenn sich jemand seine eigenen Gedanken macht.«

Worte von Fünfzigjährigen. Er haßte das.

Er saß dann in seiner Küche und aß ein Brot mit Käse. Er aß wieder besser in letzter Zeit, aber es deprimierte ihn, hier jeden Abend alleine zu sitzen, bedrängt von holzverkleideten Wänden und von holzverkleideter Decke. Vor ihm standen ein Teller und ein Glas mit einem Energiegetränk. Brot in einer Plastiktüte, Käse auf dem Papier, in das er eingewickelt war, Butter in goldener Folie, eine aufgeschnittene Tomate. Von drüben schallte die euphorisierte Stimme von Radio Pjönjang herüber. Eiserbeck stand auf und öffnete das Fenster. Es war kalt, aber er blieb eine Weile am offenen Fenster stehen, kaute sein Käsebrot und schaute hinaus. So konnte er eher das Gefühl haben, Teil der Stadt zu sein.

Die Stadt wummerte, das übliche Sammelgeräusch einer Stadt im Abendverkehr. Er sah hinunter auf den Bahnhof, der von Neonlampen weiß bestrahlt war. Ein heller Streifen in der Nacht. An der Bahnsteigkante stand ein Mann und wippte auf den Zehen. Eine Frau saß zwischen ihren Tüten. Ringsum war die große Stadt, aber die sah nur Eiserbeck von seinem Fenster aus. Der Mann und die Frau auf dem Bahnsteig sahen Plakate. Frauenwäsche. Im Winter pflasterten sie die Stadt immer mit Plakaten zu, die Frauenwäsche zeigten. Man konnte nicht um eine Ecke biegen, ohne auf ein Paar Titten zu gucken. Dazu diese Fick-mich-Gesichter. Eiserbeck war das lästig. Als würde man immer ficken wollen. Natürlich wollte er nichts lieber als endlich ficken, aber doch nicht ständig daran erinnert werden. Der Mann und die Frau auf dem Bahnsteig froren. Große Uhren registrierten die wartend, die sinnlos verbrachte Zeit.

Solange er in Erkenschwick lebte, dachte er, eine große Stadt würde ihn gleich aufsaugen, ihn nahtlos anstücken, weil man zusammenpaßte. Erkenschwick war ihm immer zu klein gewesen. Kleine Leute, kleines Denken. Zum Beispiel der nichts verschonende Diminutiv: Pilsken. Häusken. Gräßlich groß war nur der Schornstein der Kokerei gewesen, aber die Zeche interessierte ihn nicht. Es regte ihn auf. Immer nur die Zeche. Fußball, Sozialdemokratie, Tauben, Stadtverwaltung, Gewerkschaft, Arbeitsplätze. Zeche, alles war Zeche. Da die Zeche starb, starb auch alles andere, und zu Recht, dachte Eiserbeck. Die waren noch stolz, Tradition, Tradition. Grillen und Bier trinken und über die Zeche reden. Weiße noch wie der Reviersteiger … grauenhaft. Zechengespräche, Zechenfeste, Zechengesichter. Alle paar Jahre ein Bergrutsch, aber auch die gerieten zu klein. Ein schiefes Haus, ein Riß in der Wand. Die ganze Stadt müßte versinken.

So dachte er in der Pubertät, als er auf das Erkenschwicker Gymnasium ging. Er war nicht beliebt, aber auch kein Außenseiter. Mit ihm war die Basketballmannschaft der Schule bei *Jugend trainiert für Olympia* ziemlich weit gekommen. In den Pausen stand er nicht allein auf dem Schulhof, sondern war umgeben von Jungen, die ihm zuhörten. Am Abend probierten sie seine Sätze bei ihren Eltern aus. Die Mädchen auf dem Schulhof tuschelten und wurden rot. Morgens ging er zu Schule, nachmittags fuhr er nach Essen, wo er auf dem Baldeneysee trainierte. Er ging früh schlafen und wartete auf das Abitur. Danach, das war klar, würde er in eine andere, in eine große Stadt ziehen.

Die S-Bahn kam. Der Mann wartete lange, bis er einen Schritt zurücktrat. Dann stieg er ein. Die Frau blieb sitzen und schaute der davonfahrenden Bahn nach. Eiserbeck schloß das Fenster. Als er mit Isabella zusammen war, da war er Teil dieser Stadt, fühlte sich aufgenommen, war daheim. Die große Stadt, das waren die Nächte. Mit Isabella hatte er die Nächte verloren, also auch die Stadt.

Er zog sich um und ging mit seinem Fahrrad aus dem Haus. Auf dem Kopf trug er eine schwarze Wollmütze, die eng auf dem Kopf saß und einen breiten Umschlag hatte. Er fuhr zur Außenalster, aber nicht zum Bootshaus, das er seit dem Gespräch mit dem Polizisten mied. Es waren minus fünf Grad, vielleicht weniger. An den Ampeln stellte sich Eiserbeck in die weißen Qualmwirbel der Auspuffrohre, um sich zu wärmen. Grün kam immer zu schnell. Auf seinem Rücken hingen Schlittschuhe.

Er versteckte sein Fahrrad in einem Busch und setzte sich auf einen Steg, um die Schlittschuhe zu schnüren. Dann stelzte er über die Stegplanken auf das Eis und zog los, Richtung Leinpfadkanal. Er lief zügig, schritt kraftvoll aus, glitt lang. Sein linker Arm ruhte auf seinem gebeugten Rücken, der rechte pendelte vor und zurück.

Karin Enke: Gold über tausend Meter, Gold über fünfzehnhundert Meter, dazu zweimal Silber. Andrea Schöne: Gold über dreitausend Meter, dazu zweimal Silber. Christa Rothenburger: Gold über fünfhundert Meter. Alle DDR. Furchtbare, grauenhafte Tage im Eisschnellaufstadion von Sarajewo. Heftig trommelte es in seinen Ohren.

Und jetzt? Die aus dem Osten gewannen nicht mehr viel. Eiserbeck hatte sich nach dem Fall der Mauer ausgerechnet, daß Deutschland bei den Olympiaden auf Platz eins der Medaillenspiegel stehen würde. Aber jetzt holten die aus dem Osten viel weniger Medaillen als früher. Und warum? Weil sie nicht mehr dopen konnten, ganz klar.

Das Eis war grau, zerfurcht von hunderttausend Kufen. Manchmal hörte Eiserbeck ein hohes Singen, ein sphärisches Geräusch, das so ähnlich klang wie die Sprache der Wale. Das Eis sang so, wenn es sich dehnte oder zusammenzog. Eiserbeck lief unter der Krugkoppelbrücke her, wo warnende Schilder standen, weil hier das Eis brüchig war. Ihn kümmerte das nicht. Seitdem er mit dem Steyr-Mannlicher zu Isabella gerudert war, hatte er es nicht mehr gewagt, bei ihr vorbeizuschauen. Er schämte sich. Und nun saß ihm Sehnsucht in der Seele wie ein Tier in einem Käfig. Er war maßlos enttäuscht, als er das Fenster zu ihrem Zimmer unbeleuchtet vorfand. Das traf ihn mehr, als wenn er sie mit dem Tänzer gesehen hätte. Ich muß hier aushalten, bis sie zurück ist, dachte er. Erst stand er eine Weile vor dem Haus, mit dem Gefühl einer Wache, die, obwohl unbeschäftigt und gelangweilt, weiß, daß es das beste ist, wenn man auf seinem Posten aushält. Als ihm kalt wurde, lief er auf und ab, aber auch das half nicht viel. Eiserbeck fror. Er zitterte. Er beschwor das Fenster, endlich in einem warmen Gelb zu erglühen. Nichts tat sich. Nach einer Dreiviertelstunde trat er durchgefroren den Rückweg an.

Als er über die Außenalster lief, fiel sein Blick auf ein Paar, das weit voraus im Mondlicht auf dem Eis stand. Er bremste. Es waren ein Mann und eine Frau, zu weit weg, um ihre Gesichter erkennen zu können. Dann liefen sie los, glitten, Hand in Hand, mit kurzen Schritten voran, bis sie sich wieder einander zuwandten und in schneller Fahrt einen Tanz begannen. Einen Tanz mit Drehungen, Sprüngen, Umschlingungen. Sie stoben auseinander, machten kehrt, fanden sich neu. Jayne Torvill und Christopher Dean fielen ihm ein. In Sarajewo hatten sie Gold im Eistanz gewonnen. Aus den Lautsprechern lief der Bolero vom Band, und sie wurden ein Liebespaar, tanzten die frühe Glut und dann das ewige Spiel von Zerwürfnis und Versöhnung, bis sie am Ende reglos und wie tot auf dem Eis lagen. Eigentlich verachtete Eiserbeck Sportarten wie Tanzen oder Gymnastik, weil sie für ihn nicht nach Schweiß aussahen. Aber Torvill und Dean hatten ihm gefallen. Für einen Moment sah er sie noch einmal zur Musik von Ravel tanzen, des Nachts auf strahlend beleuchteter Eisfläche in einem Trümmerfeld, beäugt von den Kanonieren auf den Bergen ringsum. Am Ende, als die Musik ausklang, lagen sie wie tot auf dem Eis.

Das Paar auf der Außenalster hatte seinen Tanz beendet. Hand in Hand liefen die beiden auf Eiserbeck zu. Eilig verschwand er hinter den Bäumen am Ufer.

In der Nacht wachte Eiserbeck auf. Er drückte Taste fünf, sah aber nicht hin, sondern auf die Statue, die noch immer auf dem Fernseher stand. Ein kleiner Mann mit einem runden Kopf und einem langen Mantel. Den Arm hatte er ausgestreckt, zeigte genau auf Eiserbeck. Der dachte: Was willst du Zwerg? Er war so müde, er wollte so gern schlafen, aber jetzt lag er im Bett und wurde von Kim Il Sung angestarrt. Er stand auf und trug die Statue in die Küche. Gleich morgen früh würde er sie dem Nachbarn zurückbringen.

Wo war der Schießstand? Er fand ihn nicht. Er irrte nun schon eine halbe Stunde durch Wilhelmsburg und fand den Schießstand nicht. Er fuhr vorbei an Häusern, die aussahen wie Schuhschachteln mit Luftlöchern, und die Menschen kamen ihm vor, als gingen sie sorgenvoll zum Einkaufen. Vielleicht fürchteten sie einen Mangel an Sonderangeboten. HASS stand an einer Hauswand, die beiden letzten Buchstaben in Runenschrift. Obwohl er einen Stadtplan dabei hatte, verirrte sich Eiserbeck, kreuzte umher, unaufmerksam für den Verkehr, weil er häufig über den Plan gebeugt war. Natürlich lag das Zielgebiet unter einem Knick, und man konnte kaum etwas erkennen. So war es immer. Fast wäre er mit einem unmäßig verbreiterten Opel kollidiert. Der Fahrer zeigte ihm den Finger.

Paß auf, dachte Eiserbeck, paß du mal gut auf in deinem beschissenen Opel.

Als er das Gefühl hatte, vollkommen verirrt zu sein, fragte er in einen Haufen verfrorener Kinder hinein, und unter Pudelmützen hinweg bekam er Anweisungen, die ihn auf den richtigen Weg führten, fort von den Wohnsiedlungen, in ein heruntergekommenes Gewerbegebiet, wo sechs Getreidesilos aufragten wie plumpe Raketen. Davor sah er die Aufbauten eines Schiffes, das hier in einem entlegenen Hafenbecken lag, in einem für Eiserbeck unsichtbaren Hafenbecken, weshalb es schien, als sei das Schiff in der Hoffnung auf die große Flut in das Gewerbegebiet hineingebaut worden. Er fuhr noch fünf Minuten, und dann war er da.

Der Schießstand lag in einem kleinen Wald dünner Bäumchen. Sie waren kahl und wirkten wie Lanzen, die aus dem Himmel gefallen waren, die Enden ausgefranst.

Eiserbeck parkte vor einem flachen Gebäude, dem Fenster fehlten. Er war nervös.

Cool down, sagte er sich. Laß dich nicht aus der Ruhe bringen. Innerlich gefrieren. Rhythmisch atmen. Unmerklich abdrücken.

Er öffnete eine Stahltür, und das erste, was er sah, waren Geweihe, die an an den Wänden hingen. Große Geweihe, Zwölfender oder so was, er zählte nicht. Er sah einen ausgestopften Fasan und ein Plakat mit Handfeuerwaffen der Marke Smith & Wesson. Es waren auch Männer in diesem Raum, aber er übersah sie, wollte sie übersehen. Es war peinlich, hier so reinzukommen. Er war noch nie auf einem Schießstand gewesen. Schon draußen hatte er die Männer lachen gehört. Das Lachen erstarb, als er hereinkam. Sie sahen ihn an. Ein Kohleofen bollerte. Heiße Luft faßte nach ihm, und er begann zu schwitzen. An einer Wand hing ein Plakat mit den Profilen strammer Jagdhunde. Eiserbeck stand noch immer an der Tür, und es wurde schwerer, die Männer zu übersehen, weil sie ihn noch immer anschauten. Er grüßte mit einem schnellen Blick. Sie sollten nicht denken, er wolle etwas von ihnen. Er wollte sich die beiden Gewehre anschauen, die dort in dem Ständer standen, aber vielleicht gehörten sie den Männern. Er machte drei Schritte auf eine Vitrine zu. Schießzubehör und Waffenreiniger, mit verblaßten Christbaumkugeln arrangiert. Das konnte man sich länger ansehen. Blaßrote Christbaumkugeln, blaßblaue Christbaumkugeln. Was waren das für Männer, die auf einem Schießstand zusammensaßen? Jetzt redeten sie, zum Glück nicht mit ihm. Er hörte Schüsse. Plong. Plong. Es gab noch einen zweiten Raum, die Tür stand offen. Eiserbeck ging hinein, und sah eine Theke, die vorne mit den Ansichten nackter Frauen beklebt war. Die Frauen, langbeinig und mit dicken Brüsten, standen auf hockhackigen Schuhen und hielten Pumpguns in den Händen, während sie lächelten, als könne es eine

Verlockung sein, von ihnen eine Kugel verpaßt zu kriegen. Hinter der Theke saß schlafend ein Mann mit einer Baseballkappe. Eiserbeck hörte eine Kaffeemaschine blubbern. Dazu surrten Neonröhren. Jemand kam und goß sich einen Kaffee ein. Sie standen nebeneinander. Kundschaft, schrie der Mann. Der mit der Baseballkappe rappelte sich auf. Wassnlos? Nur mal gucken, sagte Eiserbeck. Plong. Der andere ging, eine dampfende Kaffeetasse in der Hand. Eiserbeck betrachtete Pappschachteln, in denen Munition war. Der mit der Baseballkappe zündete sich eine Zigarette an. Rauchen verboten, ein roter Aufkleber an der Wand. Eiserbeck sah einen Kühlschrank und bestellte sich eine Cola.

Mit der Flasche in der Hand stellte er sich in den Türrahmen. Er zählte fünf Männer, die an einem Tisch saßen. Rechts davon war eine Glaswand. Dahinter stand ein Mann in Jägerkleidung und schoß auf eine Zielscheibe.

Eiserbeck war hier, weil Beckmann tot war. Man hatte ihn überfahren, als er die Reeperbahn überquerte, um wegen eines Hautpilzes zum Arzt zu gehen. Als er begraben wurde, stand außer Eiserbeck nur noch eine Frau an dem offenen Grab. Er hatte eine Blume mitgebracht, die Frau einen kleinen Kranz. Es regnete.

»Er war ein Mann, der etwas vertragen konnte«, sagte die Frau, der man die Trunksucht ansah.

Eiserbeck ärgerte das, weil er den Satz schon einmal als Witz gehört hatte, und er fand ihn dämlich, zu dämlich für eine Beerdigung zumal, aber als er die Frau ansah, fand er in ihrem verschlissenen Gesicht nichts, was einen annehmen lassen konnte, sie habe einen Witz gemacht.

Sie hatte Beckmann immer den Schnaps gebracht, und auch alles andere, was er brauchte, Rasierzeug und Brot, aber wahrscheinlich nie Seife, dachte Eiserbeck. Als Entlohnung durfte sie am Schnaps mittrinken.

»Den Krieg hat er nicht vertragen«, sagte Eiserbeck zu der Frau.

»Er hat ihn überlebt. Mehr kann man nicht erwarten.«

Sie gingen gemeinsam bis zum Ausgang des Friedhofes und dann in ein Café, um einen Schnaps auf Beckmann zu trinken.

»Hatte er keine Verwandte?«, fragte Eiserbeck.

»Er war mal verheiratet.«

»Kannten Sie die Frau?«

»Nee, das is lange her.«

»Hat er von ihr erzählt?«

»War ne Krankenschwester oder sowas. Hat ihn gepflegt, als er von Kreta zurückkam. War ja'n Krüppel. Aber dann mußte sie vor Gericht bei den Briten. Im Krankenhaus, wo sie gearbeitet hat, haben sie irgendwas gemacht, mit Euthanasie oder so. Sie hat mitgemacht, kleine Sachen, nur was angereicht oder so, aber sie haben sie verurteilt. Wissen Sie wozu: ein Jahr auf Bewährung. Noch'n Schnaps?«

Eiserbeck nickte.

»Und wissen Sie, wer Bewährungshelfer wurde? Der Richter. Hat sich selbst zum Bewährungshelfer gemacht. Und wissen Sie warum? Weil die Frau vom Beckmann eine Schönheit war.«

Sie tranken.

»Und?« fragte Eiserbeck

»Is mit ihm rüber nach Manchester. Da hat der Beckmann zweimal gegen die Tommys verloren.«

Beckmann war tot, und Eiserbeck schoß immer noch nicht gut genug. Auf sechshundert Schritt nur drei Treffer. Er hatte nur einen Versuch.

Es waren furchtbare Wochen. Er schoß und schoß, aber die Sicherheit, die er brauchte, stellte sich nicht ein. Er ging zu Beckmann, ließ seine Haltung korrigieren, fragte und bohrte, um das letzte Geheimnis des Schießens an den Tag zu holen, aber es half nichts, nicht viel jedenfalls. Er wurde besser, aber nur langsam. Die Zeit drängte. Er packte Beckmann in sein Auto, fuhr in die Elbmarsch, ließ ihn den Deich hinunterhumpeln und zugucken, wie er schoß. Beckmann korrigierte, aber so wirr, daß Eiserbeck nicht wußte, was er verändern sollte. Dann wollte er sehen, wie es der alte Soldat machte. Auf einem Bein ging es nicht, Eiserbeck mußte ihn halten, aber so konnte er ihn nicht beobachten, weshalb er den Schäfer herbeirief, und der hielt dann den schießenden Beckmann. Aber was sollte man da lernen? Ein alter Mann steht auf einem Bein im Gras, während sich ein Kauz an ihn klammert und versucht, das Gleichgewicht zu halten. Eiserbeck mußte lachen. Als der Schuß krachte, fielen sie um. Beckmann fluchte und schlug nach dem Schäfer. Der Hund bellte. Mein Gott, dachte Eiserbeck, so wird ein Attentat vorbereitet, von dem die Welt hören soll. Der Schuß war weit danebengegangen.

»Wozu machst du das eigentlich?« hatte ihn Beckmann auf der Rückfahrt gefragt.

Er erzählte es ihm, nicht alles, nichts von Isabella.

»Laß doch dieses Pack da unten aufeinander einschlagen«, sagte Beckmann. »Es lohnt sich nicht, dafür etwas zu riskieren.«

Sie stritten.

Am nächsten Morgen stand Eiserbeck wieder in der Elbmarsch und schoß. Drei von fünf. Vier von fünf. Zwei von fünf. Zwei von fünf. Er riß das Gewehr von seiner Schulter, schleuderte es gegen einen Baum, drehte sich um und stapfte zur Elbe. Erst stand er eine Weile im Sand, dann setzte er sich auf einen Stein.

Es war ein Scheißgewehr, krumm, eine Gurke. Die Albanersau hatte ihn betrogen. Er würde ihm das Steyr-Mannlicher über den Schädel ziehen.

Ein Segelboot kreuzte auf ihn zu, er sah den Skipper die

Wolken anschauen. Er guckte dann auch. Ein sahnigweißes Tuch mit einem gelben, trüben Auge. Die Sonne kam nicht durch.

Laß den Mist, dachte er. Ein Gewehr ist eh nichts für dich, nicht deine Welt. Ein Mordinstrument, und Mord ist Mord. Aber jetzt hast du es hinter dir. Nach dem Wurf ist es auf jeden Fall krumm. Das hat es nicht ausgehalten. Er war erleichtert. Der Skipper winkte, er winkte zurück.

Plötzlich fühlte er sich klein. Alles ging schief, und er hatte immer gedacht, sein Leben könne nur gelingen. Die Verzagtheit der anderen, ihre Fragen, ohgottohgott, wer bin ich, was soll ich tun, nicht sein Problem. Er hatte es immer gewußt. Früher hatte er immer Pläne gehabt, keine für die ferne Zukunft, das war albern, Pläne für die Zeit, in der er nicht viel anders sein würde als in dem Moment, in dem er die Pläne machte. Ihre Umsetzung war dann so greifbar nahe, der Glücksrausch, der sich anschließen würde, fast schon fühlbar. Seitdem er fünfzehn, sechzehn war, hatte er sich manchmal ausgemalt, sein Alter einzufrieren, und so, wie er war, ein ganzes Leben zu durchmessen, mit allen Triumphen. Ein sechzehnjähriger Olympiasieger. Ein siebzehnjähriger Liebhaber von Traumfrauen, ein achtzehnjähriger Retter von Arbeitsplätzen in großem Stil. Manche Dinge würden erst in dreißig, vierzig Jahren passieren, aber diese Traumbilder hatten keine feste Reihenfolge. Alles war sofort möglich.

Und jetzt saß er hier, und nichts schien möglich. Vor ihm ein leeres Feld, das Leben.

Wie es jetzt wohl aussah, das Steyr-Mannlicher? Der Schaft war gesplittert, soviel hatte er hören können. Wie krumm war der Lauf? Ob man um die Ecke schießen konnte?

Er stand auf und ging zurück zu dem Wäldchen. Das Gewehr lag am Fuß des Baumes, und es sah nicht krumm aus. Er hob es hoch. Der Schaft war an einer Stelle gesplittert, ein Riß ging durch den Hund, nicht weiter schlimm. Das Zielfernrohr war unversehrt. Das Gewehr schien mit der Unterseite des Schaftes gegen den Baum geprallt zu sein. Dann war wohl auch der Lauf nicht krumm. Eiserbeck strich mit zwei Fingern über den Stahl. Nichts zu fühlen. Er nahm das Gewehr hoch, und hielt die Mündung vor sein linkes Auge, das rechte kniff er zu. Sah wirklich nicht krumm aus. Er ging zu dem alten Bürostuhl, der sechshundert Schritte entfernt auf der Wiese stand, lud, kniete sich nieder, stützte das Steyr-Mannlicher auf die Lehne, zielte und schoß. Vier von fünf.

Dann starb Beckmann, und nun konnte er mit niemandem mehr über sein Schießen reden.

Es ging nicht mehr aufwärts, und was wußte er, wie lange sie noch in Genf verhandeln würden. Nur dort konnte er den Arzt erwischen, niemals in Pale. Da war er zu gut bewacht. Und wie sollte er mit einem Gewehr nach Pale kommen?

Taste fünf drückte er nun immer in der Sorge, sie würden melden, daß die Friedensverhandlungen gescheitert seien. Sie sollten reden, reden, reden. Seit Monaten sprachen sie schon miteinander. Ewig würde das nicht so weitergehen.

Und dann sagten sie auf Taste fünf, der Arzt habe einen Friedensvertrag unterzeichnet. Die Frau, die das verkündete, hatte ein schmales Gesicht und mittellanges Haar, das an den Spitzen nach innen gewellt war. Sie trug eine Kostümjacke und darauf eine Brosche. So ähnlich sahen sie alle aus. Eiserbeck mochte diese Nachrichtenmenschen. Ihre Stimmen waren so fest, ihre Blicke unerschütterlich. Sie sprachen, als wüßten sie alles und könnten niemals irren. Man sah ihnen nicht an, was sie dachten. Sie waren immer ernst. Sie sprachen gutes Englisch, sprachen deutlich, und ob nun in Bangladesch Tausende ertranken oder die Wall Street einen guten Tag hatte, sie änderten ihren

Tonfall nicht. Verläßlich waren sie. Was ihn aber am meisten beeindruckte, war die geschmeidige Sicherheit, mit der sie sich durch die Welt bewegten. Eben hatten sie noch drei Sätze zum Truppeneinsatz in Somalia gesagt, und schon wendeten sie den Kopf nach links, begrüßten den Kollegen in Mogadischu, als säße er bei ihnen im Studio, als gingen sie täglich gemeinsam in die Kantine, und dann stellten sie genau die Fragen, auf die der Kollege Antworten wußte. Dann Los Angeles, dann Sarajewo. Es war gerade so, als seien sie die Herrscher des Weltgeschehens, als passiere alles nach ihrem Plan, so daß sie nur hersagen mußten, was sie auf einer großen Konferenz zu Jahresbeginn festgelegt hatten. Und sie meinten immer ihn, sprachen direkt zu Lukas Eiserbeck, Hamburg, und wenn etwas ganz wichtig war, nickten ihre Köpfe auf ihn zu oder ihre Oberkörper kippten leicht vor, ihm entgegen. Sie suchten seine Nähe.

Genf. Pale. Sarajewo. Washington. Sie wußten alles zum Friedensvertrag. Niemand sprach wie sie, die Wörter so scharf betonend, jede Silbe so glatt von der vorhergehenden trennend. Jedes Gesicht war ein ganzes Theater, so bewegt, so überdeutlich den Inhalten Ausdruck gebend. Allein die Lippen, wie sie sich spitzten, breitzogen, rundeten. Ein Hochreißen der Augenbrauen, ein Falten der Nasenwurzel. Auch Taube konnten sie verstehen.

Er bekam Wut, schmiß seine Turnschuhe nach dem Fernseher. Taste acht. Bloß weg. Er sah ein blaues Becken und Badekappen. Warum mußten sie diesen Krieg beenden? Was sollte er jetzt tun? Er saß auf seinem Bett, ließ sich nach hinten fallen, schloß die Augen.

Er schämte sich. Frieden ist und du rast vor Wut. Kein Beschuß mehr. Keine Massenvergewaltigungen. Sei froh. Badekappen auf dem Weg durchs Wasser.

Zurück zu Taste fünf, stimmte es auch wirklich? Ja, es stimmte. Wenn die es sagen.

Er schaffte es nicht ganz, froh zu sein, obwohl er sich dazu zwingen wollte, und manchmal gelang es auch, aber dann stieg wieder diese Hoffnungslosigkeit in ihm auf. Es folgten Stunden des schlechten Gewissens und des nicht eingestandenen Lauerns auf schlechte Nachrichten von Taste fünf. Die kamen dann auch. Der Krieg ging weiter, die Verhandlungen in Genf wurden fortgesetzt. Seine Chance würde kommen.

Die Erinnerung an seine Wut war ihm peinlich. Er hatte sich da nie etwas vorgemacht. Er wollte den Arzt vor allem für Isabella erschießen. Aber er wollte auch den Krieg beenden, ganz bestimmt. Aber warum dann diese Wut, wenn der Krieg vorüber scheint? Er fragte nicht weiter. Er mußte sich darauf konzentrieren, gut zu schießen. Weil er nicht besser wurde, fuhr er zu dem Schießstand. Dort waren die Experten.

Er stand in dem Türrahmen und betrachtete die Männer an dem Tisch. Vier waren in seinem Alter, zwei auffallend schmächtig, zwei dick, aber nicht schwabbelig dick, sondern muskulös. Er sah zwei wattierte Tarnjacken, ansonsten normale Kleidung. Alle vier hatten einen Ohrring, und alle trugen ihr Haar kurz, Ohren frei, Nacken ausrasiert; zwei Seitenscheitel, zwei Ponys. Der fünfte Mann war älter, um die fünfzig, hatte einen Kaschmirschal auf den Schultern liegen und trug einen dunklen Anzug. Auf dem Tisch standen zwei Aschenbecher, in denen sich die Kippen häuften. Eiserbeck wollte zu dem Mann, der hinter der Glasscheibe schoß. Er trank aus und ging eilig an dem Tisch vorbei.

»Es ist gut, hier einmal ein neues Gesicht zu sehen.«

Der Mann mit dem Kaschmirschal hatte gesprochen. Eine freundliche, helle Stimme.

»Ich … ich wollte mich einmal umsehen.«

»Bitte, tun Sie das. Ein Schießstand, ein guter, sogar ein

behaglicher Ort. Wir kommen oft und fühlen uns wohl. Nehmen Sie doch Platz.«

Unschlüssig stand er in der Mitte des Raumes. Er wollte zu dem Jäger, aber dann setzte er sich.

»Ich … ich würde gerne mein Schießen verbessern, und da dachte ich..«

»Nun, da sind Sie hier richtig. Wir beginnen gleich mit dem Training. Trinken Sie doch noch einen Kaffee mit uns.«

Der Mann warf einem der Schmächtigen einen Blick zu, und der erhob sich, um Eiserbeck einen Kaffee zu holen.

Die Männer am Tisch setzten ihr Gespräch fort, wobei einer der Dünnen das Wort führte und die anderen mit höhnisch vorgetragenen Geschichten über die Bundeswehr unterhielt. Der ältere Mann sagte nichts. Er lachte auch nicht, wenn die anderen lachten. Er saß da und trank Kaffee. Nach einer Weile fragte einer der Dicken Eiserbeck:

»Wo hastn du gedient? Oder dienste noch?«

»Ich war nicht beim Bund.«

»Gehste noch?«

»Nein.«

»Untauglich, was. Mann, mit deinem Body könnste doch glatt Einzelkämpfer sein.«

Eiserbeck sagte nichts.

»Was für ne Krankheit haste denn?«

Lauernd sahen die Männer ihn an. Dahinter, ahnte Eiserbeck, stand die Hoffnung, sein Körper, der soviel eindrucksvoller war als die ihren, sei nur kraftstrotzend, aber nicht kräftig, eine schöne Fassade, hinter der sich häßliche Gebrechen verbargen. Er konnte jetzt nicht lügen.

»Ich habe nichts. Ich bin gesund.«

Er ließ eine kurze Pause. Dann sagte er fest:

»Ich habe verweigert.«

Es war still. Eiserbeck hatte erwartet, daß die Vier über ihn herfallen würden, ihn verspotten, ihn vertreiben, aber sie sagten nichts. Sie sahen ihn nicht einmal an. Ihre Blicke hafteten an dem älteren Mann, der schließlich sagte:

»Wir sollten jetzt mit dem Schießen beginnen. Dann werden wir sehen.«

Sie standen auf. Es begann eine freudige Betriebsamkeit, die Eiserbeck an die Vorbereitungen zu Kinderfesten erinnerte. Unter Gelächter und Geschwätz wurden zwei Gewehre geladen und eine Scheibe herbeigeschleppt. Sie war fast mannshoch und auf der Vorderseite mit weißem Papier beklebt, von dem sich schwarz die Silhouette eines Mannes abhob. Auf Höhe des Herzens bezeichnete eine feine weiße Linie einen kleinen Kreis.

»Stellt ihr mal den Neger auf«, sagte der Schmale, der von der Bundeswehr erzählt hatte, zu den beiden Dicken. Sie warteten, bis der Jäger eine Pause machte und trugen dann die Scheibe zum Ende der Schießanlage, die auf hundert Metern Länge in den Wald hineingeschnitten war. Nur hundert Meter. Eiserbeck hatte keine Probleme auf kurze Distanz.

Die Männer, die alle schwere Stiefel trugen, schossen lausig. Wer an der Reihe war, setzte sich auf einen Holzstuhl, legte das Gewehr über einen Sandsack und schoß. Der Mann mit dem Kaschmirschal beobachtete die Scheibe durch ein Fernglas. Meldete er einen Treffer, jubelten alle. Es kam nicht oft vor. Zwischendurch gab es Pausen, weil einer mit einer Pappschachtel zur Scheibe geschickt wurde, wo er schwarze Punkte auf die Einschußlöcher klebte. Eiserbeck stand abseits und sah zu. Manchmal nahm er wahr, wie die Männer auf eine verdrückte Art in seine Richtung feixten. Als jeder fünfmal geschossen hatte, war er an der Reihe. Eiserbeck nahm fünf Patronen aus einer Schachtel, die neben dem Sandsack stand. Alle sahen auf seine Hände. Er war nervös.

Er drückte die Patronen in das Magazin. Eins. Zwei. Drei. Die vierte verhakte sich. Er drückte und nestelte. Er spürte seinen Schweiß auf dem Rücken, aber nicht den guten, die angenehme zweite Haut, sondern den kühlen, der einen erschaudern läßt. Er nestelte, und die Patrone fand ihren Weg, genau wie die fünfte, die letzte. Ruhig jetzt, Mann. Er schob das Magazin in das Gewehr und griff nach dem Repetierhebel. Hoch. Zurück. Vor. Runter. Eine vollendet flüssige Bewegung. Eiserbeck setzte sich und drückte den Schaft des Gewehres gegen seine Wange. Er holte tief Luft, die er sofort und geräuschvoll wieder ausstieß. Dann atmete er sich in eine kontemplative Ruhe hinein. Im Ausschnitt des Zielfernrohres sah er, zum ersten Mal, die Silhouette eines Menschen. Er suchte das Herz. Es war nur Papier, dahinter Preßholz.

»Knapp unterhalb des Herzens«, meldete der Mann in dem Kaschmirschal nach dem ersten Schuß.

»Treffer.«

Dann folgte eine Pause, weil Eiserbeck in rascher Folge geschossen hatte. Der Mann sah lange durch sein Fernglas, bevor er sagte:

»Dreimal Herz.«

Als Eiserbeck aufstand, sah er in ratlose Gesichter. Niemand hatte ein ähnlich gutes Schußbild gehabt. Und in der folgenden Stunde war es allein Eiserbeck, der dieses Ergebnis steigerte, indem er alle fünf Schüsse ins Ziel brachte. Er fühlte, wie der Respekt wuchs, wie die Männer ihn verstohlen ansahen. Aber nur einer wagte sich schüchtern an ihn heran.

»Wie groß bisten du?«

»Zwei Meter«, sagte Eiserbeck.

Locker stand er da, mit verhohlenem Stolz, und sah den anderen zu. Fast war er versucht, ihnen kleine Tips zu geben. Eiserbeck erinnerte das an die Regatten, bei denen er lange Zeit der Star gewesen war, scheu umschlichen von den anderen, den notorischen Hinterherfahrern und Zweitbesten, die ihn bewunderten und beneideten. Er genoß es, einmal wieder der Erste zu sein, auch wenn ihn dieses Gerede vom Neger störte, dieses mäßige Geschieße, diese züngelnde Abenteuerlust. Lernen konnte er hier nichts.

Später saß er wieder mit den Männern am Tisch und trank Kaffee, während der Schmächtige, den sie den Uffz nannten, weiter über die Bundeswehr spottete. Als Eiserbeck gerade gehen wollte, kam ein Mann mit einem roten Skianorak herein. Die anderen standen auf, lachten und klopften ihm auf die Schultern. Der Mann lächelte, schien aber zu wollen, daß diese Begrüßung schnell zu Ende ging und sich alle wieder an den Tisch setzten. Er war mittelgroß, hatte ein hageres Gesicht und unruhige Augen. Eiserbeck nickte er kurz zu. Die anderen bestürmten ihn, zu erzählen, und nun wollte Eiserbeck endgültig gehen, aber dann hörte er das Wort Fronteinsatz und den Stadtnamen Vukovar. Er blieb und hörte zu, wie der Mann, den sie Ulrich nannten, davon erzählte, wie er für die Kroaten gegen die Serben gekämpft hatte. Atemlos hörte Eiserbeck zu. Leise und ruhig erzählte Ulrich, nicht prahlerisch, fast neutral, und das bannte Eiserbeck noch mehr. Ihn störten die anderen, die dumme Fragen stellten, zum Beispiel, wieviele Serben Ulrich »abgeknipst« habe und ob er sich nach jedem Treffer eine Kerbe in den Schaft schnitze. Er wisse es nicht, sagte Ulrich, wie gehabt ruhig und gar nicht prahlerisch. Ein paar seien es wohl gewesen. Er schwieg, bis einem der anderen die nächste Frage einfiel.

Es waren Stunden vergangen, als der Mann mit dem Kaschmirschal eine Hand auf Eiserbecks Schulter legte und sagte:

»Sie sind ein Talent, genauso wie der Ulrich als Talent bei uns begonnen hat. Am Wochenende machen wir eine kleine Geländeübung, und ich lade Sie herzlich ein, mit uns zu kommen.«

Geländeübung? Mit diesen Typen? Er hätte fast aufgelacht. Aber Ulrich gefiel ihm. Von Ulrich konnte er lernen.

Und er wußte eine Antwort auf die Frage, wie es ist, wenn man getötet hat. Das hatte er zwar schon vom Schwimmer erfahren, aber der hatte nicht mit Absicht getötet.

»Wird auch auf größere Distanzen geschossen?«

»Aber ja. Auf Kampfdistanz.«

Und kommt Ulrich mit, wollte er fragen, aber er fragte nicht, und dann sagte der Mann:

»Ulrich kommt auch mit. Von ihm können Sie eine Menge lernen.«

Er sah eine Menge Polizei, als er sich seiner Wohnung näherte. In den Straßen standen grüne Busse, voll besetzt mit jungen Männern, die dösten oder abwesend aus den Fenstern schauten, in den Regen hinein, der nun weich und dünn fiel. Auf eine zufriedene Art schauten sie, fand Eiserbeck, der diese Männer in den grünen Bussen hier schon häufiger gesehen hatte, zufrieden, als wünschten sie sich nichts anderes als diese Langeweile, als wüßten sie, daß es in ihren Leben etwas Besseres nicht geben könne. Er stellte sein Auto ab und ging zu dem kleinen Platz, weil eine Menge Leute dorthin gingen. Eiserbeck sah viel Schwarz und schwere Stiefel, aber auch Graues und Buntes, darunter grüne Jacken wie er eine hatte. Irgendwer saß irgendwo zu Unrecht im Gefängnis. Auf Taste fünf hatte er davon gehört.

Er sah seinen Nachbarn, den Busfahrer, und sie plauderten.

»Ich habe einen Einwanderungsantrag gestellt«, sagte der Nachbar.

»Wo?«

»Bei der Demokratischen Volksrepublik Korea.«

»Sie wollen nach Nordkorea auswandern?«

»Ja.«

Feierlich sagte er das.

»Da ist doch nichts los.«

Die Leute auf dem Platz setzten sich in Bewegung, gingen Richtung Innenstadt.

»Oh, oh, da täuschen Sie sich aber. Nordkorea ist ein Land mit wunderbaren Möglichkeiten.«

Er hakte sich bei Eiserbeck ein, und sie gingen mit den anderen durch den dünnen Regen. Auch die Polizisten kamen mit.

»Und was wollen Sie dort tun?«

»Leben, leben natürlich. Busfahren. Es ist ein Land mit ungeheuren Möglichkeiten für einen Busfahrer. Die Leute fahren noch Bus.«

Eiserbeck erinnerte sich daran, daß er in dem Video keine Autos gesehen hatte.

»Sprechen Sie denn Nordkoreanisch?«

»Natürlich. Ich habe Sprachkurse gemacht. Ich war oft genug dort.«

Eiserbeck fiel auf, daß einige Leute Jutesäcke mitschleppten, in denen offenbar Steine waren. Er sah auch eine Getränkekiste. Darin standen Limonadenflaschen, zu dreivierteln gefüllt und oben mit Lappen verstopft. In der Nähe dieser Kiste roch es nach Benzin, Spiritus oder etwas ähnlichem.

»Sie werden nicht frei sein.«

»Wie frei bin ich hier? Ein Busfahrer, der Kim Il Sung verehrt. Was meinen Sie, welche Möglichkeiten der hier hat?«

»Es ist ein beschissenes Land. Es gibt nichts.«

»Es gibt keine Kriminalität, keinen Dreck auf den Straßen, keine Immobilienspekulation. Ich werde das nicht vermissen.«

»Sie werden nur ein Programm empfangen können.«

»Das reicht. Ich muß nicht wissen, wie schlecht die Welt ist.«

»Und Frauen? Gibt's da Frauen, mit denen man etwas anfangen kann?«

Der Busfahrer lächelte.

Die Demonstranten schrien Parolen, während sie den Jungfernstieg hinunterzogen. Eine Menge Leute, die Tüten trugen, blieben am Rand des Bürgersteigs stehen und sahen sich den Zug an, mit einem Ausdruck ungnädiger Befremdung. Es wurde, fand Eiserbeck, in diesen Blicken klar unterschieden zwischen oben und unten, auf dem Bürgersteig und zwanzig Zentimeter tiefer. Und er war unten, auf der Straße, weshalb er plötzlich ein Demonstrant war und auf eine unbestimmte Weise solidarisch.

Einige hundert Polizisten standen herum. Hinter klarsichtigen Schildern standen sie, in den Händen Knüppel, auf den Köpfen Helme, Gladiatoren in Grün, aber ohne Kampfesromantik. Wehrhafte Sachlichkeit umgab sie. Unbewegte, fast teilnahmslose Augen hinter Visierglas.

Bullenschweine. Bullenschweine.

Der Nachbar wollte etwas sagen, als Glas klirrte. Eiserbeck sah zwei Vermummte mit Baseballschlägern die Windschutzscheibe eines Audis zertrümmern. Ein Mazda ging in Flammen auf, und das ließ ihn für einen Moment ungewohnt feierlich wirken. Alles rannte los, und er wurde von dem Busfahrer getrennt, der ihm noch nachrief, er könne doch mitkommen nach Nordkorea. Eiserbeck rannte jetzt auch, ziellos, anderen nach. Alle stürmten in dieselbe Richtung, dem Rathaus entgegen. Steine flogen. Knüppel wirbelten. Ein Polizist brannte, aber nur für den Bruchteil einer Sekunde. Eiserbeck war klatschnaß, ohne daß er wußte, woher das Wasser gekommen war. Er rannte weiter. Plötzlich war ihm, als verbisse sich ein Tier mit ätzendem Atem in seine Augen. Halbblind stürzte er vorwärts, durch Nebel hindurch. Einer der Polizisten lief nun neben ihm her, kaum mehr als um Armeslänge entfernt. Eine Weile liefen sie so, fast im Gleichschritt und kurze Blicke austauschend. Eiserbeck fragte sich für einen Moment, was der Polizist wolle, aber dann sah er durch den

Nebel am Straßenrand einen Mann stehen, der einen weißen Schopf über einem netten Gesicht hatte, und er wußte, daß dies nur einer sein konnte: der blonde Peter.

Eiserbeck stoppte. Der blonde Peter lehnte gegen das Geländer der Fleetbrücke am Anfang des Jungfernstiegs, bequem, nicht lässig. Er trug einen langen Kamelhaarmantel. Befangen stand Eiserbeck vor ihm und sagte:

»Sie sind doch der Herr Angerer?«

»Der bin ich.«

»Klasse, wie Sie das damals in Sarajewo gemacht haben.«

»Schön, daß Sie sich daran erinnern.«

»Nur zwei Fehlschüsse. Rötsch hatte ja vier.«

»Glück muß man auch haben.«

»Haben Sie vielleicht einen Tip für mich? Ich schieße nämlich auch.«

»Ach, Sie schießen auch. Sportlich?«

»Nein.«

»Sie sind Jäger.«

»Auch nicht.«

Er überlegte einen Moment, ob er erzählen sollte, was er vorhatte. Aber dem blonden Peter konnte er wohl vertrauen.

»Ich bin auch in Sachen Sarajewo aktiv.«

»Furchtbar, was jetzt dort passiert. Die Spiele waren doch so schön.«

»Die waren sehr schön, obwohl ich so schlimme Ohrenschmerzen hatte. Die könnten Sie da unten übrigens gut gebrauchen. Wäre das nicht überhaupt eine Idee? Wenn Sie da am Igman noch einmal einen prächtigen Kampf liefern würden.«

»Ich weiß nicht, ob das gut wäre.«

»Schade, wirklich schade.«

Sie schwiegen. Dann sagte Eiserbeck:

»Ich möchte Sie etwas fragen.«

»Bitte.«

»Entschuldigen Sie, aber diese Dopingvorwürfe gegen Sie, damals nach der Weltmeisterschaft, die waren doch ungerecht.«

»Ein Irrtum meines Arztes.«

»Es war eine Schweinerei, Sie zu sperren.«

»Was ist mit Ihnen?«

»Kopfschmerzen. Es ist besser, wenn ich mich auf den Boden lege.«

Als sich der Nebel auflöste, lag Eiserbeck auf einer Pritsche, die umgeben war von medizinischem Gerät. Er wollte sich hinsetzen, aber ein Schmerz in seinem Kopf hielt ihn nieder. Er faßte nach seinem Kopf und fühlte Verbandmull. Seine Augen brannten. Allmählich wurde ihm klar, daß er in einem Notarztwagen lag. Trotz des rasenden Schmerzes richtete er sich auf und sah nun, daß neben ihm ein Mann saß. Es war Johannsen, der Polizist vom Landeskriminalamt.

»Ah, gut, Sie wieder bei Sinnen zu sehen.«

»Wo ist der blonde Peter?«

»Der blonde Peter? Hier ist niemand außer mir.«

»Peter Angerer. Er war doch hier.«

»Der Name sagt mir etwas. War der nicht … nein, helfen Sie mir.«

»Sarajewo 84.«

»Richtig, richtig. Biathlon. Hat er nicht Gold geholt?«

»Gold, Silber und Bronze.«

»Und der soll hier gewesen sein?«

»Was ist mit meinem Kopf?«

»Alles halb so schlimm. Eine kleine Platzwunde, eine Gehirnerschütterung, mehr ist es nicht. Unangenehm, sicher, aber nicht weiter tragisch. Es hätte ja auch ein Schädelbasisbruch sein können. Ein dickes Horn, ein paar Tage Kopfbrummen, dann haben Sie es hinter sich.«

»Was ist passiert? Wie bin ich in diesen Wagen gekommen?«

»Nun, ich fürchte, einer meiner Kollegen hat Sie mit seinem Knüppel unsanft berührt, und dann sind Sie wohl ohnmächtig geworden. Haben Sie ihn angegriffen?«

»Nein, da war einer, der neben mir herlief. Mehr weiß ich nicht. Aber ich habe niemanden angegriffen.«

»Stört es Sie, wenn ich rauche?«

Eiserbeck wollte den Kopf schütteln, aber schon bei der ersten Bewegung hatte er ein Gefühl, als würde er gegen eine Mauer rennen.

»Nein.«

Johannsen zündete einen Zigarillo an.

»Was machen Sie eigentlich hier?« fragte Eiserbeck.

»Das wollte ich Sie auch gerade fragen, aber gut, Sie waren schneller. Wissen Sie, wenn es politisch wird, muß ich zur Stelle sein. Das ist alles. Und Sie? Wie ist es mit Ihnen.«

»Zufall. Ich bin zufällig hier.«

»Sie geraten zufällig in eine Demo, bei der Steine geworfen und Autos angezündet werden?«

»Ich habe nichts geworfen.«

»Wir haben da wunderbare Videoaufzeichnungen. Wenn Sie wollen, schauen wir sie uns gemeinsam an. Das ist wie Kino, kann ich Ihnen sagen.«

Eiserbeck sagte nichts. Er setzte sich hin, weil es unbequem war, auf einer Pritsche zu liegen, wenn die Füße ein Stück über das Ende hinausragen.

»Sagten Sie nicht, daß Sie mit Kim Il Sung nichts zu tun hätten?«

»Habe ich auch nicht.«

»Aber Sie sind auf dieser Demonstration.«

»Und? Was hat die mit Kim Il Sung zu tun?«

»Nun ja, wir kennen unsere Pappenheimer. Die sind überall dabei.«

Er zog an dem Zigarillo.

»Haben Sie eigentlich Camus gelesen?«

»Nein.«

»Tun Sie es.«

Als Eiserbeck den Notarztwagen verließ, fand er sich in einer Seitenstraße wieder, wo ein halbes Dutzend Notarztwagen geparkt waren. Darin lagen in der abwesenden Friedlichkeit des Schocks Männer und Frauen mit Verbänden, zum Teil durchgeblutet. Ein Polizist, dem der rechte Arm geschient war, stöhnte. Eiserbeck bekämpfte sein Schwindelgefühl und ging die Straße hinunter bis zum Jungfernstieg. An der Kreuzung blieb er stehen und sah auf die Wasserlachen, die Steine, die Hülsen von Tränengasmunition, die durchnäßten Plakate, die Scherben, weiße, grüne. Wie verfaulte Kadaver standen zwei ausgebrannte Autos auf dem Parkstreifen. Er roch ihre Ausdünstungen, die chemisch stanken und in grauen Fahnen zur Alster hin verweht wurden. Dann sah er sie kommen, vom Gänsemarkt her, eine orangefarbene Armee, mit Besen bewaffnete Männer, Südländer meist, auch Schwarze, die stumm und stoisch und fast im Gleichmaß eines Balletts die Straße fegten. Begleitet waren sie von seltsamen, ebenfalls orangefarbenen Fahrzeugen, mit Rotorbürsten und Saugrüsseln. Eiserbeck fielen Hannibals Elefanten ein.

Er ging den Jungfernstieg hinunter, im Ohr das Klirren und Knirschen von Glas. Ein stumpfer Schmerz klopfte in seinem Kopf wie ein Schlegel gegen eine Glocke. Am Gänsemarkt sah er drei Japaner, die amüsiert auf ihn zukamen. Vor Eiserbeck blieben sie stehen und zeigten auf ihn und ihre Kameras, während sie immer wieder mit dem Ausdruck begeisterten Erstaunens eine Hand weit über ihre Köpfe streckten. Noch ehe er begriffen hatte, was sie wollten, wurde er von zwei Japanern, die ihm bis zur Brust reichten, grinsend in die Mitte genommen. Der Dritte machte ein Bild, übergab dann die Kamera an einen der anderen und baute sich ebenfalls neben Eiserbeck auf. Dumm und lang stand er da, sich ein Lächeln abzwingend, bis er unter Verbeugungen entlassen wurde und verwirrt und wütend seinen Weg fortsetzte.

Taste fünf, ein Rückblick. Ständig zeigten sie Rückblicke, best of war. Da stand wieder der Golf, den er schon oft gesehen hatte, mitten auf der Kreuzung, die Ampel zeigte grün. Eine Tür war offen, die Beifahrertür. Auf dem Fahrersitz saß einer, nach vorne gekrümmt, Kopf auf dem Lenkrad. Ein anderer lag auf der Straße, unter der Beifahrertür. Man sah, wie er sich kleinmachen wollte. Er robbte und bog sich und preßte das Gesicht auf den Boden. Dann hielt er wieder still. Außer ihm war niemand auf der Straße. An einer Ecke stand noch ein Lieferwagen mit zerschossener Fensterscheibe. Hin und wieder fiel ein Schuß.

Er hatte umgeschaltet, als Isabella neben ihm lag. Taste acht, Hürdenlauf.

»Was machst du?«

»Das ist zu schlimm, gleich werden sie ihn erschießen.«

»Schalt um. Wir müssen das sehen.«

Ihre Stimme klang böse.

Startschuß, Frühstart.

»Wir können nicht diesen Scheiß anschauen, während der da auf der Straße liegt. Wir müssen wenigstens hingucken.«

Er drückte Taste fünf.

Als es vorüber war, lagen sie auf dem Bett und schwiegen. Später, nachdem er einen Kaffee gemacht hatte, sagte Eiserbeck:

»Erzähl mir von Indien.«

»Ich kann dir nur noch von Goa erzählen.«

Isabella und ihr Vater wollten sich am Strand erholen, aber es war zu heiß, zu heiß zum Baden, zu heiß, um portugiesische Kirchen anzugucken. Sie lagen auf den Betten und sahen zu, wie sich der Ventilator an der Decke drehte. Ihr Vater holte Cola, die warm war. Erst am Abend, wenn der Sand nicht mehr die Fußsohlen verbrannte, gingen sie zum Strand. Ein Strand mit Palmen, wie man es sich wünscht, aber rechts, zwei, drei Kilometer entfernt, war ein Kraftwerk oder eine Fabrik, direkt am Wasser. Isabella guckte immer nur nach links, um denken zu können, es sei hier alles wunderschön, weißer Sand, Palmen, aber sie wußte, daß die Fabrik da war, und sie konnte den Strand nicht genießen. Wenn sie schwamm, dann zuerst nach rechts, um sich auf einen schönen Rückweg freuen zu können. Das Wasser war warm wie frisch gemolkene Milch. Um zehn ging sie mit ihrem Vater zum Essen in eine der Hütten, die unter die Palmen gebaut waren.

Wir, dachte Eiserbeck, wir, wir, wir, du und ich. Wir sind in Goa.

»Eines Nachts hat es geregnet, nicht einfach geregnet, es war, als würde uns eine Flut überspülen.«

Sie saßen in der Hütte und aßen Fisch, und der Regen trommelte gegen das Dach der Hütte. Dann fiel der Strom aus. Der Wirt stellte Kerzen auf die Tische. Es waren noch ein paar Engländer da, und die kamen zu Isabella und ihrem Vater. Alle setzten sich zusammen, und natürlich wurden Gruselgeschichten erzählt. Einer der Engländer erzählte von einem Hund, den er in Varanasi gesehen hatte, ein Hund, dem ein Viertel des Kopfes fehlte, säuberlich abgetrennt. Aber der Hund lebte und lief durch die Gassen, als sei alles ganz normal. Isabella hatte diesen Hund auch gesehen, er trank Wasser aus einer Rinne, und die Wunde sah frisch aus, als habe er sich gerade eben verletzt. Ein glatter Schnitt, hart am Auge entlang, ein Ohr fehlte. Furchtbarer Anblick. Isabella konnte den Hund nicht vergessen, der bestimmt ungeheure Schmerzen hatte, aber überhaupt nicht wußte, was los war.

»Das war das schlimmste. Daß ihm der Kopf weh tat, und er keine Ahnung hatte warum.«

Sie tröstete sich damit, daß er nicht lange würde leiden

müssen. Aber jetzt, während der Regen trommelte, verglich sie mit dem Engländer, wann man den Hund gesehen hatte, und es kam heraus, daß er zwei Wochen nach ihr in Varanasi war. Der Hund hatte mindestens zwei Wochen mit einem Dreiviertelkopf gelebt.

Alle schwiegen und dachten an den Hund. Isabella hatte plötzlich nasse Füße und sah dann, daß sich das Wasser Kanäle in den Sandboden der Hütte gebahnt hatte. Der Wirt brachte neue Kerzen. Eine Kerze stellte er auf einen Tisch in einer hinteren Ecke der Hütte, und jetzt sah Isabella, daß dort ein Mann saß, in den Korbsessel geschmiegt, sein Kopf hing zur Seite. Auch die anderen guckten dorthin.

»Join us«, sagte einer der Engländer.

Erst regte sich der Mann nicht, aber dann stand er auf und kam heran. Er war spindeldürr.

»Es war der Amerikaner«, sagte Isabella zu Eiserbeck.

Der Amerikaner setzte sich zu ihnen und sagte etwas, das niemand verstand, weil er leise sprach und der Regen trommelte. Bald drehte sich das Gespräch wieder um Gruselgeschichten, und alle redeten und lachten, nur der Amerikaner nicht. Dämmernd hing er in seinem Korbsessel. Er war noch dünner geworden, fand Isabella, noch blasser. Ein weißes Totengesicht.

Als Isabella und ihr Vater zwei Tage später mit dem Bus nach Bombay fuhren, um von dort nach Hause zu fliegen, überholte sie kurz nach der Abfahrt, als sie durch Palmenwälder rollten und im Bordfernseher laut und grell eine indische Filmoperette lief, ein Leichenwagen.

»Ob er das ist?« fragte sie ihren Vater.

»Fährst du mit mir nach Indien?« fragte Eiserbeck.

Sie nickte.

Der Mann, der neben dem Golf lag, überlebte. Zwei weiße Panzerwagen rollten heran, und Soldaten mit blauen Helmen zogen ihn hinein. Die Ampel war rot.

Es war ein Golf, ein Volkswagen. Eiserbeck hatte in solchen Autos gesessen, auf dem Weg nach Düsseldorf ins *Chequers*, wo, wie es hieß, die kleine Schwester von Claudia Schiffer hin und wieder auftauchen sollte. Er sah sie nie, aber er kam auch nicht jedesmal hinein, weil ihn die Türsteher aussortierten. Das war so ziemlich das schlimmste, was einem passieren konnte, von diesen breiten Affen mit einem Lächeln, keinem bösen, einem milden, abgewiesen zu werden. Man war einer, der anderen die Laune verdarb. Belämmert saßen sie im Golf und fuhren nach Erkenschwick zurück.

Ein Volkswagen. Er fuhr auf die Kreuzung zu, in die Kreuzung hinein, es war Grün, und dann zerplatzte die Windschutzscheibe, und der Golf wurde langsamer, bis er stand. Die Beifahrertür sprang auf, und der Mann ließ sich auf die Straße fallen. Der Fahrer hing über dem Lenkrad.

Irgendwo war der Sniper, man sah ihn nicht. Er konnte warten. Manchmal schoß er, um in dem Mann, der auf der Straße lag, den Wunsch zu stärken, hier wegzukommen, aufzuspringen und zu den Häusern zu laufen, in Sicherheit. Dann hatte er ihn.

Einatmen. Ausatmen.

Eiserbeck sah den Volkswagen und dachte an den Sniper. Heckenschützen waren die feigsten Schweine des Krieges, Männer, Frauen, Kinder, alles egal, aber sie hatten etwas, das er brauchte. Der blonde Peter war ein gutes Vorbild, er kontrollierte seinen Atem wie kein anderer, er schoß glänzend, aber nur auf schwarze Metallscheiben. Eiserbeck konnte trainieren wie der blonde Peter, aber in dem Moment, der alles entschied, mußte er wie ein Sniper denken.

Böser Sniper, guter Sniper.

Die Kamera fuhr die Häuser hinter der Kreuzung ab. Irgendwo dort war er, in einer der Wohnungen, deren Fenster kein Glas mehr hatten. Er wartete. Der Sniper hatte Zeit.

Er saß in einer Wohnung, auf einem Stuhl, vielleicht in einem Sessel. Das Gewehr war griffbereit. Wenn er wollte, konnte der Sniper die Füße auf das Fensterbrett legen. Ein Radio lief, ein Heizofen. Der Sniper sah Menschen, und wenn ihm danach war, schoß er sie ab. Sobald es dunkel wurde, ging er nach Hause und machte sich einen schönen Abend. Er sah nicht Kameraden sterben, hatte keine Wut über ewigen Regen oder schlechte Verpflegung, war zu weit weg von seinen Opfern, um in Blutrausch zu kommen, hatte keinen wilden Kommandeur im Nacken, er brauchte keine Schlacht, um selber abzuschlachten. Der Sniper war cool, dachte Eiserbeck. Er saß da und schoß, wenn ihm danach war.

Wie er das konnte, das war die Frage.

Vielleicht war er so alt wie Eiserbeck. Er hatte im Sozialismus gelebt, aber Jugoslawien war ja nicht so kraß gewesen, und vielleicht konnte man seine Jugend mit der von Eiserbeck vergleichen. Sport, Mädchen. Und dann setzte er sich in eine verlassene Wohnung und schoß ab, was er sah.

Eiserbeck fehlte die Verbindung von dem Jungen, der so ähnlich war wie er selbst, zu dem Mann, der in den Golf schoß. Woher kam die Klarheit, daß er das tun mußte? Er schoß einen Golffahrer ab und vielleicht eine Frau, die am Stock ging, oder ein Mädchen mit einem Pferdeschwanz. Es mußte große Klarheit herrschen in einem, wenn man das tun konnte. Woher hatte er die? Eiserbeck wollte den Arzt abschießen, und das war etwas anderes als ein Golffahrer oder ein Kind, weil man sich den Arzt als Ungeheuer vorstellen konnte, aber er hatte dauernd Zweifel. Ihm fehlte die Klarheit des Snipers. Sitzt da und wartet.

Und dann rollt der Golf in die Kreuzung, ein Volkswagen. In Sarajewo wurden Golfs gebaut, vor dem Krieg jedenfalls, jetzt aber wohl nicht mehr, alles zerbombt. Durchlöcherte Hallen, ein paar ausgebrannte Wracks. Er wußte, wie das ist, wenn Autos zusammengebaut werden.

Er hatte nach dem Abitur, als er nicht die leiseste Ahnung hatte, was er machen sollte, ein halbes Jahr bei Opel in Bochum gearbeitet. Die Arme der Automaten bewegten sich eckig und die Arbeiter ebenso, weil sie den ganzen Tag die Automaten sahen. Hohläugig glitten die Karosserien heran. Man sprach nicht viel, die Automaten taten es auch nicht.

Irgendwann gab es einen letzten Tag. Man ließ die Karosserien hohläugig am Transportband hängen und ging nach Hause. Die einen wurden Sniper, die anderen erschossen.

Der Golf wird langsamer, bleibt stehen.

Wie er das wohl gemacht hat? Mitgezogen, dabei leicht vorgehalten? Oder einen Punkt fixiert, den der Kopf des Fahrer passieren muß, und einen Moment vorher abgedrückt?

Ulrich, den müßte er mal fragen. Der wußte vielleicht, wo die Klarheit herkommt. Eiserbeck brauchte ja nur ein bißchen davon, ein kleines Stück vom Sniper.

Taste fünf. Taste acht. Taste vier. Taste acht. Taste vier. Taste fünf. Stunden vergingen. Er hatte Kopfschmerzen. Das Telefon schwieg. Warum rief sie nicht an?

Es hatte Phasen des Zweifels gegeben. Da wußte er nicht mehr, ob er Isabella noch liebte. Zu lange nicht gesehen, zu lange nicht gesprochen. Wie war sie denn? Plappernd? Hysterisch? War sie schön? Er wußte es nicht. Vielleicht war es nur ein großer Irrtum. Es gab das. Und für eine wie sie sollte er schießen? Lohnte sich die Mühe, die Gefahr? Der Moment, den er sich immer als Triumph ausgemalt hatte, wurde fade. Er stellte sich vor, er sehe sie wieder, aus Genf kommend, und sie fiele ihm um den Hals, aber ihn berührte das nicht. Es war ihm peinlich. Vor all den Kameras. Und dann mußte er mit ihr leben und dem Arzt, der tot war. In diesen Phasen verschwand ihr

Gesicht wieder. Wie am Anfang, nachdem er sie auf dem Leinpfadkanal getroffen hatte, wußte er nicht mehr, wie ihr Gesicht aussieht. Zierliche Arme, schlanke Beine, ein kleiner, fester Busen, aber kein Gesicht. Und dann sah er es wieder, er wachte auf, stieg gerade in den Polo der Caritas oder machte sonstwas, und es war da. Natürlich war sie schön. Wie konnte er nur denken, sie sei hysterisch, plappere. Sie war wunderbar. Er liebte sie. Nach diesen Einbrüchen liebte er sie mehr als zuvor, weil er sich schuldig fühlte, sie verraten hatte. Zur Liebe, die wieder erwacht war, kam die Liebe, die einer Anstrengung entsprang. Er strengte sich an, alles wiedergutzumachen.

Was blieb, waren die Zweifel an seinem Plan. War das nicht absurd, den Arzt erschießen zu wollen? Das hätten doch andere längst getan, wenn es möglich wäre. Wie sollte er, ein Zivi, den Arzt erschießen können? Das ist ein bißchen sehr groß gedacht, mein Lieber. Er zweifelte ständig, aber er machte weiter.

Es war Nacht, als er aufstand. In seinem Kopf surrten Insekten, und manchmal war da ein Knacken, als würden sie an der Schädeldecke zerplatzen, wie Insekten unter Daumen zerplatzen. Eiserbeck fühlte sich nicht wohl genug, um zu Isabella zu rudern, aber hierbleiben wollte er auch nicht. Er stand auf, ging ins Bad und schob seine Ponyhaare zurück. Es hatte sich nichts verändert. Aber wann hatte er zum letzten Mal geguckt? Vorgestern? Vielleicht auch gestern.

Er ging dann los, zum Kiez, Isabella suchen. Mal im *Tempelhof* reinschauen, mal im *Purgatory*, mal im *Mojo Club*. Überall trank er ein Bier oder zwei und sah manchmal Blicke von Mädchen, die dann mit ihren Freundinnen redeten. Als er zum zweiten Mal im *Tempelhof* war, stand neben ihm ein Mädchen, das auf Englisch ein Bier bestellte. Als sie ausgetrunken hatte, sagte er:

»Can I buy you a drink?«

Sie sah ihn an, nickte.

Es tat gut, Englisch zu reden. Er hörte den halben Tag Englisch, Taste vier, Taste fünf, und Isabellas Freunde hatten auch dauernd englische Worte benutzt. Er konnte es gut.

Sie war groß für eine Frau und ziemlich dünn. Sie redeten über das, was jeder so machte, und tranken dabei zügig, erst Bier, dann Whiskey. In Eiserbeck wurde der Drang, das zu erzählen, was er wirklich tat, immer stärker. Es war doch langweilig, von Essen auf Rädern zu erzählen, und das merkte man dem Mädchen auch an, daß sie das langweilte. Weil er sie nicht abschleppen wollte, wegen Isabella, hätte es ihm egal sein können, aber es war ihm nicht egal. Sie sollte nicht den falschen Eindruck von ihm haben, nicht denken, daß er irgendsoein Zivi sei.

»I am going to kill Karadžić.«

Rap ballerte aus den Lautsprechern.

»Pardon?«

»I am going to kill Karadžić.«

Das Mädchen sah ihn an. Sie hatte eine nervöse Art. Den ganzen Abend war Eiserbeck das aufgefallen, wie sie ständig mit dem Glas herumspielte und ihm nie richtig in die Augen sehen konnte. Jetzt war sie ganz ruhig. Sie spielte nicht mit dem Glas und sah ihm in die Augen. Bevor sie etwas sagen konnte, erzählte ihr Eiserbeck, wie er trainierte und wie er den Arzt erwischen würde. Die ganze Geschichte, ohne Isabella natürlich. Er berichtete haarklein, beschrieb sein Gewehr, ohne die Verzierungen zu erwähnen, erläuterte die Wirkung von Hohlspitzgeschossen. Als er seinen Bericht abgeschlossen hatte, waren auf der Tanzfläche nur noch zwei Jungs, die betrunken herumtorkelten. Das Mädchen sagte, sie müsse mal eben zum Klo. Sie kam nicht wieder.

Auch egal.

Er ging nach Hause, und je näher er seiner Wohnung kam, desto mehr Männer standen in der Nacht, von der sie sich kaum abhoben, lehnten gegen die Häuserwände und zischelten ihm zu. Er verstand sie nie. Aber es war klar, was sie wollten. Sie lächelten so süßlich, weiße Zähne in schwarzen Gesichtern. Sie machten ihn wütend, weil sie ihm das zutrauten. Weil sie dachten, er sei so blöd. Kannte er doch, die Monster vom Hauptbahnhof. Wie geschäftig sie da herumliefen, hypernervös, als sei das die Wall Street, wo sie auch immer lauerten, wie die Preise standen, wo noch was abzustauben war, und hier wie dort lag diese Gier in den Gesichtern, Gier und die Angst, abgeschnitten zu werden von den Strömen, die einen glücklich werden ließen. Und müde sahen sie aus, weder die einen noch die anderen fanden Schlaf. Aber am Hauptbahnhof hatten sie weiße Gesichter mit roten Stellen, die aufgekratzt waren, sie rochen schlecht, und ihre Kleider hatten Flecken. Und da dachten die Afrikaner an den Hauswänden, er, Lukas Eiserbeck, würde sich dazugesellen? Zur Not einen Schwanz lutschen, damit zwanzig Mark reinkommen, die er ihnen dann brachte? Sie waren immer locker und scherzten miteinander, und überhaupt, dachte Eiserbeck, wirken sie vertrauter mit der Nacht, heimischer als du selbst. Ihre Stadt.

In Reih und Glied stand er müde im taufeuchten Gras und betrachtete den Fuchs, der drüben zwischen den Bäumen hervorgekommen war und reglos am Rand der Lichtung stand, die Nase schnuppernd auf die Männer gerichtet. Eiserbeck fragte sich, wann er zuletzt einen Fuchs gesehen hatte. Hatte er überhaupt je einen Fuchs in freier Wildbahn gesehen? In Erkenschwick sicher nicht.

»Schnauze.«

Der Uffz schrie mal wieder.

Er konnte hingehen und ihn niederschlagen. Aufwärtshaken mit der Führhand, Gerade an den Kopf mit der Schlaghand. Der Uffz war ihm nicht gewachsen, obwohl er eine Pistole trug, als einziger der Männer. So schnell wie Eiserbeck ihm eine verpaßt hätte, konnte er die gar nicht ziehen. Und mit seinen Händen hatte der Uffz, der klein war und dünn, keine Chance. Aber Eiserbeck blieb stehen. Was quatschten die auch beim Morgenappell. Der Fuchs war verschwunden. Es hatte gutgetan, ihn gesehen zu haben. Wenn es einen Fuchs gibt, dann gibt es auch eine Welt außerhalb des Camps.

Drei olivgrüne Zelte waren am Rand einer Lichtung aufgebaut. Etwas abseits glimmte rote Glut an verkohlten Ästen. Neun Holzklötze standen im Kreis um die Feuerstätte. Über den Zelten hingen Netze mit Textilfetzen, die wohl aussehen sollten wie Blätter. Fliegertarnung. Aus der Luft werden wir wohl kaum angegriffen, hatte Eiserbeck gesagt. Der Uffz schrie.

Ihm war kalt. Die ganze Nacht hatte er gefroren, bibbernd in seinem Schlafsack gelegen. Viel zu kurz war der Schlafsack, viel zu eng, eine Ganzkörperzwangsjacke. Eng war auch das Zelt, in dem sie zu dritt lagen. Er hatte nie

Campingurlaub gemacht. Lieber keinen Urlaub als campen. Die halbe Nacht hatte er sich gewälzt. Die beiden anderen murrten. War ihm egal.

Der Tag würde ihn nicht wärmen. Es war kalt, und Eiserbeck trug einen beigefarbenen Sommerkampfanzug mit Fleckentarnung für den Wüstenkrieg. Das alte Problem. Er konnte nicht nehmen, was er brauchte. Er mußte nehmen, was es gab.

In den Gelben Seiten hatte er den Laden gefunden. Army Shop. Das stand dann auch in rot-blau-weißer Leuchtschrift über dem Schaufenster, das von innen vergittert war. Es fiel kaum Licht in diesen Laden. Es war düster wie in einem Wald, und es waren auch die Farben des Waldes, die hier vorherrschten, grün und braun. Drillich raschelte, als Eiserbeck durch den Laden schritt, Uniformjacken streifend, die nur schmale Durchgänge ließen. Der ganze Laden war vollgestellt, vollgepackt mit Sturmgewehren, Helmen, Kampfanzügen, Splitterschutzwesten oder Kleingerät, dessen Zweck Eiserbeck nicht bekannt war, aber ein kriegerischer mußte es wohl sein, da man auch diese Dinge olivgrün gefärbt hatte. Er sah Kugelschreiber in olivgrün, Armbanduhren, Fernsprecher, Kochgeschirr. Alles war verschlissen, verstoßen, verkratzt, verblaßt, mehr oder weniger. Von der Decke hing ein Tarnnetz mit falschem Laub. Er hatte solche Läden immer absurd gefunden, aber ihm war gesagt worden, daß er nur in feldmäßiger Kleidung an dem »Lehrgang«, wie es hieß, teilnehmen könne.

»Wie kann ich Ihnen helfen?«

Ein Mann, ein Männlein, dachte Eiserbeck, trat hinter einem Ständer mit weißen Tarnfleckenanzügen für den Wintereinsatz hervor, klein, speckig, und mit ihm kam eine Unruhe in den Laden, als wäre hier mehr lebendig als nur dieser Mann. Er war so zappelig, daß Eiserbeck bald den Eindruck hatte, es sei so ziemlich alles in Bewegung.

»Ich brauche einen Kampfanzug.«

»Nun, nun, einen Kampfanzug. Wir haben Einteiler und Zweiteiler.«

Es wurde eine Quälerei. Eiserbeck hatte nicht gewußt, daß die Mode der Soldaten so vielfältig ist. Für jeden Krieg ein eigenes Design, ein anderer Stoff: Stadtkrieg, Winterkrieg, Wüstenkrieg. Dschungelkrieg. Und dann noch das leidige Problem der Größe.

»Die Armeen haben große Soldaten nicht gerne«, sagte der Verkäufer. »Große Soldaten sind große Ziele.«

Er lachte.

Schließlich lagen eine Hose und eine Jacke vor Eiserbeck, beige mit hellbraunen und schwarzen Flecken. Die Jacke hatte ein Loch über der Leber.

»Ist sie billiger als die anderen?« fragte Eiserbeck.

»Leider nicht. Sie ist fünfzehn Mark teurer.«

»Aber sie hat ein Loch.«

»Eben.«

»Sie ist teurer, weil sie ein Loch hat?«

»Es ist ein Einschußloch.«

»Ja und?«

Der Verkäufer war ungehalten.

»Ein Einschußloch heißt, daß diese Jacke besonders echt ist. Diese Jacke war im Golfkrieg und wurde im Kampf getragen. Das ist etwas wert. Meine Kunden reißen sich um so etwas.«

Eiserbeck sagte nichts. Er nahm die Hose und die Jacke und ging in die Umkleidekabine. Als er fünf Minuten später vor dem Spiegel stand, sah er einen anderen, einen, den er nie gesehen hatte und von dem er sicher gewesen war, er würde ihn nie sehen. Unbewußt hob er seinen linken Arm, und als er es tat, wurde ihm klar, daß er den Arm hob, um zu sehen, ob der andere auch den Arm heben würde. Der andere hob den Arm.

Die Hose war ein Stück zu kurz. Ansonsten paßte alles.

Eiserbeck sah auf das Loch und versuchte sich vorzustellen, wie es ist, einen Leberschuß zu bekommen.

»Wunderbar sehen Sie aus. Großartig. Steht Ihnen wirklich gut. Drehen Sie sich doch mal.«

Er drehte sich.

»Paßt, paßt, paßt. Wie angegossen. Darf ich Ihnen den dazugehörigen Stahlhelm zeigen?«

Der andere trug dann einen Stahlhelm, erst einen amerikanischen für die Wüste, der aber zu klein war, dann einen englischen und schließlich einen der Wehrmacht. Es gab auch einen hellblauen Helm, aber den probierte Eiserbeck nicht.

»Phantastisch. Wie für Sie gemacht.«

Eiserbeck nahm den Helm der Wehrmacht wieder ab. Er brauchte keinen. Von einem Helm war nicht die Rede gewesen. Die Jungs gingen wahrscheinlich ohne. Eiserbeck konnte sich nicht daran erinnern, einen Kämpfer im bosnischen Krieg mit Helm gesehen zu haben. Allenfalls Stirnbänder trugen die. Wahrscheinlich waren Helme uncool. Das hatte schon gegolten, als Eiserbeck mit einer Kreidler zur Schule und zum Kanal gefahren war. Helm am Arm war cooler als Helm auf dem Kopf.

Noch uncooler als Helme waren Schutzwesten. Es gab in diesem Laden Splitterschutzwesten und kugelsichere Westen. Eine Splitterschutzweste brauchte Eiserbeck nicht. Mit Granaten war nicht zu rechnen, mit einer Kugel dagegen schon. Er hatte oft darüber nachgedacht, wie hoch sein Risiko war. Nicht besonders hoch, konnte er sich jedesmal beruhigen, denn sterben wollte er nicht, auf keinen Fall für egal was sein Leben geben. Wer sollte ihn auch erwischen? Er war weit weg von den Leibwächtern. Allerdings gab es dort sicher Scharfschützen, welche die Gegend absicherten. Wenn ihn einer von denen entdeckte, wie er sein Steyr-Mannlicher im Anschlag hatte, dann würde er ihn abknallen.

Einatmen. Ausatmen. Einatmen. Halb ausatmen. Luft anhalten. Den Schuß geschehen lassen.

Plong.

Was dann wäre? Er hatte keine Vorstellung vom Tod. Das große Schwarze? Das große Weiße? Gedanken an den Tod waren Gedanken an das Mögliche danach. Was alles hätte sein können. Er mit Isabella. Die Vorstellung machte ihn traurig. Hoffentlich würde sie erfahren, was mit ihm passiert war. Aber sie sah ja Taste fünf.

Keine Weste. Wäre doch lächerlich.

»Ich brauche auch Stiefel.«

»Hm, Stiefel sind ein Problem. Ich kann sie gar nicht so schnell ranschaffen, wie sie gewünscht werden. Der Bedarf an Stiefeln ist in letzter Zeit enorm gewachsen. Na ja, und Ihre Füße, die haben ja nicht gerade eine gängige Größe.«

Sie schauten beide auf Eiserbecks Füße, die jetzt nur mit Socken bekleidet waren. Groß und breit schauten sie unter der Tarnfleckenhose hervor. Da die Hose zu kurz war, wirkten sie wie drangesteckt an Eiserbecks Körper.

»Wollen aber mal sehen, was wir tun können.«

Er kramte und zerrte in einem Gitterkorb, der halb gefüllt war mit schweren Stiefeln.

»Hier habe ich was. Die könnten passen.«

Schwarze Stiefel mit dicker Sohle, das Leder rissig.

Nachdem Eiserbeck die Stiefel geschnürt hatte, stand er auf und machte ein paar Schritte. Sie paßten. Es ging sich bequem in ihnen, obwohl sie schwer waren. Vor dem Spiegel blieb er stehen. Die Hose und die Jacke hatte er noch an, trug auch ein Koppel, und weil er wissen wollte, wie der andere in ganzer Montur, in *combat gear*, aussah, setzte er einen Stahlhelm auf. So verharrte Eiserbeck eine Weile vor dem Spiegel, regungslos, bis auf ein kleines Zucken im linken Arm, das er aber gleich unterdrückt hatte.

Der andere war ein Krieger. Nein. Er war ein Antikriegskrieger. Aber das sah man nicht.

Er setzte den Helm ab.
»Ich nehme die Stiefel, den Anzug und den Koppel.«
»Nicht den Helm?«
»Nein, nicht den Helm.«
»Ich lasse Ihnen den Helm für fünfzehn Mark weniger.«
»Ich will ihn nicht.«
Er zog sich um, und während der Verkäufer den Anzug umständlich faltete, ging er durch den Laden, berührte dies und jenes, kurz auch eines der Sturmgewehre, die nicht funktionstüchtig waren, wie ein Schild verriet. Dann sah er etwas, das ein Fernrohr sein mußte, ein olivgrünes Fernrohr, das aber ungewohnt pummelig war, nicht lang, dafür dick. Es sah aus wie ein großes dickes Auge. Er nahm das Ding, für das er kein Wort hatte, und schaute hindurch, sah jedoch nichts außer tiefer Schwärze.
»Was ist das?«
»Ein Nachtsichtgerät.«
»Es funktioniert nicht.«
»Es ist ja auch nicht Nacht. Der Infrarotstrahl braucht die Dunkelheit. Kommen Sie, ich zeig's Ihnen.«
Er folgte dem Verkäufer in einen Nebenraum, der kein Fenster hatte. Nachdem der Verkäufer die Tür zum Laden geschlossen hatte, war es Nacht.
»Gucken Sie jetzt mal.«
Vor schwarzem Passepartout sah er die Konturen von Regalen, in denen Kisten standen und Helme gestapelt waren. Alles hatte einen Grünstich. Irgendwie tat es gut, durch das Nachtsichtgerät zu gucken. Weil die Farben fehlten, herrschte angenehme Ruhe.
Eiserbeck kaufte das Nachtsichtgerät. Er mußte zwei Schecks ausstellen, und auf dem Konto, das sein Großvater angelegt hatte, würde nicht mehr viel übrigbleiben, aber er fand, daß eine Sache, die einen die Welt mit einem Mal völlig anders sehen läßt, einen gewissen Preis wert ist.

Der Uffz redete immer noch. Er stand vor den Männern und bemühte sich um Stahl in der Stimme. Er sagte, daß sie heute erst Nahkampftraining, dann Scharfschützentraining und schließlich eine Minenübung machen würden. Da unten sei alles von Minen verseucht, und sie täten gut daran, sich verdammt noch mal zu konzentrieren, weil ihre verdammten Ärsche davon abhingen.

Leck mich, dachte Eiserbeck.

Das waren doch Kriegsspiele. Und was glaubten die denn, was sie da unten erreichen würden? Das Ruder herumreißen? Den Krieg gewinnen? Eine Handvoll Männer mit einer beschissenen Ausbildung. Das war doch lächerlich.

»Ist doch lächerlich«, flüsterte Eiserbeck.

»Ist was, Eiserbeck?«

Der Trainer des Deutschlandachters der Junioren war auch so ein Brüller gewesen. Saß feist im Motorboot und gab Kommandos durch sein Megaphon.

Eiserbeck, nicht so in den Sack ziehen.

Trotzdem war er immer wieder zum Training gekommen, und er blieb auch jetzt. Er hatte von Anfang an und dann immer wieder gedacht, daß er gehen würde und war geblieben. Und er war, wie er wußte, nicht geblieben, weil er nicht wegkam oder weil er fatalistisch durchhalten wollte, was er begonnen hatte. Er war geblieben, weil ihm das hier gut gefiel. Es gefiel ihm nicht alles, aber Ulrich zum Beispiel gefiel ihm. Ulrich stand nicht in Reih und Glied. Er saß auf einem Baumstumpf und schnitzte an einem Holzstück herum.

Als sie sich trafen, am Freitagabend am Schießstand, schlug der Uffz gleich diesen Ton an, den Eiserbeck nicht ertragen konnte, aber er mochte es, wie sie da standen mit ihren Taschen, erwartungsfroh und auf eine prickelnde Art besorgt, weil man nicht wußte, wie einem geschehen würde. So hatten sie bei der Abfahrt zu den Regatten auch dagestanden, bis jemand sagte, daß es nun losging, worauf sie ihre Taschen verstauten und in den Bully stiegen. Hier stiegen sie auch in einen Bully. Sie sagten nicht viel, während der Bully aus der Stadt hinauskroch, eingeklemmt in den üblichen Stau. Dann ging es ein Stück zügig über die Autobahn Richtung Süden. Nach einer Stunde fuhr der Uffz ab und ließ den Bully durch Dörfer und eine von der Abendsonne seltsam gelackte Heidelandschaft rollen.

Eiserbeck saß auf der hinteren Bank. Durch die Rückspiegel sah er sich die Gesichter der Männer an. Sie waren in seinem Alter, aber sonst, dachte er, habe ich nichts mit ihnen zu tun. Es waren Jungs, in deren Gesichtern Eiserbeck nichts lesen konnte. Sie sind dumpf, dachte er. Sie rauchten viel, und als der Bully am Rand eines Feldes hielt, pißten sie, während die Zigaretten in ihren Mündern weiterqualmten. Nicht einer von denen, dachte Eiserbeck, wird wirklich nach da unten gehen. Beim Pissen stand er neben Ulrich, der ebenfalls rauchte, aber nicht so dumpf aussah. Eiserbeck schielte zu ihm hinüber und wollte etwas sagen, aber er sagte nichts. Abwarten.

Sie fuhren zu einem Truppenübungsplatz der Bundeswehr, parkten in einem Wald und gingen dann noch eine gute Stunde in Panzerspuren durch den Wald und über Wiesen bis zu einem Ort, den der Uffz für das »Biwak«, wie er sagte, bestimmt hatte. Es war eine elende Schlepperei gewesen, weil die Männer nicht nur ihre Taschen, sondern auch Sturmgewehre und anderes Gerät tragen mußten. Eiserbeck hatte sein Steyr-Mannlicher dabei.

In der Nacht regnete es. Eiserbeck träumte, er tanze durch einen leeren Saal, Parkett auf dem Boden, Stuck an der Decke, goldgerahmte Spiegel an den Wänden. Erst dachte er, mit Isabella zu tanzen. Aber es war ein Mann, auf dessen Rücken seine rechte Hand lag.

Step Wie-ge Chachacha.

Der Mann war klein und rund und trug einen langen Mantel. Rutscher nach rechts, vorschaukeln, zurückschaukeln, Rutscher nach links.

Sie tanzen recht gut, Herr Kim.

Dann weckte ihn Ulrich. Deine Wache, flüsterte er. Eiserbecks erster Impuls war, ihn zu schlagen, aber dann roch er, noch bevor seine anderen Sinne erwachten, den säuerlichen Geruch schlafender Männer in einem feuchten Zelt und ihm wurde klar, wo er war und was er zu tun hatte. Ulrich gab ihm einen Überzieher und einen Hut mit breiter Krempe. Es war drei Uhr.

»Alles ruhig«, sagte Ulrich und lächelte kurz, und Eiserbeck versuchte, genauso zu lächeln, um ihm zu zeigen, daß er verstand, daß er auch der Meinung war, daß es hier um eine Kinderei ging und nur sie beide etwas verband, das gekonnte Schießen, der Wille, zu handeln.

Es regnete dicke Tropfen, die wie Kiesel auf den Hut und den Überzieher schlugen. Eiserbeck setzte sich unter einen Baum und begann zu hassen. Er haßte den Uffz, der diese Sache so lächerlich ernst nahm, daß er die Männer zu Wachen eingeteilt hatte, wo sie doch in der Lüneburger Heide waren, dem friedlichsten Landstrich auf Erden.

Unheimlich war es allerdings schon. Man wußte ja nie, was nachts in einem Wald sein Unwesen trieb. Er wäre jetzt lieber durch Hamburgs finsterste Straße gelaufen, als hier im Wald zu sitzen. In freier Natur, das war unbestreitbar, konnte in der Dunkelheit alles mögliche passieren. Ihm fiel dieser Film ein, *Platoon*, den er zweimal gesehen hatte, und in dem die Situation gleich zu Beginn so ähnlich gewesen war wie jetzt hier. Ein Nachtbiwak einer kleinen Truppe, von der alle schliefen bis auf einen, der Wache halten mußte. Wenn er sich richtig erinnerte, dann regnete es auch im Film. Jedenfalls tauchte irgendwann der Vietcong auf, und alles schrie und schoß. Eiserbeck erinnerte sich gut daran, wie ein Soldat starb, bebend und mit pumpendem Atem. Gardner hieß er, war dick und einer, dachte Eiserbeck, dieser typischen *loser*, die es überall gibt. Sie sind meistens dick.

Er sah in die Nacht hinaus. Was würde er tun, wenn er Schatten sah? Die anderen wecken? Aber wer sollte schon kommen, hier in der Lüneburger Heide. Höchstens ein Perverser. Es gab schlimme Perverse. Als Kind hatte ihm sein Cousin erzählt, daß eines Nachts auf einer Waldstrecke ein Auto, in dem ein junges Paar saß, stehengeblieben sein soll, weil das Benzin ausgegangen war. Der Mann lief los, Treibstoff holen, ließ seine Freundin zurück und schärfte ihr ein, sie solle sich im hinteren Fußraum zusammenkauern, niemandem die Tür öffnen, nicht einmal aufschauen, egal was passiere. Nicht lange und die Frau hörte ein dumpfes Klopfen gegen die Seitenscheibe über ihr. Es klopfte eine halbe Stunde, aber die Frau, die natürlich große Angst hatte, blieb hinter dem Sitz zusammengekauert und regte sich nicht. Schließlich hörte sie Autos und darauf Geschrei und Geräusche wie von einem Kampf. Polizei war gekommen.

Ein Perverser, ausgebrochen aus einer Irrenanstalt, hatte den Mann, der mit seinem Kanister im Wald unterwegs war, erschlagen und enthauptet. Das dumpfe Geräusch kam von dem Kopf, den er gegen das Seitenfenster schlug. Dies alles, sagte der Cousin, habe sich ganz in der Nähe von Erkenschwick zugetragen. Er konnte ziemlich fies grinsen.

Eiserbeck, dem Regentropfen kalt unter den Kragen liefen, erinnerte sich gut seines Entsetzens. Zum Glück hatte die Frau nicht aufgeschaut, aber er mußte sich fortwährend vorstellen, was passiert wäre, wenn die Frau aufgeschaut hätte. Immerzu mußte er sich in die Frau hineinversetzen und jenen Moment erleben, als sie aufschaute und den Kopf ihres Mannes sah, obwohl sie das nicht getan hatte. Aber Eiserbeck tat es. Und er tat es auch jetzt unter dem Baum, als er in die Dunkelheit hineinschaute.

Lieber der Vietcong oder lieber ein Perverser?

Seine Kindheit hatte aus solchen Fragen bestanden. Würdste jetzt lieber Godzilla begegnen oder King Kong? Schwer zu sagen. Es war immer kompliziert gewesen, das zu entscheiden. Man mußte sich ewig den Kopf zerbrechen und alles bis ins kleinste diskutieren.

Da drüben regte sich was. Er starrte in die Dunkelheit, in den Regen. Was für ein Schwachsinn, ein Gewehr dabeizuhaben, es aber im Zelt zu lassen. Eiserbeck war klatschnaß. Noch eine Viertelstunde. Er fing wieder an zu hassen.

Am Morgen stand er verfroren in Reih und Glied. Alles war schlammig, die Kleidung klamm. Er hatte selten etwas Beschisseneres erlebt. Dann saß er mit den anderen an einem Feuer und aß geröstetes Brot mit Erdbeermarmelade. Zum Glück wurde nicht viel geredet. Wenn einer etwas sagte, schrie der Uffz gleich »Schnauze«.

Der Tag begann mit Nahkampftraining. Ein paar Judogriffe. Die Abwehr einer Messerattacke. Eiserbeck war gut in diesen Dingen. Er reagierte schnell, war geschmeidig und hatte Kraft. Mit ihm wurde niemand fertig. Er begann, den sogenannten Lehrgang zu genießen. Wieder fing er die heimlichen Blicke der anderen auf, und er wußte, daß sie ihn beneideten und bewunderten. Das vertraute Gefühl. Nur Ulrich guckte nicht verstohlen. Er war selbst nicht schlecht, und als sie sich gegenüberstanden, Eiserbeck ohne Messer, der andere mit, wenn auch nur mit Messerattrappe, da umschlichen sie sich lange, und die Ausfälle, die sie gegeneinander machten, endeten ohne Erfolg. Weder wurde Eiserbeck von dem Messer erwischt, noch konnte er dem anderen das Messer entwenden.

Das war alles in Ordnung, aber doch nur Vorspiel. Mit Nahkämpfen wollte er nichts zu tun haben. Er war Scharfschütze. Jemandem eine Klinge in den Leib zu stoßen, war etwas anderes, als abzudrücken, wenn der Feind sechshundert Schritte entfernt ist. Er wollte das Weiche des anderen Körpers nicht spüren. Was er wollte, war ein präziser, sauberer Einsatz. Ein chirurgisch präziser und chirurgisch sauberer Einsatz.

Am Nachmittag hatte Eiserbeck keine Lust mehr, als sie stundenlang robben und rennen sollten, immer Deckung suchend, erst ohne Sturmgewehr, dann mit. Die Gewehre waren mit Übungsmunition geladen, und beim Rennen mußten sie andauernd auf irgendeinen Feind schießen, was Eiserbeck blöd vorkam, weil kein Feind da war. Er wollte gehen, aber dann hörten sie alle ein Motorgeräusch, und kurz darauf fuhr ein grüner Geländewagen vor. Der Mann mit dem Kaschmirschal stieg aus. Bei ihm war ein großer schwarzer Hund.

Sie machten ihre Übungen weiter, auch Eiserbeck, der sah, daß der Mann mit dem Kaschmirschal eine Videokamera dabeihatte und das Training aufnahm.

Sie robbten und rannten und schossen, und allmählich fand Eiserbeck Spaß an der Sache. Je müder die anderen wurden, desto deutlicher wurde der Unterschied zwischen ihnen. Er war in Bombenform, und die anderen waren Schwächlinge, die japsten und ächzten und nicht mehr schnell hochkamen, wenn sie im Dreck gelandet waren. Er spritzte hoch, rannte und robbte wie noch in der ersten Stunde. Manchmal warf er einen kurzen Blick in die Kamera.

Nur Ulrich hielt noch mit. Sie rannten nebeneinander her, suchten Deckung hinter Bäumen, schossen und stürzten dann bäuchlings in den Schlamm. Als sie da lagen und nach Atem rangen, sahen sie sich für einen Moment an. Beide lächelten. Eiserbeck spürte ein Gefühl wilder Freude. Mit diesem Mann hier zu liegen, seinen Schweiß zu riechen und den eigenen, die gleiche Erschöpfung zu spüren und zu wissen, daß es noch nicht zu Ende war, das hatte was.

»Los weiter«, stieß Ulrich aus.

Sie sprangen hoch und stürzten vorwärts.

Am Abend saßen sie am Lagerfeuer, aber sie grillten nicht. Der Uffz verteilte Verpflegungspakete der Bundeswehr. Darin war eine Schachtel mit Reiseintopf, der ungefähr so roch wie der von der Caritas. Eiserbeck legte die Schachtel schnell zur Seite. Er aß das Schwarzbrot und die Schokolade. Alle hörten Ulrich zu, der wieder von Vukovar erzählte. Eiserbeck war das nicht recht, daß er zu allen sprach. So konnte er nicht seine Frage stellen, nicht in Gesellschaft dieser Idioten.

Nach dem Essen putzten sie alle an den Gewehren herum. Die anderen lachten, als sie das Steyr-Mannlicher sahen, machten Witze über den Hund und die Flugenten.

»Is so süß das Gewehr, kannste dir sogar in den Arsch schieben.«

Ihm war es recht. Das Steyr-Mannlicher mit seinen Verzierungen unterschied ihn von den anderen, und das war wichtig. Er gehörte nicht zu ihnen, auch wenn er jetzt hier am Lagerfeuer saß. Er wollte etwas anderes als sie. Am Gewehr konnte man es sehen. Die mit ihren Schießprügeln. Die taugten für die große Ballerei, nicht für den eleganten Schuß. Er strich über den Lauf des Steyr-Mannlicher. Er hatte den ganzen Tag über jede Pause genutzt, um sich mit dem Gewehr zu beschäftigen. Es war Eiserbeck vertraut, es gab ihm das Gefühl, hier nicht alleine zu sein. Aber er war auch mißtrauisch. Auf welcher Seite stand das Steyr-Mannlicher? Auf seiner? Oder war das hier die Welt des Gewehrs und er nur sein Gast?

Als er am Morgen nach der zweiten Nacht müde im taufeuchten Gras stand, den Fuchs sah und den Uffz hörte, haßte er das alles, das Camp, die Leute. Aber er blieb und machte noch einmal das Nahkampftraining mit, ließ seinen Ellenbogen ruckartig hochfahren, als sich beim simulierten Kampf mit einem der Männer eine Gelegenheit bot. War nicht sein Problem, daß die Nase blutete. War ja ein Kriegsvorbereitungscamp. Ein bißchen Blut konnte da nicht schaden.

Endlich schießen. Auf zweihundert Schritt trafen die anderen so gut wie nichts mehr. Eiserbeck traf alles. Zwei Gruppen wurden gebildet. Die anderen ballerten mit dem Uffz rum, während sich Ulrich nur noch um Eiserbeck kümmerte. Distanz: fünfhundert Schritt. Eiserbeck schoß, und Ulrich korrigierte ihn, sagte, daß er die Schulter ein wenig zurücknehmen solle, den Kopf nicht so abknicken. Manchmal schob er Eiserbecks Schulter zurück, stupste eine Hand gegen seinen Kopf. Dabei stand der Mann mit dem Kaschmirschal und filmte.

Eiserbeck vergaß alles andere. Er war hier mit Ulrich und lernte und tauschte sich aus mit ihm. Gute Gespräche über gutes Schießen. Es war kalt, aber das störte nicht mehr.

»Hast du Zweifel, wenn du tötest?«

Ulrich sah ihn an.

»Nein. Nimm die Schulter noch ein bißchen zurück.«

»Wie kannst du so sicher sein? Du kennst die nicht, auf die du schießt. Könnten ja ganz in Ordnung sein.«

»Sind sie nicht.«

»Woher willst du das wissen?«

»Sie stehen drüben.«

»Aber es ist nicht dein Krieg.«

»Wenn ich will, ist es meiner. Ich muß nur wollen.«

»Einfach so schießen?«

»Schieß jetzt.«

Fünf Treffer.

»Und hinterher, wie ist es hinterher?«

Eiserbeck lud das Steyr-Mannlicher.

»Was?«

»Wenn du einen erschossen hast, wie ist es dann?«

»Okay. Denk an die Schulter.«

Eiserbeck nahm die Schulter ein bißchen zurück.

Einatmen. Ausatmen. Einatmen. Halb ausatmen. Atem anhalten. Er nahm das Gewehr herunter.

»Ich meine, wie fühlt man sich, was denkt man, wenn man weiß, daß man ein anderes Leben beendet hat.«

»Man denkt, daß man seine Arbeit getan hat.«

Eiserbeck legte neu an.

»Aber das ist nicht irgendeine Arbeit.«

»Es ist eine endgültige Arbeit. Man tut etwas, und es hat Wirkung für alle Zeiten. Das kriegst du sonst nicht. Nimm die Schulter zurück.«

Einatmen. Ausatmen.

Am Abend, bevor Eiserbeck in das Camp fuhr, hatte er den Schwimmer getroffen. Es war nicht warm, der Schwimmer trug seinen Thermoanzug. Er sei schon ganz eingerostet, sagte der Schwimmer. Er war dicker geworden über den Winter. Seine Backen spannten das schwarze Gummi, und das sah nicht aus, als würde gleich der Thermoanzug platzen, sondern Hahnenkamp. Eiserbeck saß in der *Stratos*, seinem Ersatz für die *Pudel*, und mußte ständig denken, gleich platzt er. Aber natürlich freute er sich, Hahnenkamp getroffen zu haben. Der Schwimmer hielt sich am Ausleger fest, und sie plauderten, als habe es keinen Winter gegeben.

Es kämen noch immer Autogrammwünsche, sagte der Schwimmer, zwei, drei die Woche. »Die Leute«, sagte er, »schicken mir Fotos, die sie aus Zeitschriften und aus Büchern kopiert oder ausgeschnitten haben, und da soll ich dann draufschreiben. Ich schreibe nicht nur meinen Namen, sondern auch Herzliche Grüße. Das ist persönlicher.«

»Ist bestimmt ein gutes Gefühl.«

»Ach, wissen Sie, es ist komisch. Es kommen nur wenig Fotos von meinem Siegwurf oder von mir auf dem Treppchen, mit der Medaille um den Hals. Die meisten schicken das Foto, auf dem ich neben Barney stehe, nach diesem schrecklichen Wurf.«

Es begann zu regnen, und da, wo die Tropfen aufs Wasser schlugen, bildeten sich kleine Kreise, was aussah, als wäre die Außenalster von Augen übersät, ein dunkles Tuch mit zigtausend Augen. Eiserbeck kannte das Foto. Er hatte es damals in den Zeitungen gesehen, und manchmal zeigten sie es noch bei Geschichten über die Großereignisse des Sports. Man sah den Schwimmer auf dem Rasen stehen, und neben ihm liegt der Tote, um den sich ein paar Leute kümmern. Ein großer, schwerer Mann in einem Trainingsanzug steht im nassen Gras und hat die Arme in die Seiten gestemmt. Er guckt nicht auf den Leichnam, sondern schräg nach oben, als schaue er einem Diskus nach. Vielleicht, dachte Eiserbeck, wenn er das Foto sah, hoffte Hahnenkamp, daß der Diskus nicht gegen den Kopf des Kampfrichters gekracht ist, daß der einen Herzinfarkt hat oder einen Schlaganfall und daß der Diskus da noch irgendwo fliegt, eine kleine Scheibe, die sich um die eigene Achse dreht, auf dem Weg durchs Stadion, hinweg über die weißen gebogenen Linien, an denen die Weite abgelesen wird, bis zu dem einen, dem letzten Kreidestrich, der den Weltrekord markiert. Und Hahnenkamp guckt, wie Diskuswerfer gucken, wenn ihnen ein Wurf nicht ganz geglückt ist, sie aber dennoch hoffen, daß auf wundersame Art eine gute Weite herauskommt. Schmerz liegt in diesem Blick, aber auch ein Funken Optimismus, der allmählich verglüht.

»Sie unterschreiben diese Bilder doch nicht«, sagte Eiserbeck.

Der Schwimmer schaute ihn durch seine Taucherbrille an.

»Nein, nein.«

Sie schwiegen. Dann sagte der Schwimmer:

»Sie werden naß.«

»Es geht schon.«

»An meinen Olympiasieg erinnert sich kaum jemand. Er zählt nicht viel, weil die Sowjets gefehlt haben. Das war ihre Rache dafür, daß wir 1980 nicht in Moskau angetreten sind. Am schlimmsten hat ihre Rache die Sieger getroffen. Die Sieger müssen nun damit leben, keine richtigen Sieger zu sein, weil der Ostblock nicht mitgemacht hat. Aber ich war dafür, Moskau zu boykottieren. Es war Krieg in Afghanistan, da konnten wir nicht einfach Medaillen einsammeln. Wissen Sie, das war gut im Kalten Krieg. Man kümmerte sich um die kleinen Kriege, man war immer besorgt. Haben Sie gesehen, wie fröhlich Barcelona war, alle dabei, und in Sarajewo war zur selben Zeit Krieg, eine Olympiastadt, denken Sie mal.«

»Vielleicht ist es bald vorbei.«

»Die Diskuswerfer sind ohnehin nicht interessant. Meinen Sie, ich hätte ein Werbeangebot nach Los Angeles bekommen? Nicht eines. Ich glaube, wir sind zu dick, das wollen die Leute nicht sehen. Aber daß mein Diskus einen Kampfrichter erschlagen hat, das weiß jeder. Gold zählt nichts gegen den Tod. Der Tod ist interessant, die beste Nachricht von allen. Wie viele Interviewanfragen es gab, und eine kleine Versicherungsagentur bot mir zehntausend Mark für ein Werbefoto. Zufälle gibt es immer, wollten sie danebenschreiben. Es war schlimm, und dann diese Geschichten, daß es vielleicht Absicht gewesen ist, und tatsächlich wurde ja ermittelt gegen mich, aber es wird immer ermittelt in solchen Fällen, und dann schreibt doch diese Zeitung, daß Barney und ich einmal in dieselbe Frau verliebt gewesen seien, eine isländische Mittelstrecklerin, womit es also ein Motiv gab, weil Barney bei ihr gelandet ist und ich nicht. Schon wurde geschrieben, meine Leistungen seien zurückgegangen, weil ich nicht mehr auf Weite trainiert habe, sondern Zielwürfe. Stellen Sie sich das einmal vor. Aber das wissen Sie ja wahrscheinlich alles.«

Eiserbeck überlegte, ob der Schwimmer ein Mörder sein könne. So wie er jetzt aussah, mit der Taucherbrille, die seine Augen zu Glubschern machte, mit der Kapuze des Thermoanzugs wirkte er, als sei ihm alles zuzutrauen, Mord, Serien-, sogar Massenmord. Aber er glaubte nicht daran, der Schwimmer war ein netter Mensch, und Eiserbeck wußte, daß er nicht angeklagt worden war.

»Meinen Sie, ich hätte mir einen Toten ins Leben holen wollen? Wissen Sie, wie einen die Leute angucken, wenn Sie meinen, man hätte einen Menschen umgebracht? Nicht anklagend, nein, ich sehe nie einen Vorwurf in den Blicken: Hättest du mal besser aufgepaßt mit deinem Diskus, nein, fasziniert sind sie. Man sieht, daß sie sich vorstellen, wie das sein könnte, einen anderen ausgelöscht zu haben, unwiderruflich, endgültig. So was interessiert die Leute. Aber mir wäre lieber, ich wüßte nicht, wie das ist.«

Es regnete immer noch, als sie sich trennten, stärker jetzt, die Tropfen sprangen zurück vom Wasser wie Bälle, landeten dann sanfter und warfen erneut Ringe, ein Auge im Auge. Eine Pfütze schwappte unter dem Fußbrett im Rhythmus von Eiserbecks Bewegungen, vor, zurück. Er war durchnäßt, aber er mochte es, im Regen zu rudern. Der Schwimmer tat ihm leid. Eiserbeck hätte nie gedacht, daß ein Olympiasieger so traurig sein kann. Er wußte wenig von ihm. Hahnenkamp hatte einen Job bei der Umweltbehörde, mehr hatte er nicht erzählt. Er sprach nicht über das, was jetzt war.

Eiserbeck ruderte in den Leinpfadkanal, und dann sah er Isabella am Fenster stehen, die Hände auf die Fensterbank gestützt. Das Licht war nicht an. Bald bin ich bei dir, dachte Eiserbeck in seinem Skiff.

Eigentlich hätte er nach dem Schießtraining gehen müssen. Was interessierte ihn eine Minenübung. In Genf würden keine Minen liegen. Aber es war ein langer Weg bis nach Hause, und da war es besser, hier noch mitzumachen, um sich dann bequem zurückfahren zu lassen. Also hörte er sich an, wie Minen versteckt werden und wie man halbwegs sicher durch ein Minenfeld kommt.

Am Nachmittag gingen sie zu einer Lichtung, die in den Wald geschlagen war. Baumstümpfe ragten aus sandigem Boden, dazwischen waren Wurzelwerk und Reste von totem Unterholz. Eine wunderbare Lichtung, wunderbar für Minen.

»Ich gehe voraus«, sagte der Uffz. »Wenn ich bei den Bäumen bin, folgt der nächste.«

Eiserbeck wurde als Vorletzter eingeteilt. Nach ihm kam nur noch einer der beiden Dicken.

»Ich habe sieben Minen vergraben. Achtet auf meine Fußstapfen. Achtet genau auf meine Fußstapfen. Eine Mine ist echt.«

Stille. Für einen langen Moment schwieg der Wald. Eiserbecks Sinne waren besetzt von dem Wort »echt«. Vier Buchstaben, die alles veränderten.

»Was soll das?«

»Was soll was, Eiserbeck?«

»Wieso ist eine echte Mine dabei?«

»Weil es um Krieg geht. Im Krieg ist alles echt.«

»Aber das hier ist eine Übung.«

Eiserbeck sah nach den anderen. Sie standen zwischen den Bäumen am Rand der Lichtung. Ihre Gesichter waren gefroren. Es gelang Eiserbeck nicht, einen Blick aufzufangen. Dann würde er eben abhauen. Er mußte sich das nicht antun. Warum sollte er einen Unterschenkel riskieren? Für was? Er sah sich auf einem Fuß mit Isabella tanzen, hoppelnd, hüpfend, mit zappelnden Armen, um das Gleichgewicht zu halten. Unmöglich. Da würde er sich lieber eine Kugel geben. Und wie rudert man mit einem Bein? Geht doch gar nicht. Man könnte höchstens paddeln, aber Ruderer verachten Paddler. Dicke Arme, dünne Beine. Die kämen ohne Unterschenkel aus.

»Angst, Zivi?«

»Es hat keinen Sinn, das zu tun.«

»Wenn du hier durch ein Minenfeld gehst, gehst du da unten auch.«

Ich gehe nicht nach da unten. Ich bin nicht wahnsinnig.

»Und ich dachte schon, du könntest ein guter Soldat werden. Trainingsweltmeister reicht aber nicht.«

Er überlegte, wie er dem Wort Feigling entgehen konnte. Er müßte ihnen erklären, daß es nicht feige ist, sich sinnlosen Mutproben zu widersetzen, daß es einen Unterschied gibt zwischen Mut und Wahnsinn. Das konnte er erklären, ohne weiteres, aber dann sah er in die Gesichter der Männer, die dastanden und rauchten, und er wußte, daß sie es niemals verstehen würden. Feige, würden sie denken, der Kerl ist feige. Wir haben Angst, aber der ist feige.

Nur die Fußstapfen. Nur in seine Fußstapfen treten.

Aber der Uffz hatte höchstens dreiundvierzig. Dreiundvierzig gegen siebenundvierzig. Das waren einige Quadratzentimeter Überstand. Sein Risiko war viel höher als das der anderen. Dieses ganze beschissene Gezwerg hier. Er sah Ulrich an. Ulrich stand am Rand der Lichtung und rauchte.

Der Uffz ging jetzt los. Die Männer am Rand der Lichtung schauten auf seine Stiefel, auch Eiserbeck, mit fast schmerzhafter Aufmerksamkeit, als wolle er jedes Aufsetzen des Fußes in sein Gedächtnis fotografieren.

Geh jetzt. Verschwinde. Der Befehl war schon bei seinen Füßen, aber er ging nicht. Er stand am Rand der Lichtung und starrte dem Uffz nach.

Alle, die vor ihm gingen, kamen gut durch. Das wäre ja

auch möglich gewesen, daß einer der anderen auf die Mine trat. Ihn hätte das gerettet.

Sollte er sich jetzt wieder schämen für diesen Gedanken?

Als Eiserbeck an der Reihe war, setzte er seinen linken Fuß mit einem staksigen Schritt in den ersten Abdruck im Sand. Er paßte bequem hinein, weil hier schon sechs Füße durchgelaufen waren und jeder nicht ganz exakt getroffen hatte, so daß sich das Mal Zentimeter um Zentimeter ausdehnte. Er ging leicht gebückt, innerlich zusammengekrampft, jeder Muskel unter Spannung. Sein Blick war zu einem Strahl gebündelt, der nichts anderes sah als das Zielgebiet für den nächsten Schritt. Da war nichts als heller Sand und ein bißchen Gestrüpp darüber.

Nach dem fünften Schritt sah er hart neben dem nächsten Fußabdruck die erste Mine. Sie war nicht sonderlich gut versteckt, eher so, daß man sie sehen sollte. Sanft wie nie ließ er seinen Fuß im Sand landen. Nur keine großen Erschütterungen. Bei fünfundneunzig Kilo konnte man nie wissen. Und dann stand der Fuß einige Zentimeter neben der Mine, die vielleicht echt war und den Unterschenkel abreißen konnte. Er versuchte, nicht daran zu denken. Als er die nächste Mine sah und sich sein Fuß senkte, hatte er für einen Moment das Gefühl, das ihn auf hohen Brücken überkam: Mach's doch. Es ist das, was sein muß. Dein Leben hat genau dieses Ziel. Wehr dich nicht. Auch jetzt war das ein Moment des Glücks, weil es ein Moment vollkommener Freiheit war. Aber das Gefühl wurde mit einem strafenden Gedanken verdrängt, und Eiserbecks Fuß landete paßgenau in dem Abdruck.

Er ging dann schneller, richtete sich ein wenig auf, entkrampfte. Es konnte ihm nichts passieren. Kurz vor den Bäumen schritt er fast lässig aus, weil das die Haltung war, in der ihn die anderen sehen sollten. Aber die anderen sahen ihn nicht. Sie hatten ihre Köpfe in den Nacken gelegt und schauten zum Himmel. Eiserbeck, der sieben Minen gezählte hatte, also sicher sein konnte, daß keine mehr kommen würde, schaute nun auch hinauf und sah einen Raubvogel, der dort oben kreiste, die Flügel weit gespannt. Es war ein herrliches Segeln, eine Labung für die Augen, die sich vorher in den Boden gekrallt hatten.

Dann krachte es, nicht besonders laut, ein kurzer und trockener Knall. Eiserbeck fuhr herum, und noch bevor er sah, was es zu sehen gab, wußte er, was er sehen würde. Der Dicke, am Boden liegend. Er hörte ihn schreien. Da rannte er schon, und die anderen rannten auch.

Das erste Gefühl war, daß dies ja vertraut ist. Er hatte viele Männer so liegen gesehen. Verkrümmt auf dem Boden, Schmerz im Gesicht. Neu war der Stumpf. Stümpfe zeigten sie normalerweise nicht. Hier war einer. Eiserbeck hatte ihn nur kurz wahrgenommen. Ein Stiefel mit etwas dran stand im Sand. Am linken Knie war die Tarnfleckenhose ausgefranst. Darunter kam nichts mehr. Da war jetzt etwas mit Eiserbecks Magen, so ein Gefühl, als verleibe sich der Magen saugend den eigenen Körper ein. Eiserbeck kniete neben dem Kopf des Dicken. Hier war sein Platz. Das wußte er jetzt, nachdem er erst hatte loslaufen wollen, weil der Uffz nach dem Sanikoffer schrie. Alle hatten sie gezuckt, um loszulaufen und drei liefen tatsächlich los, obwohl man den Sanikoffer bequem alleine tragen konnte. Aber er war jetzt für den Kopf zuständig. Sein Job. Er kniete im Sand, dem Stumpf und allem anderen den Rücken zugewandt. Seine linke Hand lag unter dem Nacken des Jungen, seine Rechte strich über seinen Kopf.

»Ruhig, ganz ruhig. Wir sind da. Wir helfen dir.«

Da waren noch andere, die am Kopf knieten, und das störte Eiserbeck. Das hier war sein Job. Sollten sie sich einen anderen suchen.

»Ruhig, ganz ruhig.«

Ulrich machte irgendwas mit dem Bein, und jetzt wand

sich der Junge, aber da waren schnell Hände, die ihn festhielten.

»Ruhig, ganz ruhig.«

Der Junge schrie immer noch. Es gab einen Moment, da war ihm Eiserbeck böse, weil das hier alles viel leichter gewesen wäre, wenn der Junge nicht so wahnsinnig geschrien hätte. Er wünschte sich Ruhe, um einfach dahocken, den Kopf streicheln und sich irgendwas denken zu können. Vielleicht hätte ihn sein Magen nicht ganz verschlungen. Aber der Junge mußte ja schreien.

»Ruhig, ganz ruhig.«

Bestimmt tat es höllisch weh.

Er sah zu, wie Ulrich dem Jungen eine Spritze in die Armbeuge gab. Er hatte kein Problem, so etwas zu sehen. Andere fielen um.

Als der Junge ruhiger wurde, sah Eiserbeck auf. Ringsum hockten die Männer auf Baumstümpfen und rauchten. Niemand sagte etwas. Ulrich war noch mit dem Bein beschäftigt.

Dann rief sie der Uffz zusammen und sagte, daß der Junge fürs erste versorgt sei. Er brauche einen Freiwilligen, der zum nächsten Dorf laufe und einen Rettungshubschrauber anfordere.

»Die anderen packen zusammen. In einer halben Stunde ist Abmarsch. Die müssen nicht mitbekommen, was wir hier gemacht haben. Einer bleibt bei dem Jungen und verschwindet, wenn der Hubschrauber kommt. Wer macht's?«

»Ich.«

»Also der Zivi bleibt. Auf jetzt.«

Die Männer liefen davon, in den Wald. Nur der Uffz blieb und sprach mit dem Jungen, dem er sagte, daß es nun sein Auftrag sei, zu schweigen, damit die anderen weitermachen könnten.

»Erzähl ihnen, daß du hier herumgewandert bist wegen irgendwas, denk dir was aus, und dann war da eine Mine, die Soldaten bestimmt bei einer Übung vergessen haben. Ist das klar?«

Der Junge nickte.

»Und du hältst auch die Schnauze.«

Eiserbeck, der auf einem Baumstumpf nahe bei dem Jungen saß, sah den Uffz an, sagte aber nichts. Dann schaute er zu, wie er die Attrappen einsammelte und ebenfalls im Wald verschwand.

Schweigend saß er da und betrachtete den Jungen, der im Sand lag und beinahe zufrieden aussah.

»Zivi?«

»Ja?«

»Da war ein toller Vogel. Ich hab ihn da oben gesehen.«

»Ein Raubvogel.«

»So einen hab ich überhaupt noch nie gesehen.«

»Ich weiß nicht, was es für einer war.«

»Riesenflügel.«

»Vielleicht ein Bussard.«

»Nee. Bestimmt ein Adler oder so was.

»Vielleicht.«

Sie schwiegen wieder.

Eiserbeck versuchte immer noch, nicht nach dem Beinstumpf und dem abgerissenen Fuß zu sehen. Aber irgendwie hatte er das Gefühl, nirgendwo hinschauen zu können, ohne Stumpf und Fuß zu sehen. Sie waren ihm permanent in den rechten Augenwinkel eingeblendet, und selbst wenn er die Augen schloß, konnte er dieses flüchtige Bild nicht loswerden. Lag es daran, daß er es nicht loswerden wollte? Nichts zog seinen Blick so sehr an wie der Stumpf und der Fuß. Dies hier war eine Gelegenheit, sich das, was einem niemand zeigen wollte, einmal anzusehen. Der Fuß war nun einmal da und der Stumpf auch. Bestimmt war er verbunden. Das müßte doch auszuhalten sein.

Eiserbeck verschob seine Pupillen nach rechts und sofort darauf zurück. Er machte das wiederholt, verweilte jedesmal länger bei Stumpf und Fuß, bis er seine Augen dort ließ. Der Stumpf war verbunden. Es machte ihm kein Problem, das vor Augen zu haben, wenn es auch merkwürdig war, einen Menschen so unvollständig zu sehen, dazu noch in einer Asymmetrie, die den Jungen, obwohl er lag, in Eiserbecks Vorstellung wegkippen ließ. Armer Junge. Etwas anderes war es mit dem Fuß. Der Fuß stand in seinem Stiefel einsam im Sand der Lichtung. Aus dem Stiefel wuchs etwas, das dunkelrot war und olivgrün und auf eine ekelerregende Art zersaust aussah. Eiserbecks Magen, der eine zeitlang Ruhe gegeben hatte, begann erneut, die Eingeweide zu verschlingen.

»Wo ist mein Fuß?« fragte der Junge.

»Er steht da vorne.«

Eiserbeck machte eine Bewegung mit der Hand.

»Wie sieht er aus?«

»Er sieht okay aus.«

»Sie nähen ihn bestimmt wieder an.«

»Ja, das machen sie.«

»Die haben schon Schwänze wieder angenäht.«

Eiserbeck hatte davon gehört.

»Einen Schwanz annähen ist bestimmt schwieriger, als einen Fuß annähen.«

»Ja.«

»Obwohl im Schwanz kein Knochen ist. Der Knochen macht es schwierig.«

»Es wird schon.«

Nach einer Weile fragte der Junge:

»Würdest du lieber einen Fuß verlieren oder deinen Schwanz?«

Eiserbeck stand auf. Er fragte sich, was Ulrich dem Jungen gespritzt hatte. Er ging ein paar Schritte und schaute dann zum Himmel. Da war kein Vogel mehr und noch kein Hubschrauber. Er drehte sich. Aus welcher Richtung würde er wohl kommen?

Ihm ging die blöde Frage nicht aus dem Kopf. Es waren solche Fragen, die einen verfolgten. Sie waren sinnlos, aber irgendwie interessant, weil es so schwierig war, eine Antwort zu finden. Er ging zurück zu dem Jungen.

»Kannste mir den Fuß hierhinstellen? Ich will ihn sehen.«

»Laß ihn lieber dort.«

»Ach komm. Ich will ihn hier haben.«

Eiserbeck ging zu dem Fuß. Er sah nicht hin. Er packte den Schuh vorne an der Kuppe und trug ihn zu dem Jungen. Erst war er überrascht, weil der Schuh so schwer war, aber dann machte er sich wieder klar, daß ein Fuß drin steckte.

»Danke, Kamerad.«

Eiserbeck ging zum Rand der Lichtung und pißte gegen einen Baum. Er hatte einen Schuh angefaßt, einen Schuh getragen, nichts anderes. Er wollte, daß der Hubschrauber jetzt kommt. Wenn er noch länger auf sich warten ließ, würde die Wirkung der Spritze nachlassen, und er wollte nicht, daß der Junge wieder zu schreien anfing. Er wollte überhaupt nicht mehr hier sein, auf dieser Lichtung mit dem Jungen und dem Fuß und dem Wald ringsum. Im Wald hatte er sich immer gefürchtet. Das war der Ort, wo etwas Feindliches drohte. Feindliches, dachte er als Kind, konnte jederzeit zwischen den Bäumen hervorbrechen. Mit der Erinnerung verstärkte sich das Gefühl des Unbehagens. Eiserbeck schloß seine Hose und ging zurück zu dem dicken Jungen.

Als der Hubschrauber kam, war Eiserbeck fast überrascht, daß er orangefarben war und nicht olivgrün. Irgendwie hatte er einen olivgrünen Hubschrauber erwartet.

Er stand da und sah zu, wie zwei Männer den Jungen auf einer Bahre in den Hubschrauber hoben. Ein dritter kam zu ihm und fragte, was passiert sei. Eine Mine, sagte er. Ging plötzlich hoch. Der Mann wollte seine Personalien, und Eiserbeck sagte irgendwas. Er sah noch, wie sie den Fuß in einen Plastikbeutel packten. Dann drehte er sich um und ging durch den Wald und über Wiesen, bis er zu einer Straße kam. Ein Fuß wäre besser, dachte Eiserbeck, lieber einen Fuß.

Er hatte kaum geschlafen, weil das Bett viel zu kurz war und er die Knie anziehen mußte, um hineinzupassen. Krumm lag er im Bett und hörte die halbe Nacht den Fernseher des Nachbarzimmers. Geschrei, quietschende Reifen, Schüsse, ihm war, als kenne er den Film.

Das Zimmer, in dem er lag, war absurd groß. Ein Riesenzimmer mit einem schmalen Bett aus Stahlrohr, dazu Nachttisch, Waschbecken, Tisch, Stuhl, Schrank. Von der Decke hing eine Glühbirne mit einem winzigen Hütchen. Die Tapete war aus blassem Orange, in Rottönen zwiebelförmig und kleinteilig gemustert. Zigaretten hatten Löcher in das Bettlaken gebrannt. Auch auf dem Telefon und im Holzfurnier des Nachttisches waren verkohlte Stellen, die aussahen wie schwarze Pocken. Ein Kalender mit einer Schneelandschaft hing an der Wand.

Eiserbeck war dann doch noch eingeschlafen. Nach höchstens drei Stunden, um sieben, fuhr er hoch, weil das Telefon geklingelt hatte. Hastig griff er nach dem Hörer, stieß dabei den Apparat vom Nachttisch.

»Ja?«

Er schrie.

Der Weckdienst. Er schmiß den Hörer weg. Idiot. Woher soll sie wissen, daß du hier bist? Er lag auf dem Bett und dachte darüber nach, was er wohl gemacht hätte, wäre Isabella am Apparat gewesen. Sofort nach Hamburg gefahren? Oder hier den Job erledigt? Er wälzte das hin und her, brach dann aber ab. Sie hatte nicht angerufen. In einem Anfall von Sorge griff er unter das Bett und zog seine Sporttasche hervor. Er öffnete den Reißverschluß und schaute, ob das Steyr-Mannlicher noch da war. Natürlich war es noch da.

Er stand auf und ging den langen Weg bis zum Fenster. Vorher zog er seine Socken an, weil ihn der Teppich, der übersät war mit Flecken und Flusen, ekelte. Nackt, nur in Socken stand er am Fenster und betrachtete das, was er von Genf sehen konnte. Ein Hinterhof, grau, abblätternde Farbe. Drüben gähnte ein Mann und kratzte sich unter der Achselhöhle. Eine Taube, die von einer Fensterbank geschissen hatte, flatterte davon.

Der Mann tat ihm leid, weil er vielleicht immer in solchen Hotels nicht nur übernachten, sondern auch leben mußte. Wie war ein Leben zwischen solchen Tapeten und auf solchem Teppich? Man wacht auf und hat keinen Mut mehr, weil man weiß, daß alles, was man anfängt, hier enden muß. Jeder Schritt, jeder Gedanke ist umhüllt von diesem Zimmer. Wo soll da ein Sinn herkommen? Er war deprimiert, weil man ja nie weiß, wo einen das eigene Leben zurückläßt.

Eiserbeck erschrak, als er vor dem Spiegel über dem Waschbecken stand und hineinsah. Er hatte es vergessen. Er hob seinen rechten Arm und legte seine Hand mit gespreizten Fingern auf den Schädel. Wie ein Tintenfisch mit fünf Armen lag sie da. Es war eine riesige Hand, die einen Basketball bequem von oben halten konnte. Zwischen den Fingern sah er den weißen Strich. Die Haut fühlte sich kühl an und glatt. Nicht ein Haar hatte er mehr auf dem Kopf.

Vor zwei Tagen war Eiserbeck in Hamburg aufgebrochen. Er hatte sich nicht abgemeldet. Er nahm den Polo, weil sein Capri eine solche Strecke nicht mehr durchstehen konnte. Außerdem war es besser wegen der Grenze. Ein Auto der Caritas würden sie wohl kaum durchsuchen. Blöd für die Caritas, aber ihr Auto würden sie schon wiederbekommen, und es ging ja um eine gute Sache. Da hatten sie sicher Verständnis. Nach seinem Dienst fuhr er mit dem Polo zum Schäfer und holte das Gewehr ab.

Kurz vor Recklinghausen verließ er die Autobahn. Es war sentimental, es war überflüssig, und er hatte das nicht vorgehabt, aber als er die Ausfahrt Oer-Erkenschwick sah, setzte er den Blinker. Abschied von Mutti, dachte er höhnisch. Der Soldat gibt der Mutti einen letzten Kuß, dann zieht er in den Krieg. Er wollte sie sehen. Basta.

Am Haupttor der Zeche hielt er und stieg aus. Er lehnte sich auf das Dach des Polos und schaute hinüber. Eiserbeck nahm weniger das wahr, was er sah, sondern das, was er nicht sah. Keine Kokerei, kein Gasometer, keine Schornsteine. Die Zeche reckte sich nicht mehr, sie kauerte. Über ihr strahlte blau der Himmel. Das hätte sie früher nicht durchgehen lassen.

Damals hatte Eiserbeck den großen Schornstein der Kokerei gefürchtet. So hoch und so dünn, das konnte nicht gutgehen. Auf dem Schulweg kam er dem Kamin sehr nahe, und dann rannte Lukas, weil er damit rechnete, das schmale Gemäuer könne einstürzen, lauere nur auf eine Gelegenheit, ihn zu erschlagen. An windigen Tagen nahm er Umwege in Kauf. Später wurde Eiserbeck tatsächlich Zeuge, wie der Kamin sich verneigte, als nähme er Abschied von Erkenschwick, um dann zu fallen und im Staub zu zerbröseln. Man hatte ihn gesprengt. Eiserbeck verfolgte das Schauspiel schadenfroh von einer Brücke. Dann ging er den einst gefürchteten Weg aufreizend langsam dreimal hin und her. Am nächsten Tag hieß es auf dem Pausenhof, nun sei Lukas Eiserbeck der letzte Schornstein von Erkenschwick. Wie immer, wenn Scherze über seine Länge gemacht wurden, lachte er nicht.

Sirrend drehte sich die Seilscheibe des großen Förderturmes. Irgendwas machten sie noch, viel konnte es nicht sein. Eiserbeck schaute zum Fenster der Waschkaue. Nichts zu sehen. Früher hing an Haken unter der Decke die Kleidung der Bergleute. Als er ein Kind war, dachte er, dort hingen Erhenkte. Er lächelte. Die Zeche war kein Schrecken mehr.

Er war milde geworden, mit der Zeche, mit Erkenschwick. Er lebte in einer großen Stadt, weit weg.

In der Trinkhalle gegenüber dem Haupttor kaufte er Lakritzzungen, weil er hier früher auch Lakritzzungen gekauft hatte. Drinnen standen Stapel von Bierkisten und Männer, die Bier aus Flaschen tranken. Schalke oder Dortmund, die große Frage. Früher, das große Wort. Wie issen die Luft da oben? Zehn Augen sahen ihn an. Wie sie das freute. Er zuckte mit den Achseln. Trinkse einen mit? Keine Zeit.

Er ging ein Stück in die Innenstadt hinein, vorbei an dem Woolworthklotz, den Riesen in einer ihrer Launen in diese Stadt des Kleinformats hineingewürfelt hatten. Gegenüber war die Pommesbude, wo er einst im Dunst heißen Fettes gestanden hatte, mit einer gierigen Erwartung, die selten vom Hunger kam, weil er satt war, wenn er hier stand. Es ging auch nicht darum, daß es gut schmeckte. Es schmeckte gut, mit doppelt Schaschliksoße am besten, aber das war es nicht. Es ging darum, dort zu stehen, das Pappschälchen umschlossen von den Fingern, Stäbchen um Stäbchen mit der winzigen Plastikgabel herauszupicken und eine Art Seligkeit in sich aufsteigen zu fühlen, während die wattige Kartoffel vom Gaumen zerquetscht wurde. Eine Pommesseligkeit war das. Wo die herkam, wußte Eiserbeck nicht. Er hatte nie darüber nachgedacht. Er wußte, daß es im Winter, wenn die Finger klamm waren und die Pommes dampften, am seligsten war. Drüben rauchte die Zeche, und hier dampften die Pommes. Es gab keine bessere Erinnerung an seine Zeit in Erkenschwick.

Er ging in die Pommesbude. Bleich lagen Würste in der verglasten Theke. Fett tropfte von den Hähnchen, die sich in einem Grill drehten. Er hörte das giftige Brutzeln der Friteuse. Es roch nach alldem. Eiserbeck verließ die Bude. An der Tür rannte er fast in einen Mann, der hineinwollte.

Er ging einfach weiter, aber dann, nach einigen Schritten, fiel ihm ein, daß das Thorsten Feldkeller gewesen war, und er drehte sich um, sah in dessen Gesicht, das sich freudig erhellte. Eiserbeck winkte schwach, winkte ab und eilte zum Polo.

Dann saß er in einem der Nilpferdsessel und spielte mit der Fernbedienung.

»Guckst du eigentlich Nachrichten?« fragte er seine Mutter, die in der Küche schnell ein Gulasch machte, obwohl ihr Eiserbeck gesagt hatte, er wolle nicht essen.

»Selten.«

Seine Mutter war füllig geworden, was sie nicht mehr ganz so groß aussehen ließ. Schmal war sie nie gewesen, starkknochig eher, aber jetzt war sie ein bißchen rund. Er sah sie an, durch die offene Tür, und hatte ein warmes Gefühl für seine Mutter. Sie drehte sich ihm zu, lächelte. Er guckte zum Fernseher, wo er einen Mann sah, der sein Gesicht zwischen Gitterstäbe quetschte und dabei sang.

»Du solltest Nachrichten gucken.«

»Es passiert soviel Schlimmes. Ich will's gar nicht sehen.«

»Manchmal passiert auch was Gutes.«

»Gestern hat Frau Lapaschinski, weißt du, die, wo ich die Wäsche immer zum Mangeln hinbringe, beim Woolworth zehn Mark gefunden.«

Eiserbeck mußte sich zusammenreißen. Er war eine Viertelstunde hier, und schon mußte er sich zusammenreißen. Er sagte nichts. Er hörte irgendwas von Frau Lapaschinski.

Zweiunddreißig. Achtzehn. Fünfundzwanzig.

Die Sender, die er mochte, waren im Fernseher seiner Mutter weiter hinten programmiert. Das machte das Zappen umständlich. Erst die drei drücken und dann schnell die zwei, erst die eins, dann die acht, die zwei, die fünf.

»Schalt doch nicht soviel um. Das macht dich doch ganz verrückt.«

Er mußte sich wieder zusammenreißen. Das hatte sie immer gesagt. Konzentrier dich, sagte sie, bleib mal bei einer Sache. Als wäre Zappen schädlich. Im Gegenteil, es war, fand er, geradezu natürlich, paßte zum Menschen. Wenn man so nachdachte, tagträumte, dann wechselten die Bilder auch ständig. Beischlaf mit Isabella, der Golf, der auf die Kreuzung rollt, eine alberne Erinnerung an einen Stofftiger, dem ein Auge fehlte, und das alles in vier Sekunden. War doch auch gezappt, Hirnzapping. Hatte das schon mal einer untersucht oder nur bedacht? Oder war er da jetzt der erste? Interessante Sache.

»Erzähl doch mal was.«

»Was soll ich denn erzählen?«

»Na, was du so machst in Hamburg.«

»Ich fahre Essen aus.«

»Was gibt's denn so bei der Caritas?«

»Immer das gleiche.«

Er stand auf und schaute zum Fenster hinaus. Die Siedlung glich einer Kaserne ohne Mauern. Zweistöckige Kästen standen in strenger Ordnung. Aus rußigen Fassaden lugten kleine Fenster. Zwischen den Häusern waren Beete. Salat. Möhren. Kartoffeln. Früher wurde das alles weggeschmissen. Zuviel Ruß. Erntezeit war Wegwerfzeit, jedes Jahr. Aber die Leute bauten unermüdlich Gemüse an. Jeder hatte seine Parzelle, abgetrennt durch Flaschen, die man falsch herum so tief in die Erde gedrückt hatte, bis nur noch die Böden hervorschauten. Grünes Glas. Weißes Glas. Entweder oder. Gemischt wurde nicht.

»Hast du Kummer?«

Seine Mutter stand vor ihm.

»Wie kommst du dadrauf?«

»Du wirkst so, als hättest du Kummer.«

»Hab ich aber nicht.«

Er aß kaum etwas von dem Gulasch und brach dann rasch auf.

»Mutter, ich …«, sagte er an der Tür. Er hatte sich abgewöhnt, Mama zu sagen. Er sah sie nicht an. Ihm saß ein Kloß im Hals.

»Was denn?«

»Schon gut.«

Er war schon durch die Tür, als er sagte:

»Du solltest wirklich Nachrichten gucken. Versuch es mal, nur ein paar Tage.«

Er fühlte sich schlecht, als er im Polo zur Autobahn fuhr. Seine Mutter tat ihm leid. Er war wieder mürrisch gewesen, und sie würde jetzt die Teller spülen und grübeln, was nur los war mit ihrem Lukas. Aber sie nervte so wahnsinnig. Jedes Wort von ihr war eine Erinnerung an tausend ähnliche Worte. In jedem Blick lagen die Blicke von zwei Jahrzehnten, die man miteinander gelebt hatte. Auch diesmal hatte er sich vorgenommen, nett zu sein, etwas zu erzählen. Aber ihre Blicke, ihre Worte machten alles zunichte. Du könntest milde sein, dachte er und überlegte umzudrehen, aber er fuhr weiter.

Er hatte das Radio eingeschaltet und hörte Musik, die er mochte. Er fühlte sich wieder besser. Der Polo lief gut, Tempo hundertzwanzig, hundert schaffte Eiserbeck nie ganz. Autofahren konnte einen selig machen, er wußte auch nicht warum. Eigentlich müßte es langweilig sein, aber das war es nicht. Nur hinter dem Steuer war es möglich, sich seinen Gedanken über Stunden auszuliefern. Man hatte nicht den Wunsch, sich abzulenken, weil es richtige Ablenkung nicht gab. Also schickte man seine Gedanken auf Reisen, und irgendwie paßten sie sich dem Tempo des Autos an. Gedehnt und einschläfernd bei unter hundert, flüchtig und aggressiv ab hundertfünfzig. Hundertzwanzig war auch deshalb ein gutes Tempo. Gemächlich und entspannt arbeitete das Gehirn. Die Gedanken zogen vorbei wie die Gehöfte und Dörfer. Klar umrissen, aber nicht zu lange verweilend.

Alles war gut. Er würde tun, was er sich vorgenommen hatte, und das machte ihn stolz. Es war richtig, groß zu denken. Er ging die letzten Monate durch und fand, daß er fast alles richtig gemacht hatte. Es begann mit einer Niederlage, aber die ließ etwas Neues entstehen, und wenn gelang, was er im Sinn hatte, dann würde danach alles besser sein als zuvor. War das denn nicht oft so, daß aus Niederlagen etwas Gutes, etwas Großes wuchs? Sicher, manches war peinlich gewesen. Er dachte an die Begegnung mit dem Tänzer im Hotel *Atlantic* oder seine Wut über den Friedensvertrag. Aber in der milden Stimmung, die bei Tempo hundertzwanzig in der Abenddämmerung aufkam, waren das nur die kleinen Einbrüche, die große Pläne immer begleiten. Er würde Isabella auch davon erzählen, und sie würde ihn verstehen. Die Sonne war eine Blutorange und sackte langsam auf die gelben Felder zu. Ein gutes Lied lief, und er sang mit.

Ihm fiel der Abiturball ein, als sie im Morgengrauen an der Theke tranken, am Rand eines fast leeren Saals, wo die Flaschen leer auf den Tischen standen und Musiker ihre Instrumente einpackten, er und ein paar Kumpels. Und sie erzählten die Weibergeschichten, die schal waren wie das Bier in den Gläsern, da sie nur noch langsam tranken, und trotzdem hatten sie Freude dran, am Bier und den Geschichten. Weißte noch, wie die Claudia …

Sie prosteten sich zu, und dann kam der Lehrer Schwitkowiak, von dem alle gedacht hatten, er sei längst weg, weil er früh voll gewesen war, wie immer, der gute Lehrer Schwitkowiak, Geschichte und Sozialkunde. Alle mochten ihn. Als habe er auf dem Klo geschlafen, müde, das Gesicht zerknittert, so sah er aus, als er heranwankte, Schwitkowiak mit seinem Buckel, der noch nicht so schlimm war, aber schlimmer werden sollte, wie es hieß. Die Brille schief im Gesicht, durchstieß er den Kreis, um sich vor Eiserbeck aufzubauen. Leicht schwankend stand er da, aus seinen schwarzen Augen, diesen nie freundlichen Augen, von denen man sich aber nicht täuschen lassen durfte, zu ihm heraufschauend.

»Ihre Arschigkeit«, sagte er, »wird mir nicht fehlen.«

Eiserbeck wußte genau, was er meinte, und es traf ihn. Er sah sich an der Schmalseite des Hufeisens im Klassenzimmer sitzen, einen Platz neben sich frei, den rechten Arm über einen leeren Stuhl gelegt, Abstand zum Tisch haltend, wegen der langen Beine, die er übereinandergeschlagen hatte, und aus dieser Position war es ihm eine ständige Freude, in den allfälligen Diskussionen über das Gute und Böse als treibende Kräfte der Geschichte, Diskussionen, die Schwitkowiak liebte, das Gute zu zerpflücken. Zu Nero und Hitler sagte er nichts, langweilig, aber wenn es um Stauffenberg ging oder Gandhi, dann kam seine Stunde, dann machte er sie nieder, besonders gerne Gandhi, zu dem sich der Leistungskurs Geschichte geschlossen den Kinofilm angesehen hatte, und als dann am nächsten Tag vor allem am rechten Ende des Hufeisens die Schwärmerei begann, wie immer, wenn es um die guten Gestalten der Geschichte ging, da sprach Eiserbeck von der unerträglichen Eitelkeit der Bescheidenen, von der verklemmten Sexualität eines Mannes, der seiner Frau Enthaltsamkeit zumutete, während er sich von jungen Mädchen die Füße massieren ließ. Also guckten sie wieder verkniffen am rechten Ende des Hufeisens, wo die Pastorin das große lebende Idol war, und sie stritten, bis das Mädchen, das ganz am Ende saß, zu weinen anfing, weil Eiserbeck gesagt hatte, Gandhi sei es doch auch nur um den eigenen Ruhm gegangen, ohne das so richtig zu meinen, jedenfalls fehlten ihm Belege, aber es machte eben Spaß. Es war ganz still im Klassenzimmer. Das Mädchen weinte. Eiserbeck nahm den Arm von der Stuhllehne. Er wollte sich später bei ihr entschuldigen, aber dann fehlte die Gelegenheit, wie das eben so ist.

Schwitkowiak, leicht schwankend, sah ihn an aus seinen schwarzen Augen, und Eiserbeck konnte den Blick nicht halten, rettete sich in ein Lachen, weil die anderen auch lachten, aber fröhlicher als er es konnte. Schwitkowiak hatte ihm immer gute Noten gegeben.

Er mußte an den Abiturball denken, weil er nach Genf fuhr, und dort würde am übernächsten Tag der Arzt auftauchen, und er, Lukas Eiserbeck, würde ihn erschießen, was ohne Zweifel eine gute Tat war. Ruhe finden über das Atmen, dann den Schuß geschehen lassen. Es war ein gutes Gefühl, das war nicht zu leugnen, ein gutes Gefühl, etwas Gutes vorzuhaben, eine hilfreiche Tat, auch wenn, wie er sich eingestand, sein Motiv nicht ganz rein war, obwohl, keine Frage, es eindeutig auch darum ging, diesen Krieg einem Ende näherzubringen. Das hielt doch keiner aus, täglich Neues von den Bombardierungen, den Massenvergewaltigungen und den Konzentrationslagern, manchmal auch Rückblicke, best of war.

Zügig rollt der Golf, der Volkswagen, in die Kreuzung, wird dann langsamer und bleibt stehen. Die Beifahrertür springt auf, ein Mann läßt sich auf die Straße fallen. Der Fahrer hängt über dem Lenkrad. Den Sniper sieht man nicht.

Eine gute Tat, auf jeden Fall. Er genoß dieses Gefühl. Es konnte einen schaudern lassen.

Es war dunkel, als er an einer Raststätte hielt. Er tankte und stellte den Polo auf den Parkplatz. Seine Knochen waren steif, und er machte ein paar Dehnübungen. Dann saß er eine Weile auf der Motorhaube. Er hörte den abkühlenden Motor knistern und sah müde Gesichter im weißen Licht der Tankstelle.

Sie ahnten nichts. Fuhren in die Nacht, ohne zu wissen, daß sie bald eine wichtige Nachricht erreichen würde. Niemand hatte die leiseste Ahnung. Plötzlich passiert etwas in der Welt, und alle sind überrascht. Man hat es nicht geahnt. Und doch hält sich die Überraschung in Grenzen, weil man wußte, daß etwas passieren würde, nur wußte man nicht was. Wenn länger nichts passiert war, drückte Eiserbeck Taste fünf mit steigender Erwartung, daß nun etwas fällig wäre. Und nie dauerte es lange, bis ein Hotel ausbrannte, ein Mann Amok lief, ein Rebell den Präsidentenpalast besetzte oder Achtlinge geboren wurden. Man kann sich darauf verlassen. Für Nachrichten wird gesorgt. Die Welt läßt Taste fünf nicht im Stich.

Allerdings: gute Nachrichten sind selten.

Eiserbeck war nervös, als er auf die Grenze zurollte. Er sah die Hand, die ihn rauswinkte, die steinernen Gesichter der Grenzer, hörte den Ruf »ein Gewehr«, das Geschrei, sah die Fuchtelei mit Pistolen, das Gezerre. Und dann er im Licht einer weißen Lampe: Was wollen Sie mit einem Gewehr und Hohlspitzgeschossen?

Die Grenzer winkten ihn durch.

In später Nacht kam er in Genf an und fuhr lange durch die dunkle Stadt, bis er ein Hotel gefunden hatte. Es gab genug Zimmer, aber alle waren unglaublich teuer. Das, wo er schließlich abstieg, konnte er sich auch nicht leisten, obwohl es heruntergekommen war, aber da war es ihm schon egal, weil er nur noch ein Bett wollte.

Am Morgen ging er zum Bahnhof und hinterließ den Angelsack mit dem Steyr-Mannlicher in einem Schließfach. Er kaufte einen Stadtplan und machte sich dann zu Fuß auf den Weg zum Konferenzzentrum, nervös, zage, mit einer Ahnung, als wäre er gerade dabei, sich lächerlich zu machen. Wie sollte er, Lukas Eiserbeck, geboren in Erkenschwick, Zivildienstleistender bei der Caritas in Hamburg, den Arzt erledigen? Ausgerechnet er. Sie würden den Arzt beschützen, nicht nur seine Leibwächter, die halbe Polizei dieser Stadt würde auf den Beinen sein, damit niemand dem Arzt ein Härchen krümmen kann. Eiserbeck hatte immer gewußt, daß er eine Menge Glück brauchen würde, um diese Sache erledigen zu können, und nun war er nicht mehr in der Lage, an dieses Glück zu glauben. Aber war das nicht auch eine Erleichterung?

Als er am Morgen vor dem Finale der Juniorenweltmeisterschaft in Bled auf der Toilette saß und sich sein Darm krampfartig entleerte, als er dort schon über eine Viertelstunde hockte, spürte er plötzlich ein starkes Ziehen im rechten Knie und dachte, dies sei die Rettung. Er war verletzt, und das bewahrte ihn davor, sich dieser Tortur auszusetzen, dieser großen Gelegenheit, einen großen Fehler zu machen. So ähnlich dachte er jetzt auch, als er durch Genf lief. Du wirst kein Glück haben, und das ist dein Glück.

Irgendwas war los im Konferenzzentrum. Eine Menge Polizisten standen herum, und die Straßen waren abgesperrt. Eiserbeck stellte sich hinter eines der Gatter und sah zu, wie schwere Limousinen leise schnurrend heranrollten. Er konnte nicht erkennen, wer ausstieg. Er sah nur Leiber, die drängelten. Und Kameras. Alles war voller Kameras. Aus dem Gewusel wäre es leicht gewesen, einen Schuß abzugeben. Das Ziel einer Kamera kann auch das Ziel einer Pistole sein. Er hatte keine Pistole. Er würde auch nicht so nahe herankommen. Man mußte Journalist sein. Aber Journalisten, dachte Eiserbeck, tun so etwas nicht, obwohl sie dazu am besten Gelegenheit hätten.

Es war warm. Ein schöner Tag. Eiserbeck zählte siebzehn Kameras.

Er war ein Sniper. Er war nicht zage. Er sah sich die Gebäude ringsum an. Sie standen ein gutes Stück zurück, vierhundert Schritt vielleicht. Aber die Eingänge waren bewacht, und nichts anderes hatte er erwartet. Dann entdeckte er das Gebäude, das er im Fernsehen gesehen hatte. Es stand in zweiter Reihe und ragte höher hinaus als die anderen. Die Schmalseite war dem Konferenzzentrum zugewandt. Distanz: gut sechshundert Schritt. Eiserbeck lief durch eine Nebenstraße zum Eingang, und er sah, daß es sich um ein Krankenhaus handelte. Es war kein Problem, hineinzukommen. Niemand bewachte es. Als würden sie, dachte Eiserbeck, nur darauf warten, daß es einer riskiert, daß einer endlich schießt, damit es vorbei ist. Feiglinge, dachte er, verdammte Feiglinge.

Mit dem Aufzug fuhr Eiserbeck in eine der oberen Etagen. Er wandte sich nach links, Richtung Konferenzzentrum, und lief über einen Gang, bis er vor einer Tür stand, die verschlossen war. Er konnte kaum Französisch, aber es war nicht schwer, sich das hier zusammenzureimen. Zutritt nur für Personal. Das gleiche auf der nächsthöheren Etage. Dann gab es nur noch eine. Im Aufzug stand er zusammen mit zwei Männern, die bunte Trainingsanzüge und Pantoffel trugen. Dem einen war ein Verband um den Kopf gewickelt. Der andere war kahl. Eiserbeck sah eine kurze Narbe über dem rechten Ohr. Die beiden Männer starrten gebannt aufwärts, als käme es ihnen darauf an, das Ziel dieser Fahrt so früh wie möglich zu sehen.

Direkt neben dem Aufzug war eine Glastür. Neurologie. Eiserbeck folgte den beiden Männern, die in ihren Pantoffeln so versiert schlurften, als würden sie seit Jahren nichts anderes tragen. Auf der Station waren eine Menge Leute wie sie, in Trainingsanzügen und Pantoffeln. Es gab auch reichlich Kopfverbände. Die Leute standen herum oder gingen mit trägen Schritten den Gang hinunter. Niemand sagte etwas. Eine ältere Frau trug einen Stoffelefanten. Eiserbeck hatte die Glastür kaum passiert, als ihn eine Schwester ansprach. Sie sagte etwas, das er nicht verstand, und dann wiederholte sie es widerwillig auf deutsch. Besuche nur zwischen sechzehn und achtzehn Uhr.

»Bitte.«

Sie öffnete die Tür und machte eine energische Bewegung mit der Hand. Eiserbeck verließ die Station. Die Verhandlungen waren morgens. Am Nachmittag konnte er den Arzt nicht erschießen.

Eiserbeck ging stundenlang durch die Straßen, verloren an seine Gedanken. Er lief in Passanten und fast vor ein Auto. Hart streifte seine Schulter einen Ampelmast. Im Weitergehen murmelte er Entschuldigungen, auch zu dem Ampelmast. Er plante und verwarf. Seine Gedanken rotierten wie die Trommel einer schleudernden Waschmaschine.

Warum tat man ihm das an? Es war die Stadt, natürlich. Sie wollte ihn nicht, wollte nicht für ihn da sein, nicht in seine Pläne, sein Leben passen. Genf sah ja schon aus wie Hamburg. Ein See und rundherum protzige Häuser. Dahinter Berge, nur das war anders.

Er saß schon im Polo, um nach Hause zu fahren. Aber als er in den Rückspiegel schaute und die Haare zurückstrich, weil sie ihm in die Augen hingen, kam ihm eine Idee. Er stieg aus und suchte ein Sportgeschäft.

Eiserbeck kaufte eine Kappe der Washington Redskins, Badelatschen und einen Trainingsanzug. Drei Streifen, das mußte schon sein. Dann zog er los, um einen Friseurladen zu finden.

Es gab eine Menge, aber Eiserbeck stand immer nur unschlüssig vor den Schaufenstern und ging am Ende nicht hinein. Er wollte sich nicht schämen müssen, und er hatte Angst, sich in jenen Spiegeln, die nie etwas anderes sahen als die unverschämteste Eitelkeit, schämen zu müssen. Stolz, schön zu sein, schauten die Kunden gierig in die Spiegel und daneben schauten die Friseure und Friseusen, stolz über ihre Arbeit, aber auch stolz, weil sie sich, fand Eiserbeck, für noch schöner hielten. Umrahmt war das alles von sorgfältig ausgesuchten Möbeln, passend zu den Farben der lasierten Wände. Unmöglich, sich hier häßlich machen zu lassen, schon gar nicht von jungen Friseusen oder schwulen Friseuren.

Lange wanderte er durch Genf, bis er sich in engen Gassen wiederfand, wo die Häßlichkeit nicht vollständig ausgetrieben war, und dort sah er dann einen Friseurladen, der ihm zusagte. Es war eine kleine Friseurstube, deren Inhaber Grieche sein mußte, jedenfalls hatte er einen griechischen Namen. Alt und fett stand er in der Tür und trat wortlos beiseite, als Eiserbeck in den Laden ging. Es roch nach billigem Haarwasser, und die Spiegel sahen nicht aus, als hätten sie viel Schönheit anschauen müssen. Gewöhnt waren sie an verbrauchtes, beschädigtes Mobiliar und ergraute Wände. Gewöhnt waren sie an einen häßlichen Friseur, und da die Friseure ihren Kunden meist ähnlich sehen, mußte sich Eiserbeck keine Sorgen machen. Hier würde es wohl gehen.

Er saß vor dem Spiegel und spürte sein Herz klopfen. Er hatte sich auf solchen Stühlen unwohl gefühlt, seitdem er von den Krügers grob rasiert worden war. Schon in den Stunden vor dem Gang zum Friseur packte ihn eine leichte Beunruhigung, ähnlich wie bei Leuten, die den Zahnarzt zwar nicht panisch fürchten, sich aber doch von der Aussicht auf Schmerz einschüchtern lassen.

Mit den Händen signalisierte Eiserbeck dem Friseur, daß er eine Totalrasur wünsche. Alles runter. Der Friseur wiederholte die Geste gleichmütig und nachdem Eiserbeck bestätigend genickt hatte, griff er zur Schere.

Eiserbecks Hände wurden feucht, als das Klappern der Schere begann. Er sah sein Haar fallen, das aschgraue Haar. In mittellangen Strähnen schwebte es zu Boden oder auf den Kittel, der Eiserbecks Körper bedeckte. Es fiel ihm auch ins Gesicht und blieb dort, weil sich der Friseur keine Mühe machte, es wegzupinseln. So hatte Eiserbeck plötzlich büschelweise Haare im Gesicht, und das erinnerte ihn an einen Film über einen Werwolf, wo einem Mann bei seiner Verwandlung das Haar büschelweise ins Gesicht wuchs. Eiserbeck schloß die Augen.

Er hörte das Klappern der Schere und den keuchenden Atem des Friseures.

Als das Klappern für einen Moment aufhörte, wußte er,

daß der Friseur die Narbe gesehen hatte. Eiserbeck ließ die Augen geschlossen, spürte aber das Entsetzen im Blick des Friseurs. Es dauerte etwas, bis die Schere wieder klapperte. Nicht lange und es hörte ganz auf. Eiserbeck vernahm ein elektrisches Brummen und spürte das Metall des Rasierers kalt auf seiner Haut. Dann war es still. Als er die Augen öffnete, sah er ein Wesen von einem anderen Planeten. Seltsam glatt und mit hohem Kopf. Es war ein Wesen, dem man ansah, wie es sein Schöpfer gefertigt hatte. Alles von oben in die Hülle gestopft und dann zugenäht. Lausige Arbeit. Die Narbe, weiß und erhaben, lief nicht gleichmäßig über den Kopf, sondern zackte nach links hinten weg. Häßlich.

Er sah Schweißtropfen aus der Haut perlen. Er sah weiße Punkte dort, wo die Nadel die Kopfhaut durchstoßen hatte. Mit gleichgültiger Miene schwenkte der Friseur einen ovalen Handspiegel um Eiserbecks Hinterkopf. War ihm egal, wenn jemand häßlich sein wollte. War ihm wahrscheinlich sogar recht, dachte Eiserbeck.

»Très bien.«

Der Friseur nickte.

Eiserbeck stand auf, zahlte und noch bevor er den Laden verließ, setzte er die Kappe auf. Er ging zum Bahnhof und holte das Gewehr aus dem Schließfach.

Am Abend, in seinem orangen Riesenzimmer, saß er mit übereinandergeschlagenen Beinen auf dem Bett, das Steyr-Mannlicher auf den Knien. Der Fernseher lief, zeigte aber nicht seine Programme. Die gab es hier nicht. Hin und wieder warf er einen Blick auf Spielfilme, die er schon gesehen hatte.

Er nahm einen Putzstock und schob ihn von hinten durch den Lauf des Steyr-Mannlichers. An der Mündung kam kurz darauf ein Filzpfropfen heraus, geschwärzt von Pulverresten. Eiserbeck zog den Putzstock wieder zurück, nahm einen sauberen Pfropfen.

Plötzlich hatte er Angst. Er wollte doch gar nicht töten.

Er wollte nicht ewig mit dem toten Arzt leben. Niemals könnte er es ertragen, einen Menschen auf dem Gewissen zu haben. Ihn überkam Panik. Was sollte er hier in diesem grauenhaften Schlafsaal mit einem Gewehr und einer Handvoll Hohlspitzgeschosse. So was hatte er doch nie gewollt. Das war nicht sein Ding. Er konnte keinem etwas zuleide tun. Groß war er, sicher, auch stark, aber doch gutmütig, wie es die großen starken Menschen oft sind. Harmlos.

Ruhig, Mann, cool. Du wirst einen Menschen auf dem guten Gewissen haben. Das ist ein Unterschied, ein riesiger. Er steckte den Filzpfropfen auf den Putzstock und beträufelte ihn mit Waffenöl. Stell ihn dir essend vor. Bei der Caritas gab es manchmal Cevapčiči mit Teufelssoße, die dann rotglänzend von Beckmanns Kinn troff.

Eiserbeck legte den Putzstock weg, nahm einen Lappen und rieb ihn sanft über das Gewehr. Als er fertig war, hob er es hoch und betrachtete den See mit den Flugenten und die Maserung des Schaftes. Eigentlich war das Steyr-Mannlicher ein schönes Gewehr. Schade, daß es den Riß im Holz hatte. Er war ganz ruhig. Er saß auf dem Bett und betrachtete sein Gewehr. Einen Filzfusel auf dem Lauf pustete er weg. Dann nahm er einen kleinen Schraubenzieher und löste zwei Schrauben am Ende des Schaftes. Das Gewehr ließ sich nun in zwei Teile zerlegen. Er setzte es wieder zusammen, nahm es erneut auseinander. Er konnte das zügig und blind, hatte oft genug beim Schäfer geübt. Schaft und Lauf verstaute er in seiner Sporttasche. Die Schrauben steckte er in sein Portemonnaie.

Den Schalldämpfer hatte Eiserbeck nicht dabei. Brauchte er nicht. Sollten sie ihn doch hören. Sollten sie ihn doch festnehmen und anklagen. Wofür denn?

Neben ihm auf dem Bett lag eine Pappschachtel mit Munition. Er schüttete alle zwanzig Patronen auf das Bett und hielt dann jede einzelne gegen das Licht der Lampe.

Unterschiede waren nicht zu erkennen. Er sah die hohlen Spitzen und dachte an die Wirkung. Auftreffen. Aufpilzen. Knochen durchschlagen. Gefäße zerreißen. Hirnmasse verquirlen. Es würde kaum etwas übrigbleiben vom Kopf des Arztes. Er würde mehr oder weniger platzen. Das konnte man nicht senden. Soviel war klar. Sie würden die Szene herausschneiden, nur die Leiche zeigen, von den Füßen her aufgenommen. Ein kurzer Schlenker über den Kopf. Nur eine Ahnung von diesem furchtbaren Anblick. Er würde es auch nicht sehen. Er war ein Mucker. Augen zu im Moment des Schusses. Gut so.

Er nahm eine der Patronen und drückte sie in das Magazin. Er brauchte nur eine. Einen zweiten Versuch würde es nicht geben.

Er repetierte. Hoch. Zurück. Vor. Runter. Klack, klack, ein schönes, klares Geräusch. Vergiß nicht, die Augen vorher kurz zu schließen. Du brauchst den Feuchtigkeitsfilm.

Er dachte daran, was danach sein würde. Ein paar Tage würden sie ihn wohl festhalten, vielleicht ein paar Wochen. Er würde freikommen und dann? Mußte er mit Rache rechnen, mit einem Leben wie dem von Salman Rushdie? Sich verstecken, bewacht werden. Er glaubte nicht daran. Aber es konnte nicht schaden, erst einmal mit Isabella nach Indien zu gehen.

Als Eiserbeck mit dem Gewehr fertig war, machte er das Licht aus und legte sich hin zum Schlafen, aber dann hörte er drüben den Fernseher und blieb wach, überdachte alles, was er schon hundertmal überdacht hatte. Später hatte er eine Erektion, weil er sich vorstellte, wie er mit Isabella schlief. Aber er berührte sich nicht. Vor Regatten hatte er das auch nie getan. Befehl vom Trainer. Geht die Spannkraft verloren.

Eiserbeck trug seine Kappe, als er zum Frühstück ging. Sie war dunkelrot und zeigte den Kopf eines grimmigen Indianers. Das Steyr-Mannlicher hatte er zerlegt in der Sporttasche bei sich. Im Frühstücksraum saßen eine Menge Leute, die alle aufschauten, als er hereinkam. Er setzte sich an einen Tisch zu einen älteren Mann. Ein Frau brachte Kaffee, zwei Croissants, Döschen mit Butter und Marmelade. Eiserbeck trank den Kaffee, biß lustlos in das Croissant.

»Schöne Kappe«, sagte der ältere Mann.

»Bitte?«

»Schöne Kappe. Guter Indianer.«

»Ja.«

»Und sonst?«

Eiserbeck nahm die Tasse.

»Was?«

Der Mann lächelte fein.

»Was sonst?«

Er hatte gelbe Haut, die ihm so faltig über dem Gesicht hing, als wäre sie für einen größeren Kopf gemacht. Seine Augen, die schräg standen, blickten wach.

»Ferenc.«

Der Mann reichte seine Hand über den Tisch.

Eiserbeck nahm sie.

»Eiserbeck.«

»Ich sage Ihnen was.«

Der Mann beugte sich vor, senkte seine Stimme.

»Es gibt hier viele Räuber.«

»Tatsächlich?«

»Absolut. Ich habe da etwas, das Sie interessieren dürfte.«

Eiserbeck wartete.

Der Mann griff unter den Tisch und zog einen Aktenkoffer hervor, den er zwischen die Gedecke legte. Dann machte er eine Geste mit der Hand.

»Ihr Koffer. Ich mußte lange auf Sie warten.«

»Es ist nicht meiner. Ich habe keinen Koffer.«

»Darf ich?«

Der Mann steckte sich eine Zigarette an.

»Entschuldigung. Es ist natürlich nicht Ihr Koffer. Es ist ein Koffer für Sie.«

»Vom wem? Wer hat Ihnen das aufgetragen?«

Der Koffer sah neu aus und billig. Kunstleder.

»Moment. Ich habe wirklich lange auf Sie gewartet.«

Der Mann nestelte in der Tasche seiner Jacke. Dann hielt er in seiner Hand etwas, das aussah wie eine Fernbedienung, aber kleiner war und nur einen Knopf hatte.

»100 000 Volt«, sagte er.

»Ich muß gehen. Ich habe einen Termin.«

»Es ist so. Die Räuber haben Ihren Koffer, und Sie drücken diesen Knopf. Dann ...«

Er zog an seiner Zigarette.

»Sie verstehen.«

»Wollen Sie sagen, daß man diesen Koffer unter Strom setzen kann?«

»Tausendzweihundert Franken. Nein. Tausend.«

Eiserbeck stand auf.

»Ich brauche Ihren Koffer nicht.«

»Wie Sie wollen.«

Der Mann, der Ferenc hieß, reichte ihm die Hand.

»Guter Indianer.«

Wichser, dachte Eiserbeck, verdammter Wichser.

Er saß auf der Toilette, ging dann in sein Zimmer und zog den Trainingsanzug an. Er schaute noch einmal in den Spiegel, schnitt Grimassen. Er wollte wie ein freundlicher Clown sein, aber die Narbe machte jedes Gesicht zur Fratze. Die Kappe auf, die Sporttasche mit dem Steyr-Mannlicher über die Schulter, durch die Tür und los ging es. An der Treppe machte er noch einmal kehrt, weil er die Badelatschen vergessen hatte.

Er war ganz ruhig, als er den Polo zum Krankenhaus steuerte. Er war auch stolz. Hier kommt der Sniper. Aufgepaßt bei Taste fünf. Er mußte Umwege fahren, weil sie einige Straßen gesperrt hatten. Unweit des Krankenhauses parkte er den Polo, zog die Badelatschen an, nahm die Kappe vom Kopf und holte die Sporttasche aus dem Kofferraum. Seine Schuhe und die Kappe steckte er hinein. Sein bestes Hemd war schon drin, auch die beste Jeans. Nach dem Schuß würde er sich umziehen. Er wollte nicht in diesem lächerlichen Aufzug vor die Kameras treten. Schlurfend ging er zum Krankenhaus.

Im Aufzug stand er mit einer Ärztin und zwei Patienten, von denen einer auf Krücken ging. Eiserbeck drückte seinen Rücken gegen die Wand des Aufzuges. Er sah die Blicke, die mit angestrengter Zufälligkeit über seine Narbe streiften. Die Leute stiegen aus, andere stiegen ein. Es blieb bei den Blicken.

»Ça va?«

Eine Schwester hielt ihm die Tür auf, als Eiserbeck auf die Station zuschlurfte. Den Kopf hielt er gesenkt, weil die meisten Schwestern aus Asien waren, also klein. Er nickte.

Das Frühstück war vorüber. Eiserbeck schlurfte den Gang hinunter. Am Ende saßen einige Patienten auf Sesseln und Sofas. Er stellte sich ans Fenster und sah hinüber zum Konferenzgebäude. Die Kameras waren schon da, mehr als gestern, über zwanzig. Was ihm Sorge machte, war die Entfernung. Von hier oben sah es ziemlich weit aus.

Der Gang bog nach links ab. Da waren Zimmer, aber die eigneten sich nicht. Entweder waren Leute drin, oder es konnten jederzeit welche hereinkommen. Zur Not würde er sie hinauswerfen und sich dort verbarrikadieren. Die Zeit, die er brauchte, würde er so gewinnen. Aber besser, eleganter wäre etwas anderes.

Er war jetzt voll konzentriert. Jeder Gedanke hatte nur ein Ziel: Wie komme ich zum Schuß? Nur manchmal, in kurzen Sekunden, war ihm, als hätte er eine zweite Wahrnehmung von sich. Während er den Gang entlangging, sah er sich den Gang entlanggehen. Er war zufrieden mit dem, was er sah. Gut so, du bist in Form.

Das letzte Zimmer war ein Bad. Du hast Glück. Dein Tag. Besetzt. Er sah auf die Uhr. Noch eine Viertelstunde. Als er den Gang auf- und abging, begegnete er der Frau, die den Stoffelefanten trug. Sie grüßte, und er grüßte zurück. Der Fußboden, auf dem er wanderte, war mit grünen Linoleumplatten belegt, und Eiserbeck folgte genau einer der Linien, die von den Fugen gebildet wurden. Seine Loipe.

Noch fünf Minuten. Welche hirnverbrannte Badenutte weichte denn da ihren beschissenen Körper ein? Er mußte sich jetzt entscheiden. Sollte er ein Zimmer besetzen oder auf die zweite Chance warten. In ein, zwei Stunden würden sie wieder in ihre Limousinen steigen. Dann konnte er immer noch zum äußersten Mittel greifen. Er setzte sich in einen Sessel und sah aus dem Fenster. Es war besser, wenn er saß. Dann fiel er nicht so auf. Die Sporttasche schob er unter den Sessel.

Auf den Dächern der Häuser ringsum lagen in schwarzen Overalls Scharfschützen, die aber nicht zum Krankenhaus schauten. Sie konzentrierten sich auf die Straße vor dem Konferenzzentrum.

Die ersten Limousinen fuhren vor. Eiserbeck sah das breite Gehabe der Leibwächter, die sich um die rechte hintere Tür aufbauten. Dann sah er den wirren Haarschopf. Es war dieser Moment, auf den es ankam. Aussteigen. Einsteigen. Nur da, wußte Eiserbeck von Taste fünf, konnte er den Kopf ungeschützt im Visier haben. Danach und davor mauerten die Leibwächter den Arzt mit ihren Körpern ein. Zwei Sekunden, aber die reichten ihm.

Er saß da und schaute hinaus. Er sah die Stadt, aber auch Bilder aus den letzten Monaten. Isabella, wie sie tanzt, die Schlange in der Flasche, der Mann, der lächelt, weil er ein bestimmtes Kondom genommen hat, die Glupschaugen des Schwimmers, den Golf, der in die Kreuzung rollt, den Arzt.

Patienten schlurften heran, sahen zum Fenster hinaus, sprachen auf französisch miteinander.

Was der Arzt jetzt wohl dachte, sagte, machte? Letzte Gedanken, letzte Worte, letzte Handlungen. Kanonen nicht zurückziehen. Gebiet nicht hergeben. Etwas in der Art. Das Leben ging normal weiter, der Arzt saß da auf seinem Stuhl, und hier schmiegte sich ein Hohlspitzgeschoß in ein Magazin. Nur einer von allen Menschen wußte, daß der Arzt nicht mehr lange zu leben hatte. Und das war er, Lukas Eiserbeck. Oder ahnte der Arzt etwas? Das gab es angeblich. Ein leichtes Unwohlsein, ein Ziehen in der Magengegend, der Wunsch nach einem Slivowitz, einer Tablette.

Drüben der Arzt, hier das Hohlspitzgeschoß. Kopf gegen Projektil. Aufschlagen. Aufpilzen. Austreten. Kein schöner Anblick, aber da war nichts zu machen. Schön atmen, unmerklicher Krafteinsatz.

Nach anderthalb Stunden stand Eiserbeck auf und schlurfte zum Badezimmer. Es war frei. Es war weiß gekachelt und hatte eine große Badewanne. Außerdem sah Eiserbeck einen Toilettenstuhl, einen weißen Schrank mit Handtüchern und Plastikflaschen drin, ein Regal mit einem Radio und Gestelle, an denen Gummischläuche hingen. Als sein Großvater im Krankenhaus war, hatten sie ihm mit solchen Schläuchen Einläufe gemacht. Eiserbeck schob den Schrank vor die Tür. Er schaltete das Radio ein und suchte einen Kanal, der gute Musik spielte. Dann ging er zum Fenster. Es hatte körniges Glas, dahinter sah man die Schatten von Gitterstäben. Eiserbeck öffnete das Fenster.

Blauer Himmel, Wolken wie Berge.

Die Kameraleute standen herum und rauchten. Eiserbeck zog Schaft, Lauf und Magazin aus der Sporttasche. Er prüfte, ob die Patrone im Magazin war. Natürlich war sie drin. Als er Schaft und Lauf zusammenschrauben wollte, fiel eine der Schrauben herunter, und er mußte lange über den Boden kriechen, bis er sie hinter einem Stuhlbein gefunden hatte. Er setzte das Gewehr zusammen und schob das Magazin ins Fach. Hoch. Zurück. Vor. Runter. Vor dem Konferenzzentrum kam Bewegung in die Kameraleute.

Eiserbeck stand am Fenster, das Gewehr unterhalb der Fensterbank haltend. Der erste, der kam, war der Mann aus Sarajewo, eingemauert von seinen Leibwächtern, bedrängt von den Kameras. Als er einstieg, gab es genau den Moment, den Eiserbeck brauchte. Dann würde es ihn auch beim Arzt geben.

Es klopfte.

Eiserbeck konzentrierte sich auf seinen Atem.

Es klopfte lauter.

»Fünf Minuten.«

Neu atmen.

Zwischen breiten und hohen Schultern sah er den wirren Schopf. Eiserbeck nahm das Gewehr so in Anschlag, daß die Striche im Visier knapp oberhalb der rechten hinteren Tür zur Ruhe kamen.

Augen kurz schließen.

Die Leibertraube näherte sich der Limousine.

Atem anhalten.

Er sah den Kopf des Arztes nah bei sich, den wirren Schopf, das große Ohr. Er hörte die Musik aus dem Radio.

Der Hans-Albers-Platz war ein Platz der Nutten. Sie standen herum oder liefen drei Schritte und wieder zurück. Nuttenhospitalismus. In der Mitte des Platzes war ein Denkmal, das Hans Albers zeigte. Unter ihm breitete eine riesige Möwe ihre Flügel aus. Von oben schissen kleinere Möwen auf seinen Kopf. Er sah nicht fröhlich aus. Ringsum waren Bars, in denen Eiserbeck hin und wieder Whiskey getrunken hatte. Der Hans-Albers-Platz war Isabellaland.

Sein neuer Kunde wohnte am Hans-Albers-Platz. Er wollte spät essen und wurde deshalb auf den letzten Platz der Liste gesetzt. Eiserbeck mochte neue Kunden nicht. Es war immer krampfig, und sie hatten viele Fragen. Um zwei Uhr war er am Hans-Albers-Platz und suchte den Namen des Neuen auf der Klingelleiste. Hartmut Schweighofer, er stand ganz oben. Eiserbeck trat zwei Schritte zurück und schaute die Fassade hinauf. Fünf Stockwerke. Nun gut, so blieb er im Training. Er schellte, und es meldete sich eine Männerstimme, die Eiserbeck nicht alt vorkam. Seine jüngeren Kunden – jünger hieß um die fünzig – waren meist Diabetiker, aber der hier hatte Normalkost bestellt.

»Wenn Sie hereinkommen, finden Sie rechts einen Aufzug.«

Es summte, und Eiserbeck, der die Kappe trug, stand in einem Treppenhaus, das so war wie viele auf seiner Route: verkommen, vermieft. Aber von rechts leuchtete das blanke Metall der Aufzugtür, und das war hier, inmitten abgewetzten Holzes und abblätternder Wandfarbe, ein fremder Anblick. Ohne daß Eiserbeck etwas getan hätte, fuhr die Tür zurück, und er stieg ein. Die Tür schloß sich. Der Aufzug surrte nach oben.

Nach kurzer Fahrt fand sich Eiserbeck nicht etwa in einem Treppenhaus wieder, sondern in einer Wohnung. Eigentlich war es nur ein Zimmer, ein riesiges Zimmer, fast so groß wie eine Etage. Er verließ den Aufzug und stand nun zwischen Möbeln, die wuchtig waren, aber elegante Linien hatten. Eiserbeck, der sich nicht gut auskannte in diesen Dingen, vermutete, daß es sich um Art deco handelte. Es waren nicht viele Möbel. Jedes Stück hatte eine Menge Platz und schien ihn zu brauchen, um seine eitle Aura entfalten zu können. An den Wänden hingen Ölgemälde, die verzerrt Köpfe zeigten.

Dann sah Eiserbeck einen großen schwarzen Hund, der hinter einem Paravent hervorkam. Es war der Hund des Mannes mit dem Kaschmirschal. Breit lief er auf Eiserbeck zu und drückte ihm seine Schnauze zwischen die Oberschenkel. Sein Blick war nicht freundlich, fand Eiserbeck.

»Nicht so ungestüm, keine Sorge, er tut nichts.«

Der Mann, der den Kaschmirschal getragen hatte, kam nun ebenfalls hinter dem Paravent hervor.

»Ich grüße Sie, guter Freund, schön, Sie einmal wiederzusehen. Leider haben Sie den Weg in unsere Mitte ja nicht mehr gesucht. Aber nun finden wir hier zusammen. Ich freue mich außerordentlich.«

Eiserbeck war irritiert.

»Eigentlich suche ich einen Hartmut Schweighofer, bei dem ich Essen abliefern soll.«

»Ganz recht. Schweighofer ist mein mir werter Name und dies der Ort, in dem ich mich eingerichtet habe.«

»Aber Sie brauchen doch kein Essen auf Rädern.«

»Doch, doch. Wir haben uns entschlossen, unseren Speiseplan bereichern zu lassen, wobei ich nicht verhehlen will, daß die Aussicht, Sie auf diesem Wege wiederzusehen, unsere Entscheidung günstig beeinflußt hat.«

Eiserbeck trug die grüne Styroporbox noch unter dem Arm. Jetzt nahm er sie in beide Hände, wußte aber nicht so recht, was er damit anfangen sollte. Es gab hier einen Tisch, aber der sah nicht so aus, als würde er es schätzen, so banal beschwert zu werden.

»Geben Sie nur her.«

Schweighofer nahm die Box und stellte sie auf den Tisch. Er entfernte den Deckel, hob die Aluminiumschachtel heraus, öffnete sie. Den Inhalt füllte er in einen Napf, der unter dem Tisch stand. Sofort kam der Hund und fraß. Er fraß Schweinenacken in Bratensoße mit Möhren, Erbsen und Spätzle.

»Was wollen Sie von mir?«

»Ein Talent wie Sie läßt man nicht gerne ziehen. Sie schießen prächtig, und ich glaube auch, daß Sie auf einem Weg sind, der Sie zu uns führen wird. Ich möchte mit Ihnen im Gespräch bleiben.«

»Was ist mit dem Jungen, der auf die Mine getreten ist?«

»Oh, wissen Sie, der sogenannte Fortschritt hat sein gutes. Putzmunter ist er.«

»Was ist mit seinem Fuß?«

»Der Fuß ist da, wo Mutter Natur ihn hinhaben will, gleich unterhalb der Wade, gut eingepaßt, sauber vernäht.«

Mit langer Zunge leckte der Hund das Essen aus dem Napf.

»Er wird wieder richtig gehen können?«

»Richtig gehen ist ja so eine Sache. Die einen watscheln, die anderen stelzen. Vielleicht wird er hinken. Gehen wird er. Aber was ist mit Ihnen? Wie geht es Ihnen, wenn ich fragen darf?«

»Okay.«

Eiserbeck ging zu dem Tisch und nahm die Styroporbox. Er wollte hier raus.

»Sie wollen schon gehen?«

»Ich habe keine Zeit.«

Eiserbeck stand schon im Aufzug, als Schweighofer sagte:

»Schade, ich habe da etwas, das Sie interessieren dürfte.«

Er ging zu einem Schrank. Eiserbeck drückte einen gelben Knopf, aber der Aufzug bewegte sich nicht.

»Hier ist es.«

Schweighofer hielt eine Videokassette in der Hand.

»Ich habe hier einen interessanten Mitschnitt von unserem kleinen Ausflug. Wollen Sie sich das einmal ansehen?«

Eiserbeck stand noch immer in dem Aufzug. Er rührte sich nicht.

Schweighofer öffnete eine Schranktür, und dahinter stand ein anthrazitfarbener Fernseher mit großem Bildschirm und kühlen Linien. Er drückte Knöpfe und schob die Kassette in ein Fach, worauf sie, begleitet von leisem Surren, verschwand. Eiserbeck trat aus dem Fahrstuhl.

»Bitte setzen Sie sich.«

Schweighofer wies auf einen der Sessel. Eiserbeck setzte sich. Er saß dann, wie er eigentlich nicht sitzen wollte, der Hintern tief, die Knie wie ein Doppelgipfel hoch aufragend. Dann sah er die Männer, die stramm standen oder durcheinander liefen, mit Aufgaben betraut, die sie ungeheuer wichtig nahmen, Feuer machen, Becher verteilen, und er sah sich, groß, viel zu groß, alle überragend, linkisch herumstehend, mit, fand er, blödem Gesicht. Alle waren blaß, auch das Zelt und die Bäume, und nichts hatte scharfe Konturen.

Es war nicht schön, sich so zu sehen, aber dann hatte er ein Sturmgewehr in der Hand und Ulrich auch, und er sah sich vorwärtsstürmen und schießen, neben ihm Ulrich, der nun mit einem Hechtsprung Deckung suchte, und Eiserbeck sprang ebenfalls. Ein Blick und weiter. Und wieder Deckung und wieder vorwärts.

»Kann ich das nochmal sehen?«

Schweighofer, der am Fenster stand, gab ihm die Fernbedienung. Eiserbeck spulte zurück.

»Ich setze große Hoffnungen in Sie«, hörte er Schweighofer sagen. »Die Männer vom Schießstand, die sind brav, aber es sind, seien wir offen, dumme Jungs, die nicht nachdenken und kaum zum Kämpfen taugen, weil sie so dick sind, so dünn oder so klein. Eigentlich sind sie Kinder, mißratene Kinder. Man kann nicht viel mit ihnen anfangen.«

Ulrich rannte und schoß.

»Ulrich ist anders. Er kann kämpfen. Aber wußten Sie, daß er krank ist? Ja, er ist krank. Manchmal packt ihn das Fieber und läßt ihn über Wochen nicht los. Hohes Fieber, sehr hohes Fieber. Er spricht dann viel, aber man versteht ihn nicht. Er schwitzt und wälzt sich.«

»Gibt es eine Zeitlupe?«

Schweighofer, der immer noch hinter Eiserbeck stand, zeigte ihm einen Knopf auf der Fernbedienung.

»Malaria. Er hat sie sich irgendwo im Busch geholt.«

Langsam stürmten sie vorwärts, mit geschmeidigen Bewegungen. Gedehnte Momente der Schönheit.

»Es sind nur Mücken. Man sagt Moskitos, aber es sind Mücken. Klein, winzig klein, man kann sie mit dem kleinen Finger an der Wand zerquetschen.«

Er sah sich jetzt schießen. Einatmen. Ausatmen. Einatmen. Halb ausatmen. Luft anhalten. Ulrich stand neben ihm.

»Wenn er im Fieber liegt, gehe ich manchmal nach ihm sehen. Er muß trinken, er muß essen. Aber er ißt dann kaum. Ich sitze an seinem Bett und halte seine Hand.«

»Kann man von Video auf Fernsehen umschalten?«

Schweighofer zeigte wieder auf einen Knopf. Eiserbeck drückte ihn und dann Taste vier, wo ein Mann redete, der laut Einblendung in zweiter Ehe mit seiner ehemaligen Schwiegermutter verheiratet war. Die Zuschauer im Studio starrten ihn an, mit den Gesichtern von Fischen, dachte Eiserbeck.

»Schmutz, nur Schmutz«, sagte Schweighofer.

Eiserbeck suchte die Taste, die ihm das liefern konnte, was er unter Taste vier gespeichert hatte, und das war Taste dreiundzwanzig. Siebzehn war acht.

»Es ist nicht schön, ihn so zu sehen.«

Ein Aufschlag ging ins Netz, und dann wurde falsch gelächelt und dann er, atmend, schießend.

»Sie, ich meine das ganz ernst, sind das Ideal eines Kriegers. Sie sind ein Mann, den man in Stein meißeln und auf jeden Platz dieses Landes stellen könnte, stellen müßte. Pfeil und Bogen, oder besser noch einen Speer hätten Sie in der einen Hand, mit der anderen würden Sie Ihren Kopf stützen. Ich sehe das sehr genau vor mir. Nachdenklich würden Sie aussehen. Und nackt, vollkommen nackt müßten Sie sein, damit man jeden Muskel sieht, jeden einzelnen dieser phantastischen Muskeln. Nackt wie Gott sie in einem seiner besten Momente schuf.«

Es war dann still. Eiserbeck hörte Schweighofer, der ihm noch immer nahe war, schlucken und schließlich weggehen. Als er sich umdrehte, sah er ihn am Fenster stehen. Neben ihm lag der Hund.

Überkopfvolley, aber nicht richtig getroffen, Rückhand longline. Halb ausatmen. Luft anhalten.

Dann war das Video zu Ende. Der Junge mit der Mine war nicht drauf. Komisch, dachte Eiserbeck, es ist etwas passiert, und es gibt keinen Film davon. Normal war, daß es von allem einen Film gab. Man brauchte nicht einmal Fernsehleute dafür. Ein ganz normaler Tag, eine ganz normale Landschaft mit einem Bauernhof und plötzlich stürzt ein Flugzeug in die Landschaft, auf den Bauernhof. Das Fernsehen war nicht da, weil natürlich keiner etwas geahnt hat, aber es gibt einen Film. Irgend jemand, der einen Ausflug macht, hat im selben Moment seine kleine Tochter gefilmt, wie sie ihre ersten Schritte im Freien macht, und dann sieht man auf Taste fünf ein Kleinkind durch das

Bild eiern, während hinten ein Flugzeug auf den Bauernhof stürzt. Es gab von so ziemlich allem einen Film, als würde zu jeder Zeit und überall eine Kamera laufen. Da war es schon merkwürdig, daß niemand gefilmt hatte, als der Junge auf die Mine trat. Man mußte sich vorstellen, wie es passiert ist, aber das fiel schwer, weil man verlernt hatte, sich etwas vorzustellen.

»Ich stehe oft hier«, sagte Schweighofer. »Ich schaue hinaus und beobachte genau, was die Menschen dort unten treiben. Jetzt ist es in Ordnung. Normale Leute. Normales Leben. Aber ich schlafe schlecht, und deshalb stehe ich auch nachts viel am Fenster, und wissen Sie, wie es nachts dort unten zugeht? Es ist furchtbar. Rausch und Geilheit und plumpe Gewalt, ein allgemeines Benehmen, als käme bald das Ende und alles wäre gleichgültig, als gebe es keinen Morgen, an dem man erwachen und beschämt auf die Verkommenheiten der Nacht zurückblicken müßte.«

Was für ein Geschwätz, dachte Eiserbeck.

»Können Sie mir eine Kopie machen?« fragte er und stand auf.

Er hätte den Arzt erwischen können, er hatte ihn gehabt, sein Kopf füllte den runden Auschnitt des Fernrohrs aus, die schwarzen Striche trafen sich auf der linken Schläfe. Die Atmung stimmte, nur noch den Schuß geschehen lassen, ohne Krafteinsatz, wie von selbst, tausendmal geübt. Aber der Schuß geschah nicht. Plötzlich war der Kopf verschwunden. Der Arzt liegt jetzt am Boden, dachte Eiserbeck im ersten Moment, Kopf zerplatzt, tot, herzlichen Glückwunsch. Hatte er einen Schuß gehört, einen Rückstoß gespürt? Hatte er nicht. Aber warum nicht? Dann wurde ihm klar, daß er nicht geschossen hatte.

Es hämmerte gegen die Tür, und er schraubte den Schaft vom Lauf, verstaute die Teile, automatisch, ohne zu denken. Er hatte sich alles mögliche vorgestellt, was hinterher sein würde, aber das hier war nicht vorgekommen. Diese Situation war nicht vorbedacht, es gab kein Muster, das er nachleben konnte. Er war verwirrt, hilflos. Ihm gingen die Bilder durch den Kopf, die er sich ausgemalt hatte, wenn der Schuß ins Ziel gegangen wäre, das Ziel verfehlt hätte. Das war ihm vertraut, und er wollte sich so fühlen, wie er gedacht hatte, daß er sich danach fühlen würde, aber das ging nicht. Wieso hatte er nicht geschossen? Wieso hatte sich sein rechter Zeigefinger nicht bewegt.

Das Hämmern wurde stärker.

»Ja doch.«

Er schob den Schrank beiseite, öffnete die Tür. Ein Mann schimpfte, er verstand ihn nicht. Er ging über den Flur, eine Krankenschwester nickte ihm zu.

»Warum habe ich nicht geschossen?« fragte er den Schwimmer, als er ihn nachts auf der Außenalster traf.

»Vielleicht wollten Sie nicht.«

»Quatsch.«

Es war ein milder Abend. Der Schwimmer trug einen Thermoanzug, aber keine Kapuze.

»Vor allem am Anfang haben viele Athleten Angst vor dem Erfolg. Man weiß, daß man es drauf hat, daß man nur das wiederholen muß, was man im Training gezeigt hat, und niemand kann einem den Sieg nehmen. Und dann hat man Angst zu siegen, weil der Sieg alles verändern wird. Du sieht dich auf dem Podest stehen, und das hältst du nicht aus, weil es dein Traum war, dort zu stehen, du hast dich gequält, hast vieles aufgegeben, nur um da stehen zu können, du warst besessen von dem Traum, es erschien dir als das Größte, was möglich ist in einem Leben, und wie sollte man davor keine Angst haben?«

»Es ging nicht um Sport. Es ist nicht alles nur Sport.«

Er war mürrisch.

Sie schwiegen.

»Wissen Sie ...«, sagte der Schwimmer.
»Warum habe ich nicht geschossen?«
»Wissen Sie, was ich kürzlich im Wasser gesehen habe?«
»Ich hätte ihn haben können.«
»Eine Flasche.«
»Ich verstehe es einfach nicht.«
»Wissen Sie, was in der Flasche war?«
»Nur noch den Zeigefinger bewegen.«
»Eine Schlange.«
»Eine Schlange?«
»Eine gelbe Flüssigkeit und eine Schlange.«
»Schlangenschnaps.«
»Was?«
»Ich hätte ihn haben können.«
»Was?«
»Aus Nordkorea.«

Er ruderte die halbe Nacht, zu Isabella, die nicht zu Hause war, durch die Kanäle. Das Nachtsichtgerät hatte er vor seine Augen geschnallt. Mit Grünstich sah er Lampen von Decken hängen und Bücher in Regalen stehen. Ein Paar schlug sich in einer dunklen Wohnung. Eine Katze schaute in die Nacht.

Es hatte Ärger gegeben, natürlich. Der Leiter der Zivildienstabteilung schleppte ihn gleich zum Chef der Caritas, und in dessen Büro zeigten sie sich dann gemeinsam empört. Wie er vom Dienst habe fernbleiben können? Und dann mit dem Dienstwagen. Noch nie vorgekommen. Sich auch Sorgen gemacht. Hat Folgen, nicht zu knapp. Laute Stimmen. Wo, um Himmelswillen, waren Sie denn? Er erzählte irgendwas. Die Großmutter plötzlich erkrankt. Todesgefahr. Sofort hin. Schlechte Bahnverbindung. Nicht nachgedacht. Das hätten Sie uns doch sagen können. Die Stimmen waren nicht mehr so laut. Er erzählte und erzählte. Sie entspannten sich, waren froh, Güte zeigen zu können. Na ja, immerhin ging es um eine gute Sache, aber die versäumte Zeit müssen Sie nachdienen. Ja, ja. Nächste Woche würde er den Arzt erschießen.

Er wußte jetzt, daß es geht. Das war das Gute. Er konnte es tun, und das würde er dann auch, nächste Woche, wenn sie sich wieder in Genf trafen. Dieses Gefühl, daß es wirklich ging, berauschte ihn. Er, Lukas Eiserbeck, konnte den Arzt erschießen, und das machte ihn so stolz, als hätte er es schon getan. Zweifel gab es nicht mehr. Es ging. Was ihn nur bedrückte, war der Gedanke, daß er es also längst hätte tun können, tun müssen.

Nächste Woche.

Er fuhr auf die Reeperbahn. Kalbshacksteak »Romanov« mit Pilzen, Mischgemüse und Rösti. Graupensuppe altdeutsche Art. Im Kofferraum war außerdem das Steyr-Mannlicher. Er hatte es noch nicht zum Schäfer gebracht und nahm es mit, wenn er arbeiten ging. Da war es sicherer als unbewacht zu Hause, wo jederzeit Johannsen auftauchen konnte, um die Wohnung zu durchwühlen.

Er stand vor einer roten Ampel, als er neben sich einen dunkelgrünen Alfa Romeo sah. Am Steuer saß der Riese und grinste herüber. Es wurde grün, Eiserbeck fuhr los, der Alfa setzte sich hinter ihn. Die nächsten zwei Ampeln waren grün, aber dann sah Eiserbeck rotes Licht vor sich und mußte halten. Langsam rollte der Alfa heran, bis dicht an die Stoßstange. Breit und brabbelnd stand er hinter dem Polo. Im Rückspiegel sah Eiserbeck das häßliche Grinsen des Riesen.

Er fuhr nicht zurück zur Caritas. Er fuhr aus Hamburg hinaus, Richtung Aumühle. Gemächlich ließ er den Polo rollen. Mit einigem Abstand folgte der Alfa. Eiserbeck schaltete das Radio ein. Bald standen die Häuser nicht mehr so dicht. Die Stadt franste aus, Wiesen, Wälder. Eiserbeck fuhr zum Sachsenwald, wo er einmal mit Isabella spazierengegangen war. Sie hatten den Pfad verlassen und waren zwischen den Bäumen umhergestreift, bis sie eine

Lichtung fanden, wo sie sich küßten und je länger sie sich küßten, desto mehr hoffte Eiserbeck, daß es hier passieren würde, aber es passierte nicht.

Es gab jetzt keine Häuser mehr, auch keine Wiesen, nur noch Wald. Eiserbeck gab Gas. Vor dem nächsten Abzweig bremste er hart, bog ab und fuhr ein Stück in den Wald hinein. Dann hielt er und stieg aus. Er war ruhig, bewegte sich ohne Hast. Er nahm den Angelsack aus dem Kofferraum und stellte sich hinter einen der Bäume, wo er mit seinen Vorbereitungen begann. Reißverschluß aufziehen. Angelsack abstreifen. Fallenlassen. Das Gewehr hochnehmen. Magazin überprüfen. Entsichern. Er hörte das Brabbeln des Alfas, das Knirschen der Reifen auf dem Waldboden. Hoch. Zurück. Vor. Runter. Stille. Ein Fenster fuhr surrend herunter, und Eiserbeck hörte Musik. Eine Tür wurde geöffnet, zugeschlagen. Das Gewehr in Hüfthöhe haltend, trat Eiserbeck hinter dem Baum hervor.

»Hoch mit den Händen.«

Er hatte sich das genau überlegt. »Hände hoch« klang zu sehr nach Cowboyfilm. Der Riese, der neben der Tür stand, schaute einen Moment verblüfft und grinste dann wieder.

»Nun guck mal«, sagte er, »Frankensteins Monster hat tatsächlichn Gewehr bekommen. Und was fürn niedliches.«

»Hoch mit den Händen.«

»Da sin ja Verzierungen drauf. Kann es denn auch schießen?«

»Hände hoch.«

Der Riese kicherte.

Es war kein Problem, ihn zu erledigen. Nur dreißig Meter. Den Finger unmerklich krümmen. Den Schuß geschehen lassen. Noch einmal würde er es nicht verpatzen. Er mußte ihn ja nicht töten. In die Hand. Zack. Würde sicher verdammt weh tun. Die Hand wäre futsch, klar. Der Riese machte einen Schritt vor.

Eiserbeck zog den Abzug durch. Neben der Hand des Riesen zersprang der linke Außenspiegel des Alfas.

»Beim nächsten Mal ist die Hand dran.«

Zehn Finger zeigten zu den Wipfeln der Bäume, über die ein leichter Frühlingswind strich. Von der rechten Hand des Riesen, die von ein paar Splittern des Spiegels getroffen worden war, floß Blut in dünnen Fäden herunter. Eiserbeck, der das Gewehr wieder auf Hüfthöhe hielt, sah Angst in seinen Augen. Er fragte sich, was er mit dem Riesen tun sollte, wenn er ihn nicht erschoß, und es gab so richtig keinen Grund, ihn zu erschießen.

»Her mit deiner Knarre, aber schön langsam.«

Der Riese zog eine Pistole unter der Jacke hervor und warf sie fort.

»Das Messer auch.«

Das Messer flog neben die Pistole.

Eiserbeck lehnte das Steyr-Mannlicher gegen den Alfa und schlug den Riesen zusammen, kalt, ohne Wut, mit präzisen, gnadenlos durchgezogenen Schlägen gegen Kinn, Schläfen, Leber. Als er fertig war, drehte er sich um, nahm das Gewehr, ging los, bückte sich, um die Pistole aufzuheben, ging weiter und las, daß es eine Glock war, Made in Austria. Das Messer blieb liegen. Er stieg in sein Auto und fuhr zurück nach Hamburg.

Am späten Nachmittag wachte er auf, schlechtgelaunt, im Kopf Gedanken, als würde die Welt zusammenstürzen, wie das so ist, wenn man nachmittags zu tief geschlafen hat. Taste fünf, Taste vier, Taste acht und wieder zurück, dann hin und her, war ja alles ekelhaft, was sie zeigten.

Männer mit roten Overalls und spitzen Hüten, blaue Bälle, ein Emu.

Ja, spielten sie diesen Clip denn immer noch? Hörte das denn nie auf? War doch ein Scheißlied. Weg damit. Werbung, Werbung, Werbung, dann Soldaten, die hinter einem

Gemäuer standen, bis einer loslief und abgeknallt wurde, aber immer wieder lief einer los, Plong, schon fiel er, hielt plötzlich inne, als habe ihn eine unsichtbare Mauer gestoppt und sackte in sich zusammen. Es war kaum auszuhalten, das mitanzusehen, diese furchtbare Gewißheit, daß die Soldaten unbedingt loslaufen und einer ganz sicher nicht ankommen würde. Niemand schrie. Eiserbeck fiel jetzt erst auf, daß die Soldaten nicht aufschrien, wenn sie getroffen wurden, auch nicht wimmerten, wenn sie am Boden lagen. Er hörte auch keine Schüsse, keine Explosionen. Er hörte Musik. Während wieder einer der Soldaten fiel, drückte Eiserbeck eine Taste der Fernbedienung, worauf eine grüne vier in der rechten oberen Ecke erschien. Ein Videoclip, hatte er gar nicht mitbekommen. Und jetzt ein Lächeln, das aber nicht das richtige Lächeln war.

Dann schellte es. Johannsen stand vor der Tür.

»Tag, Herr Eiserbeck. Wieder im Lande? Habe es schon mehrmals bei Ihnen versucht. Gut, Sie mal wieder zu sehen.«

»Verfolgen Sie mich?«

Das war ihm schnell herausgerutscht. Lieber wäre Eiserbeck gewesen, er hätte gelassener reagiert. Aber da stand Johannsen in der Tür, und unter seinem Bett lagen das Steyr-Mannlicher und die Glock.

»Nein. So kann man das wirklich nicht sagen. Waren Sie verreist?«

»Meine Großmutter ist krank.«

»Oh, das tut mir leid. Die alten Menschen, sie machen einem eine Menge Sorgen, nicht wahr.«

»Was wollen Sie?«

»Haben Sie inzwischen *Die Gerechten* gelesen?«

»Ja.«

Johannsen saß nun auf dem Bett, unter dem das Steyr-Mannlicher und die Glock waren. Der Fernseher lief. Taste vier.

»Ein gutes Stück«, sagte er, »finden Sie nicht auch?«

»Es hat mir gefallen.«

»Wen von den Terroristen mögen Sie am meisten?«

»Kaliajew.«

»Mir geht es ähnlich. Stepan Fjodorow ist so unerbittlich, so bitter. Einmal sagt er sogar, daß er nur den Haß kenne, nicht die Liebe. Kaliajew dagegen hat Skrupel. Das macht ihn sympathisch. Aber am Ende ermordet er den Großfürsten doch.«

»Für eine gute Sache«, sagte Eiserbeck.

»Für eine gerechte Sache, ja, so heißt es. Aber bedenken Sie, was Dora zu Kaliajew sagt. ›Ein Mensch ist ein Mensch‹. Und ... ich erinnere mich nicht mehr genau. Haben Sie das Buch vielleicht da?«

Eiserbeck, der immer noch stand, ging zu einem Stapel, nahm das obenliegende Buch und gab es dem Polizisten. Dann setzte er sich auf den Boden. Bloß nicht dahin schauen, wo die Waffen waren.

Johannsen nahm das Buch und blätterte darin.

»Ich habe es gleich. Hier. Dora sagt: ›Ein Mensch ist ein Mensch. Vielleicht hat der Großfürst mitfühlende Augen. Vielleicht kratzt er sich am Ohr oder lächelt fröhlich.‹ Was sagen Sie dazu?«

»Was wollen Sie?«

»Reden, nur reden. Es gibt nicht viele Leute, mit denen man über Camus reden kann.«

»Geben Sie her.«

Eiserbeck nahm das Buch, blätterte, fahrig, hektisch, und las dann:

»›Ich habe die Bombe auf eure Tyrannei geworfen, nicht auf einen Menschen.‹«

»Ein interessanter Aspekt. Aber Sie müssen auch weiterlesen. Ich glaube, Skuratow, der Polizeivorsteher, spricht anschließend. Lesen Sie. Es lohnt sich immer, einen Polizisten anzuhören.«

Eiserbeck las: »›Zweifellos. Aber getroffen haben Sie den Menschen. Und das ist ihm nicht gut bekommen.‹«

»Weiter, weiter. Es bleibt interessant.«

»›Denken Sie, mein Lieber, als man die Leiche fand, fehlte der Kopf. Einfach nicht mehr da! Was das übrige betrifft, so hat man mit knapper Not noch einen Arm und ein Stück Bein erkannt.‹«

Eiserbeck ließ das Heft sinken.

»Sie sind nicht gekommen, um mit mir über ein Theaterstück zu reden.«

»Aber natürlich. Es ist doch ein sehr aufschlußreiches Stück. Geben Sie her.«

Johannsen nahm das Buch und blätterte wieder.

»Hier ist noch eine interessante Stelle. Kaliajew sagt: ›Wir nehmen es auf uns, Verbrecher zu sein, damit die Erde endlich von Unschuldigen bewohnt wird.‹ Wie finden Sie das?«

»Was wollen Sie?«

»Reden, einfach reden.«

»Aber nicht über *Die Gerechten*.«

Sie schwiegen. Der Fernseher schwemmte Bilder und Töne in das Zimmer. Die beiden Männer sahen zu, wie ein Mann langsam mit einem riesigen Cabriolet über einen Boulevard fuhr, wobei das Cabriolet seltsam auf- und niederschaukelte. Im Fond saßen zwei Frauen.

»Ich wollte mit Ihnen wirklich über *Die Gerechten* reden. Sie sind ja interessiert an dieser Frage, ein Experte sozusagen. Und es ist nun einmal ein Buch, das viel mit meinem Beruf zu tun hat. Beim Staatsschutz laufen einem andauernd Gerechte über den Weg.«

»Mit mir hat das nichts zu tun.«

»Wir haben da jetzt wieder so einen Jungen, der ist ein besonders erbauliches Exemplar, weil er nämlich in Bosnien für Ruhe und Ordnung sorgen will, verstehen Sie, ein bißchen Krieg spielen, damit die richtige Seite gewinnt, die

Kroaten in diesem Fall. Gerechtigkeit für die Kroaten, sagt er immer wieder. Aber da wird jetzt nichts draus, jedenfalls wird der Bengel einen so großartigen Beitrag nicht leisten können, weil er nämlich sein Leben lang hinken wird.«

Eiserbeck sah zum Fernseher, um nicht in das Gesicht des Polizisten gucken zu müssen. Das Cabriolet schaukelte immer noch.

»Und?«

»Wissen Sie, was ihm passiert ist?«

»Woher soll ich das wissen?«

»Eine Mine. Er ist auf eine Mine gelaufen, aber nicht in Bosnien, sondern gleich hier um die Ecke, in der Lüneburger Heide.«

»Wieso liegen da Minen?«

»Tja. Wieso liegen da Minen? Gute Frage. Er hat sie womöglich selbst eingebuddelt. Er gehört nämlich zu so einer Truppe, die Söldner ausbildet und dann in den sonnigen Süden schickt. Wahrscheinlich haben die eine Übung mit scharfen Minen gemacht.«

»Was kümmern Sie sich eigentlich darum? Ist es denn schlimm, wenn einer nicht nur zuschauen will, wie in Bosnien massenweise Leute abgeschlachtet werden?«

»Sehen Sie, sehen Sie, da sind wir wieder genau an dem Punkt. Gute Sache. Gerechte Sache. Sie sind da sehr interessiert. Ich sagte es ja.«

»Sie sagten nicht, was das alles mit Ihnen zu tun hat.«

»Tut mir leid. Da bin ich Ihnen eine Antwort schuldig geblieben. Wir haben diese Truppe schon lange auf dem Kieker, wenn ich mal so sagen darf. Es geht da um illegalen Waffenbesitz, um schwere Körperverletzung und ähnliches.«

Ein Mann lächelte, weil er ein bestimmtes Deo benutzt hatte. Zwei andere sahen ihn neidisch an. Eiserbeck fragte sich, ob er gezuckt hatte, als von illegalem Waffenbesitz die Rede gewesen war.

»Was hat das mit mir zu tun?«

»Also, es ist so, daß dieser Junge, dem sein Bein weggesprengt wurde, daß der nicht alleine war, als der Rettungshubschrauber kam. Da war einer bei ihm, und der soll, so habe ich es im Bericht gelesen, ungewöhnlich groß und ungewöhnlich kräftig gewesen sein. Irgendwie bin ich da aufmerksam geworden und habe mit dem Notarzt geredet, und dessen Beschreibung, wissen Sie, die paßt recht gut zu Ihnen. Namen und Adresse habe ich überprüft. Er hat falsche Angaben gemacht.«

Ein Paar knutschte unter Wasser. Jemand sang dazu.

»Ich habe mit denen nichts zu tun.«

»Glaube ich ja auch nicht, daß Sie Gefallen finden an diesen Glatzköpfen. Sie haben ja immer recht lange Haare getragen, aber die sind wohl fort. Ich sehe da nichts unter der Mütze hervorschauen.«

»Es gibt noch andere, die groß sind.«

»Gibt es, gibt es, keine Frage. Aber auch der Rest der Beschreibung paßt halt. Ich kriege das ja auch nicht ganz zusammen, was Sie dort draußen gewollt haben können. Mit Kim Il Sung haben die nämlich nichts im Sinn. Aber bei der Polizei lernt man, daß manche Wege verschlungen sind, und ich ahne eben, wie man das gute Ahnen ja lernt in diesem Beruf, ich ahne also, daß Sie etwas vorhaben, was mich etwas angeht, und deshalb rede ich hin und wieder mit Ihnen. Können Sie mir übrigens sagen, was Sie am vorletzten Wochenende getan haben?«

»Ich war hier in der Wohnung.«

»Die ganze Zeit? Irgendwelche Anrufe, irgendwelche Besuche?«

»Nein. Ist es eigentlich verboten, ein Wochenende in der Lüneburger Heide zu verbringen?«

»Wenn da unerlaubt mit Waffen und Sprengstoff hantiert wird, kann einem das schon eine Menge Ärger machen.«

»Ich war hier.«

»Nun gut, ich werde mich noch ein wenig mit dem Jungen unterhalten. Das könnte aufschlußreich sein. Und wir beide bleiben im Gespräch.«

Johannsen lächelte freundlich und stand dann auf.

»Also, ich gehe jetzt.«

Aber er setzte sich wieder und nahm noch einmal das Buch in die Hand.

»Wissen Sie übrigens, welche meine Lieblingsstelle ist. Moment, ich suche Sie Ihnen heraus.«

Er blätterte.

»Natürlich geht es um Skuratow. Also, ich lese: ›Der Haß? Wieder so eine Idee. Keine Idee hingegen ist der Mord. Und natürlich seine Folgen. Ich meine die Reue und die Sühne. Da befinden wir uns im Kern der Dinge. Darum bin ich übrigens zur Polizei gegangen. Um im Kern der Dinge zu stehen.‹ Wunderbar, nicht wahr? Ich denke da ähnlich. Bei uns geht es immer um den Kern der Dinge. Mord. Reue. Sühne. Haben Sie eine Lieblingsstelle?«

Er reichte Eiserbeck das Heft. Der nahm es und blätterte.

»Ich lese Ihnen etwas von Kaliajew vor.«

»Dachte ich mir.«

»›Es gibt etwas noch Schändlicheres, als ein Verbrecher zu sein, nämlich einen Menschen zum Verbrechen zu zwingen, der nicht dafür geschaffen ist. Schauen Sie mich an! Ich schwöre Ihnen, daß ich nicht zum Töten geschaffen war.‹«

»Eine gute Wahl, ich gratuliere. Wir werden sicher Gelegenheit finden, das weiter zu vertiefen. Ich freue mich darauf.«

Taste fünf, Taste acht, Taste fünf, Taste vier, Taste acht.

Er schaltete den Fernseher aus, stellte sich ans Fenster und sah auf den Bahnhof. Heute war sein Geburtstag. Er wurde zweiundzwanzig. Die Züge kamen und fuhren, verteilten Leute in der Stadt. Zwei Männer stiegen aus, die einen Jungen hielten. Er riß sich los und rannte zu den Treppen, die Männer hinterher. Einmal hatte das Telefon geklingelt. Seine Mutter. Wie geht es dir? Gut. Was machst du? Nichts Besonderes. Willst du deinen Geburtstag nicht feiern? Mal sehen. Sie erzählte ihm von der Nacht, als er zur Welt kam. Das erzählte sie jedesmal. Hinter dem Vorhang eine andere Frau, Schreie, dann Stille, Fragen, immer wieder Fragen, was ist mit meinem Kind, warten Sie doch, wo ist mein Kind, gleich, gleich, seine Mutter wartend, daß er kam, wartend, daß drüben geschrien wurde, aber es wurde nicht geschrien, er kam. Ja, Mutter, ich weiß. Ich bin so froh, daß ich nicht die andere Frau war. Guckst du Tagesschau? Er wollte nicht, daß sie jetzt weinte, auf keinen Fall. Feldkeller ginge nach Somalia, sagte seine Mutter, mit der Bundeswehr. Sie sprachen über Somalia. Dann beendete Eiserbeck das Gespräch. Wir telefonieren. Unten fuhren die Züge. Wie Glühwürmer krochen sie durch die hereinbrechende Dunkelheit.

Er hatte Horst Schroth und Elisabeth Sieveking für neun Uhr zum Essen eingeladen. Alte Leute. Eine große Stadt, und er lud zwei alte Leute zum Geburtstag ein. Alte Leute waren etwas für Tage, nichts für Nächte, nichts für große Städte. Aber er kannte sonst niemanden. Neun war ihnen eigentlich zu spät, aber er hatte darauf bestanden. Es war sein Geburtstag, und er wollte, daß die Feier wenigstens den ersten Zipfel der Nacht erlebte. Er horchte hinaus. Er mochte dieses Wummern. Geräusche ohne Richtung, alles kommt von überallher. Darin lag etwas von Unendlichkeit. Er versuchte sich vorzustellen, seine Mutter wäre die Frau hinter dem Vorhang gewesen und er das andere Kind. Es war schwer, sich auszumalen, tot geboren worden zu sein. Man konnte sich ausmalen, gestern ermordet worden zu sein, vor zehn Jahren ermordet worden zu sein. Man hatte die Zeit vor der Tat, die ganzen Jahre, die letzten Sekunden, Augenblicke. Das war etwas. Totgeboren, das war ein Nichts. Ein Leben im Bauch der Mutter, sicher, aber davon hatte er keine Vorstellung. Er war also tot geboren worden. Aber wer war er dann? Den hatte es doch nie gegeben. Ein Glühwurm, Türen auf, Türen zu, Abfahrt. Also, er war tot geboren worden. Er? Zwecklos. Es ging nicht. Eiserbeck schloß das Fenster, schulterte den Angelsack, steckte die Glock ein und ging hinaus.

»Wölfe«, sagte der Schäfer. »Es gibt wieder Wölfe.«

Eiserbeck saß in der Hütte und betrachtete die Glock, die vor ihm auf dem Tisch lag.

»Sie sind in Vorpommern.«

Er nahm die Glock und suchte nach dem Hebel, der das Magazin freigibt. Es war eine schwere und große Waffe.

»Vorpommern ist nicht weit, nicht wahr.«

»Ein gutes Stück noch.«

Er zog das Magazin heraus, legte die Pistole auf den Tisch und ließ die Patronen in seine Hand fallen. Es waren fünfzehn. Er steckte sie wieder in das Magazin und sah, daß noch zwei Patronen hineingepaßt hätten. Wer war erschossen worden? Gestern hatte es eine Schießerei auf St. Pauli gegeben. Einen hatte es erwischt. Mit der Glock? Eiserbeck ließ das Magazin in den Griff der Pistole rutschen. Auf der Pritsche stöhnte der Alte.

»Schäfer und Wölfe sind keine Freunde, nicht wahr.«

»Bis hinter Hamburg werden die Wölfe schon nicht kommen.«

»Das weiß man nicht. Niemand weiß, was die Wölfe tun. Aber jetzt wandern sie nach Westen, und ich bin im Westen. Manchmal wache ich nachts auf und horche, ob sie da draußen heulen, nicht wahr. Aber bis jetzt habe ich sie noch nicht gehört.«

Eiserbeck zielte zum Fenster hinaus.

»Wenn die Wölfe kommen, müssen Sie mir helfen.«

»Ich? Was kann ich schon tun?«

Der Schäfer zeigte auf das Steyr-Mannlicher, das gegen den Tisch lehnte.

»Die Wölfe erschießen.«

»Es ist gut, wenn die Wölfe kommen. Sie fühlen sich wieder wohl hier.«

»Genau. Sie fühlen sich wohl. Aber dann reißen sie Schafe, und das will ich nicht.«

»Ich habe noch nichts davon gehört, daß die Wölfe in Vorpommern Schafe reißen.«

»Wölfe reißen Schafe.«

Eiserbeck verzog das Gesicht.

»Helfen Sie mir?«

»Fragen Sie mich, wenn die Wölfe da sind.«

Der Alte auf der Pritsche stöhnte wieder. Eiserbeck stand auf und steckte die Glock zum Steyr-Mannlicher in den Angelsack. Dann ging er hinaus und in den Geräteschuppen, wo er den Angelsack in einen löchrigen Teppich rollte. Den Teppich schob er unter einen Karren, der nur noch ein Rad hatte und schief in einer hinteren Ecke des Schuppens stand. Als er zu seinem Auto gehen wollte, sah er den Schäfer nach ihm winken.

»Was denn?«

»Ich will Ihnen was zeigen.«

Er ging zurück in die Hütte.

Der Schäfer stand neben der Pritsche und sagte:

»Dem Papa geht es nicht gut.«

Eiserbeck sah zu dem Alten.

»Er klingt nicht gut, das stimmt. Was ist denn mit ihm?«

Der Schäfer kniete sich hin und drehte den Alten auf den Bauch. Er schob dessen Hemd hoch, so daß der Blick frei wurde auf schmuddelige Verbände, die der Schäfer nun entfernte. Der Alte stöhnte. Was Eiserbeck dann sah, waren drei schwarze Stellen im Fleisch, zwei an den Schulterblättern, eine am Steißbein, alle handtellergroß, an den Rändern rot und gelblich mit Eiter belegt. Ein fauliger Geruch stieg ihm in die Nase, und sein Magen drehte sich um, aber er mußte nicht kotzen, er hatte nur das Gefühl, als müsse er kotzen. Ihm fiel ein Wort ein, das er einmal verwundert und auch ein bißchen amüsiert zur Kenntnis genommen, aber dann wieder vergessen hatte. Dekubitus hieß dieses Wort, das ihm auf dem Vorbereitungslehrgang für den Zivildienst begegnet war. Dort saßen mit ihm junge Männer, die in Pflegeheimen arbeiten sollten, und denen wurde gesagt, daß der Dekubitus zu einem ihrer größeren Probleme werden würde. So wußte Eiserbeck, daß ein Dekubitus eine durchgelegene Stelle ist, schmerzhaft und leicht infizierbar, und wenn ihn nicht alles täuschte, waren dies drei, ja was? Dekubitusse oder Dekubiti – Eiserbeck kannte den Plural nicht – der übelsten Sorte.

»Ihr Vater muß in ein Krankenhaus und danach in ein Pflegeheim«, sagte er zu dem Schäfer.

»Nein. Der Papa bleibt hier. Man muß ihm nur helfen, nicht wahr.«

»Die Ärzte helfen ihm.«

»Der Papa war nie bei einem Arzt. Ich war auch nie bei einem Arzt. Und keiner von uns geht in ein Heim.«

»Ihr Vater hat große Schmerzen.«

»Sie helfen ihm.«

»Ich?«

»Genau. Sie machen doch diesen Dienst. Die machen sowas. Ich weiß das.«

»Ich fahre Essen aus. Essen auf Rädern, verstehen Sie. Ich kann keinen wunden Rücken pflegen.«

»Helfen Sie dem Papa.«

Eiserbeck sah auf den Rücken. Die schwarzen Flecken. Die rissige, faltige Haut.

»Ich kann das nicht.«

Der Schäfer sah ihn an.

»Ich rufe Ihnen einen Arzt. Der kümmert sich um den Rücken.«

»Der bringt den Papa ins Krankenhaus.

Der Alte stöhnte.

»Seien Sie vernünftig. Ihr Vater leidet. Man kann ihm helfen. Er geht eine Zeitlang ins Krankenhaus. Dann kommt er wieder.«

»Nein.«

»Bei uns gibt es Krankenschwestern, die Leute zu Hause pflegen. Ich sage Bescheid. Dann kommt eine und hilft Ihrem Vater.«

»Der Papa soll nicht ins Krankenhaus.«

»Sie kommen nach Hause.«

»Hier war mal einer vom Amt. Der hat gesagt, wir müßten hier raus. Unwürdige Zustände, hat der gesagt.«

»Die Schwestern sind nicht vom Amt. Sie sind von der Caritas.«

»Sie gehören dazu.«

»Blödsinn.«

»Sie machen den Dienst. Sie können helfen.«

»Ich fahre Essen aus, verdammt. Seien Sie nicht so stur.«

Als er den Capri nach Hause steuerte, nahm er sich vor, gleich morgen mit den Kollegen vom Mobilen Sozialen Hilfsdienst zu reden. Die würden sich schon um den Alten kümmern, ob der Schäfer das wollte oder nicht.

Aber wenn der Schäfer dann wütend würde? Wenn er ihn aus Zorn verriet? Dann wäre das Gewehr weg, und er würde den Arzt nie erwischen.

So ein Dreck. Ausgerechnet jetzt. Wenige Tage vor dem nächsten Treffen in Genf.

Der Alte mußte eben noch ein paar Tage aushalten, für eine gute Sache. Am Morgen seiner Abreise würde er die Kollegen informieren.

Er stand an einer Ampel und sah Leichtathlethen im Licht von Flutlichtmasten üben, Läufer, Springer. Sie waren ein gutes Stück entfernt. Da war auch ein schwerer Mann, der sich in einem Drahtkäfig drehte. Erst stand er ruhig da, dann schwang er seine Arme und drehte sich.

Der Schwimmer.

Eiserbeck parkte und rannte zu dem Drahtkäfig. Den Schwimmer wollte er auch bei seinem Geburtstag dabeihaben. Drei Gäste statt zwei, davon einer nicht alt, obwohl man mit Anfang vierzig auch kein Mann der Nacht mehr ist, aber immerhin. Der Schwimmer drehte sich.

»Hey, Hahnenkamp.«

Der Mann, der gerade eine neue Drehung beginnen wollte, hielt inne. Er war kräftig, ein bißchen dick, aber es war nicht der Schwimmer. Eiserbeck entschuldigte sich und ging.

Die Feier war okay, er hatte schlechtere erlebt. Erst waren sie im *Palermo* und aßen Spaghetti, Elisabeth Sieveking eine halbe Portion, der Boxer eine und eine halbe. Sie trug den kurzen Rock, den er kannte, dazu eine Pelzstola, deren Fuchshaare ein bißchen verklebt waren. Sie sah gut aus, fand Eiserbeck. Schroth hatte eine Krawatte umgebunden. Als er und Schroth Eis zum Nachtisch aßen, sagte sie, eine schlanke Zigarette rauchend, daß der Mann aus Zaire sich habe aufhängen wollen, weil er in seine Heimat zurück sollte, aber seine Frau sei rechtzeitig gekommen, um ihn vom Seil zu schneiden. Ansonsten sprachen sie nicht viel. In dem Fernseher, der auf einem Regal stand, lief ein Film über Wale. Schroth fiel erst das Wort für diese Kolosse nicht ein, und sie mußten lachen. Dann kam er wieder drauf.

Um die Ecke war das *Na und?*, eine Kneipe mit Holzmöbeln, einer Musikbox und einem Kotzbecken auf der Herrentoilette. Dort gingen sie hin, tranken Bier und wählten abwechselnd ihre Lieblingslieder aus. Eiserbeck erzählte von seiner Geburt. Es waren noch andere Leute da, nicht viele, die auch ihre Lieblingslieder wählen wollten. Der Boxer sagte, daß sie einen Geburtstag feiern würden. Die anderen ließen sich einen ausgeben, und Elisabeth Sieveking wurde zum Tanzen aufgefordert. Später tanzte Eiserbeck auch mit ihr, normalen Blues, nicht sehr eng. Sie sehen gut aus, sagte Eiserbeck. Sie konnte wunderbar graziös lächeln. In der Kneipe hingen ein paar Luftschlangen, und Schroth riß eine herunter, um sie Eiserbeck um den Hals zu legen. Um zwölf waren seine Gäste sehr müde. Er brachte sie zur Pension *Westerland*.

Danach fuhr er zum Bootshaus und holte die *Stratos* heraus. Kein Renntempo, er hatte Bier getrunken. Fünfundzwanziger Schlag, viel Druck auf den Blättern. Isabella war nicht da, aber es machte ihm nichts.

Wie ein Toter lag er auf dem Bett, regte sich nicht, sein Blick war leer. War es ein Uhr, drei Uhr? War es Mittwoch, Donnerstag? Er wußte es nicht, hatte nur eine ungefähre Ahnung. Mittwoch oder Donnerstag, zwischen eins und drei. Außer dem Fernseher gab es nichts mehr, was seine Tage unterschied, aufteilte. Mit dem Zivildienst war er durch, einschließlich einem Tag nachdienen. Den anderen hatten sie ihm erlassen. Er schaltete den Fernseher ein. Mittwoch. Ein Uhr dreißig. Kämpfe bei Sarajewo. Billard. Jungs, die tanzten wie Mädchen. Es war aus. Die Friedensverhandlungen abgebrochen, der Arzt in Pale. Er wußte nicht, was er tun sollte. Liegen. Fernsehen. Er guckte kaum hin.

Vor zwei Wochen, am Tag nach seinem Geburtstag, war er noch einmal zum Schäfer hinausgefahren. Die offenen Stellen am Rücken des Alten hatten ihm keine Ruhe gelassen. Er wollte mit dem Schäfer reden, ihn überzeugen, daß es ungefährlich sei, eine Pflegerin kommen zu lassen. Der Schäfer ließ nicht mit sich reden. Sie stritten, schrien, und dann sagte der Schäfer:

»Sie helfen, oder das Gewehr ist weg.«

»Das wagst du nicht, an mein Gewehr zu gehen.«

Der Schäfer sah ihn frech an. Eiserbeck stürmte aus der Hütte und rannte zum Geräteschuppen. Er zog den Teppich unter dem Karren hervor, rollte ihn auseinander, und dann sah er zwischen aufsteigendem Staub, daß der Angelsack fehlte. Sein Herz raste. Er schmiß Bretter um, halbverweste Türen und rostige Schaufeln, deren Griffe abgebrochen waren. Er wühlte in einem stinkenden Kleiderberg und fingerte unter einem türlosen Schrank herum. Spinnweben faßten seidig nach seinem Gesicht. Er schlug um sich. Schweiß lief ihm den Rücken herunter. Den Angelsack fand er nicht.

»Wo ist das Gewehr?«

Er hielt den Schäfer hart an den Schultern.

»Erst helfen.«

»Wo ist das Gewehr?«

Seine Hände umschlossen den Nacken des Schäfers. Mit den Daumen drückte er gegen dessen Wangen.

Der Schäfer schwieg.

Seine Daumen drückten fester.

»Wo ist das Gewehr?«

Er ließ die Daumen nach unten rutschen, auf den Hals des Schäfers. Er sah ihn blau anlaufen und hörte ihn röcheln. Er ließ ihn los, stieß ihn weg. Der Schäfer stürzte gegen den Tisch und dann zu Boden.

Er hatte noch fünf Tage bis zur nächsten Verhandlungsrunde in Genf. Er mußte rasch in Erfahrung bringen, wie ein Dekubitus zu behandeln ist und den Schäfer bei der Pflege seines Vaters anleiten.

»Ich komme nachher wieder«, fauchte er.

Im Capri, auf dem Weg in die Stadt, malte er sich aus, wie er den Schäfer verprügeln würde, sobald er das Gewehr wieder in seinen Händen hatte. Nichts Schulmäßiges, keine sauberen Kombinationen, einfach draufschlagen.

»Wie behandelt man einen Dekubitus?« fragte er den Boxer, der auf seinem Bett lag, die Hände unter dem Kopf gefaltet. Von der Decke tropfte Wasser in die Blechschüssel.

»Weiß ich nicht.«

»Herrgott. Sie haben ein Jahr lang in einem Pflegeheim gearbeitet.«

Der Boxer, der zur Decke gestarrt hatte, drehte seinen Kopf und sah ihn an.

»Das stimmt.«

»Dann müssen Sie wissen, wie man einen Dekubitus behandelt.«

»Ich kann mich nicht erinnern.«

»Strengen Sie sich an.«

Der Boxer strengte sich an. Eine Weile war es still. Man hörte nur die Tropfen, die sich von der Decke lösten und in die Schüssel fielen. Pling. Pling.

»Alle zwei Stunden umlegen«, sagte der Boxer. »Rechte Seite, linke Seite.«

»Ist das alles?«

»Da war was mit Zucker und mit einem Fön.«

»Zucker und ein Fön? Verwechseln Sie da nicht etwas?«

»Ich weiß nicht.«

»Versuchen Sie sich zu erinnern.«

Pling. Pling.

Eiserbeck riß ein Handtuch von einem der Haken neben dem Waschbecken und schmiß es in die Blechschüssel.

Am Ende wußte der Boxer, daß die Wunden mit einer isotonischen Kochsalzlösung gereinigt und dann mit einer Salbe eingerieben worden waren.

»Mit welcher Salbe?« fragte Eiserbeck.

»Ich weiß nicht. Es gab viele.«

»Bitte.«

Schweigen.

»Betairgendwas.«

Das reichte. In der Apotheke bekam Eiserbeck Betaisodona und auch die isotonische Kochsalzlösung. Er kaufte ein großes Paket Verbandmull und fuhr hinaus zum Schäfer. Sie stritten, wer den Alten behandeln solle, und am Ende machte es Eiserbeck, weil sich der Schäfer weigerte.

Es ekelte ihn. Seine Finger auf totem Fleisch, auf fauligem Fleisch, auf wässrigem Eiter. Wie das aussah, wie das roch. Er haßte den Schäfer, haßte den Alten. Als Eiserbeck fertig war, sagte er:

»Sie müssen Ihren Vater alle zwei Stunden umlegen. Rechte Seite, linke Seite. Und jetzt her mit dem Gewehr.«

Der Schäfer schüttelte den Kopf.

»Wenn es dem Papa besser geht.«

Man müßte ihm das Gehirn wegblasen. Aber womit? Die Glock war nicht da, das Steyr-Mannlicher war nicht da.

Nach drei Tagen waren die offenen Stellen auf dem Rücken des Alten noch immer schwarz und naß, obwohl sie Eiserbeck gewissenhaft behandelt hatte.

»Morgen brauche ich das Gewehr.«

»Sie haben dem Papa ja gar nicht geholfen.«

»Es dauert. Sie müssen sich gedulden.«

»Erst helfen, nicht wahr.«

Er packte den Schäfer und schrie ihn an:

»Gib mir das Gewehr.«

Kopfschütteln.

Er schlug ihm mit der Faust ins Gesicht. Es war kein harter Schlag, aber der Schäfer blutete. Eiserbeck ließ von ihm ab und stürzte hinaus, rannte in den Stall, wo er im Stroh wühlte, die Schafe beiseite stoßend und tretend. Nach einer Stunde gab er auf.

An dem Morgen, als in Genf verhandelt wurde, lag er auf seinem Bett und hatte nur einen Gedanken: Oh Gott, hoffentlich einigen sie sich nicht, hoffentlich schließen sie keinen Vertrag. Er schaltete nicht um, blieb ständig bei Taste fünf und stand nicht auf, als er hätte aufstehen müssen, um das Essen pünktlich auszufahren, lag auf dem Bett, bis der Arzt und die anderen aus der Tür kamen und zu den Journalisten sprachen und das sagten, was sie immer sagten: kein Frieden, aber weitere Verhandlungen.

Er ballte die Faust.

Gierig stürzten sich die Alten auf das verspätete Essen, schaufelten den ersten Bissen in weitaufgerissene Münder und schlangen ihn unzerkaut herunter. Eiserbeck rannte hinaus.

Der Rücken wurde nicht besser.

Eiserbeck schüttelte Horst Schroth, der auf dem Bett lag:

»Es muß noch etwas anderes geben als Salbe und Kochsalzlösung. Erinnern Sie sich.«

Pling. Pling.

Er schmiß das Handtuch wieder in die Schüssel.

»Erinnern Sie sich, verdammt.«

»Die Pflegerinnen haben das tote Fleisch weggeschnitten, damit gesundes nachwachsen kann.«

Eiserbeck schluckte.

»Und das hat geholfen?«

»Ich glaube ja.«

»Tut das nicht wahnsinnig weh?«

»Das Fleisch ist tot.«

Er konnte das nicht tun. Er konnte nicht mit einem Messer im Fleisch des Alten herumschneiden, auch wenn es nicht weh tat. Was er machte, war, weiter waschen, weiter salben. Vergeblich.

Zwei Tage vor dem nächsten Verhandlungstermin ging er in ein Geschäft für Ärztebedarf und kaufte ein Skalpell. In der folgenden Nacht schlief er nicht. Er hatte ständig ein Bild im Kopf: Der Schäfer kniet vor seinem Vater und beißt ihm die Hoden ab. Immer dieses Bild. Niederknien. Zubeißen. Die von Taste fünf hatten gesagt, daß ein Gefangener in einem dieser Lager genau dazu gezwungen worden war. Vater und Sohn. Er hatte sich das schon damals ausgemalt, ausmalen müssen, ohne sich Gesichter vorstellen zu können. Leere Gesichter. Lautlos das ganze.

»Was machen Sie mit dem Papa?« fragte der Schäfer entsetzt, als Eiserbeck das Skalpell auspackte.

»Verschwinden Sie. Lassen Sie uns in Ruhe. Gehen Sie zu Ihren dämlichen Schafen. In einer Stunde können Sie wiederkommen.«

Der Schäfer ging wirklich. Eiserbeck drehte den Alten auf den Rücken und löste die Verbände. Er nahm das Skalpell, legte es wieder weg. Dann ging er vor die Tür, machte ein paar Schritte und ging zurück. Als er wieder neben der

Pritsche kniete, zitterte die Hand, die das Skalpell hielt. So konnte er nicht schneiden. Aber er mußte schneiden. Eiserbeck atmete gedehnt und gleichmäßig, um ruhig zu werden.

Eine Stunde später, als der Schäfer zurückkam, hatte er das schwarze Fleisch herausgeschnitten, was besser gegangen war als erwartet. Einmal stöhnte der Alte auf, weil Eiserbeck einen gesunden Muskel getroffen hatte, aber es war kein tiefer Schnitt, ein Ritzer nur. Hinterher wusch er die Löcher im Rücken des Alten aus und rieb sie mit Salbe ein.

Die Löcher schlossen sich nicht. Sie näßten stark. Wenn Eiserbeck die Wunden einrieb, vermatschten Eiter und Salbe miteinander.

Stundenlang Granaten. Licht in Isabellas Fenster.

»Haben Sie nicht von einem Fön gesprochen?« fragte er den Boxer.

»Ich?«

»Ja, Sie. Haben Sie die offenen Stellen mit einem Fön getrocknet?«

»Ich weiß nicht.«

»Strengen Sie sich an.«

Schweigen.

»Ja, wir haben die offenen Stellen mit einem Fön getrocknet.

Eiserbeck nahm seinen Fön mit und trocknete die Wunden nach jeder Behandlung im heißen Wind.

Als gemeldet wurde, daß die Verhandlungen abgesagt sind, kam er von Taste acht, wo er sich den Startunfall bei einem Autorennen angesehen hatte, und hörte nur den letzten Satz eines Kommentars aus Sarajewo, der noch die Möglichkeit ließ, daß über eine Absage spekuliert wurde, und dann kam Eigenwerbung des Senders und dann ein Bericht von der Börse, was sich Eiserbeck alles anhörte, bis endlich gemeldet wurde, daß die Verhandlungen tatsächlich gescheitert sind. Lippen rund, Lippen spitz, Lippen breit, Augenbraue hoch, Kopf vor.

Failed.

Nie mehr Genf. Der Arzt in Pale, unerreichbar. Eiserbeck hatte Tränen in den Augen, Wut, Enttäuschung. Er stand auf, sah aus dem Fenster, in die Stadt hinein.

Stumm fuhr er das Essen aus. Dann war auch das vorbei. Außer zum Einkaufen verließ er das Haus nur noch, um den Vater des Schäfers zu behandeln. Er saß an der Pritsche, salbte und fönte. Warum er das tat, wußte er nicht. Das Gewehr brauchte er nicht mehr. Bald sah er, daß Fleisch nachwuchs, auch Haut. Der Eiter verschwand. Eines Tages lag der Angelsack mit der Glock und dem Steyr-Mannlicher auf dem Tisch der Hütte. Eiserbeck nahm ihn und ging ohne Gruß.

Er tat nichts anderes, als auf dem Bett zu liegen, die Beine angezogen, den Kopf auf ein Kissen gelegt. Der linke Arm lag unter dem Kopf. Die rechte Hand hielt die Fernbedienung. Nur manchmal hob er die Hand, um von einem Programm zum anderen zu wechseln. Wenn es Nacht wurde, machte er kein Licht an, sondern lag da im flackernden Schein des Fernsehers und sah zu, wie Comicfiguren reale Frauen küßten und mit ihnen sangen oder wie Motorradrennfahrer in Schräglage kippten. Die Stimmungen, die sich unter seiner Niedergeschlagenheit kurz regten, kamen aus dem grauen Kasten, der auf dem Fußboden stand. Er lachte, wenn ein Stabhochspringer abrutschte, und er onanierte, wenn leichtverhüllte Brüste rhythmisch wippten. Nackte Brüste sah man nie. Er onanierte hart und schnell. Nach drei, vier Minuten hatte er fertig zu sein. Wenn er es nicht schaffte, mußte Eiserbeck damit rechnen, ein männliches Lächeln anzutreffen oder eine Limonadenwerbung und dann war sein Glied in seiner Hand nicht mehr prall und seidig, sondern nur noch schmerzhaft hart und bald weich, aber unempfindlich, wie ausgestopft. Er wollte auch nicht, daß ihn Isabella so sah. Konnte ja sein, daß sie dort auftauchte, plötzlich da stand, schief lächelte und das nächste Video ansagte. Und er hatte dann seinen Schwanz in der Hand. Natürlich konnte sie ihn nicht sehen, aber trotzdem. Wenn er nicht onanierte, hoffte er immer, sie zu sehen, aber er sah sie nie.

Manchmal stand er am Fenster und wartete auf die Fernbahnen, die rumpelnd vorüberfuhren. Das Steyr-Mannlicher hatte er im Anschlag. Sobald ein Zug kam, suchte er sich einen der Köpfe aus, die er dort im gelben Licht sah, holte ihn sich in den runden Ausschnitt des Fernrohrs, zog das Gewehr mit, und wenn er den Kopf genau dort hatte, wo sich die schwarzen Striche trafen, zog er etwas schneller mit, weil man vorhalten muß, damit der Zug den Kopf quasi in die Kugel hineinfährt. Seine Atmung war gedehnt und gleichmäßig.

Plong.

Wahrscheinlich wäre Hirnmasse ausgetreten.

Er setzte sich auf das Bett und putzte das Gewehr, obwohl er lange nicht damit geschossen hatte. Von der Stadt waren ihm sechsunddreißig Quadratmeter geblieben.

Einmal schellte es, und sein Nachbar stand vor der Tür. Er habe noch eine Flasche Schlangenschnaps. Das war das letzte, was Eiserbeck sich jetzt antun wollte, aber er ging trotzdem mit hinüber. Sie tranken Bier, das auf Zinntellern stand. Auf dem Bildschirm sah Eiserbeck Kinder, die zu einer Statue marschierten.

»Wann wandern Sie aus?« fragte Eiserbeck, um irgendwas zu sagen.

»Ich habe noch nichts gehört«, sagte der Nachbar.

Sie tranken.

»Sehen Sie dort die Busse?« sagte der Nachbar.

Eiserbeck sah Busse, die verbeult und überfüllt waren.

»Es sind nicht die neuesten, aber das muß ja auch nicht sein. Hauptsache sie fahren.«

Das Video war zu Ende, und der Nachbar legte ein anderes ein.

»Ein Mitschnitt vom Fernsehprogramm«, sagte er. »Eine Bekannte hat es gemacht.«

So wie er lächelte, war irgendwas mit dieser Bekannten.

Ein Kornfeld, Kim Il Sung, Korn in der Hand, etwas erklärend. Alle lächeln, alle sind glücklich. Einer schreibt mit. Geigen jubilieren. Eine Traktorfabrik, Kim Il Sung, Hand auf einem Motorblock.

»Es war nicht ganz leicht für meine Bekannte, den Mitschnitt zu machen. Einen Recorder haben sie nur bei der Reiseagentur.«

»Nett von Ihrer Bekannten.«

»Sie ist sehr nett.«

Der Nachbar lächelte. Seinen Kopf hatte er wieder gegen den Zeigefinger gestützt. Kim Il Sung in einer Gemüsekonservenfabrik.

»Sie ist Reiseleiterin. Ich kenne sie schon lange.«

Der Nachbar wartete auf Fragen, aber Eiserbeck wollte nicht. Es reichte ihm, Kim Il Sung zu betrachten und die Geigen zu hören.

»Wir mögen uns.«

Es war so, daß der Nachbar einige Reisen mit dieser Frau gemacht hatte. Man habe viel miteinander geredet. Gute Gespräche, sagte der Nachbar. Hinter einer dieser Statuen habe er die Frau geküßt. Er kicherte. Sie sei rot geworden.

»Ich habe ihr einen Heiratsantrag gemacht.«

Eiserbeck sah ihn an.

»Und?«

»Ich kann mir Hoffnungen machen.«

Der Nachbar tauschte die Kassetten aus, spulte vor und zurück, bis Eiserbeck eine kleine Frau sah, die neben einem Reisebus stand und verlegen lächelte. Der Nachbar fror das Bild ein. Sein Blick wurde weich. Die Frau hatte ein rundes Gesicht und trug eine Brille.

»Sie ist Witwe. Sie hat eine Tochter.«

»Wie alt?«

»Siebzehn.«

Sie tranken dann doch Schlangenschnaps.

»Was ist mit Ihnen?« fragte der Nachbar. »Haben Sie es sich überlegt?«

»Was?«

»Ob Sie mit mir kommen wollen.«

Hatte er nicht. Aber vielleicht war das ein Fehler. Warum nicht mitgehen? Den ganzen Tag auf dem Bett liegen und Kim-Il-Sung-Clips gucken und zwischendurch die kleine Nordkoreanerin vögeln. War doch prima. Was wollte er mehr? Keine Nachrichten aus Sarajewo, handzahme Frauen.

Eiserbeck schrak auf, als er merkte, daß sich jemand über ihn beugte. Hatte er geschlafen? Er wollte den Nachbarn zurückstoßen, beherrschte sich aber.

»Was haben Sie denn da auf dem Kopf?«

»Eine Narbe.«

»Wo haben Sie die denn her? Die sieht ja gemein aus.«

»Bin skalpiert worden.«

»Aber das gibt's doch nicht.«

Er hätte dem Nachbarn werweißwas erzählen können, aber das hatte er nicht verdient.

Es hatte geschneit in Erkenschwick, und er war mit seinem Großvater zu der Bergehalde hinter der Zeche gegangen. Das war zu einer Zeit, als der Großvater noch sprach und nicht nur hustete. Er sprach und hustete. Eiserbeck war acht. Am Fuße des Hügels, den zahllose Kufen gespurt hatten, stand ein verlassener Kohlewaggon, den man unterqueren konnte, wenn man auf dem Bauch lag und den Kopf geduckt hielt. Alle machten das. Nur Lukas Eiserbeck wollte nicht. Links und rechts glitt er an dem Kohlewaggon vorbei. Dann zog er den Schlitten peinlich berührt den Berg hinauf, denn oben stand auf Füßen, die in Sibirien halb erfroren waren, sein Großvater, der mitgekommen war, um einen mutigen Enkel zu sehen.

»Fahr doch auch mal unter dem Wagen durch.«

»Nöh.«

»Warum nicht, die anderen machen es doch auch?«

»Die sind auch nicht so groß wie ich.«

»Wenn du liegst, ragt dein Kopf nicht höher auf als bei den anderen.«

»Ich bin zu groß.«

Eiserbeck legte sich bäuchlings auf den Schlitten und schaufelte mit den Händen, bis er genug Fahrt hatte. Er hielt auf den Waggon zu, bog dann aber ab. Links vorbei.

»Du bist ja ganz schön feige.«

Rechts vorbei.

»Mach es mal, du bist doch ein großer Junge.«

»Eben.«

»Herrgott, im Liegen doch nicht.«

Links vorbei.

»Hab mal Mut, sei ein Indianer.«

Die anderen waren schon weg. Es dämmerte, es war sehr kalt. Dunkelgrau und reglos stand die Luft über der Halde. Eiserbeck war Rotze über der Oberlippe angefroren, und seine Wangen taten weh. Er schaufelte und hielt auf den Waggon zu. Rechts oder links? Fahrtwind streichelte sein Gesicht mit eisigen Fingern. Er mußte jetzt mit dem Fuß korrigieren, um dem Waggon auszuweichen, aber er korrigierte nicht. Er zog den Kopf ein und wischte unter der stählernen Bodenkante hindurch. Kurz hinter dem Waggon kam der Schlitten zum Stehen. Für einen Moment blieb Eiserbeck liegen. Er war nicht froh.

Warum bin ich nicht froh?

Er stand auf und drehte den Schlitten. Er wollte losgehen, aber da war ein seltsames Kitzeln in seinem Gesicht. Er tastete nach seinen Wangen, und dann sah er, daß

Blut an seinen Fingern klebte. Nasenbluten, dachte Lukas Eiserbeck. Ihm war kalt. Sein Kopf war kalt. Er merkte, daß er seine Mütze verloren hatte. Wo war die Mütze. Er schaute in den Schnee und sah Blut. Er durfte die Mütze nicht verlieren. Er kniete sich hin und schaute unter dem Waggon nach. Blut tropfte in den Schnee. Er stand auf. Wenn die Mütze weg war. Ihm schossen Tränen in die Augen. Vielleicht war sie vorne, auf der anderen Seite des Waggons. In seinem Kopf pochte es. Er nahm das Seil und zog den Schlitten um den Waggon herum. Da lag die Mütze. Doch er war nicht froh, sie gefunden zu haben. Er setzte sich auf den Schlitten und sah seinen Großvater auf verfrorenen Füßen die Bergehalde hinunterrennen. Warum rannte er? Und warum packte er ihn und trug ihn davon? Der Schlitten blieb zurück, auch die Mütze. An der Straße stoppte Gustav Eiserbeck schreiend ein Auto, das sie zum Krankenhaus brachte.

Die Bodenkante des Waggons hatte Lukas Eiserbeck skalpiert. Weil er seinen Kopf nicht weit genug eingezogen hatte, konnte der scharfe Stahl seine Haut abrasieren, auf einer Länge von dreißig Zentimetern. Er hatte Glück, daß weder Schädelknochen noch Gehirn beschädigt worden waren. Doch obwohl die Ärzte Monika Eiserbeck mehrfach versicherten, daß ihr Sohn von Folgeschäden verschont bleibe, merkte er in den folgenden Monaten, wie sie ihn prüfend ansah, wenn er sprach, als würde sie überlegen, ob sich da nicht echter Schwachsinn unter kindliche Schwatzereien mischte. Tatsächlich blieb nichts zurück außer der Narbe.

Nach dem Unfall war Eiserbeck für seine Freunde erst »der Inder« wegen des gewaltigen Mullturbans, der seinen Kopf in den ersten Wochen einschloß. Dann war er »der Indianer«. Als Kind war die Narbe ein Vorteil. Niemand sah sie, aber alle wußten, daß sie da ist. Und das verschaffte Eiserbeck Respekt. Skalpiert worden zu sein, wenn auch nicht mit dem Messer, hieß für die Jungen, auf unheimliche Art mit den Geschehnissen des Wilden Westens in Verbindung zu stehen. Da konnten die anderen noch so viel Federschmuck tragen: Der wahre Indianer war er. Und Eiserbeck genoß das. Schon bald ließ er nicht mehr zu, daß der Schnitt am Ende theatralischer Kämpfe mit einem Gummimesser nachvollzogen wurde. So hätte ihn die Narbe in die Rolle des Unterlegenen gebracht. Indem er sie zum unantastbaren Beweis mystischer Blutsbruderschaft stilisierte, machte sie ihn überlegen. Er war Häuptling und meist auf seiten der Sieger.

Er fuhr nie mehr Schlitten. Skalpiert worden zu sein, war ein deutliches Zeichen. Es konnte auch kein Zufall sein, daß beim Rodeln in Sarajewo das schlimmste überhaupt passierte: drei Medaillen für die DDR in einem Wettbewerb. Gold, Silber und Bronze für Steffi Martin, Bettina Schmidt, Ute Weiß. Namen, die klangen, als hätten die richtigen gewonnen, aber bei der Siegerehrung wehten falsche, wenn auch den richtigen ähnliche Fahnen. Vierzig Fieber. Scheiß Rodelei.

Er war betrunken, als er weit nach Mitternacht in seine Wohnung ging. Der Nachbar verabschiedete ihn ehrfurchtsvoll.

»Besorgen Sie mir maln Antragsformular«, lallte Eiserbeck.

Er begann wieder damit, zu Isabella zu rudern. Mal sah er sie, mal nicht. Es war jetzt anders. Sonst hatte er hier mit Hoffnungen gesessen, fast mit der Gewißheit, ihre Liebe neu gewinnen zu können. Nun sah er sie an wie ein Bild in einem Museum. Es ist klar, daß man es nicht haben kann.

Manchmal traf er den Schwimmer, und sie plauderten. Außer den Telefonaten mit seiner Mutter waren das die einzigen Gespräche, die er führte.

Das Nachtsichtgerät vor Augen streifte er stundenlang durch die dunklen Kanäle. Er sah einen Einbrecher in Schubladen wühlen. Ein Kind ging schlafwandelnd im Kreis. Ein Papagei schlief, den Kopf zur Seite geneigt. Oft sah er die Pastorin. In einem Haus am Leinpfadkanal stand sie im Dunkeln hinter dem Fenster und starrte hinaus. Schläfst du nicht, dachte Eiserbeck in seinem Skiff, nagst du an deinen Irrtümern?

Wenn er mit dem Fahrrad vom Bootshaus kommend heimfuhr, saßen jene, die früh mit der Arbeit beginnen, müde in ihren Autos. Zu Hause legte er sich in sein Bett und schlief weit in den Tag hinein. Auf dem Konto, das sein Großvater für ihn angelegt hatte, waren noch knapp tausend Mark. Einen Monat konnte das noch so weitergehen. Und dann? Er hatte keine Ahnung.

Ein Uhr fünfundvierzig. Taste vier, Taste fünf, Taste acht.

Das Telefon klingelte. Seine Mutter hatte ihn zuletzt fast täglich angerufen, als wisse sie, daß ihr Sohn jede Nacht mit einem Nachtsichtgerät durch Hamburg rudert. Er hatte ihr natürlich nichts gesagt. Studier doch, sagte sie. Mach eine Lehre bei einer Versicherung. Geh für ein Jahr ins Ausland. Ja, ja. Er nahm den Hörer ab.

»Ja?

»Lukas?«

Die Stimme. Das war nicht seine Mutter. Er kannte diese Stimme. Vielleicht war es doch seine Mutter.

»Hier ist Isabella.«

Hier ist Isabella. Hier ist Isabella. Eiserbeck wußte nicht, was er sagen sollte. Ihm fiel nichts ein. Er schwieg.

»Was ist los?«

»Nichts. Nein. Ich freue mich, daß du anrufst.«

Sie fragte ihn, ob er Lust habe, sie mal zu treffen. Er nickte.

»Hast du Lust oder nicht?«

»Doch. Ja, ja, natürlich.«

Sie verabredeten sich für denselben Abend, zehn Uhr vor dem Burger King an der Reeperbahn.

Als er aufgelegt hatte, war Eiserbeck benommen, aber dann jubelte er laut und ließ seine rechte Faust bei angewinkeltem Ellenbogen mehrmals vor- und zurückschnellen. Er sprang auf und tigerte durch sein Zimmer, für das er viel zu groß war und für anderes auch, riesengroß war er, weshalb er gleich noch einmal nachmessen mußte, ob sich der fehlende Zentimeter nicht inzwischen eingestellt hatte, was er auch tat, um etwas zu tun, weil er nicht wußte, wohin mit seiner Aufregung, so daß er dann kerzengerade und ein bißchen gestreckt unter dem Türrahmen stand, ohne mit der Kopfhaut das weiße Holz zu berühren, was aber auch egal war.

Noch sieben Stunden. Er duschte. Noch sechs Stunden vierzig Minuten. Er zog sich an. Noch sechs Stunden fünfunddreißig Minuten. Er putzte sich die Zähne. Noch sechs Stunden zweiunddreißig Minuten.

Er guckte noch einmal in den Spiegel. Man sah die Narbe, obwohl sein Haar ein gutes Stück nachgewachsen war. Isabella hatte oft in seinem Haar gewühlt, um sie zu suchen. Ich glaube, da ist sie, hatte sie an ihrem letzten Tag gesagt. Aber sehen würde sie die Narbe erst heute. Ob sie ihn häßlich fände? Er war nervös.

Um zehn vor zehn war er beim Burger King, lehnte gegen das Geländer an der Straßenecke und beobachtete, wie Männer, die sich dabei wer weiß was vorstellten, die Auslagen des Waffengeschäftes neben dem Burger King betrachteten. Ihre Blicke klebten an den Pistolen und Gewehren, die dort blitzblank auslagen, die aber keine richtigen Pistolen und Gewehre waren, sondern Gas verschossen oder lächerlich kleine Kugeln mit lächerlich wenig Druck. Es tat ein bißchen weh, wenn man getroffen war, mehr nicht. Spielzeug. Aber die glotzten wie blöd.

Neben ihm stand ein Mann, der einen dunklen Anzug trug. Wie Eiserbeck lehnte er gegen das Geländer und betrachtete die Passanten. Plötzlich schoß er vor und griff sich die leere Bierflasche, die jemand Sekunden zuvor an der Hauswand abgestellt hatte. Mit ausdruckslosem Gesicht kehrte er zurück. Eiserbeck sah, wie er seine Beute in einer Plastiktüte verstaute, die am Geländer stand. Sie war halb gefüllt mit leeren Pfandflaschen.

Als Isabella kam, wußte er nicht, wie er sie begrüßen sollte, entschied sich dann, sie auf die linke Wange zu küssen, aber auch sie bewegte ihren Kopf, um ihn zu küssen. Er traf ihre Nase. Sie lachten beide, waren verlegen. Dann standen sie vor dem Burger King und versicherten sich, daß es ihnen gutginge. Das war schnell gesagt, und ihnen fiel nichts mehr ein, weil es so viel zu sagen gab, aber nichts, womit man einen Anfang hätte machen können. Alles war wichtig, und mit Wichtigem konnte man nicht beginnen. Nach einer Pause, die Eiserbeck einen Moment denken ließ, sie hätten sich nichts mehr zu sagen, schlug Isabella vor, daß sie auf den Dom, die große Kirmes in St. Pauli, gehen sollten. Eiserbeck war einverstanden, wäre mit allem einverstanden gewesen.

Auf dem Dom mußte man nicht reden. Es gab genug Geräusche. Es wurde geschrien und gelacht. Die Musik schepperte. Die Fahrmaschinen heulten. Die Stimmen der Losverkäufer klirrten. Das reichte. Sie gingen nebeneinander her, schwammen mit im Strom der Leiber. Es war bunt und warm. Millionen Glühbirnen und Bratwurstdämpfe.

Sie saßen eingezwängt in enge Kabinen und stiegen, kippten, fielen, schaukelten. Dann standen sie vor einer Schießbude, und Eiserbeck fragte, ob Isabella gerne eine der Plastikblumen hätte. Sie sagte ja. Er nahm ein Gewehr und schoß zweimal auf einen der weißen Wachsstengel, traf nicht, wußte nun aber, daß jeder Schuß leicht nach recht oben wegging.

Einatmen. Ausatmen.

Nach dem dreißigsten Schuß sagte der Schießbudenmann:

»Es reicht jetzt.«

»Ich zahle, also kann ich auch schießen.«

Nach dem fünfzigsten Schuß bekam er keine Patronen mehr.

»Such dir was aus und verschwinde«, zischte der Schießbudenmann.

»Was möchtest du haben?« fragte Eiserbeck Isabella.

Sie nahm alle Plastikblumen, die es gab.

»Wieso kannst du das so gut?« fragte Isabella, als sie wieder mit den Leibern schwammen.

»Ich habe es geübt.«

Noch einmal enge Kabinen, noch einmal steigen, kippen, fallen, schaukeln. Sie hatten noch nicht viel miteinander geredet.

Als sie redeten, im *Sorgenbrecher*, im *Mary Lou's*, in der *Prinzenbar*, wurde Eiserbeck seltsam mürrisch. Letzte Woche war ich in London, sagte Isabella, im *Ministry of Sounds*. Und? Gut getanzt? Er nahm einen Schluck Whiskey, den er lange als Pfütze auf seiner Zunge behielt, als könne ihm dieses Brennen helfen festzustellen, ob da Hohn in seiner Stimme mitgeklungen hatte und wo der auf einmal herkam? Er vergaß fast, ihr zuzuhören, weil er nur noch mit der Frage beschäftigt war, was er denn auf einmal hatte und wo er das alte Gefühl, die Liebe, hernehmen könne. Er überlegte sich, aufzustehen und wortlos zu gehen. Es kam ihm vor, als wäre das mit einem Gefühl unbeschreiblichen Glücks verbunden.

»Hast du was?«

Der Strauß mit den Plastikblumen lag neben ihr auf der Theke.

»Nein, nein.«

»Es tut mir leid, ich hätte damals ...«

»Schon gut. Es ist okay.«

Er wollte keine Entschuldigungen hören, keine Erklärungen. Er hatte sich hundertmal alles so zurechtgelegt, daß Isabella praktisch keine Schuld traf. Unglückliche Um- und Zustände. Da wollte er nicht hören, daß es vielleicht anders gewesen war. An dem Gedanken merkte er, daß er nicht aufstehen und wortlos gehen würde, niemals.

Über den Tänzer verloren sie kein Wort. Es gab ihn nicht.

Isabella zeigte oft ihr Lächeln, das noch immer schief war. Sie fand häufig Gelegenheiten, Eiserbeck zu berühren. Ihre Augen glänzten.

Langsam löste sich sein Griesgram. Als die Nacht weit fortgeschritten war und er liebte, liebte, liebte, fragte er sich einmal kurz, was das gewesen sein könnte. Kurze Stunden der Rache? Angst vor einer neuen Niederlage? Der schwere Abschied von der Einsamkeit? Er wußte es nicht.

Sie hatten eine Menge getrunken, als Eiserbeck vom Steyr-Mannlicher erzählen wollte, vom Arzt und von Genf, aber dann erzählte er es doch nicht, weil das, entschied er, eine Geschichte für hinterher war. Ausgepumpt im Bett liegen, eng aneinandergeschmiegt, und dann vom Steyr-Mannlicher erzählen, vom Arzt und von Genf. Als sie sich in der *Prinzenbar* küßten, kam das Eiserbeck vor wie eine ganz normale Sache. Sie hatten sich oft geküßt. Eine Pause spielte da keine Rolle.

Dann wollte Isabella tanzen gehen.

Sie gingen, aber nicht ins *Tempelhof*, ins *Purgatory*, in den *Mojo Club*. Isabella führte ihn zum *Café Keese*.

»Hier?«

Er wußte, wie sie dort tanzten.

Drinnen war es leer. Nur ein paar rüstige Leute saßen allein an Tischen mit Tischdecken und Lämpchen, lasen in der Getränkekarte und sahen aus, als machten sie das schon seit Stunden. Ein Paar tanzte Foxtrott. Es herrschte eine billige, schmierige Eleganz.

Eiserbeck überfiel Panik. War das hier ein Spiel, ihn zu demütigen? Sie setzten sich und bestellten Kaffee bei einem Ober, von dem Eiserbeck, als er ihn von hinten sah, gedacht hatte, er sei der Tänzer. Dann saßen sie da, und keiner sagte etwas. Eiserbeck wußte, was er zu tun hatte, aber er konnte nicht. Die Worte klebten auf seinen Lippen. Jetzt, dachte er, jetzt. Er schwieg. Isabella nahm einen Schluck Kaffee. Ein Paar schmierte über die Tanzfläche.

»Care for a dance?«

Manches konnte man nur auf englisch sagen. Es nimmt den Dingen die Spitze. I love you geht leichter als Ich liebe dich.

Egal in welcher Sprache, er hatte es getan, er hatte gesagt, was zu sagen war. Sie standen auf und tanzten Walzer, unrund, wie gehabt, aber doch leicht verbessert. Das Boxtraining hatte Eiserbecks Beine geschmeidiger gemacht.

Step Wie-ge Chachacha.

Niemand klatschte ab. Isabella lächelte schief. Dann tranken sie ihren Kaffee, und Isabella spülte eine Pille herunter. Sie tanzten noch einmal und gingen dann, nicht aber links an der Tür, um zu Eiserbeck nach Hause zu gehen, sondern rechts, weil Isabella noch ins *Purgatory* wollte.

Im *Purgatory* überlegte sich Eiserbeck, ob er auch Pillen nehmen sollte, um bei Isabella bleiben zu können, aber dann nahm er sie doch nicht, weil er seine Sinne klar haben wollte in dieser Nacht. Sie tanzten. Später stand er an der Theke, trank Wasser und sah zu, wie sich Isabella zur Musik bewegte. Elegant. Fließend. Ihre Augen waren geschlossen. Sein Mädchen. Er war glücklich. Er würde so vorsichtig sein. So klein und geschmeidig wie noch nie. Es würde Stunden dauern. Sie würde feucht sein, nein, naß. Sie würde naß sein. Langsam, ganz langsam, würde es passieren. Er würde horchen, ihr Gesicht ansehen. Jedes Signal wäre wichtig. Er ging zu Isabella und tanzte.

Dann stand er wieder an der Theke, unter dieser komischen Decke, die es hier gab, mit kleinen Zapfen in wirrer Formation, als wäre das eine Tropfsteinhöhle, aber ein bißchen widerlich sah es auch aus. Dazu schlängelten sich faltige Rüssel die Decke entlang. Und auf der Theke, der man ansah, daß dies einmal eine Kneipe für die üblichen Kieztrinker gewesen war, auf dieser Theke hatte man verlotterten Christbaumschmuck drapiert. Bunte Lämpchen hingen vor dem Flaschenregal. Sie spielten House.

Isabella oben, er unten. Nahezu unbewegt würde er sein. Wie er sie so vor Augen hatte, ihr Auf und Nieder, ihre spitzen Brüste, da zersprang er fast vor Gier.

Isabella kam und trank Cola und lutschte die Zitrone. Sie küßte ihn, ging wieder tanzen. Er leckte seine Lippen.

So ging das Stunden. Sie kam nicht mehr trinken, sie tanzte nur noch. Es war leer geworden im *Purgatory*. Nur ein paar Leute standen noch an der Theke, betrunken, mit stierem Blick. Auf der Tanzfläche war allein Isabella, die nie eine Pause gemacht hatte. Eiserbeck sah, daß sie nicht mehr schwitzte. Er ging zu ihr hin und fragte, ob sie nicht aufbrechen sollten. Ein schiefes Lächeln, aber sie tanzte weiter. Das war sein zweiter Versuch gewesen. An der Theke bestellte er einen Whiskey. Er wußte, daß er keine Chance mehr bekäme. Heute nicht. Auch vom Arzt würde sie in dieser Nacht nichts mehr erfahren. Es wäre vergeblich. Isabella war bei ihm und doch unerreichbar.

Er sah die Plastikblumen an, die auf der Theke lagen. Dann nahm er aus den Augenwinkeln wahr, wie die Frau, die hier bediente, erschrocken zur Tanzfläche schaute. Er drehte sich um. Isabella tanzte immer noch, aber nicht mehr elegant, nicht mehr fließend. Ihre Bewegungen waren eckig, eher Verrenkungen. Sie torkelte. Sie sah aus wie eine Marionette, deren Fäden von einem ungeschickten Puppenspieler geführt werden. Eiserbeck hatte so etwas schon einmal gesehen. Bei den Olympischen Spielen 1984, in der maßlosen Hitze von Los Angeles, war eine Schweizer Marathonläuferin mit ähnlichen Bewegungen ins Ziel getaumelt.

Er ging zu Isabella.

»Hör auf. Du bist nicht okay.«

Sie machte weiter. Als er nach ihrer Hand griff, brach sie zusammen. Eiserbeck nahm sie hoch und ging mir ihr hinaus. Es war hell. Isabellas Augen waren geschlossen. Er hörte sie nicht atmen.

Er rannte zur Reeperbahn, die Reeperbahn entlang, zum Hafenkrankenhaus. Isabella hing schlaff auf seinen Armen. Sie ist tot, dachte er, tot. Aber er rannte, um sie zu retten. Er hatte ihr Begräbnis vor Augen, er alleine an ihrem Grab. Er sah sich weinen. Es war nicht weit. Eiserbeck rannte in die Notaufnahme, schrie:

»Sie atmet nicht.«

Sekunden später lag Isabella auf einer Pritsche, drei Frauen um sie herum, alle in weißen Kitteln. Die eine zog Isabella aus, während die andere einen Zugang am Hals legte und die dritte, die Ärztin, Blutdruck maß. Ihr erzählte Eiserbeck, was passiert war.

»Wie hat sie getanzt? Ataktisch?«

»Was?«

»Ataktisch. Mit unkoordinierten Bewegungen?«

»Ja, ataktisch.«

»Hat sie was genommen?«

»Pillen.«

»Ecstasy?«

»Glaube ja.«

»Kippen Sie mal Wasser rein.«

»Was?«

»Ich meinte nicht Sie. Noch was außer Ecstasy?«

»Kann sein.«

»Was?«

»Ich weiß nicht. LSD vielleicht.«

»Wahrscheinlich Mischintox.«

»Was?«

»Nichts. Ich habe mit mir selbst geredet.«

Eine klare Flüssigkeit lief durch einen transparenten Schlauch in die Vene an Isabellas Hals. Nackt lag sie auf der Pritsche, die Augen noch immer geschlossen. Zehn Knöpfe, von denen Leitungen zu einem Apparat führten, waren auf Brust, Arme und Beine gepfropft. Eine der Frauen legte einen Zugang in ihrer Armbeuge. Die Ärztin stand neben der Pritsche und schaute auf einen Monitor. Eiserbeck sah Linien, die in Bewegung waren.

»Atmet sie wieder?« fragte Eiserbeck.

»Sie hat immer geatmet. Sie haben es nur nicht gemerkt.«

»Ist sie okay?«

»Nein, das ist sie nicht. Ihr Herz rast, ihr Blutdruck ist im Keller, sie ist völlig ausgetrocknet, es mangelt ihr an so ziemlich allen Elektrolyten im Blut. Aber sie hat Glück, daß sie jetzt hier ist. Es sind schon ein paar von denen draufgegangen.«

Als die Frauen fort waren, setzte sich Eiserbeck auf die Kante der Pritsche. Er sah Isabellas nackten Körper an, das Gesicht mit den geschlossenen Augen, die Leitungen, die zu dem Apparat führten. Auf einem Stuhl lag eine Decke. Er nahm sie und breitete sie über Isabella aus. Dann setzte er sich auf den Stuhl.

Er war glücklich. Sie lebte, und er war hier mit ihr. Ein paar Tage Ruhe, und dann wäre alles in Ordnung. Er würde sie täglich besuchen, er würde von morgens bis abends an ihrem Bett sitzen. Es gab viel zu erzählen. Eiserbeck hatte das deutlich vor Augen, wie Isabella in dem weißen Bett liegt, noch ein bißchen schwach, und er den Moment beschreibt, als er den Kopf des Arztes im Visier hatte. Ein großer Moment. Ich habe es verpatzt, würde er sagen, ganz offen. Keine Umdeutung, nichts beschönigen. Ich weiß nicht, würde er sagen, wie das passieren konnte, es war alles perfekt vorbereitet, ich habe auch richtig geatmet. Ich hätte ihn erwischt, würde er sagen. Plong. Er konnte sich genau vorstellen, wie sie dann gucken würde. Von der Wirkung eines Hohlspitzgeschosses würde er nichts erzählen. Das mußte ja nicht sein. Frauen waren in diesen Dingen empfindlich. Er würde Isabella Blumen mitbringen, gleich morgen. Ihn überkam Panik, als er daran dachte, der Tänzer könne an ihrem Bett sitzen. Aber das war unmöglich. Sie hatte ihn angerufen, und eine Nacht wie diese verbindet. Er wollte nicht denken, es sei ein Glück, daß alles so gekommen war, aber der Gedanke ließ sich nicht ganz vertreiben. Es gibt keinen besseren Schutz gegen das Vergessen als die Gefahr. Isabella würde immer an diese Nacht denken, und er war Teil dieser Nacht. Ich, murmelte er, habe sie gerettet. Wieder so ein Gedanke, den er bekämpfen mußte. Er wollte nicht als Retter geliebt werden, aber es konnte helfen, Retter gewesen zu sein, und er war sich Isabellas Liebe immer noch nicht sicher. Aber so wollte er nicht denken. Er holte sich wieder das Bild vor Augen, wie sie in dem weißen Bett liegt und er neben ihr sitzt. Sie würde Multivitaminsaft trinken. Und dann sah er Isabella, wieder bei Kräften, in dem Jaguar sitzen, und der Jaguar fuhr durch die Nacht, und er war der Driver.

Er stand auf. Isabella lag in einer kleinen Zelle, die mit Vorhängen abgetrennt war. Durch den Stoff hörte er Stimmen. Ein Mann sagte mit weinerlicher Stimme, daß er nach Hause wolle. Eine Frau schrie, hier seien doch sowieso nur Idioten beschäftigt, und Idioten hätten ihr gar nichts zu sagen.

Eiserbeck schob den Vorhang beiseite. Als er mit Isabella in die Notaufnahme gestürzt war, hatte er nichts von dem wahrgenommen, was hier vorging. Jetzt sah er einen Raum mit einer Menge Zellen, die mit Vorhängen abgeteilt waren. In der Mitte, wo es keine Zellen gab, lagen Matratzen auf dem Boden. Drei waren besetzt, zwei mit Männern, die zu schlafen schienen, eine mit der schreienden Frau, die zerlumpt aussah, als lebe sie auf der Straße. Zwischen den Matratzen hockte eine Frau mit einem Kopftuch und wischte Blut vom Boden. Es roch nach Erbrochenem. Eiserbeck hörte ein Stöhnen und Würgen. In einer der Zellen war der Vorhang nicht ganz zugezogen, und er sah, wie einer jungen Frau ein Schlauch in den Mund geschoben wurde. Sie würgte und schluckte und würgte. Ihr Kopf war rot. Bei ihr standen und knieten zwei Pfleger, die dicke Plastikschürzen trugen. Wie Fleischer sahen sie aus. Wasser wurde mit einer Schöpfkelle in den Schlauch geschüttet, literweise Wasser, wie es Eiserbeck vorkam, und dann sah er den Mageninhalt durch den transparenten Schlauch fließen, eine hellbraune brockige Suppe. Eiserbeck wandte sich ab. Inzwischen war einer der Männer von seiner Matratze aufgestanden. Es war ein junger Mann, der zu Eiserbeck schaute, aber irgendwie ziellos schaute, lächelte und sich dann am Kopf kratzte, rechts an der Stirn, wo die Haut schon aufgekratzt war, wo dünner Schorf sofort zersprang. Schmal floß Blut.

Als Eiserbeck sich umdrehte, um zu Isabella in die Zelle zu gehen, sah er auf der Pritsche nebenan eine weiße Decke, die offenbar über einem leblosen Körper lag. Er ging in Isabellas Zelle und zog den Vorhang zu. Kurz darauf wurde der Vorhang wieder aufgezogen. Die Ärztin kam herein und sah auf den Monitor, der über Isabella hing.

»Was ist mit dem nebenan passiert?« fragte Eiserbeck.

»Bauchschuß. Er war schon so gut wie verblutet, als er eingeliefert wurde.«

»Wer hat auf ihn geschossen.«

»Weiß ich nicht. In dieser Gegend schießen die Leute dauernd aufeinander.«

Als die Ärztin gegangen war, setzte sich Eiserbeck wieder auf den Stuhl und blickte zu Isabella, dachte aber an den Körper, der nebenan so still unter der Decke lag. Dann kamen zwei Pfleger und schoben Isabella auf der Pritsche davon.

»Wohin wird sie gebracht?«

»Auf Intensiv.«

»Kann ich mitkommen?«

»Fragen Sie die Ärztin.«

Eiserbeck sah sie bei einer jungen Frau, die gerade gebracht worden war, einer Frau mit einem Kopf wie ein Totenschädel, fleischlos, knochig, blaß. Sie wurde gerade ausgezogen, und es erschien ein mit gelber Haut bespanntes Skelett, das von der Ärztin, die eine Spritze in einer Hand hielt, eingehend untersucht wurde. Sie fluchte.

»Kaputt. Kaputt. Kaputt. Verdammt, gibt's denn hier nicht eine Vene, in die man noch eine Nadel stechen kann.«

Später saß Eiserbeck in einem Zimmer, das voller Apparate war, und dazwischen lag Isabella schlafend in einem Bett. Er war müde. Er hatte gehört, wie auf der Station nebenan das Frühstücksgeschirr eingesammelt worden war, aber das lag schon länger zurück. Jetzt hörte er nur noch ein vielstimmiges Piepen, als redeten die Apparate miteinander, ein Austausch über Lebenschancen, kühl geführt, ohne Emotionen.

Als Isabellas Vater kam, schlief Eiserbeck, krumm auf dem Stuhl hängend. Er wachte auf, weil er eine Stimme hörte. Isabellas Vater sah ihn kurz an, wendete sich dann wieder seiner Tochter zu. Eiserbeck saß noch eine Weile auf dem Stuhl. Als er ging, schaute er kurz auf Isabella, die immer noch schlief. Er ging zum *Purgatory*, weil der Strauß Plastikblumen dort noch lag. Doch die Tür war verschlossen.

Als es Nacht war, stand er auf. Er duschte und zog sich an. Kurz blieb er in seinem dunklen Zimmer, das nur vom Fernsehlicht beleuchtet war, auf der Bettkante sitzen, um, nachdem er seine Schuhe zugebunden hatte, noch einmal in die schwarzen Rauchsäulen zu gucken. Es sah aus, als würde die halbe Stadt brennen. Etwas betäubend Feierliches hatten diese Rauchsäulen, die zügig und still aufwärts strebten, bis sie sich im Hellgrau des Himmels verloren. Erst wollte er den Fernseher ausschalten, aber dann ließ er ihn laufen. Lukas Eiserbeck war schon fast durch die Tür, als ihm die Glock einfiel. Er ging ins Bad, holte sie aus dem Wasserkasten und steckte sie hinten in den Hosenbund, nachdem er das Magazin überprüft hatte. Fünfzehn Schuß. Zwei Patronen fehlten. Das Hemd trug er über der Hose, was ohnehin Mode war. Im Treppenhaus horchte er an der Tür des Nachbarn. Er hatte länger nichts von ihm gehört, auch nichts von Radio Pjönjang, und er fragte sich, ob der Nachbar ohne Abschied ausgewandert war.

Sein erstes Bier trank er im *Mary Lou's*. Es waren nicht viele Leute da. Eiserbeck saß stumm an der Theke und nippte am Bier. Ein Rosenverkäufer blieb neben ihm stehen und sah ihn treu aus schwarzen Augen an.

»Geh weiter.«

»Schöne Rosen.«

»Ich brauch keine.«

»Schöne Rosen.«

»Hau jetzt ab.«

Er wollte aufstehen, weil der Rosenverkäufer, solange Eiserbeck saß, vielleicht nicht sehen konnte, daß er an zwei Metern kratzte, aber in diesem Moment kam ein Mann und kaufte eine Rose. Eiserbeck sah, wie er sie linkisch einer Frau überreichte. Sie roch gleich an der Rose, aber das, fand Eiserbeck, war vor allem ein Versuch, ihre Verlegenheit zu verbergen. Die Rosen rochen nicht mehr als die Plastikblumen, die er für Isabella geschossen hatte. Das war jetzt drei Wochen her.

Als er gegen Mittag ins Hafenkrankenhaus kam, war Isabella nicht mehr in ihrem Zimmer. Dort lag eine Frau, deren Unterleib unter der Decke leicht angehoben war, und an ihrem Gesicht sah Eiserbeck, daß sie in eine Bettpfanne schiß. Trotzdem fragte er, wohin man die Frau, die hier am Morgen eingeliefert worden war, verlegt hatte. Die Frau schüttelte gequält den Kopf. Auf dem Gang traf er eine Schwester, die ihm sagte, daß Isabella mit ihrem Vater, übrigens gegen das Anraten der Ärzte, nach Hause gefahren sei.

Eiserbeck hatte nicht mehr als zwei Stunden geschlafen. Zerschlagen stand er in einer Telefonzelle und wählte Isabellas Nummer. Niemand nahm ab. Er fuhr auf seinem Fahrrad nach Hause, und von dort rief er wieder an. Am Abend, nachdem er es zigmal versucht hatte, ruderte er hinaus in den Leinpfadkanal, aber in dem Haus, wo Isabella wohnte, brannte kein Licht. Er wartete lange, und dann drehte er ein paar Runden durch die Kanäle, um sich die Zeit zu vertreiben, aber wenn er wieder vor jenes Haus ruderte, sah er nichts als dunkle Fenster in einer dunklen Fassade.

Am nächsten Tag wählte er ihre Nummer mindestens hundertmal, ohne eine Stimme am anderen Ende der Leitung zu hören. Er malte sich aus, was sie tun könne, Arztbesuche, Einkäufe, und berechnete die Zeiten, zu denen jeweils erfahrungsgemäß ihre Rückkehr zu erwarten war. Er rief an, und wieder hörte er nichts anderes als ein gleichmäßiges Tuten. Am Abend nahm er das Nachtsichtgerät mit und starrte lange von der *Stratos* aus in die Wohnung, weil ja Isabella durch den Zwischenfall vorübergehend lichtscheu geworden sein könne und deshalb ihre ganze Familie durchs Dunkle schleichen mußte. Aber er sah nichts als Lampen und Bilder mit einem Grünstich.

Drei Wochen lang lebte er so. Er rief an, sah fern, rief an. Abends lag er mit dem Skiff vor ihrem Haus und wartete oder drehte eine Runde, bis er wieder vor dem Haus war und wartete. Nie sah er Licht. Nie hörte er am Telefon etwas anderes als ein Tuten, das wie eine Nadel in sein Ohr stach. Er aß kaum. Er verlor Gewicht, nicht aber seine Form, weil er jede Nacht in den Alsterkanälen war. Außer dem Schwimmer sah er niemanden. Er hatte Horst Schroth und Elisabeth Sieveking versprochen, sie regelmäßig zu besuchen, und das war ehrlich gemeint gewesen, aber er ging nicht hin. Er lag auf dem Bett und sah Sarajewo und die Tennisturniere und die Singenden.

Er rief an, und das Tuten brach plötzlich ab, eine Sekunde der Stille, bis er die Stimme von Isabellas Mutter hörte. Sein Puls raste oder hörte ganz auf.

»Ich möchte Isabella sprechen.«

»Sie ist nicht da.«

»Wann kann ich sie erreichen?«

»Sie können sie gar nicht erreichen.«

Kurzes Schweigen.

»Was heißt das.«

»Sie ist weg.«

»Wie weg? Wo ist sie? Ich muß mit ihr reden.«

Seine Stimme flatterte.

»Sie ist in Sicherheit.«

»Wieso? Was soll das?«

»Sie sollten das am besten wissen.«

»Ich? Aber ich weiß überhaupt nicht …«

»Wer hat ihr denn die Drogen gegeben?«

»Aber ich … ich habe damit nichts zu tun. Ich bin Sportler.«

Er hörte ein kurzes Lachen.
»Ich meine, ich lehne das ab, gesund ...«
»Geben Sie sich keine Mühe.«
»Ich will jetzt Isabella sprechen.«
»Sie ist nicht da.«
»Wann ...?«
»Nie mehr.«
»Wo ist sie denn?«
Er schrie.
»In Indien. Bei Verwandten meines Mannes.«
Sie legte auf. Eiserbeck hörte ein schnelles, hartes, grauenhaftes Tuten.
Er rief noch zweimal an, bettelte um eine Adresse, um eine Telefonnummer. Isabellas Mutter drohte mit der Polizei. Dann hörte er einen Anrufbeantworter.
Er lag auf dem Bett und sah nicht, daß der Deutschlandachter bei tausend Meter einen Zwischenspurt anzog.

Das *Mary Lou's* war jetzt voll. Eiserbeck trank sein zweites Bier. Er dachte an Isabella, die jetzt in Indien war, eingesperrt wahrscheinlich, bewacht von grimmigen Vettern und tugendhaften Basen. Was er sich ausmalte, war wie ein Märchen aus Tausendundeiner Nacht. Er sah sie in einem riesigen Palast, der sich in dem See, der ihn umgab, düster spiegelte, und im Turmzimmer saß Isabella am Fenster und schaute durch Tränenschleier auf die schneebedeckten Riesen des Himalaya.
»Was ist los, Alter?«
»Was?«
»Probleme?«
Ein Kerl mit Lederjacke fragte das unter einer flachen Nase hervor.
»Was willst du?«
»Schon gut, Mann. Du sahst aus, als würdest du gleich flennen, und da dachte ich, ich frag mal.«

»Spinnst du?«

»Okay, okay.«

Der Mann drehte sich weg.

Eiserbeck ruderte über den See, im Hosenbund die Glock, und am Palast angekommen zog er sich in das unterste Fenster, worauf er mit viel Schleicherei, lautlosem Morden und schließlich großem Geschieße bis zu Isabella vordrang, um sie zu entführen, was auch mit Hilfe der letzten drei Patronen gelang. Ihr Vater starb langsam an einem Bauchschuß, der tief gezielt war.

Heute morgen hatte er es erfahren. Wie sollte er sie in Indien finden? Die mit ihren siebenhundert Millionen oder wieviele es jetzt waren. Er wußte nicht, wo ihre Verwandten lebten. Er mußte warten, bis sie sich meldete. Aber vielleicht ließen sie Isabella nicht. Überwachten das Telefon, versteckten die Briefmarken. Eingesperrt saß sie da und sah fern. Immerhin, einen Fernseher würde sie wohl haben.

Eiserbeck stand auf und ging. Es war eine laue Nacht, und er lief mit gesenktem Kopf vorbei an den Nutten, die ihn für schwul erklärten, weil er nicht mitgehen wollte. Ziellos lief er umher, die Reeperbahn hinauf und herunter, im Strom der Tagestouristen, die jetzt aus Mecklenburg und Vorpommern kamen, in riesigen Bussen, all die ehemaligen Hammerwerfer und Radrennfahrer mit ihren Delphinschwimmerinnen und Handballspielerinnen an der Hand und alle ehemals Weltklasse, jetzt aber dick, was, fand Eiserbeck, ihre bäuerische Natur stärker hervorhob. Das hatte man ja immer sehen können, daß da im Prinzip Bauern auf dem Siegerpodest standen, aber jetzt erst wurde es richtig deutlich. Großspurig lachten sie vor den Tittenbildern und scherzten grob mit den Türstehern und taten, als sei das alles hier für sie so normal wie nur irgendwas. Es kotzte ihn an, und er machte sich breiter als er war, so daß er oft gegen Schultern rempelte. Jedesmal sah er sich erwartungsvoll um, aber die grimmigen Blicke der Gerempelten senkten sich, sobald sie Eiserbecks Statur voll erfaßt hatten. Er ging in eine der Shows, weil jetzt alles egal war, und sah eine Weile zu, wie sich eine Frau Flaschen und alles möglich hineinstopfte, während jene, die Eiserbeck für Mecklenburger und Vorpommern hielt, glotzten und kicherten, als könnten sie, dachte er, auch dafür Medaillen gewinnen. Er ging hinaus, nachdem er ein Bier getrunken hatte, und dann sah er die Fußballfans, erst die mit den braunweißen Trikots unter den schwarzen Lederjacken und dann die mit den Bomberjacken und den kurzen Haaren. St. Pauli hatte heute ein Abendspiel gegen den HSV verloren. Er sah, daß es Ärger geben würde. Geschrei. Breites Gehabe. Lauern. Hastiges Trinken. Mittelfinger.

Ihr seid Scheiße, ihr seid Scheiße.

Als sie sich schlugen, war er mittendrin, aber niemand schlug ihn, auch die Bullen nicht, die schließlich mit ihren Knüppeln dazwischenfuhren, so daß alles wild auseinanderspritzte. Ein bißchen Blut, hier und da ein Zahn.

Er ging ins *La Paloma*, wo man noch am leichtesten eine abschleppen konnte, obwohl er das gar nicht wollte. Es war so voll, wie er das von hier kannte, und er spürte, wie ihm andere Leiber die Glock gegen den Leib drückten. Sein Bier trank er nicht aus, weil er nicht betrunken sein wollte. Draußen hieß es wieder, er sei wohl schwul, und dann sah er den Billardspieler. Er sprach mit einer der Frauen, die hier standen, während er sie am Handgelenk hielt. Als er Eiserbeck entdeckte, ließ er sofort los und rannte davon. Eiserbeck rannte hinterher.

Er war es gewohnt, Leute, denen er nachjagte, schnell einzuholen, doch dem Billardspieler kam er kaum näher. Sie rannten den Hans-Albers-Platz hinunter und über die Reeperbahn. Sie rannten eine Schneise in die Knäuel der Mecklenburger und Vorpommern hinein, stießen alles um, was nicht sofort zur Seite sprang. Eiserbeck ließ seine

Beine auf dem Pflaster trommeln und blies seine Backen dick auf, bevor er den Atem hinauspreßte. Manchmal schrien Leute auf. Allmählich machte er Boden gut, aber als er dachte, daß die Kondition des Billardspielers nun nachlassen müsse, hatte er einen Augenblick später das Gefühl, selbst nicht mehr lange durchhalten zu können.

Es war sein Glück, daß der Billardspieler plötzlich nach links schwenkte, drei Stufen hinaufsetzte und die Tür zu einem heruntergekommenen Haus aufstieß. Noch auf den Stufen zog Eiserbeck die Glock, rannte die Tür mit der Schulter ein und hielt dann kurz inne, bis er hörte, daß hastige Schritte sich oben entfernten. Er rannte eine hölzerne Treppe hinauf, und dann hörte er keine Schritte mehr, sondern nur noch Kichern und Stöhnen. Er stand in einem Gang, den rechts und links Türen säumten. Seine Lungen flatterten.

Den Billardspieler fand er im hintersten der Zimmer links. Er stand schweißnaß am Fenster und versuchte, es zu öffnen. In der anderen Hand hatte er ein Messer. Ein nackter Mann saß auf dem Bett, dahinter eine Frau in schwarzer Wäsche. Eiserbeck sah noch flüchtig den sinkenden Schwanz, dann waren die beiden durch die Tür. Seine Hand zitterte, als er die Glock auf den Billardspieler richtete.

»Weg mit dem Messer.«

Der Billardspieler warf es zu Boden. Eiserbeck ging zu ihm hin und zwang ihn bäuchlings auf das Bett. Er kniete auf seinem Rücken. Die Glock hielt er gegen den Kopf des Billardspielers. Über sich sah er einen Hengst in prallem Schwarz. Eine nackte Frau ritt darauf.

»Bitte, nicht schießen, bitte.«

Er nahm das Kissen und legte es auf den Kopf des Billardspielers. Falls Hirnmasse austrat.

Er drückte die Glock gegen das Kissen. Es war nur ein kleines Zucken des rechten Zeigefingers.

Und dann?

Eiserbeck erhob sich und öffnete das Fenster. Er stand da, immer noch schwer atmend, und sah hinaus in die Nacht. Drüben wurde gebumst, ein Fenster stand offen. Jajaja, keuchte eine Frau. Sososo, keuchte ein Mann.

Eiserbeck reckte sich, um etwas sehen zu können, aber er konnte nichts sehen. Der Billardspieler rührte sich.

»Du bleibst liegen.«

Wie der sich fühlte? Unter dem Kopfkissen liegen und wissen, daß da einer steht, der eine Glock hat. Angst, Höllenangst. Hatte er, Eiserbeck, sie je gespürt? Als er mit den beiden im Alfa saß? Nein, da war er, wenn ihn sein Gedächtnis nicht täuschte, cool geblieben. In der Grube vielleicht, bei jenem Ausflug mit den Gewerkschaftskindern. Er bummelte, als sie zu einem Flöz wanderten, und plötzlich hatte er die anderen aus den Augen verloren. Er stand an einer Kreuzung, über die sich schummriges Licht ergoß, und wußte nicht, welchen Weg er einschlagen sollte. Schwarze Wände schienen ihn niederdrücken zu wollen. Plötzlich ertönte Geklingel, Transportkörbe huschten die Decke entlang. Dann war es wieder still. Ein leichter Wind wehte. Eiserbeck wußte, daß er hier ewig herumirren konnte, ohne einem Menschen zu begegnen. Er sah sich laufen und laufen, sein Gesicht von Tag zu Tag schwärzer, sein Körper dürrer, er hungerte, dürstete, bis er zusammenbrach.

Er stand an der Kreuzung, und die Tränen liefen seine Wangen herunter. Dann kam der Steiger und führte ihn zu den anderen.

Jajaja.

Ob der Billardspieler weinte? Es war nichts zu hören, aber er hatte ja das Kissen auf dem Kopf. Bestimmt war die Angst des Billardspielers noch größer als damals seine in der Grube. Zu wissen, daß in wenigen Sekunden Schluß sein kann. Welche Gedanken man sich da macht? Das Leben blitzschnell Revue passieren lassen, wie immer gesagt wird? An einen geliebten Menschen denken? Ob er mal fragen sollte? Lieber nicht, wäre irgendwie komisch.

Sososo.

Sollte er ihn abknallen? Den Zeigefinger zucken lassen? Plong, weg war der Billardspieler. Schade um ihn wär's sicher nicht. Keine schlechte Tat, ein paar Leute würden dem Schützen sicher dankbar sein. Andererseits: Ihm, Eiserbeck, wäre damit nicht geholfen.

Er schloß das Fenster und steckte die Glock in den Hosenbund. Dann verließ er das Zimmer. Als er auf der Straße war, kam er sich lächerlich vor.

Er ging in eine Kneipe, in irgendeine, und trank ein Wasser, ohne Eis, mit Zitrone. Jemand bot ihm eine Zigarette an, er lehnte ab, nicht unfreundlich. In dem kleinen Fernseher, der neben den Gläsern stand, sah er die Pastorin. Ihre Stimme war fest und klar. Sie sprach mit der ganzen Gewißheit ihrer fünfzig Jahre. Man mußte sich dumm vorkommen, wenn man anderer Meinung war. Sie sagte, was sie immer sagte. Friedliche Mittel, imperialistisch, Großmannsgehabe, Gandhi. Eiserbeck zahlte und ging.

Er ruderte mit gleichmäßigen, langen Schlägen. Die Außenalster lag still unter ihm, und es sah aus, als würde das schmale Skiff den glatten See aufschneiden wie eine Haut. Eiserbeck achtete genau auf seinen Atem, der ruhig bleiben mußte. Nicht zuviel pumpen, die Luft zwischen leicht geöffneten Lippen einsaugen und dann flach herauslassen. Auf seinem Rücken hing das Steyr-Mannlicher. Vor seine Augen hatte er das Nachtsichtgerät geschnallt. Dreißigerschlag, keine Bummelei, aber auch nicht zu schnell. Den Atem unter Kontrolle halten.

Er hörte den Schwimmer rufen, aber er hielt nicht an.

Es war stockfinster. Die Stadt ringsum dröhnte und säuselte. Es war vollkommen klar, daß es passieren mußte.

Anders ging es nicht. Krugkoppelbrücke, dann zwei scharfe Wenden, und er war im Leinpfadkanal, wo die Bäume blühten und das Mondlicht fernhielten wie ein Dach. In einem Fenster des Hauses, wo Isabella gewohnt hatte, brannte Licht. Er ruderte weiter und hielt dann inne, drehte die Blätter flach und ließ sie frei in der Luft schweben, so daß sein Skiff geräuschlos vorwärtsglitt, bis es genau vor dem Haus hielt, wo die Pastorin wohnte. Sie stand am Fenster. Eiserbeck stieg am anderen Ufer aus und nahm das Gewehr vom Rücken. Er kniete sich hin. Dann überprüfte er das Magazin. Repetierhebel hoch, zurück, vor, runter. Entsichern. Anlegen.

Einatmen. Ausatmen. Einatmen. Halb ausatmen. Luft anhalten.

Natürlich hatte er getroffen. Er wußte genau, daß er getroffen hatte. Der Schuß war trocken und laut durch die Nacht geknallt. Kein Schalldämpfer. Er hatte nichts zu verbergen. Als er in sein Skiff stieg, hörte er, wie Fenster geöffnet wurden und Leute sich etwas zuriefen. Ruhig ruderte er los, drehte eine große Runde durch die Kanäle, dann noch eine, sie sollten Zeit haben. Schließlich machte er sich auf den Weg zurück zum Bootshaus. Als er näherkam, sah er, daß ein starkes Licht den Steg beschien, und er wußte, daß dies die Lampen für die Kameras waren. Schnelle Jungs sind das, dachte er. Dann sah er Johannsen auf dem Steg. Als Eiserbeck ausstieg, umringten ihn die Männer, denen die Kameras wie einäugige Raubvögel auf den Schultern saßen.

»Hey, Isabella«, sagte er und winkte kurz mit einer Hand.